Elias Haller

Küstenstill

EDITION M

Das Buch

Das Foto einer schrecklich zugerichteten Frauenleiche wird zusammen mit einer kryptischen Botschaft auf Instagram gepostet. Hardy Finkel, der nach zwanzig Jahren beim BKA in die Ostseeregion zurückgekehrt ist, wird gleich am ersten Arbeitstag zusammen mit seiner neuen Partnerin Greta Silber mit diesem grausamen Fall betraut.

Als ein weiteres Opfer auftaucht und dadurch der Ermittlungsdruck steigt, stoßen Hardy und Greta auf weitere Puzzleteile. Bald wird klar, dass sie einen perfiden Gegner jagen. Je näher die beiden Kommissare dem Täter kommen, umso mehr wird Hardy von seiner Vergangenheit eingeholt. Eine Vergangenheit, die lange Zeit still geruht hat …

Der Autor

Elias Haller, Jahrgang 1977, lebt in einer sächsischen Großstadt. Den Zündstoff für seine packenden Thriller bezieht er aus seiner beruflichen Erfahrung mit Rechtsbrechern und deren Opfern. Seine Leidenschaft fürs Schreiben ermöglicht es ihm, kaltblütige Mörder und tragische Helden aufeinander loszulassen, ohne dabei ein schlechtes Gewissen zu haben.

ELIAS HALLER

KÜSTEN
STILL

THRILLER

EDITION M

Deutsche Erstveröffentlichung bei
Edition M, Amazon Media EU S.à r.l.
38, avenue John F. Kennedy, L-1855 Luxembourg
Juli 2019

Umschlaggestaltung: bürosüd° München, www.buerosued.de
Umschlagmotiv: © Aleksey Stemmer / Shutterstock; © Vitaliy Urazov / Shutterstock; © SAW Photography / Shutterstock
Lektorat und Korrektorat: Verlag Lutz Garnies, Haar bei München, www.vlg.de
Gedruckt durch:
Amazon Distribution GmbH, Amazonstraße 1, 04347 Leipzig /
Canon Deutschland Business Services GmbH, Ferdinand-Jühlke-Straße 7, 99095 Erfurt /
CPI books GmbH, Birkstraße 10, 25917 Leck

ISBN 978-2-91980-181-7

www.edition-m-verlag.de

Für Jens, der nach all dem Baustress vielleicht mal wieder
Urlaub an der Ostsee machen sollte.

Kapitel 1

Julia Asmann drehte die Dusche ab. Sie trocknete ihre Haut, cremte sich ein, schüttelte ihre langen Haare aus, schlang ein Handtuch darum und band es zu einem Turban. Danach verließ sie splitternackt das Badezimmer und lauschte. Getrampel im Treppenhaus. Auf der Straße herrschte der alltägliche Stralsunder Verkehr. Irgendwo im Hafen ertönte ein Schiffshorn. Umso stiller wirkte dagegen ihre Wohnung.

Die Musikanlage spielte nicht mehr. Vor dem Duschen hatte Julia das neue Album von Ben Zucker gestartet. Die CD konnte unmöglich schon beendet sein. Sie schaute nach und stellte fest, dass das erste Lied bei knapp zwei Minuten auf Pause stand. Instinktiv drückte sie die Play-Taste. Sofort setzte Zuckers markant rauchige Stimme ein. Vermutlich ein Wackelkontakt, dachte sie schulterzuckend. Immerhin war die Anlage mehr als dreizehn Jahre alt. Andere Vierzigjährige kauften längst keine CDs mehr, sondern machten es wie Teenager und luden sich ihre Musiktitel aufs Handy.

Ein paar Sekunden tanzte Julia vor den Lautsprechern, dann erinnerte sie sich an ihr Smartphone. Auf dem Weg in den Flur, wo es liegen musste, schaute sie sich nach ihrer Katze um.

»Poppy!«, rief sie ihre Katze. »Poppy, wo steckst du?«

Seit Poppy Julia bei ihrer Heimkehr an der Tür begrüßt hatte, war von ihr nichts mehr zu sehen gewesen. Dabei sprang ihr der Stubentiger sonst bei jeder Gelegenheit vor die Füße. Ohne sich weiter um Poppys Verbleib zu kümmern, durchstöberte Julia ihre Handtasche. Sie konnte ihr Handy jedoch nicht finden. Dabei war sie sich sicher, es nach dem Einkauf in der Apotheke in ihre Umhängetasche gesteckt zu haben. Bevor sie auf ihren Motorroller gestiegen war, hatte sie die letzten Nachrichten ihrer Freundinnen gecheckt, sich über fünf neue Likes auf Instagram gefreut und einen Blick in ihr Postfach bei der Dating-App *Armorstrike* geworfen.

Sie ließ die Tasche stehen und ging ins Wohnzimmer, um sich dort umzusehen. Vielleicht hatte sie das Smartphone bereits herausgenommen und irgendwo hingelegt. Immerhin war sie gedanklich längst bei ihrem verlängerten Wochenende auf Rügen. Gestern hatte sie bereits ziemlich planlos angefangen, ein paar Kleidungsstücke und Schuhe herauszusuchen. Im Wetterbericht hatten sie Sturm angekündigt, aber an der Ostsee konnte das alles oder nichts bedeuten.

Weil sie das Handy auch im Wohnzimmer nicht fand, klappte sie ihren Laptop auf, der sich im Schlummermodus befand. Sie musste ihrer Freundin Nadja eine E-Mail oder eine Nachricht bei Instagram schicken mit der Bitte, Julias Mobiltelefon anzuklingeln. Auf diese Methode hatten beide in der Vergangenheit schon öfter zurückgegriffen, wenn eine von ihnen ihr Smartphone verlegt hatte.

»Mist!« Julia schlug sich gegen die Stirn. Sie hatte vergessen, ihr Handy nach der Arbeit wieder auf laut zu stellen.

Statt Nadja zu kontaktieren, blieb sie bei *Armorstrike* hängen.

Fünf neue Nachrichten.

Sie klickte auf ihr Postfach. Neben vier unbekannten Usern hatte ihr erwartungsgemäß *Küstenjunge007* geschrieben.

Angeblich hieß er Kai, aber darauf verließ sie sich genauso wenig wie auf das Wetter. Nachdem sie ihn knapp eine Woche hatte zappeln lassen, chattete sie mittlerweile seit sechs Tagen mit ihm. Sie hatte ihm inzwischen ihren richtigen Vornamen und ihren Beruf verraten. Mit diesen spärlichen Auskünften konnte er schließlich wenig anfangen. Von ihm wusste sie immerhin, dass er als Autoverkäufer arbeitete, in Anklam wohnte und geschieden war.

[16:36 Uhr] Küstenjunge007: Was hast du heute vor?

Julia verglich die Sendezeit mit der ihrer Uhr. Er hatte ihr vor fünf Minuten geschrieben. Kurz überlegte sie, ob sie ihm von ihrem geplanten Kurztrip erzählen sollte, dann fing sie an, eine Antwort einzutippen. Ein Geräusch hinter ihr ließ sie herumfahren. Ihr Blick blieb am Koffer hängen, der mitten im Zimmer auf dem Laminatboden lag. Sie hätte schwören können, dass sie ihn gestern nicht zugeklappt hatte, weil sie mit Packen längst noch nicht fertig war.

Für das Auge kaum wahrnehmbar schien sich auf einmal der Deckel zu bewegen. Um sich zu vergewissern, dass sie nicht fantasierte, stand Julia auf und klappte den Koffer in einem Ruck auf. Mit einem Fauchen sprang ein graues Fellbündel heraus.

»Poppy, verdammt!«, rief Julia der Katze hinterher. »Wenn du meine Sweatshirts mit deinen Krallen ruiniert hast, mache ich mir aus deinem Fell ein neues Oberteil.«

Bis auf etliche Katzenhaare schienen die Kleidungsstücke jedoch in Ordnung. Nach dem kurzen Schreck setzte sie sich wieder an den Laptop.

[16:43 Uhr] Sonnenmeermöwe: Sobald ich mein Handy gefunden habe, packe ich meine Sachen

und erhole mich mit Freunden ein paar Tage in einer Strandhütte auf Rügen. Vorher könnte es passieren, dass ich meine Katze killen muss!

Anhand des grünen Lämpchens bei seinem Benutzernamen wusste sie, dass Kai online war. Seine Antwort ließ nicht lange auf sich warten.

[16:45 Uhr] Küstenjunge007: Autsch, das klingt übel. Ich dachte, du liebst Katzen.

[16:45 Uhr] Sonnenmeermöwe: Das war ein Scherz.

[16:46 Uhr] Küstenjunge007: Weiß ich doch. :)

[16:47 Uhr] Küstenjunge007: Aber nur für den Fall, dass du es nicht übers Herz bringst, sag Bescheid, dann übernehme ich den Katzenkillerjob.

Julia nahm die Finger von der Tastatur. Mit dieser Antwort hatte sie nicht gerechnet. Immerhin stammte sie von einem wildfremden Menschen. Sie käme niemals auf die Idee, ihrer Katze ernsthaft etwas anzutun.

[16:49 Uhr] Küstenjunge007: Hey, das war ein Scherz!

[16:50 Uhr] Sonnenmeermöwe: Ja, dachte ich mir.

[16:51 Uhr] Küstenjunge007: Wollen wir irgendwann mal telefonieren? Vielleicht wenn du von deinem Kurzurlaub zurück bist …

Julia wusste nicht, ob sie dazu schon bereit war. Nach den bisherigen Gesprächen klang ein Date mit Kai verlockend, zumindest erschien es ihr vielversprechender als mit allen bisherigen Chatpartnern. Sie versuchte es mit einer ausweichenden Antwort.

[16:53 Uhr] Sonnenmeermöwe: Witzig, dass du das ausgerechnet fragst, wenn ich mein Handy verlegt habe. Und nein, das soll keine Ausrede sein.

[16:54 Uhr] Küstenjunge007: Das ist natürlich ungünstig. Bei Gefahr könntest du so nicht einmal den Notruf wählen. Meistens findet man das Handy an den unmöglichsten Orten wieder. Meins versteckt sich oft unter irgendeinem Kissen.

Im ersten Moment verstand Julia nicht, was er ihr da schrieb, dann glitt ihre rechte Hand unter das einzige Kissen auf der Couch. Ihr Puls beschleunigte sich, als sie ihr Mobiltelefon tatsächlich zu fassen bekam. Sie zog es hervor und entsperrte die Tastatur. Danach schaute sie wie erstarrt auf den Laptop.

[16:56 Uhr] Küstenjunge007: Ist alles okay? Du schreibst nicht zurück.

[16:56 Uhr] Sonnenmeermöwe: Nein, da ist mein Handy nicht.

[16:56 Uhr] Küstenjunge007: Schade.

[16:57 Uhr] Küstenjunge007: Wenn du mir deine Nummer gibst, könnte ich es anklingeln.

Das ging ihr jetzt doch alles zu weit. Einem inneren Drang folgend, wollte sie die Verbindung sofort beenden, aber für den Fall, dass es sich bloß um einen Zufall handelte, wollte sie nicht überreagieren.

[16:58 Uhr] Sonnenmeermöwe: Das wird nicht nötig sein, ich komme auch mal gut ohne Handy aus. Ich mache für heute Schluss.

[16:58 Uhr] Küstenjunge007: Warte, vielleicht kann ich dir doch helfen.

[16:59 Uhr] Küstenjunge007: Vielleicht kann ich deine Handynummer erraten.

Für eine Erwiderung war Julia zu schockiert. Wie gebannt beobachtete sie, was auf dem Bildschirm passierte.

[16:59 Uhr] Küstenjunge007: 0170…

[16:59 Uhr] Küstenjunge007: 4

[16:59 Uhr] Küstenjunge007: 3

[16:59 Uhr] Küstenjunge007: 4

[16:59 Uhr] Küstenjunge007: 7

»Scheiße!«, fluchte Julia, als sie begriff, dass er ihr die exakten Zahlen ihrer Nummer nannte.

Sofort kappte sie die Verbindung. Sie atmete gehetzt. Fast im selben Moment, als sie den Laptop zuklappte, vibrierte ihr Handy. Eine unterdrückte Nummer rief an. Auch wenn sie sich vor dem Anrufer fürchtete, nahm sie das Gespräch an. Sie sagte nichts, lauschte nur.

»Hallo, Julia«, drang es nicht nur aus dem Hörer.

Die Stimme befand sich direkt hinter ihr.

Kapitel 2

Seit dem Umzug von Wiesbaden nach Greifswald ging es Hardy Finkel dreckig. Nachts wälzte er sich vom Sodbrennen geplagt stundenlang im Bett hin und her und am Morgen überhörte er den Wecker. So wie heute – an diesem wichtigen Tag.

»Schatz, du kommst zu spät!«, rief seine Freundin Lara vom Flur. »Lass deine neuen Kollegen nicht warten. Ich hab dir einen Toast mit Erdnussbutter und Marshmallowcreme geschmiert. Den kannst du unterwegs im Auto essen.«

»Bestimmt werde ich das komplette Lenkrad vollkleben«, antwortete er.

Statt sich zu rasieren und hastig anzuziehen, stierte er schon minutenlang in den Spiegel über dem Waschbecken. Unterdessen lief der Wasserhahn. Entfernt erinnerte ihn das Geräusch an das Rauschen der Ostsee. Wenn er nur tief genug in den Spiegel hineinschaute, konnte er seine Seele sehen, die aus Salzwasser, Wind und Sand erschaffen schien, denn er war hier geboren. Doch sobald er vor die Haustür trat, kam ihm seine Heimat so überaus fremd vor. Das Wetter, die Leute, die See, all das übte wie eh und je eine prickelnde Faszination auf ihn aus, aber gleichzeitig ängstigte ihn die Umgebung. Beim Bundeskriminalamt hatte er sich groß und unbesiegbar gefühlt, hier jedoch fühlte er sich klein und verletzlich. In Wiesbaden war er ein angesehener BKA-Ermittler gewesen, in Vorpommern war er jemand, der seiner Heimat vor Jahren den Rücken gekehrt hatte. Er fühlte sich wie ein Migrant, der vor fünf Monaten den ersten Umzugskarton in diese Wohnung geschleppt und vor gerade mal drei Wochen die Adresse im Personalausweis hatte ändern lassen. Falls er es irgendwann schaffte, das Vertrauen der Einheimischen zurückzugewinnen, konnte er wieder einer von hier werden. Bis dahin blieb er ein Fremder.

Er stellte das Wasser ab und rieb sich über das kratzende Gesicht. »Rasieren wird überbewertet.«

Die Bartstoppeln an Hals, Kinn und Wangen kaschierten seinen Schnauzbart und die Stirnglatze ein bisschen. Zudem sah er immer etwas schäbig aus. Mit vierundvierzig musste er allerdings keiner jüngeren Kollegin in der Kriminalpolizeiinspektion mehr imponieren. Ohnehin träumte er von so etwas wie einer Ehe. Nein, eigentlich träumte Lara davon. Zumindest sprach sie das Thema in letzter Zeit immer öfter an. Dann bremste er sie jedes Mal, denn sie kannten sich erst seit dreizehn Monaten.

»Rauschkommen, Polizei!«, lärmte eine kindliche Stimme – Laras achtjähriger Sohn Benjamin. Mit seinen kleinen Händen trommelte er gegen die Tür, so wie Hardy es ihm im Falle einer Razzia vorgemacht hatte. »Du bischt feschtgenommen!«

»Okay, ich ergebe mich!«, rief Hardy. »Ich ziehe mir nur noch schnell die Hose an.«

»Rauschkommen, sofort, oder ich schieße!«

In Windeseile schlüpfte Hardy in seine Anzughose, schloss den Gürtel und streifte ein gebügeltes Hemd über. Es roch nach dem Weichspüler, den Lara ständig benutzte. »Meeresbrise« stand auf der Verpackung.

Vorsichtig öffnete er die Badtür. Zwei Finger zu einer Pistole geformt, stand Benjamin vor ihm. »Hände hoch und dann zeigscht du mir einen Zaubertrick.«

»Mit erhobenen Händen kann ich nicht zaubern«, erwiderte Hardy und lachte.

»Hände hoch!«, forderte Benjamin vehement und er sah tatsächlich wie ein knallharter Cop aus.

»Benni, lass Hardy in Ruhe, er kommt sonst zu spät«, ermahnte Lara ihren Sohn. Sie kam ebenfalls in den Flur, küsste Hardy auf die Wange und begann, ihm das Hemd von unten nach oben zuzuknöpfen. »Denkst du daran, dass wir uns heute Abend mit unseren Freunden treffen?«

Unsere Freunde. Streng genommen waren es Laras Freunde. Im Laufe der Zeit hatte er den Kontakt zu seinen Bekannten in der Region versanden lassen.

»Ich werde pünktlich sein. Was sollte an meinem ersten Arbeitstag schon dazwischenkommen? Vermutlich führt mich irgendjemand durch die Abteilung und erklärt mir die internen Arbeitsabläufe. Wenn es nach mir ginge, kann es gern schön langsam anlaufen.«

»Die können echt froh sein, einen so engagierten Kriminalhauptkommissar zu bekommen.« Sie küsste ihn auf die behaarte Brust und schloss die beiden obersten Knöpfe.

Er roch an ihrem langen schwarzen Haar. Er liebte ihren Duft. Außerdem liebte er es, wenn sie die Initiative ergriff.

»Schwarze oder rote Krawatte?«, fragte er.

»Schwarz, das strahlt mehr Gefahr aus.«

»Ich will nicht gefährlich, sondern seriös wirken.«

»Dafür solltest du dir aber dringend den Schnauzer abrasieren.«

»Hey, das ist mein Markenzeichen.«

Wortlos warf sie ihm ein Lächeln zu und verschwand in der Küche.

Hardy beugte sich hinab zu Benjamin, der mit dem Kopf hin und her wackelte und die Augen wild verdrehte.

»Was sagt man dazu? Sie lässt mich einfach stehen.«

»Zaubertrick, Zaubertrick, Zaubertrick!«

Vergeblich suchte Hardy seine Uhr am Armgelenk. Ein paar Minuten würden schon noch bleiben. Er hob Benjamin hoch und der Junge umarmte ihn.

»Also gut, wir brauchen eine Streichholzschachtel.«

»Müschen wir Mama fragen.«

»Geht klar, Chef.«

Hardy trug den Jungen in die Küche, wo Lara ihm eine Trinkflasche für die Arbeit abfüllte. Die innige Berührung zwischen ihren beiden *Männern* war für sie alles andere als eine Selbstverständlichkeit. Erstens war Hardy nicht Benjamins Vater und zweitens wehrte sich der Achtjährige gewöhnlich mit Fingernägeln und Zähnen, sobald ein Fremder ihm auch nur einen freundschaftlichen Klaps geben wollte. Selbst bei guten Bekannten drehte er sich lieber weg und schaffte es nur nach strenger Aufforderung seiner Mutter, jemandem die Hand zu reichen.

»Es freut mich, dass ihr beiden euch so gut versteht«, bekundete Lara und streichelte erst ihrem Sohn über den Kopf, dann Hardys Oberarm.

»Hier hast du ein Centstück«, sagte Hardy zu Benjamin, nachdem er ihn abgesetzt und eine volle Streichholzschachtel aus einem Schubfach genommen hatte.

Er kippte die Streichhölzer aus, drehte die leere Schachtel ein paarmal in seinen Fingern, schob sie zur Hälfte auf und forderte Benjamin auf, die Geldmünze hineinzulegen.

»Dasch ischt mein Geld«, mahnte der Junge.

»Deshalb tun wir es ja hier hinein, damit es dir niemand wegnehmen kann.«

Als der Cent in der Schachtel lag, schloss Hardy sie und schüttelte kräftig. Es klapperte. Dann übergab er die Streichholzschachtel an Benjamin.

»Mach sie auf.«

Mit großen Augen musste der Junge feststellen, dass sie leer war.

»Wo ischt mein Geld?«

Aus seiner Hand schnippte Hardy das Centstück.

Benjamin versuchte, es zu fangen, aber es fiel auf den Boden und rollte unter den Tisch. Schnell kroch er seinem Geld hinterher.

»Siehst du, Benni, trau niemals einer Schachtel.«

»Statt dem Jungen mit deiner Küchenpsychologie zu überfordern, solltest du endlich losmachen«, ermahnte Lara ihn und reichte ihm seine fertig gepackte Tasche. »Denk an den gemeinsamen Abend mit unseren Freunden.«

»Was würde ich wohl ohne meine Terminmanagerin machen?«

»Sieben Tage die Woche im Büro hocken? Kannst froh sein, dass ich dich aus dem BKA geholt habe, sonst wärst du dort verstaubt.«

Es folgte ein Abschiedskuss, dann stürzte Hardy in den Flur und zog seine Jackettjacke an.

»Sag mal, ist in den letzten Tagen eigentlich mein Paket vom BKA angekommen?«

Lara schüttelte den Kopf. »Ich dachte, du wolltest es direkt auf deine neue Dienststelle schicken lassen.«

»Nein, ich hatte Bedenken, jemand in der Poststelle der KPI könnte mit meinem Namen nichts anfangen und die Annahme verweigern. Deshalb habe ich meinen BKA-Kollegen gebeten, es an uns zu adressieren.«

»Falls es heute ankommt, schreibe ich dir eine Nachricht oder bringe es auf deiner Arbeit vorbei.«

Kapitel 3

Die Kriminalpolizeiinspektion Anklam kannte Hardy nur vom Hörensagen. Bisher hatte er keinen Fuß in das Gebäude und schon gar nicht in das Büro des KPI-Leiters gesetzt. Heute hatte der Beamte am Einlass zuerst seinen Dienstausweis überprüft und diesen dann zusammen mit einem handgeschriebenen Zettel durch das Dokumentfenster zurückgegeben: *KHK Finkel – Zimmer 217 melden.*

In diesem Zimmer saß er nun, weil ihn die KPI-Leiterin anscheinend persönlich willkommen heißen wollte.

»Abgesehen davon, dass mir Ihr Zuspätkommen missfällt«, stellte Kriminaloberrätin Annika Liebkorn gleich die Fronten klar, »finde ich Ihre Begrüßung völlig unangemessen.«

Unruhig rutschte Hardy auf seinem Stuhl herum, weil er keine Ahnung hatte, was er falsch gemacht haben könnte. »Entschuldigung, ich hatte Ihnen die Hand gegeben und mich ordnungsgemäß vorgestellt.«

»Von dieser Begrüßung ist auch nicht die Rede.«

Hardys Blick irrte im Büro umher auf der Suche nach einem Hinweis, worauf sie anspielte. Den Wandbildern nach zu urteilen war Liebkorn nicht nur in der KPI der Kapitän, sondern auch in ihrer Freizeit. Mehrere Fotos zeigten sie mit

Kapitänsmütze auf einem Hausboot. Daneben hingen Bilder von einem vollbärtigen Mann, der seiner Uniform nach zu urteilen der Wasserschutzpolizei angehörte. Bestimmt war er ihr Gatte.

Aber die Fotos halfen ihm nicht, seine Verwirrung aufzulösen.

»Ich bin mir nicht sicher, ob ich Sie richtig verstehe«, ging er in die Offensive. »Was genau stört Sie an mir?«

»Ich meine Ihre Mail, die mich gestern erreicht hat.«

Sie hielt einen Schwarz-Weiß-Ausdruck hoch. Um die Maschinenschrift lesen zu können, musste er sich nach vorn beugen. Er erfasste die Mailadresse, einzelne Worte des Inhalts und ein nicht zu identifizierendes Bildchen am Textende. Obwohl er seinen eigenen Namen in der Signatur erkannte, konnte er sich keinen Reim darauf bilden, was das Ganze sollte.

»Ich verstehe nicht ... Die habe ich nicht abgeschickt, falls Sie darauf anspielen.«

Liebkorn zog die Augenbrauen hoch. »Ach, gibt es noch einen anderen Hardy Finkel beim BKA? Das würde mich wundern.«

»Hören Sie, Frau Liebkorn, ich war zuletzt vor zwölf Tagen in Wiesbaden, um meinen Laufzettel auszufüllen, meinen Schreibtisch zu räumen und meine Berechtigungen abzugeben. Wie soll ich denn da am gestrigen Tag die Mail abgeschickt haben? Ich habe doch längst keinen Zugriff mehr auf mein elektronisches Postfach.«

Ein Schulterzucken ihrerseits, gefolgt von einem müden Augenaufschlag.

»*Hallo Annika*«, begann sie den Text vorzulesen. »*Sicherlich sind Sie schon ganz scharf darauf, dass ich Ihr lahmes Fachkommissariat 1 aufmische. Sie haben Glück, Sie bekommen den besten Mann, den Sie kriegen können. Bald werde ich Ihnen zeigen, wie gut ich bin.«*

»Das ist nicht von mir …«

Sie ließ ihn nicht aussprechen, sondern hob Einhalt gebietend die rechte Hand.

»Bis wir uns kennenlernen, habe ich ein kleines Rätsel für Sie: Ich bin das Erste und doch das Zweite. Wer bin ich?«

Sie legte das Papier zu Seite. »Finden Sie das komisch?«

»Ja, sehr komisch. Komisch im Sinne von seltsam.« Hardys Verwirrung wich nur deshalb, weil an diese Stelle Wut trat. Um das falsche Bild von ihm nicht noch durch Aggressivität zu unterstreichen, schluckte er seine Verärgerung hinunter und blieb sachlich. »Es tut mir leid, ich werde der Sache unverzüglich nachgehen.«

»Das ist das Mindeste, denn ich erwarte eine Entschuldigung von Ihnen.«

»Wissen meine Kollegen aus dem Morddezernat von der Mail?«

»Ich wäre wohl kaum die Richtige auf diesem Posten, wenn ich mich an Klatsch und Tratsch beteiligen würde. Doch natürlich ist das hier eine Behörde wie jede andere, auch hier haben die Wände zuweilen Ohren.«

Für einen Moment war Hardy geneigt, sich zur Zimmertür umzudrehen, vor der Liebkorns Sekretärin ihr Büro hatte.

»Für meine Assistentin kann ich mich verbürgen«, sagte Liebkorn. »Sie dagegen stehen bei mir ab sofort unter besonderer Beobachtung. Ich hätte gute Lust, Sie bis zur Klärung der Angelegenheit in irgendeine Außenstelle des Kriminalkommissariats strafversetzen zu lassen.«

Dann würde sie einen Fehler machen, dachte er.

Kleinlaut sagte er: »Ich verstehe Ihre Verärgerung, aber bitte …«

»Unterbrechen Sie mich gefälligst nicht!« Sie nahm ein anderes Dokument zur Hand. »Der einzige Grund, warum ich Sie hierbehalte, ist dieser vom BKA-Präsidenten persönlich unterzeichnete Brief. Darin bedauert er es, einen seiner besten Mitarbeiter zu verlieren, nachdem Sie auf eigenen Wunsch in meine KPI versetzt werden wollten.«

Bisher hatte Hardy nichts von diesem Schreiben gewusst. Zusammen mit der falschen E-Mail musste jeder neue Vorgesetzte den Eindruck gewinnen, Hardy wäre der Heilsbringer für jede Polizeidienststelle.

»Ich werde Sie nicht enttäuschen.«

Sie tippte mit dem Finger auf seine Personalakte, die ebenfalls auf dem Schreibtisch lag und die Finkel, im Gegensatz zu den beiden Schriftstücken, gleich zu Beginn der Unterhaltung entdeckt hatte. »Zehn Jahre operative Einsatz- und Ermittlungsunterstützung und danach ein ruhiger Posten in der Zentralen Verwaltung. Ich weiß wirklich nicht, was Sie dazu befähigt, auf einmal schwere Tötungsdelikte aufzuklären.«

»Davor habe ich im Kriminaldauerdienst gearbeitet.«

»Ach, kommen Sie, Kollege Finkel, ganze zwei Jahre! Außerdem ist das siebzehn Jahre her. Wissen Sie was? Zeigen Sie mir einfach, wie Sie Ihren verdammten Job machen, einverstanden? Ich …«

Die Predigt drohte auszuufern, doch zum Glück klingelte ihr Festnetztelefon. Einen Moment lang überlegte sie, den Anruf zu ignorieren. Die Nummer auf dem Display schien jedoch wichtig zu sein, denn sie hob den Hörer ab.

Wie es klang, war am anderen Ende Finkels zukünftiger Kommissariatsleiter.

»Kannst du das wiederholen?«, fragte Liebkorn und drehte sich von Hardy weg. »Bestialisch zugerichtet … in einem Mehrfamilienhaus in Stralsund … hm … Kann das nicht jemand anderes übernehmen?« Sie schwang herum und musterte Finkel auf merkwürdige Weise. »Verstehe … Gut, wir sind hier ohnehin fertig.«

Sekunden später war das Telefongespräch beendet und Liebkorn presste sich eine Hand auf den Mund. Nach einer Pause atmete sie einmal tief durch und ihr kompromissloser Blick kehrte zurück.

»Wie es scheint, Herr Finkel, können Sie gleich beweisen, wie gut Ihr Magen ist.«

»Wie darf ich das verstehen?«

»Das wird Ihnen Ihr Kommissariatsleiter erzählen.«

Kapitel 4

»So ein Arschloch!«, schimpfte Kriminalhauptkommissarin Greta Silber und schob ihr Handy in die Hosentasche. Auf die Nachricht ihres Ex-Manns brauchte sie dringend einen starken Kaffee.

In der Abteilungsküche traf sie auf ihre Kollegin Linda Johnson, die sich gerade den letzten Schluck aus der Glaskanne der Kaffeemaschine einschenkte.

Für einen Moment war Greta geneigt, ihr die Tasse aus der Hand zu reißen. »Haben wir noch Sekt von der letzten Geburtstagsrunde?«

»Ich fürchte nicht, höchstens überlagerten Ketchup.«

Wie befürchtet, sorgte der Blick in den Kühlschrank für Ernüchterung. Vielleicht sollte sie ihren Frust wirklich mit Ketchup ertränken. »Wenn ich Glück habe, hat sich in der Flasche mittlerweile auch was Hochprozentiges gebildet.«

»So verzweifelt, wie du klingst, hast du mächtigen Ärger.« Und so wie Linda Greta kannte, wusste sie auch längst, aus welcher Richtung der Ärger wehte. »Was hat dein Ex diesmal für Probleme?«

»Eigentlich sind es immer dieselben: Frank denkt, ich müsste für unseren Jüngsten mal wieder mehr Unterhalt zahlen.

Es geht ihm um sagenhafte elf Euro! Außerdem hält er es für schädlich, wenn ich meinen Söhnen Ratschläge fürs Leben gebe.«

Wortwörtlich hatte ihr Frank in seiner Nachricht geschrieben, dass sie ihr eigenes Leben kaum auf die Reihe bekäme. Aber das verschwieg Greta lieber vor ihrer Kollegin.

»Hier, nimm!« Linda reichte ihre Tasse an Greta weiter. »Wenn ich schon Innendienst habe, kann ich mir auch neuen Kaffee kochen.«

»Du bist meine Retterin.«

»Halt einfach durch. Bald ist Sören achtzehn.«

»Dann fängt er an zu studieren und ich darf weiterzahlen. Für ein Jurastudium! Er schlägt die gleiche Laufbahn ein wie sein Bruder und sein Vater vor ihm. Vom Polizeidienst hält er dagegen nicht viel. Zu gefährlich und dazu schlecht bezahlt. Ist das zu fassen?«

»Du hast einfach zu schlaue Jungs in die Welt gesetzt.«

»Ja, und rat mal, wer sich das an die Brust heftet.«

»Vielleicht lässt du Frank einfach in deinem nächsten Krimi sterben.«

Greta seufzte. Unter all dem Streit litt die Motivation für ihr Hobby, das Schreiben. Wenn sie von der Arbeit nach Hause kam, wollte sie sich am liebsten nur noch besaufen. Den Alkohol hatte sie derzeit zum Glück im Griff. Dafür rauchte sie Unmengen Zigaretten. Der Krimi, den sie derzeit in der Mache hatte, würde wohl erst nächstes Jahr oder überhaupt nicht fertig werden. Schließlich interessierten sich eh kaum Leser für ihre Geschichten. Ihren letzten Roman hatten bislang knapp eintausend Leute gekauft. Kein Ergebnis, um einen Verlag oder die Buchhandlungen in die Knie zu zwingen.

»Wenigstens macht dein Neuer einen soliden Eindruck«, versuchte Linda Greta aufzumuntern.

»Ja, solide ist der richtige Ausdruck.«

Sie seufzte noch einmal und fragte sich, ob sie sich mit Linda demnächst über das Thema »Sex im Alter« austauschen sollte. Gretas Freund war nur sechs Jahre älter als sie, aber im Bett ging alles andere als die Post ab. Im Gegensatz dazu bekam Linda bald ihr viertes Kind. Und das mit fünfundvierzig!

»Und falls du Lust auf was Jüngeres hast«, versuchte Linda, sie zusätzlich mit einem Lächeln zu erheitern, »schmeiß dich an den neuen Kollegen vom BKA ran. Der sieht zwar etwas verlebt aus, aber den Schlafzimmerblick hat er perfekt drauf.«

Fast hätte Greta sich am Kaffee verschluckt. »Ja klar, als ob der eine Einundfünfzigjährige abschleppen würde, bei der nur noch die Hüften und die Falten im Gesicht wachsen.«

»Quatsch, du siehst aus wie Hannelore Elsner. An der ist wahrscheinlich sogar mit hundert alles straff und gebügelt.«

»Hannelore Elsner, na schönen Dank!« Greta rollte die Augen und spülte das verunglückte Kompliment mit einem weiteren Schluck schwarzen Kaffee hinunter. »Na, los, erzähl schon! Wie sieht dieser Finkel nun wirklich aus?«

»Er trägt zwar einen Anzug, aber selbst damit sieht er nicht wie ein Musterbeamter vom BKA aus. Höchstens wie deren Schrankenwärter.«

»Vermutlich erkennt man einen Beamten aus Wiesbaden erst, wenn er dir seinen Ausweis unter die Nase hält.«

»Apropos Nase! Er trägt einen Oberlippenbart.«

Greta blinzelte mehrfach schnell. »Einen Schnauzer? Gott, das erinnert mich gleich an Frank, als ich ihn damals geheiratet habe. Für diese Modeerscheinung habe ich mich schon vor dreißig Jahren geschämt. Hätte ich damals bloß auf meine innere Stimme gehört!«

»Und die Haare gehen ihm aus.« Linda deutete eine Halbglatze an. »Auf mich wirkt dieser Hardy Finkel ein wenig oldschool. Wie dieser verrückte Cop aus dem Musikvideo von Robin Schulz: *Sugar*.«

Sugar! Wenn der Vergleich die Runde machte, hatte der Neue seinen Spitznamen weg, bevor er jedem im Kommissariat die Hand geschüttelt hatte. »Sugar, das gefällt mir irgendwie.«

Während Linda ein paar Zeilen des Songs sang, hielt sie den gekrümmten Zeigefinger über ihre Oberlippe und imitierte so den Protagonisten aus dem Musikvideo.

Sie lachten, bis Kommissariatsleiter Jona Mensen schnaufend den Raum betrat.

»Ich will euch Täubchen nicht den Spaß verderben, aber ich brauche dich in meinem Büro, Greta«, sagte er. Den düsteren Falten auf der Stirn nach zu urteilen, schien es wirklich wichtig zu sein. »Bei Instagram wurde offensichtlich das Bild eines Mordopfers gepostet.«

Kapitel 5

Das war also der Neue! Als Greta das Büro des Kommissariatsleiters betrat, stand der Kriminalhauptkommissar, von dem Linda ihr erzählt hatte, von seinem Platz auf und reichte ihr die Hand.

»Hardy Finkel«, sagte er mit einem zaghaften Nicken.

»Greta Silber«, stellte sie sich ebenfalls vor. Dabei stellte sie fest, dass Linda wirklich nicht zu viel versprochen hatte, was seinen bezaubernden Augenaufschlag anging.

Abgesehen davon, dass er einen schlecht sitzenden Anzug trug, sah er wahrlich nicht aus wie jemand, der gestern noch beim BKA gearbeitet hatte. Allenfalls als Hausmeister. Aber der charmante Blick rettete ihn.

»Gut, nach dem Kennenlernen kommen wir zum unerfreulichen Teil«, sagte Jona Mensen. »Wie es scheint, wartet ein äußerst brutaler Mordfall auf uns.«

Als Mensen sich hinter seinem Schreibtisch niederließ, ächzte der Bürostuhl besorgniserregend unter dem Gewicht. Selbst der Neue verzog schmerzlich das Gesicht, weil er wohl annahm, der Stuhl breche soeben zusammen. So dick, wie Jona war, so gutmütig war er auch. Bis zur Pension blieben ihm weniger als drei Jahre, und die wollte er auf seinem Posten ohne Störungen verbringen. Das würde der Neue schon noch mitbekommen. Und falls er Mist baute, würde Jona seine gute Kinderstube vergessen und ihn runderneuern. Nur ein einziges Mal hatte Greta einen Wutausbruch von Jona gegenüber einem Kollegen miterleben müssen. Am nächsten Tag war der Kollege aus der Abteilung verschwunden. Bis heute wusste sie nicht, was aus ihm geworden war.

»Was heißt ›wie es scheint‹?«, kam Greta auf Jonas Andeutung von einem Mord zu sprechen.

»Das hier ging vor knapp einer Stunde online«, antwortete Jona und reichte ihr ein ausgedrucktes Foto über den Tisch. »Auf Instagram hat es sofort für Reaktionen gesorgt. Diverse Nutzer haben zuerst an einen bitterbösen Scherz geglaubt, bis kurz darauf Freunde des Opfers den Notruf gewählt haben. Inzwischen wurde der Beitrag von der Plattform gelöscht.«

Während Greta das Bild betrachtete, beugte Hardy sich zu ihr herüber. Sein herbes Parfüm kam ihr dabei gefährlich nahe. Anscheinend sah er das Foto ebenfalls zum ersten Mal. Auf diesem sah man einen Teil einer Wohnungseinrichtung, auf dem Fußboden nackte Beine, Füße und jede Menge Blut.

Dem Nagellack an den Zehen nach, handelte es sich um eine Frauenleiche.

Trotz der dargestellten Grausamkeit blieb Hardy gelassen sitzen. Fast schon ein bisschen zu gelassen für Gretas Geschmack, denn sie selbst musste kräftig schlucken bei der Vorstellung, was das Bild womöglich nicht zeigte.

»Ich habe nichts mehr«, las Hardy den Text zum Instagram-Beitrag.

Keine Hashtags, keine Erklärung. Nur der eine Satz.

»Bisher können wir mit der Botschaft nichts anfangen«, sagte Jona. »Leider ist das Foto keine Fälschung. Inzwischen haben Stralsunder Streifenkollegen die Wohnung der entsprechenden Instagram-Nutzerin aufgesucht und die Frau tot auf dem Fußboden ihres Wohnzimmers gefunden. Ab hier übernehmen wir, also ihr beide.«

»Wie bitte?«, fuhr Greta auf. »Nichts gegen den neuen Kollegen, aber sollte ich das nicht lieber mit einem erfahrenen Kollegen übernehmen?«

»Für mich ist das kein Problem«, sagte Hardy.

»Ja, für dich vielleicht nicht. Was hast du denn bisher beim BKA gemacht?«

»Ich habe bei SIRENE das Schengener Informationssystem verwaltet.«

»Na bravo! Jona, da hörst du es, er hat in der Verwaltung an einem Computer gesessen.«

»Aber ich habe nicht immer in der Fahndungsabteilung gearbeitet.«

»Hast du überhaupt schon mal eine Leiche gesehen?«, wandte sie sich wieder direkt an Hardy. »Und damit meine ich die wirklich übel zugerichteten Leichen.«

»Die eine oder andere, ja.«

»Jetzt bin ich ungemein beruhigt.«

»Okay, Greta«, ergriff Jona versöhnlich das Wort. »Ich verstehe deine Vorbehalte, aber nach der Sache mit deinem letzten Partner wird es Zeit, dass du dich an jemand Neuen gewöhnst.«

»Was war denn mit ihrem letzten Partner?«, kam es von der Seite.

Ohne Hardy anzusehen, winkte sie ab. Er musste nicht gleich am Anfang erfahren, dass der letzte Kollege, mit dem sie sich das Büro geteilt hat, bei einem gemeinsamen Abendessen an einer Scampiallergie verstorben war. An dem Abend hatte sie sich geschworen, nie wieder etwas mit einem Kollegen anzufangen.

Sogleich besann sie sich, warum sie im Zimmer ihres Kommissariatsleiters saß. »Hat unser Opfer auch einen Namen?«

»Julia Asmann«, gab Jona Auskunft.

Greta merkte, wie Hardy neben ihr zusammenzuckte. Weil von ihm jedoch nichts kam, er sich im Gegenteil absolut still verhielt, fragte sie weiter: »Was wissen wir noch über sie?«

»Sie ist vierzig, Single und arbeitete als Kindergärtnerin«, führte Jona aus. »Und bevor du fragst, es sieht eindeutig nicht nach Selbstmord aus.«

Greta verstand. »Okay, ich schaue es mir selbst an.«

Jona schüttelte langsam den Kopf. »Falsch, ich will, dass ihr beide euch vor Ort ein Bild macht.« Er zeigte erst auf Greta, dann auf Hardy, der sich stocksteif an seinen Stuhl klammerte.

»Ist bei dem alles in Ordnung?«, sprach sie Jona auf die seltsame Haltung des neuen Kollegen an.

Keine Reaktion.

Wie paralysiert schaute Hardy starr nach vorn.

Greta tauschte mit Jona einen fragenden Blick.

»Hardy Finkel, geht es dir gut?«, fragte ihr Chef, doch auch auf diese Frage reagierte der Angesprochene nicht.

Schließlich sah Greta sich genötigt, ihn anzustoßen. Erst versuchte sie es zaghaft an seinem Jackett, dann rüttelte sie ihn am Arm.

»Was ist los?«, fragte Hardy plötzlich, als wäre nichts gewesen.

»Scheiße, du warst mehrere Sekunden wie weggetreten.«

»Ist wirklich alles in Ordnung?«, stimmte Jona besorgt ein. »Du siehst etwas blass aus.«

»Es liegt hauptsächlich an diesem verdammten Schlips.« Er lockerte ihn und dazu seinen Hemdkragen. »Ich muss mich nur an euer Tempo gewöhnen. Eben saß ich noch bei Frau Liebkorn zur Begrüßung und jetzt …« Er rieb sich die Stirn und setzte ein gequältes Lächeln auf. »Was wissen wir noch über die Frau?«

Diese Frage hatte Greta zuvor gestellt. Sie ließ es unerwähnt und hörte Jona zu.

»Eigentlich postet sie auf ihrem Instagram-Account nur Landschaftsaufnahmen und Sehenswürdigkeiten.« Er drehte seinen Bildschirm herum, auf dem Greta einen Blick auf Asmanns Internetprofil werfen konnte. Als Einheimische erkannte sie unter den zahlreichen Fotografien sofort die Hubbrücke Karmin und die Trebelbrücke bei Nehringen. »Mindestens alle zwei Tage stellt sie auf ihrer Seite Bilder ein. Im Schnitt erhält sie sechzig Likes und ein paar Kommentare. Nach erster Sichtung konnten wir darunter keine Drohungen von Nutzern feststellen. Zuletzt hatte sie 2175 Follower.«

Greta stieß einen Pfiff aus, denn auf ihrer Autorenseite bei Facebook hatte sie nicht annähernd so viel Zuspruch. »Falls wir es tatsächlich mit Mord zu tun haben, ist die Liste der Verdächtigen aber enorm lang.«

»Ein Grund mehr, warum du dich auf die Unterstützung durch unseren Hardy Finkel verlassen solltest.«

Dahin gehend wollte Greta ihren Chef gern korrigieren. Denn nach dem seltsamen Verhalten eben hatte sie eher ein mieses Gefühl, was den neuen Kollegen anging.

Kapitel 6

Eine Stunde später erreichten Hardy und Greta mit dem Dienstwagen die Hafenstraße in Stralsund. Mit den kleinen Jachten, die am Kai sacht schaukelten, den Speichern aus Backstein und den gemütlichen Bars zeigte sich der Hafen typisch nordisch-hanseatisch. Wegen der niedrigen Temperaturen sah man kaum Urlauber, die für eine gemütliche Bootsfahrt anstanden. Den hiesigen Seeleuten machte das frostige Frühlingswetter dagegen nichts aus.

Beim Blick aus dem Seitenfenster stiegen in Hardy Erinnerungen hoch an die Zeit, als er hier mit seinen Eltern gelebt hatte. Ein bitterer Geschmack legte sich in seinen Mund, wenn er an seinen Vater dachte. Nach der Wende war er leidenschaftlich auf der See hinausgefahren, bis er seinen Kahn hatte verkaufen müssen, um einen Teil seiner Schulden zu begleichen. Die See war ihm immer wichtiger gewesen als seine Familie.

»Wir sind gleich da«, riss Greta ihn aus seinen schmerzlichen Gedanken.

»Bevor wir unseren Job beginnen, wollte ich dir nur sagen, dass ich dir nicht zur Last fallen werde.«

»Schon gut, Sugar, ich habe vorhin etwas überreagiert. Nimm es nicht persönlich.«

»Kein Problem, ich war auch etwas …«

Überfordert, wollte er sagen, biss sich aber im letzten Moment auf die Zunge. Unterwegs hatten sie wenig miteinander gesprochen, weil Hardy befürchtete, sie würde ihn auf seinen Blackout in Jona Mensens Büro ansprechen. Wie lange er tatsächlich weggetreten war, wusste er nicht. Der Name Julia Asmann hatte ihn an eine ehemalige Bekannte erinnert und in seinem Kopf einen Schalter umgelegt. Diese Aussetzer kamen bei ihm äußerst selten vor, und in den letzten Jahren hatte er sie fast vollständig verdrängt. Bis heute … als er den Namen gehört hatte.

Greta hielt den Wagen vor einem Mehrfamilienhaus auf der Semlowerstraße.

»Am besten lässt du mich die Ermittlungen führen«, bestimmte Greta. »Fürs Erste bist du für die Zuarbeit zuständig. Mach dir keine Illusionen, nicht nur ich werde dich im Auge behalten, sondern alle anderen Kollegen ebenfalls. Jeder will sehen, was so ein BKA-Beamter auf dem Kasten hat. Ich bin sicher, du gewöhnst dich daran, unter Beobachtung zu stehen, Sugar.«

Er nickte und sie stiegen aus dem Fahrzeug. Auf ähnliche Art hatte ihn die KPI-Leiterin willkommen geheißen.

»Eine Frage noch«, hielt Hardy sie auf. »Warum nennst du mich eigentlich Sugar?«

Sie feixte und zündete sich eine Zigarette an. »Ach, du erinnerst mich nur an jemanden.«

»Na dann.« Er musste ebenfalls schmunzeln. »Hoffentlich nicht an deinen letzten Partner. Apropos dein letzter Partner …«

»Stopp! Du wolltest nur noch *eine* Frage stellen.«

Hardy kam ohnehin nicht dazu, weiter nachzufragen, denn ein Streifenpolizist kam auf sie zu und begrüßte Greta.

»Das ist Polizeihauptmeister Jens Timmendorf vom örtlichen Polizeihauptrevier«, stellte sie ihn Hardy vor.

»Hardy Finkel«, sagte Hardy.

Es folgte ein fester Händedruck unter Männern – wobei Greta bei ihrer Begrüßung auch kräftig zugedrückt hatte.

»Wie sieht's aus?«, wollte Greta von dem Uniformierten wissen.

»Am besten macht ihr euch selbst ein Bild, ich weiß nämlich nicht, wie ich das beschreiben soll.«

»Wieso, was ist denn so merkwürdig?«

»Merkwürdig!«, lachte der Hauptmeister freudlos auf, dann würgte er übertrieben. »Merkwürdig ist die Untertreibung des Jahres. Um ehrlich zu sein, kenne ich derart zugerichtete Leichen nur aus Filmen. Aber das hier ist die Realität, das lässt keinen kalt. Oben im Hausflur stehen noch zwei erfahrene Kollegen vom Kriminalkommissariat Stralsund herum, aber die trauen sich keinen Meter in die Wohnung hinein. Das ist selbst für die eine Spur zu extrem.«

»Habt ihr die Tür aufgebrochen oder einen Schlüsseldienst geholt?«, fragte Greta.

»Weder noch, die Mutter der Wohnungsinhaberin wohnt um die Ecke und ist gleichzeitig mit dem ersten Streifenwagen eingetroffen. Sie hat uns aufgeschlossen.«

»Was denn, die Mutter ist hier?«

»Nicht mehr. Sie ist beim Anblick ihrer Tochter umgekippt wie ein Brett. Und zwar mit dem Kinn voran. Jetzt liegt sie im Klinikum.«

»Warum war ihre Mutter hier?«, traute Hardy sich, ebenfalls eine Frage zu stellen.

»Ein Bekannter von Julia Asmann hat die Mutter angerufen, nachdem das Foto im Internet aufgetaucht war.«

»Haben wir den Namen des Bekannten?«, fragte nun Greta.

Timmendorf blätterte in seinem Notizbüchlein. »Ein gewisser Kevin Maurer.«

»Ist der auch hier?«

»Nicht dass ich wüsste. Der wohnt in Greifswald, deshalb hat er wohl zuerst die Mutter verständigt, damit die bei ihrer Tochter nachsieht. Sollen wir Kontakt mit Maurer aufnehmen?«

Greta schaute Hardy an, weil sie wohl seine Meinung hören wollte. Demnach bestand Hoffnung auf eine gute Zusammenarbeit.

Er schüttelte kaum merklich den Kopf.

»Um den kümmern wir uns später«, entschied Greta daraufhin. Sie warf noch einmal einen Blick auf den Fotoausdruck, den Jona Mensen ihr gegeben hatte, und schnippte dann ihre Kippe weg. »Zuerst schauen wir uns an, was nicht auf dem Foto zu sehen ist.«

»Ich hoffe, ihr habt noch nicht gefrühstückt«, warnte Timmendorf. »Die einst hübsche Frau sieht jetzt wirklich unappetitlich aus.«

Kapitel 7

Begleitet von neugierigen Blicken der Anwohner, folgte Hardy Greta in den dritten Stock des Hauses. Vor der Wohnung von Julia Asmann streiften sie sich Schuhüberzieher und Einweghandschuhe über. Unterdessen redete der Polizeihauptmeister weiter.

»Ihre Mutter meinte, sie sei schon seit sieben Tagen wegen einer Lebensmittelvergiftung krankgeschrieben gewesen.«

Während Greta zuhörte, betrat sie bereits das Wohnzimmer. »Wie eine Lebensmittelvergiftung sieht mir das aber nicht aus.«

Neben ihr blieb Hardy sekundenlang und ohne ein Wort zu sagen vor dem vollständig entkleideten Leichnam stehen. Jeder von ihnen interpretierte die Zurschaustellung der Toten auf seine Weise. Im Büro des Kommissariatsleiters hatte Hardy nicht gelogen: Er hatte in der Vergangenheit tatsächlich schon mehrere Leichen gesehen. Aber keine davon war im Tode annähernd so drapiert worden wie die Frau, die vor ihm auf dem Boden lag.

»Gratuliere«, durchbrach Greta das Schweigen. »Den ersten Test hast du schon bestanden. Andere wären nämlich bei dem Anblick davongerannt.«

»Polyurethan«, sagte er schulterzuckend.

»Machst du jetzt einen auf Lexikon oder müsst ihr BKA-Typen grundsätzlich so reden?«

»Entschuldigung, ich versuche zu begreifen, warum der Täter ihre Hände trotz der Fesseln zusätzlich mit Montageschaum fixiert hat.«

»Nicht nur ihre Hände.« Greta kniete sich zum Kopf der Toten und deutete auf das auffälligste Merkmal. »Ihre gesamte Mundhöhle ist voll mit dem gelben Zeug. Und wie es scheint, hat man ihr das rechte Auge ausgestochen und das Kopfhaar geschoren.«

Ich habe nichts mehr, rief Hardy sich den Satz über dem Instagram-Foto in Erinnerung. Gleichzeitig betrachtete er die herumliegenden langen schwarzen Haarsträhnen, die Blutspur, die von der Couch in die Mitte des Raumes führte, und schlussendlich die unübersehbare Wunde am Hals von Julia Asmann. Sein Blick schweifte über die Porträts der Wohnungsinhaberin und über die Gegenstände, die teilweise geordnet, teilweise chaotisch im Raum lagen. Ein geöffneter blauer Koffer, halb mit Bekleidung gefüllt. Eine Gitarre, wie Erzieher sie seit Jahrzehnten in Kindergärten benutzen. Auf dem Wohnzimmertisch ein Durchschlag über den Wasseruhrentausch, datiert auf vergangenen Mittwoch.

Als Greta nicht hinsah, rieb Hardy sich die Augen. Er versuchte zu begreifen, was hier geschehen war.

Greta drehte sich zu ihm. »Warum sagst du ihren Namen?«

»Was?«

»Du hast eben ›Julia Asmann‹ geflüstert.«

»Hab ich nicht.«

»Doch, hast du«, kam es von hinten.

Offenbar hatte Polizeihauptmeister Timmendorf genauso gute Ohren wie Greta und beide hatten Hardys Gemurmel verstanden.

»Wenn, dann nur, weil ich nachdenke«, wich Hardy aus. »Ich will eine Auflistung von den Leuten, die diese Räume seit dem Öffnen der Wohnungstür betreten haben. Asmanns Mutter, jeder Polizeibeamte, Notarzt, Rettungssanitäter und wer sonst noch seinen Fuß über die Schwelle gesetzt hat. Lückenlos mit Geburtsdatum, Adresse und Telefonnummer.«

»Sonst noch Wünsche?«, empörte sich Timmendorf. »Darf er hier überhaupt schon die Kommandos geben?«

»Ja, und bitte so schnell wie möglich.«

»Hey, ganz ruhig, Hardy«, bremste Greta ihn. »Du schneidest gerade mit Vollgas meine Bahn. Wir hatten unten besprochen, wie das hier läuft. Du stimmst dich mit mir ab, okay?«

Entschuldigend nahm Hardy die Hände hoch. »Ja, ich weiß. Ich wollte nur … Vergiss, was ich eben gesagt habe, Kollege.«

»Nein«, widersprach Greta. »Jens, du wirst alles so veranlassen, wie er es gesagt hat.«

Der Angesprochene schnaubte. »Na, ich hoffe mal, dass diese BKA-Methoden jetzt nicht zur Norm werden. Also dass wir euren Job machen müssen, meine ich damit. Sonst könnt ihr mich beim nächsten Tatort mal kreuzweise.«

»Beruhige dich, Jens«, schritt Greta ein. »Wenn wir euch nur zum Absperren verdonnern, mault ihr auch bloß rum.«

»Nee, aber der Kerl hält sich vermutlich für was Besseres.«

Statt ihm Paroli zu bieten, ignorierte Hardy den Vorwurf.

Greta nahm den Faden wieder auf. »Ich nehme an, sie ist verblutet.« Sie deutete an den Hals der Toten und dann zur Couch, wo das meiste Blut klebte. »Haben wir eine Tatwaffe gefunden?«

»Negativ«, antwortete Timmendorf. »Aber wir tippen auf ein Messer.«

»Wer ist wir?«, konnte Hardy sich nicht zurückhalten.

»Wir blöden Streifenbeamten, Mister Oberschlau.«

»So war das nicht gemeint. Ich schätze die Arbeit der Schutzpolizei, und wenn jeder mitdenkt, ist das gut, aber Fakten wären mir lieber.«

»Okay, okay«, lenkte der Hauptmeister ein. »Heute früh wäre mir auf dem Weg zur Arbeit fast ein besoffener Obdachloser vor den Wagen gelaufen. Die Vollbremsung steckt mir wohl noch in den Knochen. Bei der Todesursache kann ich euch jedenfalls wenig helfen. Außerdem müsste eh jeden Moment der Arzt eintreffen.«

»Der wird sich vermutlich auch nicht festlegen, sondern auf die Rechtsmedizin verweisen«, sagte Greta. »Was wissen wir sonst noch über Julia Asmann, außer dass sie vermutlich unter einer Lebensmittelvergiftung litt und dass ihr Bekannter namens Kevin Maurer ihrer Mutter den Schock ihres Lebens verpasst hat?«

»Irgendwo habe ich ein ausgefülltes Anmeldeformular für Gesangsunterricht herumliegen sehen«, sagte Timmendorf, und Hardy hielt sogleich den entsprechenden Nachweis hoch. »Unter Tränen hat ihre Mutter geschwärmt, dass ihre Tochter damals beim Abiabschlussball Schönheitskönigin geworden war. Eine Zeit lang hatte sie von einer Modelkarriere geträumt. Tja, schön blöd, ihr Talent scheint nicht gereicht zu haben. Nach viel Frust und etlichen Absagen hat sie dem Metier von heute auf morgen den Rücken gekehrt und ist *bloß* Kindergärtnerin geworden.«

»Wenn ich mir die Aufnahmen von ihr so ansehe, war sie ein verdammt hübsches Mädchen.« Demonstrativ blieb Greta vor einer Wand stehen und betrachtete mit schräger Kopfhaltung ein Motiv, auf dem die Verstorbene besonders reizend lächelte. »Mit vierzig sah ich jedenfalls nicht so aus. Nicht mal mit dreißig …«

Hardy drehte sich weg, weil er Julia Asmann nicht in die Augen sehen wollte – auch wenn es sich bloß um ein Foto handelte.

»In ihrem Portemonnaie steckt ein Mitgliedsausweis vom Tierschutzverein«, erzählte Timmendorf weiter. »Im Bad steht ein Katzenklo, aber eine Katze ist bisher nicht aufgetaucht. Dafür jede Menge Eintrittsgutscheine für einen Tanzklub.«

Hardy schaute sich um und fand auch die entsprechenden Flyer. Das *Sonar* in Stralsund. Es schien ein gut laufender Klub zu sein, denn in der Vorschau kündigte man einen namhaften DJ an.

»Laut Verkehrszentralregister ist als fahrbarer Untersatz nur ein Motorroller auf sie zugelassen. Das Teil steht ordnungsgemäß angeschlossen im Hinterhof. Im polizeilichen System hat sie mal Anzeige gegen einen verheirateten Mann wegen Nachstellens erstattet. Bei dem Typen handelte es sich um den Vater eines Kindes aus der Kita. In der Zeit, in der es die Probleme gab, hat Asmann in unregelmäßigen Abständen Paketzustellungen mit Sexspielzeug erhalten. Gegenstände, die sie angeblich nie bestellt hatte.«

»Was ist bei der Anzeige rausgekommen?«, fragte Greta.

»Die übliche Staatsanwaltsklausel: *Eingestellt, da Täterschaft nicht nachweisbar.*«

»Hätte ich mir denken können. Und weiter?«

»In dem Koffer da findet ihr einen Zettel mit einer Adresse auf Rügen. Scheint ein Ferienhaus für bis zu zwölf Personen zu sein. Etwas abgelegen in der Nähe von Gingst. Anscheinend wollte sie verreisen, aber ihre Mutter wusste nichts davon.«

»Sehr gute Arbeit«, lobte Greta. »Wir werden uns die Geschichte mit dem Stalker auf der Dienststelle genauer ansehen. Was denkst du, Hardy?«

Hardy hörte nur mit einem Ohr hin, denn in den letzten Minuten hatte er die Leiche genauer betrachtet. Irgendetwas war ihm seltsam vorgekommen, jetzt wusste er auch, was es war.

»Ich denke, dass das Bild von Instagram nicht Julia Asmann zeigt.«

Kapitel 8

Kopfschüttelnd holte Greta den Instagram-Ausdruck aus ihrer Mappe. Aus dem Augenwinkel musterte sie Hardy, der eine sonderbare Eingebung zu haben schien. Der Mann war definitiv ein Rätsel für sie.

»Was heißt, das Foto zeigt nicht Julia Asmann?« Kaum hatte sie die Frage gestellt und einen Blick auf das Bild geworfen, erkannte sie, worauf er anspielte. »Verdammt, warum ist uns das nicht gleich aufgefallen?«

»Wegen des Nagellacks an den Zehen«, antwortete er.

Gemeinsam verglichen sie die Wohnungseinrichtung mit dem Mobiliar auf dem Foto.

»Das hier auf dem Bild ist nicht dieselbe Auslegware, und der graue Stoffbezug der Couch sieht nur bei flüchtiger Betrachtung ähnlich aus.«

»Wenn man sich die Blutmuster an den Beinen ansieht, erkennt man auch Unterschiede. Wie gesagt, lediglich der Nagellack des Opfers ist exakt so knallrot wie der auf dem Foto. Schätze, der Täter hat dieses Detail extra für uns arrangiert.«

»Demzufolge liegt in irgendeiner anderen Wohnung noch eine zweite, bisher unentdeckte Leiche.«

Hardy nickte. »Davon sollten wir ausgehen.«

»Was für ein großartiger Tag für die Mordkommission!«, konnte sich im Hintergrund Polizeihauptmeister Timmendorf seinen Sarkasmus nicht verkneifen. »Falls ihr vorhabt, heute noch einen weiteren solchen Tatort aufzusuchen, sagt mir Bescheid, ich kann mir nichts Besseres vorstellen.«

Damit ging er davon. Greta blieb mit Hardy allein in der Wohnung zurück. Es ärgerte sie, dass ihr der Unterschied zwischen dem Instagram-Foto und diesem Tatort nicht selbst aufgefallen war. Hoffentlich war der Neue keiner von denen, die jede Schwäche von Kollegen ausnutzten, um im Gegenzug besser dazustehen.

»Purer Zufall, dass es mir aufgefallen ist«, rechtfertigte Hardy sich prompt, als könnte er ihre Gedanken lesen.

Sie schüttelte den Kopf, als wäre es für sie unwichtig. »Ich wette, der Täter hat das Bild mit der Leiche mit ihrem Rechner hochgeladen.« Sie deutete auf den Laptop, der auf dem blutverschmierten Tisch stand.

»Oder mit dem Smartphone des Opfers. Apropos Smartphone, hast du irgendwo eins herumliegen sehen?«

Sie schüttelte den Kopf. »Wir werden am besten gleich eine Ortung des Mobiltelefons beantragen. Den Laptop sollen die Kriminaltechniker umgehend zur Auswertung schicken. Falls der Täter tatsächlich eines von Asmanns Geräten für den Upload genutzt hat, muss er das Foto ja zuvor irgendwie übertragen haben. Per E-Mail, USB-Kabel, Bluetooth ...« Sie seufzte angesichts der Arbeit, die vor ihnen lag. »Whatever.«

»Am besten sollen das gleich die IT-Spezialisten im LKA übernehmen. Wenn wir Glück haben, finden die was, das uns hilft, die Botschaften unseres Täters zu entschlüsseln. Die Zurschaustellung der Leiche ist definitiv eine Botschaft.«

»Bist du jetzt etwa so eine Art Profiler beim BKA gewesen?«

»Sagen wir, ich war auch mal im operativen Dienst tätig und habe dabei den einen oder anderen Kniff aufgeschnappt.« Sogleich winkte er ab. »Aber das ist lange her.«

»Wow, man stellt mir James Bond an die Seite und niemand klärt mich darüber auf.«

»James Bond war nie Profiler – und ich auch nicht. Im Übrigen heißt es Fallanalytiker.« Er zwinkerte ihr zu, und sein Blick ging ihr durch und durch.

Wenn Greta nicht aufpasste, würde er sie tatsächlich bald ziemlich alt aussehen lassen. »Und was sagt uns der verborgene Fallanalytiker in dir?«

Er kratzte sich den unrasierten Bart. Auch so eine männliche Geste, die sie gern mal von ihrem Freund gesehen hätte.

»Nehmen wir an, Julia Asmann wurde dort vom Täter überrascht.« Er zeigte auf die Couch. »Ein Stich in den Hals, sie verblutet langsam, der Täter zerrt sie von der Couch zur Zimmermitte. Legt ihr symbolisch die Fesseln an und richtet das Stillleben so her, bis es eine Bedeutung ergibt.«

»Kleiner Einwand: Vielleicht wurde sie an der Wohnungstür überrascht und mit einer Waffe bedroht«, versuchte Greta es mit einem alternativen Tathergang. »Er hat sie gefesselt, sich mit ihr hier im Wohnzimmer unterhalten, vielleicht weil er eine Information brauchte – zum Beispiel das Passwort des Rechners –, und danach hat er sie getötet.«

»Wir haben keine Kampfspuren im Flur entdeckt«, wandte Hardy ein.

»Oder der Täter hat die Spuren später beseitigt.«

Er wackelte unschlüssig mit dem Kopf. »Unten an der Haustür ist eine Wechselsprechanlage. Außerdem gibt es an der Wohnungstür einen Türspion.«

Greta war beeindruckt, auf was er alles geachtet hatte, gab sich aber so schnell nicht geschlagen. »Sicherheitsmaßnahmen, die sinnlos sind, wenn der Täter aus ihrem Bekanntenkreis kommt und sie ihm daher arglos geöffnet hat. Fast immer besteht eine Beziehung zwischen Mörder und Mordopfer.«

»Der Punkt geht an dich. Ich würde allerdings niemals mein Opfer mit den Händen vor dem Bauch fesseln.«

»Du bist ja auch Polizist, deine Meinung zählt in dem Fall also nicht.«

»Bleiben wir trotzdem bei meiner Theorie: Bei einer Fesselung auf diese Weise, die Handgelenke vor dem Körper, hatte Julia Asmann weitaus mehr Möglichkeiten, sich zu wehren, als mit nach hinten gebundenen Händen und zusätzlich fixierten Fußgelenken. Wenn ich jemanden befragen wollte, würde ich ihn auf einem Stuhl festbinden.«

»Gut zu wissen. Die nächste Befragung übernehme ich. Ich möchte vermeiden, dass du gleich ein Strafverfahren an den Hals bekommst.«

Sie lachten beide, obwohl ein Mordfall niemals einen Grund für Heiterkeit darstellt. Aber im Laufe der Jahre entwickelte jeder Mordermittler seinen eigenen sprichwörtlichen Galgenhumor.

»Ich denke, sie war tot, bevor man ihr den Kabelbinder angelegt hat«, sagte Hardy wieder ernst.

»Wenn wir davon ausgehen, dass sie schon vorher tot war, dann wären die Fesseln sinnlos gewesen.«

Hardy schnippte mit den Fingern. »Es sei denn, die Fesseln dienten lediglich dazu, dass die Handgelenke aneinanderhielten, während der Täter ihre Hände mit PU-Schaum umhüllt hat.«

»Womit wir bei einer von deinen Botschaften wären.«

Er nickte. »Der Schaum muss eine Bedeutung für den Täter haben, eine Art Symbolik.«

»Wenn ich mir die abrasierten Haare anschaue, tippe ich am ehesten darauf, dass der Täter ihr die Schönheit nehmen wollte. Immerhin hat sie einmal von einer Modelkarriere geträumt.

Den Körper dafür hatte sie jedenfalls besessen, meiner bescheidenen Meinung nach.«

»*Ich habe nichts mehr*«, wiederholte er den Satz aus Instagram. »Womöglich sollte der Bauschaum die Frau an den Händen und im Gesicht zusätzlich verschandeln.«

»Um sie zu verunstalten, hätten meiner Ansicht nach die Haare und das ausgestochene Auge vollauf gereicht.«

»Dem Täter offenbar nicht. Je nachdem, zu welcher Einschätzung im Bezug auf den Todeszeitpunkt Arzt und Rechtsmedizin kommen, hat sich der Mörder ordentlich an der Leiche ausgetobt. Wütende Maler bringen manchmal ihre Aggressionen aufs Papier. Etwas in der Art könnte die Szene darstellen. Eine Art Kunstwerk als Ausdruck innerer Zerrissenheit.«

»Was machst du?«, wollte Greta wissen, weil er plötzlich auf seinem Smartphone herumtippte.

»Ich überprüfe noch einmal Julia Asmanns Instagram-Profil. Vielleicht fällt mir in der Zeit, bis der Arzt eintrifft, noch etwas auf.«

»Tu das, ich schaue mich inzwischen in den anderen Räumen um.«

Es dauerte kaum eine halbe Minute, da entdeckte Greta tatsächlich etwas. Etwas, das sie zu Tode erschreckte.

Kapitel 9

Sofort rannte Hardy in die Küche, aus der Gretas Schrei gekommen war. Im Flur schoss ihm eine Katze entgegen, über die er fast stolperte.

»Verdammt, sie hat die ganze Zeit mucksmäuschenstill auf dem Küchenschrank gesessen«, wetterte Greta und rieb sich Nacken und Hinterkopf.

»Die Katze?«, fragte Hardy überflüssigerweise.

»Nein, ich meine die grauhaarige Bestie! Ich habe nur einen Blick in den Kühlschrank geworfen und die Tür anschließend zugeknallt. Und zack, ist sie mir von oben in den Rücken gesprungen.«

Er betrachtete die Hautstelle am Hals, die sie massierte. »Es blutet nur minimal.«

»Ach ja? Es fühlt sich an, als hätte sie mir mit ihren Krallen den halben Kopf abgerissen.«

»An deinen Umgang mit traumatisierten Zeugen muss ich mich erst gewöhnen«, sagte er mit einem Schmunzeln.

»Sehr witzig! Meinetwegen darfst du die Katze gern bei der Befragung am Stuhl festbinden.«

»Und, was Interessantes im Kühlschrank gefunden?«

»Für meinen Geschmack zu viel Gemüse und zu wenig Fleisch.« Nur eine Sekunde später hob sie die Augenbrauen und zog ihren Bauch ein. »Hey, das heißt nicht, dass ich nicht auch ab und zu Gemüse esse.«

»Schon klar, Fleisch ist völlig okay.«

»Damit wollte ich sagen, dass ich mehr so auf ausgewogene Ernährung stehe, klar?«

»Ich schreibe dir garantiert keinen Essensplan vor.«

Sie hob belehrend den Zeigefinger. »Das möchte ich dir auch geraten haben. Hier!« Sie nahm von einem Stapel aus Rechnungen, Werbebroschüren und diversen Zetteln eine Glückwunschkarte mit einem kleinen Herzchen. »Was sagst du dazu?«

Hardy klappte die Karte auf und las den Text laut vor.

»Alles Liebe zum Geburtstag! Ich wünschte, wir könnten zusammen bei einem Glas Champagner feiern. Dein Kevin.«

Er drehte die Karte, betrachtete das Motiv, das seiner Meinung nach aus zu vielen romantischen rosa Schleifchen bestand, und legte sie zurück auf den Stapel. »Kevin Maurer?«

»Jede Wette.«

»Hat der Kollege vorhin nicht behauptet, Julia Asmann sei Single gewesen?«

Greta zuckte mit den Schultern. »Was heißt das heutzutage schon? Außerdem liegt ihr Geburtstag zwei Monate zurück. Vielleicht lief da mal was zwischen den beiden. Es kann natürlich nicht schaden, wenn wir schleunigst mit Kevin Maurer sprechen.«

»Bei irgendjemandem müssen wir schließlich anfangen.«

»Wie sieht's bei dir aus? Was entdeckt?«

»Könnte sein.« Er nahm sein Smartphone wieder zur Hand, bemerkte jedoch beim Blick auf die Anzeige, dass er keinen guten Empfang hatte. »Lass mich kurz nachsehen.«

Er ging zurück ins Wohnzimmer und Greta folgte ihm.

»Nun mach es nicht so spannend.«

Er scrollte sich durch die letzten drei Beiträge von Julia Asmann. Zwei zeigten Landschaftsaufnahmen und der dritte war ein mit einer Hintergrundgrafik unterlegter Aphorismus, wie er sich in sozialen Netzwerken großer Beliebtheit erfreute.

Jedes Bild erzählt eine Geschichte.

Der Beitrag war vor sechs Tagen gepostet worden. Vermutlich war es Zufall, aber der Ausspruch traf bei Hardy mitten ins Schwarze.

»Was meinst du, wie lange ist sie schon tot?«

»Du kannst Fragen stellen, sehe ich aus wie eine Ärztin?« Trotz ihrer Bemerkung wollte sie kein Spielverderber sein. Sie trat an ihm vorbei, griff nach einem Bein der Toten und mühte sich vergeblich, das Kniegelenk zu beugen. »Nichts zu machen, die Totenstarre ist voll ausgeprägt. Demnach liegt der Todeszeitpunkt vermutlich schon über acht Stunden zurück.«

Daraufhin hielt er ihr sein Smartphone hin. »Dieses Bild wurde vor acht Stunden und einundzwanzig Minuten veröffentlicht.«

Greta nahm ihm das Handy ab und betrachtete das Landschaftsbild. »Ein Strand und ein kleiner Steg. Und weiter?«

»Bei allen anderen Fotos steht ein Text oder wenigstens eine Art Überschrift.«

»Wenn du glaubst, das hier hat der Täter eingestellt, dann viel Spaß beim Suchen. Ecken dieser Art gibt es hier unzählige.«

Mit einer solchen Äußerung hatte Hardy gerechnet, sie wusste schließlich nicht, dass er den Ort bereits kannte.

»Aber diesen Steg gibt es nur einmal, und zwar bei Neppermin. Mein Vater hat ihn mir einst gezeigt.«

Kapitel 10

Seit drei Minuten saß James Finkel in dem Therapiezimmer und wartete auf den Psychologen. Er war sich unsicher, ob die Sitzungen überhaupt eine Besserung seiner Depressionen brachten. Doch solange die Krankenkasse zahlte, konnte es ihm egal sein.

Nachdenklich schweifte sein Blick über die im Gelbton leuchtenden Stehlampen, die gepflegten Topfpalmen und den hochflorigen hellbraunen Teppich. Sobald er wieder eine Wohnung hatte, würde er sie ähnlich einrichten. Eine Veränderung täte ihm gut, hatte der Psychologe beim letzten Besuch gemeint. Lediglich die Wandbilder in Schwarz-Weiß störten die ansonsten warmherzige Atmosphäre des Raumes. Aber von Kunst verstand James ohnehin wenig.

Die Zimmertür ging auf und der Psychologe nahm im Sessel gegenüber Platz. Ein Handschlag unterblieb, denn sie hatten sich bereits im Wartebereich begrüßt. Wie an den Tagen zuvor hatte er nur ein Klemmbrett mit A4-Blättern und einen Kugelschreiber für seine Notizen dabei. Wieder saßen sie für das Gespräch mehr als zwei Meter auseinander. Diese durch die Sitze vorgegebene Distanz empfand James als angenehm.

Der Psychologe blätterte stumm in seinen Unterlagen, räusperte sich irgendwann und gab eine kurze Zusammenfassung vom Inhalt der letzten Therapiestunde.

»Sie wollten heute über Ihren Sohn Hardy sprechen«, stieg er in die Sitzung ein.

Sofort keimte Verärgerung in James auf, aber er hatte das Thema tatsächlich selbst bestimmt. Also nickte er. »Er wohnt wieder in der Gegend. Hat wohl seinen Job beim BKA aufgegeben.«

»Haben Sie Kontakt zu ihm aufgenommen?«

Missmutig schüttelte James den Kopf. »Hab es am Telefon von seiner Mutter erfahren.«

»Verstehe.« Der Psychologe schrieb sich etwas auf. »Haben Sie etwas mitgebracht, das Sie mit Ihrem Sohn Hardy verbindet, so wie wir es besprochen hatten?«

»Ja, sicher«, antwortete James und griff in seinen Rucksack, der neben dem Sessel lehnte. »Da war er sieben oder acht.«

Der Psychologe machte sich nicht die Mühe aufzustehen, um nach dem alten Foto zu greifen, das James ihm reichte.

Also erhob sich James und überbrückte die wenigen Meter.

»Das Kinn hat er von Ihnen geerbt«, bekundete der Psychologe.

»Ja, aber mehr auch nicht.«

»Auf dem Bild macht er einen traurigen Eindruck auf mich. Dabei befindet er sich an einem idyllischen Küstenabschnitt mit einem netten kleinen Steg. Es sieht mir weniger nach dem offenen Meer aus, sondern eher nach einer Bucht.«

»Eigentlich war Hardy ein aufgewecktes, fröhliches Kind, aber die Aufnahme entstand kurz vor der Abenddämmerung und er war müde. Wir waren weit gewandert.« Diesmal musste James dezent auflachen, denn er erinnerte sich mit Freude an diesen Tag. »Übrigens haben Sie recht, es ist eine Bucht bei Neppermin.«

»Usedom, sehr schön!«

»Weil der Steg baufällig war, wurde er vor einiger Zeit abgerissen. Lediglich ein paar Pfeiler stehen noch.«

Der Psychologe verzog die Mundwinkel, als reichten ihm die Informationen nicht. Er hielt das Foto hoch. »Gibt es davon noch mehr?«

»Um ehrlich zu sein, ich besitze gerade einmal eine Handvoll Bilder von ihm«, sprach James eine Sache an, die er sehr bedauerte. »Damals war Hardy eine riesengroße Enttäuschung für mich. Tja, und sein Bruder ...«

»Bleiben wir bei Hardy«, unterbrach ihn der Psychologe. »Beim letzten Mal erwähnten Sie, er sei Ihretwegen mit einundzwanzig nach Wiesbaden geflüchtet. Hängt seine *Flucht* mit Ihren Aggressionen zusammen?«

»Ich habe ihn niemals geschlagen, falls Sie das denken.«

»Sondern?«

James krallte die Finger in den Lederbezug des Sessels. »Nur beinahe umgebracht.«

Kapitel 11

Während Greta sich mit den Mitarbeitern des Bestattungsunternehmens über den Abtransport der Leiche unterhielt, rätselte Hardy noch immer, was es mit dem Foto von der Bucht bei Neppermin auf sich hatte. Er bezweifelte, dass es den Steg noch gab, denn dessen Holz war schon in seiner Kindheit ziemlich morsch gewesen. Damals hatte sein Vater ihn oft dorthin mitgenommen, damit er lernte, besser als jeder andere zu schwimmen. Und am Ende wäre Hardy beinahe ertrunken.

Als er nach Wiesbaden umgezogen war, hatte er seinen Vater, den Steg und das damit verbundene schlimmste Erlebnis seiner Kindheit vergessen wollen. Und nun erinnerte ihn ausgerechnet eine Tote an seine Vergangenheit.

Sicherheitshalber hatte er einen Screenshot von dem Instagram-Beitrag auf seinem Handy gespeichert. Immerhin hatte sich der Arzt bei der Leichenschau nach Messung der Raum- und Körpertemperatur, der Untersuchung von Haut, Augen, Totenflecken und der Totenstarre auf einen Todeszeitpunkt zwischen neun und elf Stunden festgelegt. Demzufolge bestätigte er damit indirekt Hardys These, dass das Foto erst nach Asmanns Tod online gegangen war. Blieb natürlich noch die Möglichkeit eines geplanten Beitrags, der je nach vorher festgelegter Zeit verzögert im Profil auftaucht.

»Für Ihren ersten Tag bei der Mordkommission machen Sie ganz schön was mit«, sprach ihn der Arzt überraschend von der Seite an. »Um ehrlich zu sein, habe selbst ich nie zuvor eine derart zugerichtete Leiche erlebt.«

»Und haben Sie noch einen guten Tipp für mich?«

»Das Opfer ist verblutet, das Einstichmuster am Hals ist V-förmig mit glatten Wundrändern, keine typischen Schnittverletzungen an Händen und Armen durch Abwehrversuche. Demnach würde ich sagen, Sie sollten nach jemandem Ausschau halten, der ein scharfes Messer bei sich führt und es seinem Opfer zielgenau und unvermittelt in die Halsschlagader rammt.«

»Ich werde darauf achten.«

Bevor Hardy das Gespräch vertiefen konnte, klingelte sein Handy. Es war sein BKA-Kollege Tony Schneider.

»Sag mal, hast du mir zufällig die falsche Anschrift gegeben?«, wollte Tony wissen.

Mit einem Handzeichen verabschiedete Hardy sich von dem Arzt und drehte sich weg. »Wovon redest du?«

»Ich rede von deinem Paket, das ich dir schicken sollte.«

»Du meinst meine restlichen Sachen?«

»Und ob, deine Ordner mit Schulungsunterlagen, die Erinnerungsmedaille des BKA, dein gerahmtes Foto mit dem hessischen Innenminister, dessen Tochter du fast geheiratet hättest …«

»Bitte nicht schon wieder diese Episode!« Hardy seufzte, weil Tony immer wieder dieses alte Gerücht in Umlauf brachte. »Ich kenne noch nicht einmal den Namen seiner Tochter.«

»… und natürlich die Urkunde für den letzten Platz bei unserem alljährlichen Pokerabend«, beendete sein Kollege die

Aufzählung. »Das Zeug habe ich alles hübsch für dich verpackt und vor vier Tagen zu dir geschickt.«

»Wo liegt das Problem?«

»Das Paket ist heute mit einem fetten Aufkleber von der Post zurückgekommen: *Adressat nach unbekannt verzogen.*«

»Das kann doch gar nicht sein.« Um sicherzugehen, nannte Hardy seine neue Wohnanschrift erneut.

»Ja, die steht exakt so auf dem Deckel«, kam es zur Bestätigung. »Habe ich eigenhändig draufgeschrieben.«

»Dann hat sich der Paketdienst eben geirrt, du musst es mir noch mal zusenden.«

»Mensch, ich bin doch keine Poststelle. Ist sonst alles okay bei dir? Ich wette, du langweilst dich bereits am ersten Tag.«

Weil Greta ihm zuwinkte, wollte Hardy das Telefonat kurzhalten. Bevor er sich verabschiedete, erinnerte er sich an das Willkommensgespräch bei der KPI-Leiterin. Sie hatte ihn mit einer sonderbaren E-Mail konfrontiert.

»Sag mal, weißt du zufällig, ob meine E-Mail-Adresse vom BKA noch aktiv ist?«

»Kann ich mir kaum vorstellen«, sagte Tony. »Da muss ich mich aber selbst erst kundig machen.«

»Okay, irgendwas scheint da nämlich nicht zu stimmen.«

»Ich melde mich.«

Sie verabschiedeten sich voneinander. Während Hardy auf Greta zulief, schaute er auf die Uhr. Verdammt, er hatte glatt vergessen, was er Lara am Morgen versprochen hatte!

Schnell wählte er ihre Nummer.

»Hady, bischt du das?«

»Benjamin?«, wunderte er sich, weil ihr Sohn an ihr Handy ging. »Gib mir bitte deine Mama.«

»Wann kommscht du nach Hausche? Wir wollen Fuschball spielen!«

»O je, du wirst mir die Knochen ruinieren, du kleiner Ronaldo.«

»Bin kein Rinaldo. Bischt du gleich da?«

Er wollte den Jungen nicht belügen. »Jetzt gib schnell das Telefon deiner Mama, sonst komme ich hier nicht mehr weg.«

Danach hörte er es rascheln und entfernte Gespräche. Bis er Laras Stimme im Hörer vernahm.

»Lass mich raten, Hardy, du schaffst es nicht pünktlich zum Treffen?«

»Wie viel Zeit habe ich noch?«

»Lass mich mal nachdenken«, kam es spöttisch, weil sie längst ahnte, dass er nicht mehr rechtzeitig zur Verabredung mit ihren Freunden kommen würde. »In einer Stunde fahre ich ohne dich los.«

»Mist, ich habe hier gleich am ersten Tag den Jackpot erwischt. Ich stecke hier in Stralsund bei einem Mordfall fest. Es tut mir wirklich leid.«

Laras Stimme wurde sanft. »Das ist okay, Hardy, zieh deinen Job durch, es kommen auch ruhigere Tage. Übrigens ist dein Paket vom BKA endlich angekommen.«

»Was erzählst du da?«, stieß Hardy aus, weil er glaubte, sich verhört zu haben. »Bist du dir sicher?«

»Na hör mal, es steht direkt vor mir auf dem Küchentisch.«

Nach dem Telefongespräch mit Tony eben musste zwangsläufig irgendeine Verwechslung vorliegen. Eine Erklärung fand Hardy auf die Schnelle allerdings nicht.

»Mach es auf!«, bestimmte er.

»Wieso?«, fragte Lara prompt. »Ich meine, wieso klingst du so aufgeregt?«

»Ist nur der Ärger hier. Mach es bitte für mich auf und sag mir, was drin ist.«

»Du machst mir vielleicht Spaß«, hörte er sie noch sagen, bevor sie ihr Handy zur Seite legte und er nur noch Nebengeräusche vernahm.

»Und?«, fragte er ungeduldig.

Am Ende der Leitung gellte ein Schrei.

Kapitel 12

Kaum hielt der Streifenwagen vor seiner Wohnadresse, riss Hardy die Hintertür auf.

»Soll ich noch mit hochkommen?«, rief Polizeihauptmeister Timmendorf ihm nach, doch Hardy winkte ab.

Während der gesamten Fahrt von Stralsund nach Greifswald hatte er unruhig mit den Knien gewackelt und ständig auf den Tacho geschaut, weil er das Gefühl gehabt hatte, nicht vom Fleck zu kommen. Endlich angekommen, stürzte er halb wahnsinnig vor Sorge um Lara und Benjamin die Treppenstufen hinauf. Leichenblass und mit schockgeweiteten Augen öffnete sie ihm die Wohnungstür. Wortlos nahm er sie in den Arm und drückte ihren Körper fest an seinen.

»Es ist so schrecklich«, schluchzte sie.

»Das habe ich nicht gewollt.« Auch wenn er den Paketinhalt bisher lediglich von ihrer Schilderung am Telefon kannte, hatte er eine genaue Vorstellung, was ihn in den nächsten Minuten erwartete. »Geht es Benni gut?«

»Er hat es nicht gesehen.«

Wie auf Bestellung kam der Achtjährige angedüst. »Hady, Hady, lasch unsch Fuschballschpielen!« Bisher schien er gar nicht registriert zu haben, dass seiner Mutter Tränen im Gesicht standen.

So gern Hardy den Jungen hochgenommen und mit ihm gespielt hätte, momentan musste er ihn mit ausgestrecktem Arm bremsen. »Langsam, Sportsfreund, deine Mama und ich müssen dringend was klären.« Trotz der Anspannung bemühte er sich um ein Lächeln. »Geh zurück in dein Zimmer, ich komme gleich zu dir, okay?«

»Aber du huscht verschprochen, dasch wir gemeinscham kicken!« Er rannte ein Stück den Flur zurück, wo Ball, Schienbeinschützer und Schuhe schon bereitlagen. »Jetzt!«

Bevor Hardy etwas sagen konnte, ergriff Lara die Initiative. »Dein Papa holt dich gleich ab.«

»Nein!«, nörgelte Benjamin. »Heute nischt!«

Hardy blinzelte irritiert. »Wieso denn dieser Blödmann?«

»Er ist kein Blödmann … Er ist schwierig …«

Hardy verstand nicht, weshalb der Kindsvater hier so plötzlich auftauchen sollte. Wegen ihrer einstigen problematischen Beziehung trafen sich die beiden zur Übergabe des Kindes stets an einem neutralen Ort, und auch nur zu fest geregelten Zeiten. Daher hatte Hardy mit dem Psychologen im vergangenen Jahr bisher höchstens eine Handvoll Sätze ausgetauscht.

»Ich dachte, er hat dich und Benjamin früher geschlagen«, erinnerte Hardy sie an das, was sie ihm an schlimmen Dingen über ihren Ex erzählt hatte. »Und jetzt lieferst du ihm deinen Sohn freiwillig aus?«

Lara raufte sich das Haar. »Entschuldige, ich war vorhin so durcheinander, deshalb habe ich ihn überhastet angerufen. Es ist nur wegen deines Scheißpakets!«

»Sag ihm ab!« Auch Hardy wurde laut.

»Zu spät! Er wird jeden Moment klingeln.«

Benjamin kreischte und hielt sich beide Ohren zu.

Hardy fuhr sich mit der flachen Hand übers Gesicht, um sich zu sammeln. »Okay, tut mir leid, vielleicht ist es besser, wenn Benjamin eine Nacht woanders schläft, bis wir uns beruhigt haben. Steht es noch in der Küche?«

»Wo denn sonst?«

»Wirf ein Auge auf Benni.« Er streichelte ihr über die Wange und wuschelte Benjamin durchs Haar, bevor er in die Küche lief.

»Hardy«, rief sie ihm hinterher und versperrte ihrem Sohn den Durchgang, damit er ihm nicht folgte. »Was hat das zu bedeuten?«

Hardy gab keine Antwort, sondern zog wortlos die Tür hinter sich zu. Danach betrachtete er das Paket. Es war tatsächlich vom BKA abgeschickt und an ihn adressiert worden. Da er äußerlich keine Auffälligkeiten feststellte, zog er sich Latexhandschuhe an und klappte die Kartondeckel zur Seite. Bei dem Gedanken, dass Lara das Gleiche gesehen hatte, was nun vor ihm lag, schnürte es ihm für einen Moment die Kehle zu. Nachdem er sich gefangen hatte, griff er in den Karton. Eingepackt in einer durchsichtigen Folie, hob er ein handgroßes Hautstück heraus. Angewidert betrachtete er es im Licht der Deckenlampe. Zweifellos war es die Haut eines Menschen. Blutleer, am Wundrand schon leicht verfault, auf der Unterseite voller Fett und Muskelgewebe. Es schien zwar mit einem scharfen Werkzeug aus einem Torso herausgetrennt worden zu sein, aber definitiv nicht von Chirurgenhand. Dafür war der Rand zu unsauber geschnitten.

»Gott, was für ein Monster!«

Insgeheim betete er darum, dass das Opfer bei der »Operation« nicht mehr gelebt hatte. Eines wusste Hardy aber schon jetzt: Er würde es früher oder später erfahren.

Vorerst lag sein Augenmerk auf einem Zeichen, das jemand zusammen mit dem menschlichen Organ an ihn geschickt hatte: Auf der Hautoberfläche befand sich ein tätowierter Barcode.

Während er über die morbiden schwarzen Striche rätselte, klingelte es an der Wohnungstür. Hastig verstaute er das Hautstück im Paket und verließ die Küche. Kaum betrat er den Korridor, öffnete Lara die Tür.

»Was ist denn los«, hörte er Edward Koch sprechen. »Ich musste extra die Vernissage eines befreundeten Künstlers unterbrechen.«

Hardy stellte sich an Laras Seite. Sie hatte irgendwann erwähnt, dass ihr ehemaliger Lebenspartner sich für Gemälde interessierte.

Die Begrüßung mit Edward fiel unterkühlt aus.

»Danke, dass du so schnell gekommen bist«, sagte Lara, sie versuchte hörbar, gefasst zu klingen. »Ich erkläre es dir später.«

»Ist alles in Ordnung?«, kam es prompt von Edward, der sich von ihrer gespielten Freundlichkeit nicht täuschen ließ. Dabei musterte er Hardy mit seinem Psychologenblick, als hätte er Lara schwer misshandelt.

»Ich habe alles Nötige zusammengepackt«, überging Lara die Frage und drückte Edward einen Kinderrucksack in die Hand. Dann fasste sie Benjamin, der bereits eine Jacke und Mütze trug, an den Schultern und schob ihn zur Tür. »Los, heute ist Papatag!«

»Isch will aber mit Hady schpielen«, protestierte der Junge.

Auch wenn Hardy ihn ungern gehen ließ, trat er zu ihm und beugte sich zu ihm hinunter. »Ich wette, dein Papa hat eine Überraschung für dich.«

Die Augen des Kleinen leuchteten. »Wasch für eine Überraschung?«

»Wollen wir uns Bilder ansehen?«, spielte Edward mit.

»Wasch für Bilder?«

»Hm, Bilder, für die man viel Fantasie braucht. Du hast doch Fantasie, oder?«

Es folgte eine flüchtige Verabschiedung aller. Kurz bevor die Tür ins Schloss fiel, fing Hardy noch Edwards kritischen Blick ein. Statt sich darüber zu ärgern, wandte sich Hardy an Lara.

»Wann hast du das Paket bekommen?«

Sie tastete an ihre Stirn, als hätte sie Kopfschmerzen. »Ich weiß es nicht mehr genau …«

»Lara, es ist wichtig!«

»Das muss kurz nach Mittag, so gegen dreizehn Uhr, gewesen sein. Ja, ich habe Benni von der Schule geholt, da klingelte irgendwann der Paketbote.«

»Ein Mann also, sehr gut. Und jetzt möchte ich, dass du dich konzentrierst und ihn mir präzise beschreibst.«

Kapitel 13

Die Ermittlungen am Tatort hatten sich bis in die Nachmittagsstunden hingezogen. Entsprechend müde und missgestimmt stieg Greta aus dem Dienstwagen. An Feierabend brauchte sie allerdings noch längst keinen Gedanken zu verschwenden. Statt zurück zur KPI in Anklam zu fahren, hatte sie einen Umweg über die Pasewalker Allee genommen. Ihr Bürorechner wartete zwar schon darauf, dass sie eine Anzeige einschließlich eines umfassenden Berichts für die Staatsanwaltschaft eintippte, vorher musste sie jedoch dringend einen Zeugen aufsuchen. Dabei störten sie weniger die Überstunden, sondern eher das Gefühl, von dem neuen Kollegen im Stich gelassen worden zu sein. Ein Notfall, hatte Hardy Finkel kurz angebunden gemeint und sich entschuldigt. Mangels eigenen Fahrzeugs hatte ihn Polizeihauptmeister Timmendorf mit Blaulicht nach Hause chauffiert. Hardy wollte sich später bei ihr melden und ihr alles erklären. So zumindest hatte er es versprochen. Inzwischen glaubte sie nicht mehr daran, dass er heute noch anrief.

»Tja, so ist das mit den Männern«, murmelte sie vor sich hin. »Zeig mir einen, auf den man sich wirklich verlassen kann.«

Die anstehende Befragung des Zeugen würde sie auch ohne seine Hilfe schaffen. Ursprünglich hatte sie ihren Kommissariatsleiter sogar darum gebeten, die Ermittlungen alleine zu übernehmen.

»Da wusste ich aber noch nicht, wie beschissen dieser Fall sein würde«, redete sie weiter mit sich selbst, während sie die richtige Klingel suchte und betätigte.

Auf dem Namensschild stand *Weigand & Maurer.*

Eine Frauenstimme meldete sich über die Sprechanlage. Greta stellte sich als Kriminalbeamtin vor und man ließ sie zur Haustür hinein. Nach wenigen Stufen wurde sie an der Wohnungstür von Elisabeth Weigand empfangen.

Ordnungsgemäß zeigte Greta ihren Dienstausweis. »Ich möchte mit Kevin Maurer sprechen.«

»Ja, das haben wir uns bereits gedacht«, antwortete die zerbrechlich anmutende, aber bildhübsche Frau etwas reserviert, jedoch keineswegs in unfreundlichem Ton. »Treten Sie bitte ein.«

Vor ihrem unangekündigten Besuch hatte Greta sich über das Melderegister über beide Wohnungsinhaber kundig gemacht. Deshalb nahm sie an, dass es sich bei Elisabeth Weigand um Maurers Lebensgefährtin handelte. Angesichts der spindeldürren Taille der Dame bekam Greta fast Mitleid. Gern hätte sie ihr etwas von ihren Hüften gespendet. Sogar etwas von ihrer Oberweite könnte sie abgeben. Bedarf war bei Weigand jedenfalls vorhanden.

Sofort, als Greta in den Korridor trat, kam Maurer aus einem der Zimmer. Im Gegensatz zu seiner schmächtigen Freundin war der Achtunddreißigjährige groß, braun gebrannt und sein Körper von etlichen Stunden im Fitnessstudio gestählt. Sein eng anliegendes Shirt spannte an allen Ecken und Enden.

»Julia wurde ermordet, nicht wahr?«, platzte es aus ihm heraus, als er ihr die Hand zur Begrüßung reichte.

Greta nickte, woraufhin beide Wohnungsinhaber einen Laut der Betroffenheit ausstießen.

»Wie haben Sie es erfahren?«, fragte Greta.

»Von meinen Kollegen, die wiederum Kontakte zur Landespolizei haben«, gab Maurer Auskunft, ohne näher auf seinen Beruf als Bundespolizist einzugehen. Er ging wohl davon aus, dass Greta sich im Vorfeld über ihn informiert hatte. »Ich habe die Ungewissheit nicht mehr ausgehalten, zumal ich ihre Mutter nicht mehr erreicht habe.«

»Verstehe«, bekundete Greta, gleichzeitig beobachtete sie das Paar. Keine Berührung, kein Wortwechsel, kein Blickkontakt. »Können wir uns unter vier Augen unterhalten, Herr Maurer?«

Jetzt schaute der Angesprochene doch für einen Augenblick zu seiner Freundin. »Elisabeth und ich haben keine Geheimnisse voreinander, sie soll ruhig dabei sein.«

Er deutete zu einem Zimmer und sie traten der Reihe nach ein. Weigand sagte unterdessen keinen Ton. Bei oberflächlicher Betrachtung wirkte sie wie das Mäuschen im Hintergrund, aber Greta konnte in ihrer Mimik erkennen, dass sie die Anwesenheit der Kripo in ihrer Wohnung alles andere als gleichgültig hinnahm.

»Wie lange sind Sie schon zusammen?«, begann Greta mit einer unverfänglichen Nachfrage und sah dabei Weigand an.

»Seit drei Jahren«, kam es wie aus der Pistole geschossen. »Seit anderthalb Jahren wohnen wir gemeinsam hier. Anfangs dachten wir, der Zugverkehr würde uns stören, aber schon nach einem Monat haben wir gar nichts mehr davon mitbekommen.«

Greta trat ans Fenster und sah eine Apotheke und dahinter den Bahnhof. »Und wie lange kannten Sie Julia Asmann?«

Die Frage ging an beide, doch Maurer antwortete.

»Ich kenne Julia schon seit meiner Jugend. Wir haben damals in unmittelbarer Nachbarschaft gewohnt und uns bei einer Feierlichkeit eines gemeinsamen Freundes näher kennengelernt.«

Greta wartete einen Augenblick, ob von Weigand auch etwas kam. Aber eine Ergänzung ihrerseits unterblieb, woraufhin Greta weitermachte. »Waren Sie und Julia mal zusammen?«

Maurer schüttelte den Kopf. »Nein. Nein, wir waren nur befreundet.«

»Es gab auch nie so etwas wie einen Versuch?«

»Nein, dafür waren wir wohl auch zu unterschiedlich in unseren Interessen. Ich hatte es mehr mit dem Sport und sie mit der Musik. Außerdem habe ich nie verstanden, warum sie sich über alle Maßen für Tiere in Not engagiert. Sie hat dauernd bei Petitionen gegen Tierversuche oder dem Aussetzen von Tieren mitgemacht. Selbst für Straßenhunde in Ungarn und Rumänien hat sie sich eingesetzt. Verstehen Sie mich nicht falsch, ich bin strikt gegen Tierquälerei und so, aber bei ihr war das schon eine Stufe too much.«

»Wann hatten Sie zuletzt Kontakt mit ihr?«

»Abgesehen davon, dass ich ihre Timelines bei Facebook und Instagram verfolge und ein paar Likes hinterlasse, kann ich mich nicht daran erinnern, wann ich zuletzt mit ihr gesprochen habe.«

»Und zum Geburtstag haben Sie ihr auch nicht gratuliert?«

Es folgte ein zweideutiger Blickwechsel zwischen Maurer und seiner Freundin.

»Ja, aber das würde ich nicht als Kontakt im eigentlichen Sinn bezeichnen«, wich er aus.

»Sondern?«

»Hören Sie, ich bin mir nicht sicher, worauf Sie anspielen, aber zwischen mir und Julia lief echt nichts.«

»Das kann ich bestätigen«, nahm Weigand etwas lahm an dem Gespräch teil. »Andernfalls hätte ich das doch mitbekommen und seinen kürzlichen Heiratsantrag gar nicht erst angenommen.«

»Sie wollen heiraten?«, jubilierte Greta gespielt, weil es sie schlagartig an ihre gescheiterte Ehe und an ihren Ex erinnerte, der sie mit unzähligen Seitensprüngen in der Kanzlei genarrt, sie später in die Klapse gebracht und in der Folge die Kinder weggenommen hatte. »Mein Glückwunsch! Wie ist eigentlich Ihr Verhältnis zu Julia Asmann gewesen?«

Weigand zuckte mit den Schultern. »Im Nachhinein würde ich es als freundschaftlich neutral bezeichnen. Wenn sich die Gelegenheit bei Feierlichkeiten geboten hat, haben wir uns unterhalten. Das ging aber nicht über Small Talk hinaus. Aber wie Kevin schon sagte, das ist schon eine Weile her.«

Nach dieser Auskunft wollte Greta es vorerst bei dem Thema bewenden lassen. Die Botschaft der beiden war längst klar: Wir gehören zusammen. Gleichzeitig versuchte Greta, sich anhand der Wohnungseinrichtung ein detaillierteres Bild von dem Paar zu machen, denn sie wusste ebenfalls, dass Weigand in einem Nachtklub in Neubrandenburg als Objekt des Fleischbeschaus arbeitete, auch wenn sie selbst sich als Burlesquekünstlerin anpries. Vielleicht war das ein Problem für den Verlobten, vielleicht machte es ihm aber auch tatsächlich nichts aus, wenn fremde Männer die eigene Freundin mit ihren Blicken auszogen. An seiner Stelle hätte Greta das gestört. Angesichts der Tatsache, dass hier ein Polizist und eine Stripteasetänzerin lebten, war das Wohnzimmer mit der urigen Schrankwand und den dunkelgrauen Polsterstoffen eher spießbürgerlich eingerichtet.

»Sie haben heute früh das Foto bei Instagram entdeckt und die Mutter von Julia Asmann angerufen, Herr Maurer, richtig?«

»Nein, eigentlich hat mich eine gemeinsame Bekannte von Julia und mir auf das Bild aufmerksam gemacht. Die Nachricht kam per WhatsApp. Weil ich es nicht glauben wollte, habe ich natürlich sofort Julias Seite aufgerufen. Danach habe ich ihre Mutter angerufen.«

Innerlich verdrehte Greta die Augen. Unter Umständen bedeutete das, noch mehr Leute überprüfen zu müssen.

»Verständlicherweise haben Sie sich Sorgen gemacht«, nahm Greta die Schlussfolgerung vorweg. »Können Sie sich vorstellen, wer es auf Julia Asmann abgesehen haben könnte?«

»Da fällt mir niemand ein.«

»Wissen Sie von einem Stalker?«

»Ja, da gab es mal diesen verheirateten Mann, dessen Kind in ihren Kindergarten ging. Der hat sie ständig belästigt, anzügliche Andeutungen gemacht und ihr anonym Sexspielzeug zugeschickt. Aber das ist doch schon ewig lange her. Glauben Sie, das hängt mit dem Mord zusammen?«

»Sie wissen ja, wie bei uns das offizielle Statement lautet: Wir prüfen sämtliche Möglichkeiten.«

»Gibt es denn wenigstens schon einen konkreten Tatverdacht?«

»Dazu möchte ich keine Auskunft geben«, umschiffte Greta die Frage und schwenkte um. »Ihre Dienststelle ist in Ahlbeck?«

Er nickte.

»Schön«, nahm es Greta zur Kenntnis. »Falls ich noch Fragen habe, könnte ich Sie unter Umständen also dort erreichen. Gleichzeitig gebe ich Ihnen den guten Rat: Versuchen Sie nicht, über Ihre Behörde an Informationen zum Fall zu gelangen, denn das könnte man Ihnen leicht als Dienstvergehen auslegen.«

Kapitel 14

Um die Wartezeit vor der Postfiliale nicht ungenutzt verstreichen zu lassen, wählte Hardy auf seinem Mobiltelefon Gretas Nummer. Gleich nach dem ersten Rufzeichen hob sie ab.

»Will der verlorene Sohn etwa zurückkehren?«, kam es von ihr.

»Um meine Mutter zu sein, bräuchtest du mindestens zehn Jahre mehr«, parierte er den unterschwelligen Vorwurf.

»Soll ich das als Lob auf mein Alter auffassen?«

»Ja, das war durchaus positiv gemeint.« Er schaute zur Beifahrerseite, wo das Paket mit dem unheilvollen Inhalt stand. Weil er nicht hysterisch klingen wollte, suchte er einen unverfänglichen Einstieg für die weitere Unterhaltung. »Gibt es bei dir Neuigkeiten?«

»Abgesehen davon, dass mir der Partner abgehauen ist? Lass mich mal überlegen … Vor fünf Minuten hatte ich ein äußerst dürftiges Gespräch mit Kevin Maurer, und jetzt bin ich mit Julia Asmanns ehemaligem Stalker auf dem Kommissariat verabredet. Aber du rufst sicherlich nicht an, um von mir zu hören, wie fleißig ich war.«

Sie wartete spürbar auf eine Erklärung.

Hardy zögerte.

»Jemand hat ein Paket zu mir nach Hause geliefert.«

»Das passiert mir auch manchmal«, scherzte Greta, ohne humorvoll zu klingen.

»Darin befindet sich ein Hautstück mit einer Botschaft.«

Stille.

»Was muss ich mir darunter vorstellen?«, fand Greta ihre Stimme bald wieder. »Die Haut von einem Menschen?«

»Kennst du Filme, in denen der Psychopath dem Ermittler Leichenteile mit der Post schickt?«

»Okay, jetzt habe ich eine Vorstellung. Scheiße, Hardy, willst du mich verarschen? Ich meine, wir kennen uns jetzt seit wie vielen Stunden? Und nun kommst du mir mit so einer Horrorstory um die Ecke. Das ist doch alles viel zu abgefahren für uns Provinzbullen.«

»Ich glaube, jemand hat es auf mich persönlich abgesehen«, unterbrach er sie.

»Aha, wusste gar nicht, dass Hautstücke als persönliche Geschenke gelten. Vor allem, da Weihnachten längst vorbei ist.«

Er beobachtete die Straße weiter aufmerksam und holte tief Luft für das, was er sagen wollte. »Ich kannte Julia Asmann.«

Wieder entstand eine Pause.

»Irgendwie habe ich es geahnt«, platzte es schließlich aus ihr heraus. »Ich habe dich beobachtet. Hattest du deshalb in Jonas Büro einen Blackout? Weil du schockiert warst, als du ihren Namen gehört hast?«

AIWS.

Alice-im-Wunderland-Syndrom.

Kurz überlegte Hardy, ob er ihr von seiner medizinischen Diagnose erzählen sollte. In den letzten Jahren hatte er allerdings keine Aussetzer mehr gehabt. Also wozu sollte er sie mit einem kaum bekannten und zumeist harmlos verlaufenden Krankheitsbild beunruhigen?

»Das ist schwierig zu erklären, wir reden ein anderes Mal darüber. Was meine Arbeitsleistung angeht, gibt es nicht das geringste Problem.«

»Oh, mir scheint, es kommen noch mehr Überraschungen auf mich zu. Ich bin jetzt schon hellauf begeistert von meinem neuen Partner. Bist du dir sicher, dass du keine Gefahr für die Allgemeinheit bist?«

»Julia war meine allererste feste Freundin.«

»Das wird ja immer besser.«

»Damals war ich achtzehn. Ich war mit Julia nur knapp über ein Jahr zusammen, aber ich war echt verliebt in sie gewesen.«

»Dann kennst du also auch Kevin Maurer?«

»Nein, seinen Namen habe ich heute zum ersten Mal gehört. Und nach unserer Trennung hatte ich auch nie wieder Kontakt zu Julia. Ich habe nicht einen einzigen Liebesbrief oder ein gemeinsames Foto aufgehoben. Dass sie jetzt das Opfer eines Tötungsdeliktes wurde, hielt ich zuerst für einen Zufall. Aber nachdem heute dieses Paket angekommen ist, bin ich mir sicher, dass es jemand auf mich abgesehen hat.«

»Du sprachst von einer Botschaft auf der Haut.«

»Es ist ein Barcode.«

»Wie originell, so etwas sieht man sonst wirklich nur in Hollywood-Produktionen. Wissen wir schon, was der Barcode bedeutet?«

»Ich habe ihn mit einer App eingelesen und entschlüsseln lassen, aber ich verstehe die Bedeutung nicht. Der Strichcode ergibt vier Worte und eine Zahl. Ich schicke dir gleich einen Screenshot, vielleicht kannst du damit was anfangen.«

»Klingt, als wollte da jemand ein beschissenes Spiel mit uns veranstalten. Aber ich bin noch nicht gänzlich überzeugt, dass man es auf dich persönlich abgesehen hat.«

»Das mit der Paketzustellung ist auch dahin gehend seltsam, weil ich eigentlich eine andere Sendung vom BKA erwartet habe.«

»Wie dem auch sei, ich hoffe, du bringst es umgehend zur Rechtsmedizin Greifswald.«

In dem Moment sah er das erwartete Zustellerfahrzeug vom Paketdienst in die Straße einbiegen. Es war das richtige Kennzeichen, welches er von der Filialmitarbeiterin erfahren hatte.

»Direkt nachdem ich mir den Paketboten vorgeknöpft habe«, antwortete er ihr.

Damit beendete er das Telefonat und sprang aus seinem Wagen.

Kapitel 15

Als der Fahrer aus dem Transporter stieg, wusste Hardy bereits, dass Laras Beschreibung hinten und vorne nicht mit diesem Paketlieferanten übereinstimmte. Allenfalls die typisch gelb-graue Unternehmensbekleidung und die Körpergröße von einem Meter fünfundachtzig kamen in etwa hin. Daneben hatte sie ihm einen Mann mit ordentlich Bauch beschrieben, der fünf oder sechs schwere Sendungen mit Leichtigkeit tragen konnte. Ein Mann mit Oberlippenbart, ähnlich dem von Hardy, nur dichter und breiter. Dazu hatte er ungepflegte rötliche Haare, die unter einem schwarzen Basecap mit einem unbekannten roten Abzeichen hervorkamen und bis zu den Schultern reichten.

»Sind Sie verrückt!«, schimpfte der Paketbote, weil Hardy dessen Wagen mit einem Handzeichen mitten auf der Straße gestoppt hatte.

»Ja, vielleicht bin ich das«, antwortete Hardy und hielt ihm seine Kripomarke direkt vors Gesicht. »Außerdem bin ich extrem angepisst, wenn mir jemand ein Päckchen mit Körperteilen zustellt.«

Jetzt blinzelte der Fahrer mehrfach schnell durch seine Brillengläser. »Von was zum Teufel reden Sie da?«

»Sind Sie Herbert Meier?«

»Ja, aber …«

»Geben Sie mir Ihren Führerschein.«

Widerspruchslos holte der Mann seinen Ausweis aus dem Portemonnaie und überreichte das Dokument. »Sie sind doch kein Verkehrspolizist.«

»Und Sie sind keine vierzig mehr«, entgegnete Hardy, denn auf dieses Alter hatte Lara den Paketboten geschätzt.

»Nein, ich bin sechsundfünfzig.«

So bestätigte es das Geburtsdatum im Dokument. Vom Passbild blickte ihm zwar ein strahlend jugendliches Antlitz entgegen, aber es zeigte unverkennbar denjenigen, der vor ihm stand. Herbert Meier war inzwischen ein grauhaariger, vom Leben geprägter Mann. Vielleicht ein wenig zu verlebt. Eine Schulter hing tiefer als die andere. Fast so tief wie seine Augenringe.

»Tragen Sie bei Ihrer Arbeit ein Basecap?«

»Hören Sie, ich weiß nicht, was das Ganze soll. Ich weiß nur, dass ich bald Feierabend habe und vorher noch die nicht zugestellten Sendungen bei den Abholstationen abgeben muss.« Er wies in Richtung Postfiliale. »Von welcher Dienststelle kommen Sie überhaupt?«

»Mordkommission.« Ungeduldig schob Hardy den erschrockenen Meier beiseite und kletterte halb ins Fahrerhaus. »Finde ich hier drin irgendwo ein Basecap?«

»Ja, meine Güte, im Handschuhfach. Dürfte ich endlich erfahren, was hier los ist?«

Statt ihm Antwort zu geben, beugte Hardy sich über die Sitze und riss das Handschuhfach auf. Tatsächlich purzelte ihm eine rote Kappe entgegen. Unter der Kopfbedeckung und zwischen alten Zeitschriften, Werkzeug und Kaugummipackungen kam ein Elektroschocker zum Vorschein.

»Was ist das?«, giftete Hardy, kletterte aus dem Transporter und hielt Meier das verbotene Gerät drohend hin.

»Der funktioniert eh nicht mehr.«

»Na, dann probiere ich das Ding doch gleich mal an Ihnen aus.« Statt den Führerschein zurückzugeben, wedelte er damit wie mit einem Köder herum. Er wusste, wie sehr der Arbeitsplatz eines Zustellers von einem solchen Dokument abhing. »Haben Sie heute Mittag Pakete auf der Karl-Krull-Straße ausgeliefert?«

»Bestimmt.«

»An Ihrer Stelle würde ich kooperativer sein, denn ich ermittle in einem Mordfall und derzeit sind Sie mein einziger Verdächtiger.«

»Das ist doch läch…«

»Sprechen Sie es ja nicht aus!« Hardy holte sein Smartphone hervor und zeigte ihm Fotos vom geschlossenen Paket. Eine Nahaufnahme vom Adressaufkleber war darunter zu sehen. »Na, erkennen Sie es?«

»Na schön, ja, ich habe Sendungen in dieser Straße ausgeliefert, aber nicht an diesen Namen.«

»Sicherlich haben Sie eine Liste über alle heutigen Lieferungen.«

»Klar.« Er zeigte mit dem Daumen zum Fahrzeug. »In meinem MDE-Scanner.«

»Dann lassen Sie mal sehen, was Ihre Mobile Datenerfassung am heutigen Tag alles gespeichert hat.«

Meier kroch in seinen Transporter und zeigte in den nächsten Minuten sämtliche erfassten Einträge. »Wird alles per Barcode gescannt.«

Bei dem Wort Barcode versteiften sich Hardys Finger. Wieder wedelte er mit dem Führerschein. »Wenn ich Ihre Daten im polizeilichen System checke, was wird mich da erwarten?«

Meier kratzte sich im Nacken. »Hören Sie, ich schufte hier sechs Tage die Woche, um über die Runden zu kommen. Ich weiß wirklich nichts von diesem Paket.«

»Was werde ich über Sie an Einträgen finden?«, blieb Hardy hartnäckig.

»Bei meinem vorherigen Arbeitgeber wurde ich beschuldigt, Lieferungen gestohlen zu haben. Da gab es wohl eine Anzeige. Außerdem werde ich bei dem Zeitdruck, unter dem wir Zusteller leiden, regelmäßig vom Ordnungsamt geblitzt.«

»Sonst noch was?«

Der Zusteller schüttelte den Kopf. »Bekomme ich Ärger wegen des Elektroschockers?«

»Sie bekommen Ärger, wenn wir Ihre Fingerabdrücke auf meinem Paket finden.«

Kapitel 16

Seit einer halben Stunde saß Greta in ihrem Büro und befragte den Unternehmer Nils Leonhard. Richtig schlau wurde sie aus dem Dreiundfünfzigjährigen nicht, der selbst zur Vorladung auf der Polizeidienststelle einen seidenen Anzug und edle Schuhe trug, wie man sie eher beim Besuch einer Gala anzog. Im Gespräch hatte der erfolgreiche Geschäftsmann, der mit der Vermietung von Hausbooten einen jährlichen sechsstelligen Umsatz machte, durchblicken lassen, wie sehr er sich von einer einfachen Kindergärtnerin unterschied. Julia Asmann spiele trotz ihrer Schönheit nicht in der gleichen Liga, in der Männer wie er sich üblicherweise ihre Partnerinnen suchten. Dass er sie nett gefunden habe, hatte er vor wenigen Minuten sogar zugegeben. Die Stalkingvorwürfe wies er dagegen vehement von sich.

»Sie versprachen mir am Telefon, dass Sie die Anschuldigungen von damals nicht erneut thematisieren wollen«, sagte Leonhard. »Und nun muss ich mir dieselben Vorwürfe, ihr nachgestellt und irgendwelche Pakete mit Sexspielzeug zugesandt zu haben, abermals anhören. Diese Gerüchte sind fünf Jahre her und sämtliche Anzeigen wurden von der Staatsanwaltschaft eingestellt. Wie oft soll ich eigentlich noch wiederholen, dass ich glücklich verheiratet bin?«

Bei den Worten »glücklich verheiratet« wollte sie am liebsten auflachen. Aber ihr eigenes Ehedesaster musste ja nicht zwangsläufig für andere gelten. »Ich hatte Ihnen am Telefon mitgeteilt, dass ich in einem Mordfall ermittle und um wen es sich bei dem Opfer handelt. Sie wussten also, worauf das hier hinausläuft.«

»Trotzdem würde ich es begrüßen, wenn Sie endlich akzeptierten, dass ich mit Frau Asmann lediglich im Kindergarten oder bei zufälligen Begegnungen ein paar Worte gewechselt habe.«

Als Greta ihn vorhin angerufen hatte, war ihr selbst unwohl gewesen, da es für eine begründete Vorladung eigentlich keinerlei Anhaltspunkte gab. Doch bei irgendjemandem musste sie weitermachen. Und wenn sie auf ihr Bauchgefühl hörte, dann bestand für sie kein Zweifel, dass der Mann, der vor ihr saß, ein Stalker war.

»Ich bin nur hergekommen, damit Sie nicht bei uns zu Hause klingeln oder sogar eine Vorladung in unseren Briefkasten flattert. Meine Gattin war damals nervlich am Ende, als die falschen Verdächtigungen von Frau Asmann aufkamen.«

»Gut, dann frage ich jetzt noch einmal direkt: Wo sind Sie am gestrigen Tag zwischen fünfzehn Uhr und Mitternacht gewesen?«

Leonhard schüttelte verbissen den Kopf. »Verstehe, Sie verdächtigen mich, weil Sie keinen blassen Schimmer haben, wer Julia umgebracht haben könnte.«

»Sie haben ihren Vornamen genannt.«

Für zwei Sekunden wirkte er irritiert, bis er sich auf ihre Frage besann. »Gestern habe ich nach einem Geschäftstermin in einem Hotel in Rostock übernachtet. Bestimmt wollen Sie als Nächstes die Rechnung sehen …«

Er fingerte bereits am Verschluss seiner Aktentasche, als es klopfte. Bevor Greta reagieren konnte, flog die Bürotür auf.

»Sorry für die Verspätung«, sagte Hardy mit einem nicht zu durchschauenden Gesichtsausdruck. »Hat er schon gestanden?«

Nicht nur Leonhard ließ verwundert seine Tasche sinken, auch Greta verstand nicht, was die Inszenierung sollte.

»Hardy, bitte«, ermahnte sie ihn. »Ich würde das hier gern mit Herrn Leonhard allein klären.«

»Aber warum denn? Ich hoffe, du hast ihn schon ins Bild gesetzt, welche belastenden Beweise wir in Julia Asmanns Wohnung gefunden haben.«

»Beweise?«, stammelte Leonhard.

»Ja, Beweise«, zischte Hardy. »Ich würde sagen, auf Sie kommen unruhige Zeiten zu.«

Nach einem Moment der Stille setzte Leonhard sich kerzengerade hin, straffte seinen Anzug und senkte kampfbereit die Stirn. »Wer sind Sie denn überhaupt?«

»Ich war Julias allererster Freund. Und wäre ich vor fünf Jahren noch mit ihr zusammen gewesen, hätte ich Sie mir richtig vorgeknöpft.«

Statt blass zu werden oder überhaupt irgendeine Verunsicherung zu zeigen, stand Leonhard auf und schnappte sich wortlos seine mitgebrachte Aktentasche.

»Herr Leonhard«, versuchte Greta, ihn zum Bleiben umzustimmen, aber der Geschäftsmann trat schnurstracks zur Tür.

Auf dem Weg dorthin rempelte Hardy ihn an. Auch davon ließ Leonhard sich nicht aufhalten. Nur eine Sekunde später flog hinter ihm die Tür zu.

»Was sollte das, verdammt?«, schimpfte Greta.

Mit ausgestrecktem Arm deutete Hardy Leonhard hinterher. »Ich habe mir die alten Akten eben angesehen. Julia hatte recht mit ihren Anschuldigungen, der Typ hat sie gestalkt. Er ist ein perverses Schwein. Wer weiß, wen Leonhard alles geschmiert hat, damit die Strafanzeigen gegen ihn eingestellt wurden.«

»Na und?«, entgegnete Greta, die zwar Verständnis für jedes Stalkingopfer hatte, aber nicht für einen Kollegen, der in ihrem Büro Rambo spielte. »Ich werde es nicht tolerieren, wenn du mir in meine Vernehmungen pfuschst.«

»Ich wollte ihn zu einer unüberlegten Äußerung bewegen.«

»Ist dir glattweg misslungen.«

»Ach, und was hast du aus ihm rausbekommen?«

Unzufrieden mit sich selbst, schaute sie auf ihre Notizen, die nur aus unbrauchbaren Stichpunkten bestanden. »Das geht dich nichts an.« Sie schnappte sich ihre Unterlagen und quälte sich aus dem Bürostuhl. »Dafür werde ich jetzt Meldung bei Frau Liebkorn machen. Unsere KPI-Leiterin schiebt extra Überstunden, weil sie auf eine umfassende Zusammenfassung zum Stand der Ermittlungen wartet. Mal sehen, was sie von deiner Aktion hält.«

»Gut, dann gehen wir beide und fragen sie.«

Kapitel 17

Obwohl Greta fast die ganze Zeit redete, schien die KPI-Leiterin beim Zuhören ausschließlich Hardy zu taxieren. Zu seiner Erleichterung hatte seine Partnerin bisher kein Wort über sein ungebetenes Hineinplatzen in die Befragung von Nils Leonhard verloren. Bei Leonhard war Greta mit ihrem Bericht soeben angekommen.

»Also was hältst du von dem Unternehmer?«, wollte Liebkorn von ihr wissen.

»Bei dem Mann fällt mir eine Einschätzung schwer«, antwortete Greta und schaute dabei Hardy schief von der Seite an. »Vor allem hat die Zeit nicht ausgereicht, um ihn aus der Reserve locken zu können.«

Wie anscheinend von Greta beabsichtigt, war Liebkorn der zweideutige Blick zu ihm nicht entgangen.

»Stimmt etwas nicht?«, fragte die KPI-Leiterin prompt.

»Es lag an mir«, ging Hardy in die Offensive. »Ich war bei unserer ersten gemeinsamen Befragung etwas übermotiviert.«

»Ach, sieh an«, kam es von Liebkorn mit einem genervten Augenaufschlag. Es klang, als hätte sie nichts anderes von ihm erwartet.

»Ich wollte Leonhard mehr als nötig unter Druck setzen. Ich habe …«

»Der einzige Druck, den Nils Leonhard hatte, war Zeitdruck«, redete Greta dazwischen. »Seine Befragung war von mir spontan festgelegt worden. Wir können froh sein, dass er überhaupt so kurzfristig hier erschienen ist und zu einer Aussage bereit war. Während der gesamten Befragung hat er ununterbrochen auf die Uhr geschaut. Irgendwann hat er sich seine Tasche geschnappt und hat sich verabschiedet.«

Auch wenn Liebkorn ihn auffordernd ansah, verkniff Hardy sich jegliche Korrektur, sondern nickte nur zustimmend.

Eine Weile wanderte Liebkorns Blick abwägend zwischen ihnen beiden hin und her. Dann umschloss sie mit beiden Händen einen Kugelschreiber und deutete an, ihn verbiegen zu wollen. Unverkennbar demonstrierte sie ihnen damit, dass sie leicht in der Lage war, nach Belieben Druck auf Dinge und Personal ausüben zu können. Statt weiter über Leonhard zu sprechen, nahm sie die von Greta hastig zusammengestellte Lichtbildmappe zur Hand.

»Was ist das hier für ein kranker Mist mit dem Hautstück?«

»Ich …«, preschte Hardy vor, um sich sogleich zurückzunehmen. »Wir gehen davon aus, dass das Hautstück von dem bisher unbekannten Opfer stammt, welches das Instagram-Bild zeigt. Es handelt sich zweifelsfrei um menschliches Gewebe und wir haben einen eindeutigen Hinweis auf eine zweite Leiche.«

»Mein Gott, nimmt denn das kein Ende? Bevor Sie hier aufgetaucht sind, Herr Finkel, war das eine ziemlich ruhige Kriminalpolizeiinspektion.« Anhand der Tonlage war schwer zu bestimmen, ob sie ihm persönlich die Schuld gab oder ihn einfach nur als Blitzableiter für ihren Unmut über zu viele offene Fragen benutzte. Greta hatte es unerwähnt gelassen, dass es zwischen ihm und Julia Asmann eine sehr alte Verbindung gab. Von daher wusste die KPI-Leiterin nichts von der damaligen

Beziehung. »Ist wenigstens klar, ob das Hautstück von einer Frau oder einem Mann stammt?«

Hardy schüttelte den Kopf. »Ich habe es vorhin erst zur Rechtsmedizin gebracht. Vor morgen wird sich niemand damit beschäftigen, egal wie oft wir ›Dringend!‹ auf das Untersuchungsprotokoll schreiben.«

»Und der Barcode? Sagen Sie mir nicht, dass wir da auch noch im Dunkeln tappen.«

»Ja und nein«, antwortete Hardy, woraufhin Liebkorn die Augen verdrehte. »Wir haben den Strichcode entschlüsselt, verstehen aber die Botschaft dahinter nicht. Hier, lesen Sie! Vielleicht können Sie uns helfen!«

Er reichte ihr einen handgeschriebenen Zettel mit dem Ergebnis: »GEHEN ZWEI NR 14 POST.«

»Was soll denn das heißen?«, kam es genervt von Liebkorn.

»Es ist ein Rätsel«, sagte Greta.

»So wie das ›kleine Rätsel‹, das ich Ihnen angeblich per E-Mail aufgegeben habe«, schob Hardy hinterher.

»Von was für einer E-Mail ist hier die Rede?«, wollte Greta zu Recht wissen, doch Liebkorn überging ihre Frage.

»Soll das eine Art Puzzlespiel werden?«

Hardy und Greta nickten gemeinsam.

»Könnte ich den E-Mail-Ausdruck haben?«, verlangte Hardy.

Liebkorn antwortete nicht sofort, sondern kaute angestrengt auf ihrer Unterlippe herum. »Nein, weil ich den Ausdruck durch den Reißwolf gejagt und die E-Mail von meinem Server gelöscht habe. Schließlich bin ich nicht nachtragend.«

»Besser wäre es«, rutschte es Hardy heraus. »Sie könnten die IT-Abteilung im LKA anrufen, damit man die Mail wiederherstellt.«

»Wie bitte, geben Sie mir gerade Ratschläge, was ich zu tun habe?«

Anscheinend verspielte er sich bei seiner Chefin gleich am allerersten Tag den gesamten Bonus. Also konnte er auch so weitermachen. »Hier stimmt etwas ganz und gar nicht.«

»Allerdings«, kam es von Liebkorn. Beherrscht schob sie die bisherigen Unterlagen zusammen und reichte sie Greta. »Ich möchte, dass die Ermittlungen zum Mord an Julia Asmann zügig vorangetrieben werden. Und finden Sie um jeden Preis schleunigst die zweite Leiche.«

Greta schaute auf ihre Armbanduhr. »Dabei weiß ich jetzt schon kaum, wie wir heute noch eine vernünftige Akte anfertigen sollen.«

»Dann solltest du jetzt schleunigst gehen und weitermachen.«

Hardy erhob sich noch vor Greta.

»Sie nicht, sondern nur Greta«, konkretisierte Liebkorn. »Mit Ihnen, Herr Finkel, bin ich noch nicht fertig.«

Hardy und Greta tauschten Blicke aus. Ihrer schien zu sagen: *Was hast du noch angestellt?*

Stattdessen fragte sie: »Warum kann ich nicht dabei sein?«

»Weil noch jede Menge Arbeit vor dir liegt.«

Kurz darauf zog Greta die Tür von außen ins Schloss. Diesmal fühlte Hardy sich alleingelassen. Eigentlich gab es keinen Grund für ein schlechtes Gewissen, aber die Ungewissheit, was gleich folgte, verursachte ihm einen flauen Magen. Richtig nervös wurde er allerdings erst, als sie ein Schriftstück vom Bundeskriminalamt in die Hand nahm.

»Sie haben also beim BKA gegen die eigenen Leute ermittelt …«

Es klang wie ein neuerlicher Vorwurf, und für einen Moment wusste Hardy nicht, wie er sich dagegen verteidigen sollte. Schließlich räusperte er sich. »Manchmal ist das notwendig.«

»Pah!« Liebkorns flache Hand krachte auf die Tischplatte. »Sie können sich vorstellen, dass ich nicht begeistert bin, wenn jemand in meine KPI kommt, der mir verschweigt, dass er sechs Jahre in der Abteilung für interne Ermittlungen gearbeitet hat.«

»Wieso? Weil Sie befürchten, ich könnte bei Ihren Leuten Merkmale von Korruption und Bestechlichkeit aufdecken? Vielmehr sollten Sie dankbar sein, dass Sie mich bekommen haben, denn ich stehe überaus loyal zu meinem Beruf – ganz im Gegensatz zu manchem Polizeibeamten.«

»Vorsicht! Gehen Sie nicht zu weit, Herr Finkel!« Ihre Augen wurden schmal. »Ich beobachte Sie! Sollte ich nur den kleinsten Verdacht hegen, dass man mir einen Maulwurf untergeschoben hat, lernen Sie mich kennen. Haben wir uns verstanden?«

Am liebsten hätte Hardy den Kopf geschüttelt, weil er die Reaktion nicht nachvollziehen konnte. Die vorenthaltene Information in seinem Lebenslauf diente zu seinem eigenen Schutz. Insgeheim interessierte es ihn brennend, wie Liebkorn daran gekommen war. »Wer weiß noch davon?«

»Für wie naiv halten Sie mich eigentlich? Was glauben Sie wohl, warum ich Frau Silber hinausgeschickt habe?« Das sollte wohl Nein bedeuten. »Los, verschwinden Sie und helfen Sie Ihrer Kollegin! In diesem Fall können Sie jede Menge Punkte sammeln. Und wenn genügend Pluspunkte auf Ihr Konto gehen, finde ich vielleicht auch Ihre dämliche Mail mit dem Rätsel wieder …«

Kapitel 18

Statt nach dem kräftezehrenden ersten Arbeitstag den direkten Weg nach Greifswald zu wählen, fuhr Hardy über die B110 nach Usedom. Bevor er mit dem Paket von der Wohnung aufgebrochen war, hatte er mit Lara vereinbart, dass sie unterdessen zu Freunden gehen sollte, um den Schock zu verarbeiten. Sobald er Feierabend machte, würde er sie anrufen.

Irgendwann hatte Greta ihn tatsächlich nach Hause geschickt. Sie wollte nur noch die Akte zusammenheften, das Inhaltsverzeichnis erstellen und anschließend selbst das Büro zuschließen. Unterwegs hatte Hardy versucht, Lara anzurufen, aber dann hatte sich sein Handyakku verabschiedet. Er hatte es den ganzen Tag über benutzt und versäumt, es zwischendurch an ein Ladekabel zu stecken.

Soeben durchquerte er den beschaulichen Ort Neppermin. Das Außenthermometer seines Wagens zeigte knapp zehn Grad Celsius an. Die Straße schien ihm allein zu gehören. Kaum Leute zu sehen. An einem Weidezaun schauten ihm zwei Alpakas hinterher. Im Westen näherte sich eine feuerrote Abendsonne der Wasseroberfläche. Eine Möwe stieg auf und verschwand im Sturzflug hinter den Dünen.

Ich werde an der Ostsee leben und sterben, so hatte es Hardys Vater oft geäußert. Dabei war James Finkel gebürtiger Amerikaner, der als Jugendlicher irgendwie in der DDR hängen geblieben war und später für den Sozialismus etliche Siege im Sport errungen hatte. Herausragende Siege! Siege, von denen jeder Sportler träumte.

Manchmal wünschte Hardy sich, sein Vater wäre längst gestorben, damit dieses Kapitel endlich sein Ende fand. So wie Mutter es ihm erzählt hatte, ging es James Finkel zwar finanziell noch immer dreckig, aber zumindest gesundheitlich besser. Mit Mitte sechzig blieben ihm also noch ein paar Jährchen. Und am Ende war sein Vater sogar zu starrsinnig, um dem Tod ins Angesicht zu blicken.

»Ach, Scheiße, Hardy, was interessiert dich Vaters Tod?«, redete er mit sich selbst, während er den Wagen parkte.

Danach blieb er minutenlang im Auto sitzen und beobachtete den Flug der Möwen und wie der Wind den Strandhafer bewegte. Er fürchtete sich vor dem Strandabschnitt, dem er sich in Kürze nähern würde. Doch irgendeine Bedeutung musste der Ort haben, denn ein Foto mit einem alten Steg war gestern Nacht auf dem Instagram-Profil einer Toten online gegangen.

»Reiß dich zusammen«, ermahnte er sich und stieg aus. »Es gibt keine bösen Geister an diesem Ort.«

Die einzigen bösen Geister regierten in seiner Vorstellung.

Er verriegelte den Wagen und lief mitten über die Düne zum Strand, da es von der Straße keinen Zugang zu der Stelle in der Bucht gab. Weit in der Ferne sah Hardy ein Pärchen, das mit einem Hund spielte. Aus Richtung Norden spazierten drei weitere Personen am Wasser entlang.

Hardy bemerkte sofort, dass es den Steg von einst nicht mehr gab. Zumindest nicht mehr in seiner ursprünglichen Form. Jetzt standen nur noch fünf Pfeiler da. Auf einem davon hockte eine Möwe.

Von dem Steg waren er und sein Vater immer gestartet, wenn das Schwimmtraining anstand. Wobei es eigentlich kein Training war, sondern purer Drill. Obwohl das Holz hell gewesen war, hatte Hardy sich davor gefürchtet, als würde etwas Dunkles unter der Oberfläche lauern.

Er ging so dicht an das Ufer heran, bis er mit den Schuhsohlen leicht im nassen Sand versank. Mit anderem Schuhwerk wäre er sogar noch weiter gegangen.

»Ach, was soll's!«

In Windeseile zog er Schuhe und Socken aus und krempelte die Hosenbeine hoch. Dann lief er durch das kalte Wasser bis zum ersten Holzpfahl und setzte sich darauf. Die Möwe neben ihm würdigte ihn keines Blickes.

Als Holzgerippe hatte der Steg viel von seinem einstigen Schrecken verloren. Auf einmal fiel es Hardy leicht, hier zu sitzen und auf das Wasser hinauszublicken. Irgendwo dort draußen wäre er vor über dreißig Jahren fast ertrunken. Danach hatten die Aussetzer angefangen. AIWS. Alice-im-Wunderland-Syndrom. Eine Art anfallsweise auftretende halluzinogene Wahrnehmung der Umgebung, bei der man für die Dauer von Sekunden oder auch Minuten den Bezug zu Zeit und Raum verliert. Die DDR-Ärzte hatten mit der Krankheit nichts anfangen können und ihn für verrückt erklärt. Sogar von einer besonderen Form der Spastik hatten sie gesprochen.

»Was wolltest du mir sagen, Julia Asmann?«, redete er gegen den Wind und setzte gedanklich hinterher: *Oder wer auch immer das Foto über ihren Account eingestellt hat.*

Er schaute zur Möwe. »Hast du eine Ahnung, was ich hier suche?«

Der Vogel ignorierte ihn weiter. Hardy lächelte. Er fror ein bisschen. Trotzdem bereute er es nicht, hierhergekommen zu sein. Vermutlich musste er sich zwangsläufig den dunklen Kapiteln seiner Vergangenheit stellen. Auf der Suche nach einem Bonbon in seiner Jackentasche berührten seine Finger den Zettel mit dem entschlüsselten Barcode. Er zog das Papier heraus und las die Worte und die Zahl mehrmals laut vor.

»GEHEN ZWEI NR 14 POST.«

Möglicherweise hatte die Botschaft etwas mit diesem Ort zu tun. Möglicherweise war der Gedanke aber auch Schwachsinn. Vielleicht lag die Lösung ganz nah …

Die Möwe kreischte.

»Nein, ich verstehe dich nicht.« Er hielt inne. »Vielleicht mit dem passenden Übersetzer.«

Ein neuerlicher Ausruf des Vogels ertönte, bevor er sich in die Lüfte erhob.

»Ein Übersetzer!«, wiederholte Hardy. »Eine Art Übersetzer für ein Anagramm!«

Reflexartig griff er sich an die Hosentasche, um sein Smartphone hervorzuholen, aber es lag mit leerem Akku im Wagen. Sobald er zu Hause war, würde er sich an den Rechner setzen und nach einem Anagrammdecoder suchen.

»Hardy!«, rief plötzlich jemand.

Erschreckt von der Stimme, schwang Hardy auf dem Pfahl herum. Als er die Person erkannte, die seinen Namen ausgesprochen hatte, rutschte er ins Wasser.

Kapitel 19

»Hardy, mein lieber Sohn!«

Nass bis auf die Haut, klammerte Hardy sich an dem Stegpfahl fest und konnte es nicht glauben, wer ihm da gegenüberstand.

»Ich wollte dich nicht erschrecken«, sagte James Finkel vom Ufer aus und riss beschwichtigend die Arme hoch.

Obwohl die Kälte des Wassers tief in seine Muskeln eindrang, wagte Hardy nicht, sich an den Strand zu retten, wo sein Vater stand. Von frühlingshaften Temperaturen keine Spur. Im Ostseewasser steckte der Winter bis auf die wenigen wirklich heißen Tage im Sommer offenbar das ganze restliche Jahr.

Anders als Hardy, dessen Halbschuhe zum Glück auf trockenem Untergrund standen, trug sein Vater Gummistiefel. Schmatzend durchpflügten die Sohlen den nassen Sand.

»Was zum Teufel suchst du hier?«, blaffte Hardy ihn trotz zitternder Zähne an.

»Ich wusste, dass du hierherkommen würdest.«

»Wie meinst du das?«

»Ich gehe fast jeden Tag hierher, weil ich damit gerechnet habe, dass du eines Tages genau hier auftauchen würdest.« Sein Vater lächelte wie ein Schäferhund und breitete dabei die Arme wie zum Willkommensgruß aus. »Ich hatte recht. Irgendwann treibt es jeden zurück an die Küste. Das Wasser der Ostsee ist fast so dick wie Blut. Und nun schließt sich der Kreis, du bist zu mir zurückgekehrt.« Er kicherte, wobei ihm die Tränen in den Augen standen.

»Zu dir zurückgekehrt? Bist du noch ganz bei Trost?« Hardy deutete hinter sich hinaus auf das Wasser. »Dort draußen wolltest du mich ertränken!«

»Wann kapierst du es endlich? Ich wollte deine Ausdauer und deine Widerstandskraft über alle Grenzen hinaus steigern. Ich wollte deinen Körper stählen. Ich wollte dich in jeder Hinsicht besser machen.«

»Was du dir da einredest, ist erbärmlich. In deinem blinden Stolz hast du meinen Kopf mehrfach unter Wasser gehalten.« So war es damals gewesen. Sie waren gemeinsam hinausgeschwommen, und irgendwann hatten Hardy die Kräfte verlassen, aber sein Vater hatte ihn angebrüllt, er solle weiterschwimmen. Weiter und weiter, bis Hardy aufgehört hatte, Arme und Beine zu bewegen. Statt seinem Sohn zu helfen, war James Finkel über ihn gekommen. »Immer und immer wieder hast du mich unter die Wasseroberfläche gedrückt! Weil ich es nicht geschafft habe, so schnell und weit zu schwimmen, dass deine Ansprüche erfüllt wurden, wolltest du mir eine Lehre erteilen.«

»Mit meinen Genen hättest du es bis ganz oben schaffen können.«

Hardy bemerkte, wie sein Vater dicht am Körper die Fäuste ballte. »Ja, sieh dich nur an, wie weit du es gebracht hast. Du würdest es jederzeit wieder tun: mich fertigmachen. Aber sieh mich genau an!« Hardy schüttelte die Kälte ab, richtete sich zu voller Größe auf und verließ hoch erhobenen Hauptes das Wasser. »Inzwischen bin ich dir ebenbürtig. Nein, mehr noch: Jetzt könnte ich dich mit Leichtigkeit ertränken.«

Ob das stimmte, wusste Hardy zwar nicht, denn sein Vater war nach wie vor ein großer Mann mit den typischen breiten Schultern eines Schwimmathleten.

»Vielleicht solltest du es versuchen«, kam es von seinem Vater, der wohl ebenfalls ihr beiderseitiges Können gegeneinander abwog. »Vielleicht stachelt das deinen Ehrgeiz nach zweiundvierzig Jahren endlich an.«

Für einen Moment war Hardy geneigt, ihn am Mantelkragen zu packen und in den Sand zu werfen. Offenbar entging das seinem Vater nicht, denn er lachte hämisch, als hätte er damit gerechnet, dass sein willensschwacher Sohn niemals den Mut zur direkten Konfrontation aufbringen würde.

»Du bist und bleibst ein Weichei!«, musste er sich stattdessen von seinem Vater anhören.

»Und du?«, konterte Hardy. »Was hast du denn nach der Wende erreicht? Von deinen Olympiamedaillen kannst du dir nicht mal anständige Kleidung kaufen. Läufst rum wie ein Hafenpenner.«

»Wenigstens sehe ich nicht aus wie eine halb ertrunkene Hafenratte.« James zündete sich eine Zigarette an. »Demnächst werde ich mir ein Hausboot zulegen. Ein guter Freund hat da ein altes, aber solides Schmuckstück für mich ausgemacht.«

»Klingt nach einem illegalen Geschäft.« Hardy schnappte sich seine Schuhe. »Und selbst wenn es halbwegs seriös wäre, womit willst du es denn bezahlen? Mutter meinte, du wärst so abgebrannt wie eh und je.«

»Deine Mutter ist ein undankbares dummes Flittchen! Anscheinend hat sie dir vor lauter Neid verheimlicht, dass ich einen Transportjob auf einem hübschen kleinen Kutter gefunden habe. Da bin ich sogar mein eigener Kapitän. Außerdem werde ich in nächster Zeit ein Buch in einem renommierten Verlag veröffentlichen. Hörst du? Ein Buch über mein Leben! Damit komme ich ganz groß raus.«

»Über welches Leben willst du denn berichten? Über die Seitensprünge während deiner Sportlerlaufbahn? Über die Zeit, als du Mutter verprügelt hast? Als du dem Alkohol verfallen bist, weil deine Karriere zu Ende war? Als du den Tod meines Bruders nicht verkraftet hast? Als sich deine vermeintlichen Freunde von dir abgewandt haben? Als ich gegangen bin?«

James Finkel machte einen Schritt auf ihn zu, blieb dann aber abrupt stehen und holte tief Luft. »Du bist eine entsetzliche Enttäuschung für mich, Hardy. Aber irgendwann kommst du angekrochen.«

Kapitel 20

Kurz vor neunzehn Uhr kehrte Hardy in seine Wohnung zurück. Lara war noch nicht da, denn sie wartete bei Freunden auf seinen Anruf. Deshalb steckte er als Erstes sein Smartphone ans Ladekabel. Während der Akku sich ein paar Prozente holte, entledigte er sich der nassen Kleidung und warf sie im Badezimmer auf die Fliesen, um sie anschließend zum Trocknen aufzuhängen. Um einer Erkältung vorzubeugen, stellte er die Dusche an. Mit dem heißen Wasser konnte er zwar die Kälte aus seinem Körper vertreiben, aber nicht die negativen Gefühle. Im Nachhinein empfand er die Begegnung mit seinem Vater als regelrecht gruselig. James Finkel hatte sich keinen Deut gebessert, er war noch immer der streitsüchtige Mensch, den Hardy aus seiner Kindheit kannte. Lange Zeit hatte Hardy sich davor gefürchtet, die Aggressivität von ihm geerbt zu haben, aber irgendwann hatte er erleichtert festgestellt, dass er sich bei Auseinandersetzungen sehr wohl unter Kontrolle hatte. Nur in Extremsituationen wünschte er sich manchmal einen kühleren Kopf. Seine Vorgesetzten beim BKA hatten ihm bei den Beurteilungen stets eine hohe Belastbarkeit bescheinigt.

Er stellte die Dusche aus, trocknete sich ab und ging zu seinem Handy. Er vermisste Lara und sehnte sie herbei. Er musste unbedingt wissen, wie es ihr inzwischen ging.

Er tippte die PIN in sein Mobiltelefon ein. Vier verpasste Anrufe. Einmal Lara, einmal Wiesbaden, zweimal das Kommissariat. Hatte ihn neben Greta tatsächlich die KPI-Leiterin persönlich angerufen?

Kopfschüttelnd wählte er Laras Nummer. Sie meldete sich nicht. Unruhe stieg in ihm auf. Er probierte es erneut. Dann ein drittes Mal. Endlich hörte er ihre Stimme. Im Hintergrund spielte klassische Musik. Im Gegensatz zu Lara und Hardy waren ihre Freunde ausgewiesene Opernfans.

»Du hast Ablenkung gefunden?«, fragte Hardy direkt.

»Und ein großes Glas Wein«, antwortete Lara. Sie klang nicht beschwipst, aber ein wenig angeheitert. Wahrscheinlich verdrängte sie so das traumatische Erlebnis mit dem Hautstück. »Ich habe eben mit Benjamin telefoniert, er darf noch etwas fernsehen, dann geht er ins Bett. Edward bringt ihn morgen zur Schule.«

Hardy hatte kein gutes Gefühl, was den Psychologen anging. Nicht nach dem, was Lara über ihn erzählt hatte. »Bist du dir sicher, dass Benni bei ihm gut aufgehoben ist?«

»Auch wenn ich es mir anders gewünscht hätte, er ist nun mal sein Vater. Er hat ein Recht darauf, ihn bei sich zu haben. Vor allem ist es besser, solange wir nicht wissen, warum du dieses schreckliche Paket bekommen hast. Da muss es doch jemand beim BKA auf dich abgesehen haben. Ich verstehe das nicht, wer kann so niederträchtig sein?«

»Das werde ich herausfinden. Wann kommst du nach Hause?«

»Ich bleibe höchstens noch fünf Minuten.« Im Hintergrund redete jemand. »Ich soll dir einen schönen Gruß von Kai und

Gabi bestellen, sie hätten dich gern gesehen und wollen wissen, wie es dir geht.«

»Ich vermisse dich.«

»Das ist süß, dass du das sagst. Ich bin bald bei dir. Ich beeile mich.«

Er schickte ihr einen geräuschvollen Kuss über die Entfernung hinweg. Nach dem Telefonat fühlte er Erleichterung, weil er nun wusste, dass es ihr besser ging. Gleichzeitig hatte Lara ihn an das Hautstück mit dem Strichcode erinnert. Der durchnässte Zettel mit der kryptischen Nachricht lag im Bad in seiner Hosentasche. Aber auch so kannte er die Worte.

GEHEN ZWEI NR 14 POST.

Er glaubte weiterhin an ein Anagramm. Deshalb startete er Laras Computer. Mithilfe des Internets konnte er den Code vielleicht knacken. Während das Betriebssystem hochfuhr, wählte er aus seinem Anrufprotokoll die verpasste BKA-Nummer. Niemand hob ab. Es war der Büroapparat von Tony Schneider. Vermutlich hatte sein Kollege inzwischen Feierabend. Weil es wichtig sein konnte, versuchte Hardy es mit Tonys privater Handynummer.

Tony nahm das Gespräch sofort an, als hätte er exakt in dieser Sekunde mit Hardys Anruf gerechnet.

»Hast du Heimweh?«, fragte Tony belustigt.

»Du hattest mich vor einer Stunde angerufen.«

»Weil du mir den Auftrag gegeben hast, mich wegen deines E-Mail-Zugangs kundig zu machen.«

»Und?«

»Da ist alles in Ordnung, laut IT-Abteilung. Es hat ein wenig gedauert, bis die deine Zugangsdaten aus dem System gelöscht haben, aber jetzt bist du auch digital vom BKA verschwunden.«

»Ja, aber hat in den letzten Tagen jemand über meine Anmeldung irgendwelche Mails verschickt?«

Tony schwieg für Sekunden. »Danach habe ich nicht gefragt. Ich wusste nicht, dass es dir wichtig ist.«

Hardy atmete tief ein. Vorwürfe nützten in der momentanen Situation niemandem etwas. »Ja, das hätte ich dir sagen sollen.«

»Wenn du willst, hole ich das gleich morgen nach.«

»Schon in Ordnung, ich kann ja auch selbst bei den Administratoren nachfragen. Der eine oder andere dürfte mich sogar noch kennen.«

»Nein, nein, das ist kein Problem für mich, ich habe mir bei den Akten ein bisschen Luft verschafft.«

Darüber staunte Hardy, denn er hatte die Arbeit an den internen Fällen anders in Erinnerung. »Komisch, als ich deinen Job noch gemacht habe, hatte ich kaum Zeit zum Luftholen.«

»Heute habe ich deinen letzten Fall zugeklappt. Die Staatsanwaltschaft hat die Ermittlungen gegen Brunner und Paulsen eingestellt. Für die ist die Sache klar. Der Tod des Tatverdächtigen war ein rein medizinisches Problem. Er hatte einfach ein schwaches Herz.«

»Klar, deshalb auch die Hämatome am Körper.«

»Laut Arztgutachten stammen die blauen Flecke von einem Herzmedikament.«

»Ärzte kann man einschüchtern, aber egal …« Natürlich ärgerte Hardy sich darüber, denn er hätte den Fall gern selbst abgeschlossen, zumal er sich sicher war, dass die beiden BKA-Mitarbeiter den Mann bei einer Vernehmung körperlich misshandelt und enorm unter Druck gesetzt hatten. »Warum erzählst du mir das eigentlich?«

»Ach, ich dachte, du solltest es wissen, wie das Verfahren ausgegangen ist. Die beiden waren nämlich mächtig angepisst, weil du gegen sie wegen Körperverletzung mit Todesfolge ermittelt hast.«

»Tja, zum Glück konntest du die Sache aufklären.«

»Hey, höre ich da Kritik an meiner Arbeit heraus?«

Hardy rieb sich die Müdigkeit aus dem Gesicht und setzte sich vor den Computer. »Sorry, ich bin einfach nur ziemlich fertig. Anders, als du es mir heute erzählt hast, habe ich nämlich dein Paket bekommen. Und weißt du, was drin war?«

»Ich verstehe nicht …«

»Ein Stück menschliche Haut.«

Wieder schwieg Tony eine Weile – bis er auflachte. »Weißt du was? Ruf mich wieder an, wenn du nüchtern bist.«

Kurz darauf war die Leitung tot.

Kapitel 21

James Finkel ärgerte sich maßlos darüber, wie das Wiedersehen mit seinem Sohn abgelaufen war. Selbst eine Dreiviertelstunde später, als er mit dem Boot die Insel erreichte, wurde er nicht fertig mit Fluchen.

»So dankst du es mir, dass ich dich zu einem vernünftigen Menschen erzogen habe, verdammter Hurenbock!« Die letzten Meter steuerte er das Boot durchs Schilf, machte das Tau an einem Baum fest und fingerte eine selbst gedrehte Zigarette aus seiner Manteltasche. Dabei blieb die Zigarette am Stoff hängen und der Filter brach ab.

»Scheiße, an allem ist seine Mutter schuld!« Er spuckte aus und klopfte seine Taschen nach einer weiteren Selbstgedrehten ab. Vergeblich. Er hatte sie im Auto vergessen. »Das Weib ist zu dämlich gewesen, um mir einen richtigen Jungen zu schenken.«

Er hatte damit gerechnet, dass Hardy am ehemaligen Steg auftauchen würde – dem Monument seines Scheiterns. James Finkel hatte gewusst, dass ihn die Vergangenheit und der Ort seines Versagens nicht loslassen würden. All die Jahre hatte Hardy den Steg nicht vergessen können. Und auch der Steg vergaß nie.

»Er weiß, dass er niemals besser sein wird als sein Vater. Deshalb zerfrisst ihn der Neid.«

Mit großen Schritten stapfte er durch den Uferschlamm zu der Stelle, die er Hardy bald zeigen würde. Das Stück Erde, das für James Finkel zugleich Ruhestätte und Sinnbild allen Unglücks der Welt bedeutete.

»Aber du wirst schon noch zur Vernunft kommen, du Weichei.«

Weniger als fünf Minuten kämpfte er sich durch den verwilderten Landstrich, dann stand er direkt vor dem Kreuz. Er nahm seine Schiffermütze vom Kopf und faltete die Hände.

»Mein Junge«, seufzte James Finkel.

Minutenlang blieb er andächtig vor dem Kreuz stehen. Obwohl er sich um Ruhe bemühte und still dastand, kochte noch immer die Wut in seiner Brust. Irgendwann hielt er es nicht mehr aus. Er wandte sich ab und nahm sein Mobiltelefon zur Hand. Er wählte, lauschte dem Rufton und war erleichtert, als sich am anderen Ende jemand meldete.

»Hast du nachher Zeit?«, fragte er.

»Heute geht es nicht.«

»Aber ich halte es nicht mehr aus! Vorhin bin ich meinem Sohn begegnet.«

»Deinem Sohn? Der, von dem du mir erzählt hast?«

»Ja, verdammt, ich rede von Hardy! Jetzt werden die Stimmen in meinem Kopf wieder laut.« Vom Westen schnitt ihm ein scharfer Wind durch den Bart. Er schmeckte Salz und Bitterkeit auf den Lippen. Bis er merkte, dass ihm Blut am Kinn hinunterlief, weil er sich auf die Unterlippe gebissen hatte. »Ich muss mich abreagieren, bevor ich mich nicht mehr beherrschen kann. Ich habe dir erzählt, was dann passiert.«

»Ja, das hast du, kranker Mann.«

»Red nicht so mit mir, sonst …«

»Heute nicht.«

Nur mit Mühe konnte er seine Wut unterdrücken. »Wann dann?«

»Ruf mich morgen an.«

»Du weißt, dass du das bereuen wirst.«

Pause.

»Ja, das weiß ich«, kam es zurück. »Ich werde es erdulden. Denk daran, keine sichtbaren Verletzungen.«

»Das werden wir sehen.«

Kapitel 22

Etwas mulmig war Greta nun doch, als sie den Klub *Sonar* in Stralsund betrat. Sie passte vom Alter so gar nicht zwischen die jungen Leute. Nur dank der Flyer, die Hardy und sie bei Julia Asmann gefunden hatten, kam sie um den Eintritt herum. In deren Wohnung hatten jede Menge Gutscheine herumgelegen, und – so makaber es sich anfühlte – die Tote brauchte schließlich keinen einzigen mehr davon.

Im Klub herrschte eine gedämpfte rötliche Beleuchtung. Auch die Polster waren überwiegend in rotem und schwarzem Leder gehalten. An den Turntables spielte der DJ Technobeats, unterlegt mit lateinamerikanischen Klängen.

Obwohl Greta sich extra in ihre zwar etwas zu enge, aber stylische Lederjacke gezwängt, eine gehörige Portion Rouge aufgetragen und die Haare zu einer Monsterfrisur geföhnt hatte, drehten sich die anderen Gäste nach ihr um, als hätte sie sich aus dem Altersheim nebenan verlaufen. Sogar das Wort »Oma« meinte sie trotz der Lautstärke deutlich aus einer Gruppe herausgehört zu haben.

»Die Zeiten, in denen du als heißer Feger durchgingst, sind wohl endgültig vorbei«, redete sie mit sich selbst. »Kein Wunder, dass dein Neuer so wenig Lust auf Sex hat. Und in so einen Klub würde dich dein Fischkopp wohl auch nie begleiten.«

Tanzen konnte sie eigentlich ganz gut, vor allem, wenn sie ordentlich getrunken hatte. Wäre da nicht ihr kleines Alkoholproblem gewesen, hätte sie sich vielleicht an einen Tisch voller Halbstarker gesetzt und Wetten abgeschlossen, wie viel Wodka sie vertrug. Nach Ärger mit ihrem Ex-Mann war der Griff zur Flasche ohnehin jedes Mal verlockend. Denn der Alkohol betäubte all die negativen Gefühle.

»Du bist nicht zum Vergnügen hier, Greta, sondern um einen Fall zu lösen«, ermahnte sie sich.

Als sie sich eine Zigarette anzünden wollte, fing sie sich sofort den mürrischen Blick eines Ordners ein. Auch das hatte sich gegenüber ihrer Sturm-und-Drang-Zeit geändert: Nirgendwo in Einrichtungen mit Publikumsverkehr durfte man mehr rauchen.

Sie steckte die Zigarette zurück in die Schachtel und verließ den Bereich. Beim Blick über die Schulter bemerkte sie, wie der Mann von der Security ihr folgte. Für ihren Geschmack gab es in dem Klub zu viele Ordner. Andererseits zeigte die jährliche Kriminalstatistik einen deutlichen Anstieg in der Rubrik Körperverletzungen, bei denen Messer oder andere gefährliche Gegenstände zum Einsatz kamen. Demzufolge war mehr Sicherheitspersonal die logische Konsequenz.

An der hintersten Bar fand der Barkeeper Zeit, um Gläser zu spülen. Also versuchte sie es bei ihm. Sie setzte sich auf einen Barhocker und schob ihm ihre Kripomarke und ein Foto von Julia Asmann über den Tresen.

»Kennen Sie diese Frau?«

Der Angesprochene betrachtete Marke und Bild und nickte schließlich. »Ja, die schaut ab und zu vorbei.« Er redete mit polnischem Akzent. »Hat immer Tequila Sunrise bestellt, aber fragen Sie mich nicht nach ihrem Namen. Ich bin nur Barkeeper und demzufolge für die Getränke zuständig.«

Vermutlich interessierte er sich einfach nur nicht für Frauen, denn er machte selbst einen femininen Eindruck.

»War sie zuletzt in Begleitung gewesen?«

Der Barkeeper zuckte mit den Schultern und ordnete Gläser ins Regal. »Keine Ahnung.«

»Warum auf einmal so wortkarg?«

»Polizei?«, kam es von hinten.

Greta drehte sich samt Hocker herum. Vor ihr stand der Ordner, der ihr gefolgt war. Ein grimmig blickender Koloss.

Da Greta nichts Verbotenes machte, fühlte sie sich nicht eingeschüchtert, auch wenn ihr Gegenüber Verrenkungen mit dem Unterkiefer machte. Damit wollte er wohl besonders bedrohlich wirken.

»Kennen Sie diese Frau?«, versuchte sie es auch bei ihm und hielt ihm das Foto hin.

Der Ordner sah es sich nicht einmal an, sondern fixierte ununterbrochen Greta. »Kommen Sie mit.« Er nickte zu einer Hintertür.

»Was denn, ich bin kaum fünf Minuten da und schon wollt ihr mich im Hinterhof fertigmachen. Mist, und ich habe nicht mal meine Pistole mitgebracht.«

Ohne einen Kommentar ging er voraus und Greta folgte ihm. Er brachte sie in ein Büro, in dem der Klubbetreiber offenbar schon auf sie wartete. Ein Endvierziger mit osteuropäischem Einschlag. Hohe Stirn, bullige Augenpartie, schmale Lippen.

»Ich bin Tim Bendzko«, begrüßte er sie mit polnisch klingender Aussprache.

»Was denn, Sie nennen sich wie ein Sänger?«, konnte Greta sich nicht verkneifen, ihn darauf anzusprechen.

»Ich trage meinen Namen schon ein paar Jahre länger.« Per Handzeichen bedeutete er ihr, dass sie in einem geräumigen Sessel gegenüber von ihm Platz nehmen sollte. Er ging zu einer Minibar und goss sich einen harten Drink ein. »Möchten Sie etwas trinken?«

Gern hätte sie das Gleiche genommen, aber Alkohol machte sie manchmal unberechenbar. »Vielleicht ein Glas Milch.«

»Milch?«, kam es verdutzt von Bendzko, dabei schaute er seinen Mitarbeiter an. »Geh und hol der Dame, was sie wünscht.«

Als die Tür zufiel, setzte sich der Klubbesitzer und nahm einen Schluck von seinem Drink. »Wollen Sie sich nicht vorstellen?«

Bisher wirkte der Mann nicht unfreundlich. Geschäftsmännisch ja, aber nicht wie ein Ganove, der seinen Klub als Deckmantel für illegale Deals nutzte. Natürlich war Greta nicht so naiv, um zu glauben, hier würde alles mit rechten Dingen zugehen.

»Kriminalhauptkommissarin Greta Silber.«

»Danke, gibt es einen Grund, warum Sie meine Leute ausfragen?«

Greta betrachtete den Schreibtisch, auf dem ein Computermonitor stand. »Haben Sie mich über den beobachtet?«

»Sie können sich vorstellen, dass es mir nicht egal ist, wenn die Polizei in meinem Klub ermittelt. Also … Habe ich Grund zur Besorgnis?«

Die Tür hinter ihr ging auf und der Ordner brachte ihr die Milch. Greta bedankte sich artig. Der Ordner wartete kurz, bis sein Chef ihn entließ. Dann zeigte sie Bendzko das Foto mit Julia Asmanns Porträt.

»Ich ermittle in einem Mordfall.«

Auch wenn Bendzko versuchte, das Bild leidenschaftslos zu betrachten, zuckten seine Augenlider minimal. Offenbar kannte er sie.

»Wie kann ich Ihnen denn helfen?«, kam er gleich zur Sache.

»Wann war Julia Asmann zuletzt in Ihrem Klub tanzen?«

Bendzko schaute zum Kalender. »Vor zwei Tagen.«

»Haben Sie an dem Abend mit ihr gesprochen?«

»Bedaure, ich war an dem Tag nicht im Klub anwesend.« Er legte die Finger an die Lippen. »Sie sagten, Sie ermitteln in einem Mordfall. Muss ich mir Sorgen um die Sicherheit meiner Gäste machen?«

»Möglich. Dafür müsste ich herausfinden, ob und mit wem Frau Asmann sich hier getroffen hat.«

»Ich kann natürlich meine Leute fragen, ob sie etwas mitbekommen haben, aber zum jetzigen Zeitpunkt kann ich Ihnen leider nicht helfen.«

»Sie haben mich an der Bar beobachtet. Also haben Sie bestimmt Videoaufzeichnungen vom Wochenende.«

Bendzko leerte sein Glas. »Über den Bars hängen Videokameras, aber es werden keine Daten gespeichert. Datenschutz, Sie verstehen schon.«

»Datenschutz unterstütze ich tausendprozentig. Nur heute ist er mir geringfügig egal.«

»Eventuell gibt es Videoaufzeichnungen von der Kamera hinter dem Eingangsbereich. Es könnte ja auch für mich von Wichtigkeit sein, zu wissen, wer meinen Klub betritt.«

»Dann sehen wir doch mal nach.«

»Wie sagt man so schön in Deutschland? Eine Hand wäscht die andere. Ich brauche Ihr Versprechen, dass Sie sich dafür später revanchieren.«

Am liebsten hätte Greta ihm ihre Milch ins Gesicht gespuckt. »Das hier ist doch kein Mafiafilm.«

»Kommen Sie, es geht mir nur darum, dass ich Sie anrufen kann, falls ich mal Ärger habe.«

»Klingt eher danach, als würde ich dadurch Ärger bekommen.«

»Geben Sie mir einfach Ihr Wort, und ich verspreche Ihnen, dass ich Sie nicht in irgendwelche dubiosen Geschäfte hineinziehen möchte. Ich lebe und arbeite gern in Deutschland. Warum sollte ich die Gastfreundschaft dieses Landes ausnutzen?«

»Tja, warum wohl?« Obwohl ihr mindestens ein Dutzend Gründe einfielen, beließ sie es dabei. »Abgemacht, Sie bekommen meine Nummer, wenn Sie mir die Videoaufzeichnungen vom Samstag zeigen.«

Daraufhin tippte er etwas über die Computertastatur ein und drehte ihr den Monitor zu. Kurz darauf startete die Videosequenz. Bendzko spulte ein Stück vor. Irgendwann wurde es interessant.

»Das ist sie!«, sagte Greta, als sie Julia Asmann erkannte, die am Eingang einen der Security-Leute umarmte und dann den Klub betrat.

»22:14 Uhr«, las Bendzko die Zeit ab. »Sie ist offenbar allein gekommen.«

So schien es.

»Stopp!«, rief Greta, als die Zeit im Video knapp eine halbe Stunde vorgerückt war. »Das gibt es doch nicht!«

»Der Mann?«, vergewisserte Bendzko sich, nachdem er das Bild eingefroren und das Gesicht einer Person größer gezoomt hatte.

Greta nickte. »Davon brauche ich einen Ausdruck.«

Kapitel 23

Ein Knarren schreckte Hardy aus dem Schlaf. Das Geräusch stammte von der Türschwelle, als Lara das Zimmer betreten hatte.

»Willst du nicht endlich ins Bett kommen?« Sie klang verschlafen, lehnte Stirn und Schulter an den Türrahmen.

Hardy schaute auf die Uhr auf dem Bildschirm, sah die Ziffern kurzzeitig verschwommen. Für Sekunden mussten ihm die Augen zugefallen sein. Es war schon nach Mitternacht. Er hockte im Bademantel vor dem Computer. Seit Stunden versuchte er, die mysteriöse Botschaft auf dem Hautstück zu enträtseln und den Mord an seiner ehemaligen Freundin zu begreifen.

»Ich bin gleich so weit«, log er und winkte Lara zu sich.

Barfuß und im silberfarbenen Satinneglig é tippelte sie auf ihn zu. Sie setzte sich auf seinen Schoß und ließ sich in seine Arme fallen. Ihre Lippen vereinigten sich zu einem festen Kuss.

»Findest du nicht, dass du dich da zu sehr hineinkniest?«, fragte sie mit einem verschlafenen Lächeln.

»Nicht, wenn meine Liebste ein Paket öffnet, das an Abartigkeit kaum zu überbieten ist.«

»Es war ja an dich adressiert.«

»Das macht es nicht besser.«

»Ich möchte keine Angst um dich oder Benjamin haben müssen.«

»Benjamin wird nichts passieren.«

Sie drehte sich zum Monitor herum und scrollte mit dem Mausrad die Internetseite hoch und runter. »Du interessierst dich für Anagramme?«

»Wegen des Paketinhalts. Es enthielt zusätzlich eine kryptische Nachricht.« Er vermied es, ihr das dazugehörige Foto zu zeigen, doch auch so wusste sie, worum es ging.

»Verstehe, du meinst das sonderbare Tattoo.«

Er nickte bloß, da er nicht weiter mit ihr über den Strichcode reden wollte. Für eine Beziehung war es ohnehin gefährlich, seine Arbeit mit nach Hause zu schleppen. Als Versicherungskauffrau vermied Lara es strikt, sich nach ihrer regulären Arbeitszeit mit ihren Akten zu beschäftigen. Das eine oder andere Mal hatte er sie vom Büro abgeholt, aber sobald sie ihn dort hinausscheuchte und die Tür zuschloss, war für sie Feierabend. Nur äußerst selten erzählte sie etwas, beispielsweise wenn ein Kundengespräch besonders erfolgreich verlaufen war und für sie ein überdurchschnittliches Plus an Provision heraussprang. Dann träumte sie manchmal davon, was man mit sehr viel Geld alles anfangen könnte.

Anders als sie konnte Hardy bei diesem Mord nicht einfach abschalten. Zumal es noch die seltsame E-Mail gab, deren Ausdruck ihm die KPI-Leiterin still und heimlich nach dem letzten Gespräch in ihrem Büro ins Postfach gelegt haben musste und den er nur durch Zufall vor Verlassen der Dienststelle entdeckt hatte. Den Zettel, den Lara jetzt vom Computertisch zur Hand nahm.

»Ich bin das Erste und doch das Zweite. Wer bin ich?«, las sie die letzte Zeile des Mailinhalts vor.

»Hat das auch was mit deinem Fall zu tun?«

»Wahrscheinlich nicht«, antwortete er und zupfte ihr das Blatt aus der Hand, als wäre die Mail unwichtig. Was er in Wahrheit dachte, behielt er für sich, um sie nicht zusätzlich zu beunruhigen. Neben dem vorletzten Satz schien das kleine viereckige Bildchen, das darunter eingefügt worden war, von Bedeutung zu sein. Allerdings konnte Hardy nicht erkennen, was es darstellte. Selbst jetzt nicht, als er es farbig ausgedruckt in der Hand hielt.

»Wir haben den für uns zuständigen Paketboten überprüft«, schwenkte er um. »Leider passt deine Beschreibung nicht annähernd auf diesen Mann.«

Seufzend glitt sie von seinem Schoß. »Wie gesagt, ich habe eigentlich nur auf die Sendung geachtet und meine Unterschrift auf so einem elektronischen Gerät hinterlassen. Tut mir leid, wenn ich mich geirrt habe.«

»Alles in Ordnung, du hast es schon richtig gemacht.« Er fuhr ihr sanft durchs Haar. »Vielleicht sollten wir nach einem Verwandlungskünstler suchen.«

Sie küsste ihn auf die Nase. »Schalt den Computer aus und komm zu mir ins Bett. Ich fühle mich einsam ohne dich.«

»Nur noch fünf Minuten.«

»Lügner«, sagte sie und verließ das Zimmer.

Eine Weile hing noch ihr Duft im Raum. Als dieser verging, konzentrierte Hardy sich bereits wieder auf die vor ihm liegenden Unterlagen. Sogar das Ortungsprotokoll von Asmanns Handy hatte er sich im Kommissariat kopiert und mitgenommen. Allerdings datierte die letzte Einwahl des Geräts ungefähr eine Stunde vor dem Todeszeitpunkt seiner Eigentümerin. Und der Mobilfunkumsetzer befand sich Luftlinie auch nur dreihundert Meter von Asmanns Wohnadresse entfernt. Greta hatte zwei Folgeortungen veranlasst, zweimal mit negativem Ergebnis. Das Gerät war ausgeschaltet. Demzufolge wussten sie nach wie vor nichts über den Verbleib des Smartphones.

»Rätsel gibt es inzwischen mehr als genug«, redete er mit sich selbst und legte das Ortungsprotokoll beiseite.

Er schaute wieder auf den Monitor, auf dem er bisher vergeblich versucht hatte, die Barcodebotschaft mithilfe verschiedener Anagrammdecoder aus dem Internet zu entschlüsseln. Die Zeile GEHEN ZWEI NR 14 POST ließ ihm einfach keine Ruhe. Daher reichten auch die versprochenen fünf Minuten nicht aus, die Buchstaben und Zahlen zu entschlüsseln. Es dauerte exakt zehn Minuten und fünfunddreißig Sekunden, bis er sich Julia Asmanns Wohnadresse auf der digitalen Stadtkarte anschaute und ihm eine Idee kam. Womöglich enthielten die vier Worte einen ganz simplen Hinweis. Man musste sie lediglich zu einem passenden Straßennamen zusammensetzen. Und die 14 als mögliche Hausnummer anhängen.

Kapitel 24

Zwei Stunden nach seiner Entdeckung befand sich Hardy mit Greta in einer Wohnung in Wolgast. Vor ihnen lag ein weiteres Mordopfer. Die Auffindesituation ähnelte der von Julia Asmann. Doch die beiden Kommissare interessierten sich vor allem für die Unterschiede an den Tatorten. Dazu hob Hardy die Leiche am linken Arm und der Hüfte ein Stück an, drehte sie halb zur Seite und warf einen Blick auf den Rücken. Greta kniete sich zu ihm und hielt den Taschenlampenstrahl dicht über den Boden.

»Wir hatten recht«, sagte Hardy, als er die faulende Wunde am Rücken betrachtete. Rechts von der Wirbelsäule fehlte die Haut. Es bedurfte keiner prophetischen Fähigkeiten, um zu wissen, dass das passende Stück in einem Paket an Hardys Adresse geliefert worden war. »Das Instagram-Foto sollte uns zu Dr. Gabriele Schmitz führen.«

Greta schaltete ihre Taschenlampe aus und erhob sich. »Sag mir lieber gleich, ob du auch diese Frau kennst.«

Er legte den Körper vorsichtig in seine ursprüngliche Position zurück und schüttelte den Kopf. Weder hatte er die Tote jemals in seinem Leben gesehen noch hatte er zuvor irgendeinen Bezug zu dieser Adresse gehabt. Sein Einfall, die vier in einzelne Buchstaben zerlegten Worte des Strichcodes neu zusammenzusetzen, hatte Erfolg gebracht. Herausgekommen waren ein Straßenname und die dazugehörige Hausnummer: Spitzenhörnweg 14.

»Eigentlich will ich gar nicht wissen, wie du ausgerechnet auf die Adresse in Wolgast gekommen bist«, sagte sie kopfschüttelnd.

»Ich habe es dir doch auf dem Weg hierher erklärt.«

»Ja, schon klar, du hast nach einem Anagramm gesucht und eins gefunden. Darum geht es nicht. Also noch mal: Kennst du die Frau?«

So wie sie ihn ansah, schien sie am liebsten nachschieben zu wollen, dass er es nicht wagen sollte, sie anzulügen. Andernfalls würde sie ihm vermutlich auf der Stelle die Zusammenarbeit kündigen.

Bevor Hardy eine leichtfertige Antwort gab, betrachtete er den nackten und geschundenen Körper der Toten schweigend. Erst nach einer Weile des Betrachtens war er sich sicher.

»Nein, wir sind uns nie zuvor begegnet. Ich schwöre es.«

»Gut, dann spricht aber auch nichts dafür, dass der Täter es gezielt auf dich abgesehen haben sollte. Das war doch bisher deine Theorie, oder?«

Auch darüber musste er nachdenken. Er dachte an Julia Asmann, an das Paket und an den an seine KPI-Leiterin adressierten Mailinhalt:

Ich bin das Erste und doch das Zweite. Wer bin ich?

War damit womöglich die Reihenfolge beider Todesopfer gemeint? Zwar hatte die Polizei Julia Asmann zuerst gefunden, aber zweifellos war Gabriele Schmitz vor ihr gestorben. Der Verwesungszustand der vor ihm liegenden Leiche war deutlich fortgeschrittener. Die Streifenbeamten, die entschieden hatten, Schmitz' Wohnung gewaltsam zu öffnen, hatten bei der Übergabe des Tatortes an die Kripo gemeint, die Leiche würde seit mindestens drei Tagen hier liegen. Weder Hardy noch Greta wollten dieser Schätzung widersprechen. Sie waren sich sicher, ein Arzt würde bei der Leichenschau zu derselben Beurteilung kommen.

»Ja, ich bin davon ausgegangen, weil ich …« Er hielt inne, weil ihm kurzzeitig schwindelig wurde. Fehlender Schlaf und die Verwirrung über die vielen sonderbaren Vorgänge raubten ihm beinahe die Kraft zu stehen. Er wischte sich übers Gesicht und rief sich zur Besinnung. »Vermutlich hast du recht, ich bin bloß durcheinander.«

»Mach mir bloß nicht schlapp, Sugar! Und vor allem, nimm das hier nicht persönlich, okay?«

Sie konnte so offen mit ihm darüber reden, da sich außer ihnen niemand in der Wohnung befand. Die Kollegen vom Streifendienst, die als Erste eingetroffen waren, warteten nun im Treppenhaus und unten auf der Straße, bis sie neue Anweisungen bekamen. Aber nachdem Hardy und Greta wussten, dass sie es mit einem Serientäter zu tun hatten, mussten auch sie sich erst einen Plan zurechtlegen, wie sie bei den Ermittlungen weiter vorgehen sollten.

»Wir müssen herausfinden, welcher Zusammenhang zwischen beiden Opfern besteht«, sagte Hardy und betrachtete die Wunde am Hals, danach die restlichen körperlichen Entstellungen. »Nicht umsonst hat der Täter beide Frauen auf die gleiche Weise getötet und ihre Leichen in der Mitte des Wohnbereichs identisch drapiert.«

»Zumindest fast identisch.« Greta nahm ihre Notizen zur Hand und nickte zum Boden. »Anders als bei Julia Asmann hat unser Unbekannter Dr. Gabriele Schmitz ein Stück Haut aus dem Rücken getrennt. Wahrscheinlich sollte das ein Hinweis auf ihren Beruf sein. Nach allem, was wir bisher über sie wissen, ist sie Hautärztin mit eigener Praxis.«

»So gesehen klingt das mit dem Hautstück verdammt logisch«, pflichtete er ihr bei. Wiederholt nahm er das Instagram-Foto zur Hand und verglich die Wohnungseinrichtung. Anders als in Asmanns Wohnung stimmte die Abbildung mit der Realität hier überein. Derselbe Fußboden, dieselben Möbel, dieselbe Tapete. Das Foto war in diesem Raum aufgenommen worden und zeigte die blutigen Beine von Schmitz.

»Der Täter hat beiden Frauen die Fußnägel lackiert«, sagte Greta. »Ich wette, er hat den gleichen roten Nagellack aufgetragen.«

»Und mit Sicherheit hat er auch den gleichen PU-Schaum benutzt.«

Kapitel 25

Seit Greta realisiert hatte, dass es sich hierbei um ein Serienverbrechen handelte, fühlte sie sich überfordert. Nach einer toten Erzieherin hatten sie nun eine tote Ärztin gefunden. Gabriele Schmitz. Neunundvierzig, Single, kinderlos. Greta hatte sich die wichtigsten Informationen am Tatort aufgeschrieben. Per Smartphone hatte sie sogar kurz im Internet recherchiert. Laut dem dortigen Patientenfeedback genoss Dr. Schmitz einen hervorragenden Ruf als Dermatologin. Wenn es etwas Negatives zu berichten gab, dann ging es um lange Wartezeiten, wenn man einen Termin brauchte, weil sich die Praxis so großen Zulaufs erfreute.

»Hoffentlich trifft der Arzt bald ein«, sagte Hardy und rieb sich die Augen. »Wie es scheint, wird das heute wieder ein verdammt harter Tag und ich brauche dringend Schlaf.«

»Aha, der Kollege ist also ein kleiner Egoist«, entgegnete sie. »Was glaubst du denn, wie fertig ich bin? Immerhin bin ich mit meinen einundfünfzig ein paar Jährchen älter als du und benötige meinen Schönheitsschlaf umso mehr.«

Er wedelte verständnisvoll mit der Hand. »Natürlich, ich weiß ja, was du bisher geleistet hast.«

»Ach!« Nicht einmal Greta wusste so genau, ob das, was sie bisher geleistet hatte, so großartig war. Für diesen Fall reichte es offenbar nicht aus. Vor allem ergab sich für sie einfach kein Motiv für die Morde.

Anders als bei Julia Asmann schien der Neue die Tote diesmal tatsächlich nicht zu kennen. Zumindest behauptete er das – und Greta glaubte ihm irgendwie. Deshalb hatte sie ihn auch beruhigen wollen, als sie gesagt hatte, er solle die Mordserie nicht als persönliche Fehde sehen. Insgeheim war sie allerdings noch zu keinem überzeugenden Ergebnis gekommen, ob – und wenn ja, wie – Hardy in diese Horrorgeschichte involviert war. Sie hoffte, dass man ihn später nicht wegen Befangenheit vom Fall abziehen musste. Denn eigentlich war er gar kein so übler Kollege. Dennoch blieb sie bei ihrem Vorsatz, bei Gelegenheit mehr über den verschwiegenen Kerl in Erfahrung zu bringen.

»Das war gute Arbeit«, lobte sie ihn, denn allein ihm war es zu verdanken, dass sie das zweite Opfer gefunden hatten. Hardy blinzelte und schaute zur Seite, als kaufte er ihr kein Wort ab. »Das meine ich ehrlich.«

Nachdem es Hardy gelungen war, den Strichcode zu entschlüsseln, hatte er die Leitstelle angerufen und darum gebeten, dass eine Streifenbesatzung das Haus in Wolgast überprüfe. Sie sollten nach einer Wohnung suchen, in der eine alleinstehende Frau mittleren Alters lebte, bevorzugt mit langen Haaren. Nicht nur bei der Anschrift hatte er einen Volltreffer gelandet, auch die Parameter zum Opfer stimmten. Überall im Zimmer lagen abrasierte brünette Haarsträhnen und bisher hatten sie innerhalb der Wohnung keinerlei Hinweise auf einen Lebenspartner gefunden. Die Befragung von Hausbewohnern hatte ergeben, dass Schmitz zumindest in letzter Zeit nie in Begleitung gesehen wurde. Dafür sei die Ärztin wohl zu beschäftigt gewesen, hatte eine Nachbarin gemeint.

»Wir müssen dringend ihren Computer auswerten«, sagte Greta. »Vielleicht hat Dr. Schmitz ihre Partner über Singlebörsen im Internet gesucht. Und wenn wir großes Glück haben, finden wir etwas Ähnliches bei Julia Asmann. Unser Mörder hat es offenbar auf alleinstehende Frauen abgesehen. Ungebundene Menschen sind oftmals die vermeintlich leichteren Opfer.«

Mit einem Brummen stimmte Hardy ihr zu. »Bis auf das Hautstück scheint unser Täter Wert auf die immergleichen Rituale zu legen.«

Greta verstand sofort, wovon er sprach. »Die irrsinnigen Merkmale an den Toten sind nicht zu übersehen.«

»Ich bin mir sicher, das ist längst noch nicht alles.«

Für den Moment wollte Greta gar nicht wissen, was in seinem Kopf vorging. Gemeinsam mit ihm betrachtete sie schweigend die Leiche auf dem Boden. Wie Julia Asmann war auch Gabriele Schmitz vollständig entkleidet, ihr rechtes Auge ausgestochen, der Kopf geschoren und ihr Mund mit Polyurethan gefüllt. Auch die Hände hatte man komplett eingeschäumt. Anschließend war das gelbe Material ausgehärtet, was der Leiche einen besonders bizarren Anblick verlieh. An einer Stelle an den Handgelenken sah das Ende eines Kabelbinders aus dem Schaum heraus. Außerdem konnte man deutlich die Wunde am Hals erkennen, die darauf schließen ließ, dass der Mörder hier ebenfalls einen scharfen, spitzen Gegenstand als Mordwaffe benutzt hatte.

»Scheiße, warum können die Leichen nicht zur Abwechslung mal im Freien liegen?«, schimpfte Greta.

»Wozu?«

»Weil ich dann beim Nachdenken wenigstens eine rauchen könnte.«

»Wenn du möchtest, kannst du gern nach draußen gehen, ich halte so lange die Stellung.«

»Das könnte dir so passen«, antwortete sie scherzhaft, obwohl ihr nicht der Sinn nach Humor stand. »Nein, Sugar, ich behalte dich lieber im Auge.«

»Gut, Chefin, dann fangen wir an.« Damit öffnete er seine Arbeitstasche und holte ein Zimmerthermometer heraus, um die Temperatur in der Wohnung zu messen. »Sollen wir die Kriminaltechniker aus der Rufbereitschaft holen?«

»Nein, wir machen erst mal selbst Fotos und schauen uns um. Unsere Kollegen können sich hier bei Tageslicht austoben. Falls wir heute noch dazu kommen, sollten wir überprüfen, ob Gabriele Schmitz diesen Kevin Maurer ebenfalls kannte.«

»Wieso ausgerechnet Maurer? Was ist mit dem Hausbootverleiher? Nils Leonhard …«

Hardys Anruf hatte Greta unmittelbar auf der Heimfahrt von Stralsund ereilt. Sie hatte ihn mit ihrem Wagen abgeholt und gemeinsam waren sie nach Wolgast zum Spitzenhörnweg 14 gefahren. Unterwegs hatte sie ihm zwar von ihrem Besuch im Klub *Sonar* berichtet, aber ihm bisher verschwiegen, dass sie auf dem Überwachungsvideo Maurer erkannt hatte, der zwanzig Minuten nach Julia Asmann den Klub betreten hatte.

»Ist nur so ein Gedanke«, wich sie aus. »Ich meine, irgendwo müssen wir anfangen, eine Verbindung zwischen den Opfern zu suchen.«

»Du hast vollkommen recht. Außerdem sollten wir sämtliche Baumärkte in der Region überprüfen. Unser Täter braucht vermutlich größere Mengen PU-Schaum. Die Chance ist zwar verschwindend gering, aber eine Auflistung der Verkäufe der letzten Tage könnte helfen. An den Kassen wird doch jeder ausgehende Artikel mit Datum und Uhrzeit registriert. Vielleicht hat sogar ein Angestellter zufällig darauf geachtet, wie jemand das Zeug zusammen mit unserer Kabelbindersorte gekauft hat. Und wenn wir schon in alle Richtungen ermitteln, sollten wir uns einen Durchsuchungsbeschluss für Dr. Schmitz' Praxis holen. Vielleicht war Julia Asmann eine Patientin.« Wieder deutete er auf die Leiche. »Wenn ich mir die abrasierten Haare und das fehlende Auge ansehe, könnte das auch symbolisch für einen kranken Menschen stehen.«

Greta stieß übertrieben die Luft aus. »Bei deinen steilen Thesen brauche ich wirklich dringend eine Zigarette.«

»Ich versuche nur, zu verstehen, warum unser Mörder genau das tut, was er tut. Die übereinstimmende Zurschaustellung der Toten muss eine Bedeutung haben.«

»Vielleicht sollten wir uns lieber darauf konzentrieren, was bei dieser Leiche anders ist als bei Julia Asmann.«

Kapitel 26

Abermals saß James Finkel in dem harmonisch eingerichteten Therapieraum. Für diese Woche stand die zweite und damit letzte Sitzung an. Wieder hatte der Diplompsychologe ihm gegenüber Platz genommen. James war der letzte Patient für heute.

»Danke, dass Sie es so kurzfristig einrichten konnten, Herr Finkel. Gewöhnlich treffen wir uns nicht an zwei direkt aufeinanderfolgenden Tagen, aber es erschien mir wichtig, das Gespräch von gestern zeitnah fortzuführen.«

»Kein Problem, aktuell kann ich mir die Arbeitszeiten frei einteilen«, scherzte James. »Außerdem möchte ich ja, dass Sie mir helfen.«

»Das will ich gern versuchen, aber vor allem müssen Sie bereit sein, aus eigener Kraft eine Besserung herbeizuführen. Verstehen Sie, was ich meine?«

Platonisches Gequatsche, dachte James. Auf emotionale Anspielungen verspürte er keine große Lust. Er brauchte eine handfeste Anleitung, um sein Leben wieder in den Griff zu bekommen. Natürlich wusste er, dass sich der Psychologe bei einer solchen Therapiesitzung von Allgemeinfloskeln nicht vollkommen frei machen konnte. Immerhin benutzte er wenig

Fachbegriffe und trat insgesamt verständnisvoll auf. Dahin gehend fühlte James sich bei ihm gut aufgehoben. Vor allem war er ihm gerade nützlich.

»Sie wollen, dass ich meine innere Stärke wiederentdecke«, spielte er deshalb mit.

Der Zeigefinger des Psychologen schoss nach vorn. »Eine sehr gute Antwort! Sie machen Fortschritte.«

»Warum fühlt es sich dann nicht so an?«

»Sie denken zu viel.«

James ließ den Kopf sinken. »Gestern bin ich meinem Sohn begegnet.«

»Ach, sieh an, so plötzlich!« Der Psychologe hob die Augenbrauen, legte seine Notizen beiseite und schlug die Beine übereinander. »Das ist doch äußerst positiv.«

»Eben nicht! Es war keine angenehme Begegnung. Hardy steckt voller Hochmut. Statt mich nach so langer Zeit des Wiedersehens zu umarmen oder mir wenigstens die Hand zu reichen, hat er mich beschimpft und mir Vorwürfe gemacht.«

»Und wie haben Sie sich ihm gegenüber verhalten?«

Es hörte sich auch wie ein Vorwurf an. James merkte, wie Wut in ihm aufstieg. Am liebsten wäre er aufgesprungen und hätte dem Psychologen ins Gesicht geschlagen. Stattdessen spannte er die Zehen an und rutschte tiefer ins Sesselpolster.

»Wie ein Vater, würde ich sagen.«

»Sie erzählten mir gestern, Ihr Sohn Hardy sei erst kürzlich an die Ostsee zurückgekehrt. Wie viele Jahre war er weg?«

»Mehr als zwanzig.«

»Dann sollten Sie ihm mehr Zeit geben. Ich bin mir sicher, auch er muss die Veränderungen erst verarbeiten. Seine Heimat hat sich während der zwei Jahrzehnte verändert und kann entsprechend fremd auf ihn wirken. Hinzu kommen eine neue Dienststelle, neue Kollegen, eine neue Wohnung, eine Partnerin fürs Leben …«

»Von seiner Freundin habe ich Ihnen gestern nichts erzählt.«

Der Psychologe lächelte. »Doch, indirekt. Sie erwähnten, Hardy habe eine neue Familie. Deshalb bin ich davon ausgegangen, dass es eine neue Frau gibt, mit der er ein Kind hat.«

»Es ist nicht sein Kind und über seine Freundin weiß ich selbst kaum etwas. Nur, dass sie Lara heißt.«

»Lara«, wiederholte sein Gegenüber leise. »Ich kenne auch eine Lara. Soweit ich weiß, ist der Name griechischer Herkunft, wo er unter anderem ›Möwe‹ bedeutet. Das klingt doch irgendwie positiv, finden Sie nicht?«

James hatte nicht richtig hingehört und zuckte nur mit den Achseln. Viel zu sehr hingen seine Gedanken bei Hardy. »Ich wünschte, er wäre anstelle seines Bruders gestorben. Ich wünschte, mein lieber Bastian würde noch leben ...«

Weil er sich erhoffte, der Psychologe würde irgendwie darauf eingehen, ließ James eine Pause. Doch er wurde in seinen Ausführungen weder unterbrochen noch aufgefordert weiterzusprechen. Der Therapeut blieb einfach stumm.

Also redete James von sich aus weiter.

»Wie ich gestern bereits sagte, ist Bastian bei seiner Geburt gestorben. Ich weiß noch genau, wie die Ärztin mir das tote Baby gezeigt hat, wie ich im Krankenhaus durch die Glasscheibe in den Klinikraum gestarrt habe. In eine Art Brutkasten hatten sie mein Kind gelegt, als würde es schlafen. Aber da hatte sein Herz schon seit über einer Stunde nicht mehr geschlagen. Sein kleines Herz war zu schwach gewesen, weil ich keine Zeit gehabt hatte, es zu trainieren.« Er klopfte sich gegen die Brust. »Als Sportler hatte ich ein verdammt starkes Herz, verstehen Sie?«

Der Psychologe nickte. »Wie oft fahren Sie zu der Grabstelle auf der Insel?«

»Oft!« Er sagte es mit einem gewissen Stolz, denn er hatte das Grab eigenhändig errichtet. »Ich fahre fast wöchentlich mit dem Boot zu der Stelle.«

»Wie geht es Ihnen, wenn Sie dort sind und an Ihren zweiten Sohn denken?«

Dann fühlte James jedes Mal eine unbeschreibliche Verbitterung. »Können wir nicht lieber über mein Buch sprechen?«

Bereitwillig hob der Psychologe die Hände. »Bitte schön! Sprechen wir über Ihre Autobiografie ...«

Kapitel 27

»Langsam verstehe ich euer System«, jubilierte Hardy, während er am Bürorechner die Statistik mit den Daten vom Mord an Gabriele Schmitz fütterte.

»Echt?«, kam es von der anderen Seite des Schreibtisches. »Nicht mal ich verstehe diese blöde Datensammelmaschine.«

»Diese Maschine hilft uns enorm bei der Recherche von Vergleichsmerkmalen zu diversen Verbrechen.«

»Ja, ja, so versucht man uns das zu verkaufen, aber in Wahrheit sind wir nicht mal halb so gut wie die Typen bei *CSI* oder *Bones.*«

»Aha, du schaust also leidenschaftlich forensische Krimiserien.«

»Klar doch, die Fortbildungen, die bei der echten Polizei angeboten werden, sind entweder übervoll oder fallen wegen Personalmangels aus.«

»Bei den IT-Lehrgängen dürfte es dahin gehend keine Probleme geben.« Flüchtig schielte er über den Bildschirmrand, um ihre Reaktion zu beobachten.

Sie zeigte ihm scherzhaft einen Vogel. »Wahrscheinlich bin ich für den Computerquatsch einfach zu alt. Bis heute kenne ich weder diesen Murphy noch sein Gesetz, von dem alle so begeistert sind.«

»Murphys Gesetz ist ein gutes Stichwort!«

»Auch das noch«, reagierte sie mürrisch. »Ja, ich habe schon von dem Typ gehört. Und jedes Mal bekomme ich Kopfschmerzen, wenn jemand eine seiner Weisheiten anbringt. Also verschon mich bitte, okay?«

»Ich meine es ernst, ich habe nämlich über deinen Ansatz vom Tatort nachgedacht«, lenkte er das Gespräch zurück auf ihre eigentliche Arbeit. »Du meintest, wir sollten uns auf die Unterschiede zwischen beiden Mordfällen konzentrieren.«

Greta rollte mit ihrem Stuhl um den Tisch herum. Demnach hatte er ihr Interesse geweckt.

»Ich denke, du hast vollkommen recht«, redete er weiter. »Die Gemeinsamkeiten sind vielleicht wichtig, aber sie engen uns bei der Tätersuche ein.«

»Ach, und was hat Murphy damit zu tun?«

»*Das, was du suchst, findest du immer an dem Platz, an dem du zuletzt nachschaust.*«

»Ich hatte dich gewarnt, Sugar!«

Blitzschnell griff sie nach einem Radiergummi und warf ihn nach Hardy. Vergeblich versuchte er, das Geschoss mit seinen Fingern abzufangen. Es fand sein Ziel mitten auf seiner Brust. Es tat nicht weh, aber er rieb sich trotzdem die getroffene Stelle.

»Hey, ich versuche nur, es dir anschaulich zu erklären.«

»Denk an meine Kopfschmerzen«, warnte sie mit drohendem Zeigefinger. »Das nächste Mal nehme ich die Computermaus, danach die Tastatur und am Ende kommt der Monitor geflogen.«

»Wenn du meine Meinung hören willst, dann geht es dem Täter vermutlich gar nicht mal so sehr um die gleichen Rituale.«

»Darauf kommst du wegen des Hautstücks?«

»Das Hautstück ist ein starkes Indiz dafür, aber wir haben uns die beiden Wohnungen angesehen und die jeweiligen Opfer überprüft. Es gibt diverse Unterschiede zwischen dem Mord an Julia Asmann und dem an Gabriele Schmitz. Ich habe sogar schon eine Liste angefangen.« Er reichte ihr ein handschriftliches Blatt Papier, das Greta mit halb zusammengekniffenen Augen überflog.

»Eigentumswohnung«, las sie einen Stichpunkt laut vor und hob eine Augenbraue.

»Im Gegensatz zu Julia Asmann war Dr. Schmitz Eigentümerin ihrer Wohnung. Finanziell waren beide völlig unterschiedlich aufgestellt. Das bringt uns zum zweiten Unterschied: Die eine war Kindergärtnerin, die andere studierte Medizinerin. Der Täter wählt seine Opfer also vermutlich nicht nach ihrer sozialen Stellung aus. Auch beim Alter ergibt sich für mich eine zu starke Diskrepanz. Haarfarbe? Unterschiedlich. Haustiere? Unterschiedlich. Kleidergeschmack? Unterschiedlich …«

Ihre Mundwinkel ließen Skepsis erkennen. Statt eines Gegenarguments wandte sie sich jedoch wieder der Liste zu. »Blutspur …«

»Anders als bei Julia Asmann, die auf der Couch im Wohnzimmer angegriffen und verletzt wurde, muss Dr. Schmitz im Hausflur unmittelbar an der Eingangstür überrascht worden sein. Wir beide haben das Blutmuster analysiert und sind zu dem Ergebnis gekommen, dass Dr. Schmitz, während sie verblutete, vom Korridor ins Wohnzimmer gebracht worden ist.«

»Das kann alle möglichen Gründe haben und bedeutet nicht zwangsläufig, dass der Täter bewusst eine andere Vorgehensweise gewählt hat. Vielleicht hat Dr. Schmitz versucht zu fliehen, oder sie hat etwas bemerkt, was den Täter zum sofortigen Handeln gezwungen hat.«

Hardy schüttelte den Kopf. »Ich denke vielmehr, der Täter ist mittels Nachschlüssel in Asmanns Wohnung eingedrungen, während er bei Dr. Schmitz klingeln musste. Die Wohnungstür der Ärztin ist mehrfach gesichert. Da kommt man nicht mit einem einfachen Dietrichset rein.«

»Okay, dann musste der Täter eben improvisieren. Ich hoffe, die Kriminaltechniker können uns schleunigst Ergebnisse zum Eindringen liefern. Hast du noch mehr zu deiner Theorie?«

Beiläufig schaute er auf sein Handy. Die letzten Stunden war er so sehr in seine Arbeit vertieft gewesen, dass er mehrere Anrufe verpasst hatte.

»Stimmt etwas nicht?«, vergewisserte sie sich, weil er seine Ausführungen unterbrach.

»Ich …« Er kam ins Stocken, denn zu seiner Verwunderung hatte neben Lara seine Mutter zweimal versucht, ihn zu erreichen. Das war unüblich, denn gewöhnlich meldete er sich bei ihr. Hoffentlich wollte sie nicht mit ihm über seinen Vater sprechen.

Ganz bestimmt wollte sie das.

Bevor er sich darüber weiter den Kopf zerbrach, ließ er das Handy in die Innentasche seines Jacketts, das über der Stuhllehne hing, verschwinden. »Auch wenn sowohl Julia Asmann als auch Dr. Schmitz attraktive Frauen waren, glaube ich übrigens nicht, dass es dem Täter darum ging, die Schönheit seiner Opfer zu zerstören.«

»Es geht also nicht um Schönheit«, wiederholte Greta mit zynischem Unterton. »Schade, demnach könnte ich das nächste Opfer sein.«

Am liebsten hätte Hardy widersprochen und ihr gesagt, dass sie durchaus eine attraktive Kollegin sei. Ein solches Kompliment hielt er jedoch irgendwie für verfrüht. Immerhin kannten sie sich kaum zwei Tage.

Als er ihren Gesichtsausdruck sah, schien es ihm, als hätte sie tatsächlich mit einer Nettigkeit gerechnet.

Bevor er etwas sagen konnte, kam Greta ihm zuvor. »Nach welchen Kriterien sucht er sich dann die Frauen aus?«

»Er hat ihnen die Zehennägel rot lackiert.«

»Das mache ich auch, meine Füße rettet das trotzdem nicht.«

»Bitte, Greta«, ermahnte er sie. »Ich bin sicher, deine Füße sind sehr gepflegt.«

»Ich werde sie dir garantiert nicht zeigen, falls du darauf anspielst.«

Darüber musste er schmunzeln. »Jedenfalls hast du selbst bemerkt, wie sorgfältig unser Täter bei beiden Frauen den Nagellack aufgetragen hat. Niemand gibt sich so viel Mühe, wenn er jemanden verunstalten will. Hinzu kommt, dass er die Haare der Frauen so sauber wie ein Friseur abrasiert hat. Nicht einen einzigen Kratzer konnten wir auf der Kopfhaut der Frauen feststellen. Für mich passt das nicht ins Bild von jemandem, der sein Opfer symbolisch entstellen will. Demnach müssen die Botschaften und die Zurschaustellung der Leichen eine andere Bedeutung haben.«

»Lass mich raten, du denkst an Verlust.«

Hardy nickte. Das fehlende Auge und die abrasierten Haare deuteten für ihn darauf hin.

Bevor sie sich über diese Theorie weiter austauschen konnten, klingelte der Büroapparat auf Gretas Seite. Sie hob ab. Es war das LKA, so hörte es sich an. Offenbar hatte die Ermittlungsunterstützung der IT-Abteilung etwas auf Julia Asmanns Rechner gefunden.

Das Gespräch dauerte knapp zwei Minuten, dann beendete sie das Telefonat mit den Worten: »Schicken Sie mir alles rüber.«

»Und?«, fragte Hardy neugierig.

»Anscheinend hatte Julia Asmann in den letzten Wochen mehrfach Kontakt zu Männern über die Online-Singlebörse *Armorstrike.*«

»*Armorstrike*«, wiederholte Hardy. »Klingt eher nach einem Online-Ballerspiel.«

»Auskunft über ihre Flirtaktivitäten müssen wir über den Anbieter der Plattform erfragen, meinte der Kollege von der IT-Abteilung. Die wichtigste Info hat er aber schon jetzt für uns. Offenbar hatte Julia Asmann bis kurz vor ihrem Tod Kontakt zu einem Interessenten. Aktuell kennen wir nur seinen Nutzernamen. Er lautet *Küstenjunge007.*«

Kapitel 28

Zwei Arbeitsstunden hatte Hardy nach dem Anruf der IT-Abteilung vom LKA anhängen müssen, dann schaltete er den Computer endgültig aus.

»Ich habe das Auskunftsersuchen an den Betreiber der Online-Singlebörse geschickt«, sagte er zu Greta und erhob sich. »Die bearbeiten unsere Anfrage so schnell wie möglich, aber mit einer Antwort ist nicht vor morgen zu rechnen. Drück die Daumen, dass wir einen Hinweis auf unseren Unbekannten bekommen.«

»So lange heißt unser Verdächtiger *Küstenjunge007*«, erwiderte Greta spitzfindig.

»Wenn wir Glück haben, besaß Dr. Schmitz ebenfalls einen Account bei *Armorstrike.* Dann hätten wir zumindest eine Verbindung zwischen den Opfern. Wie dem auch sei, ich habe alle notwendigen Parameter ins System eingegeben. Sobald es Übereinstimmungen gibt, bekommen wir eine Nachricht.«

»Ich bin froh, dass du mir die Statistik und die Datenrecherche vom Hals hältst.«

»Gern. Für irgendwas muss meine Zeit in der Verwaltung beim BKA ja gut gewesen sein. Dort habe ich oft stundenlang vor dem Bildschirm gehockt und habe Datenbanken gefüttert.«

Es war eine kleine Lüge, denn das war nur ein verschwindend geringer Teil seiner Tätigkeit gewesen.

»Da wundert es mich, dass du noch keine Brille trägst.«

»Um ehrlich zu sein, bin ich bloß zu eitel, um eine aufzusetzen.«

»Ach, und ich dachte schon, du kneifst die Augen zusammen, weil dir die Arbeit solche Schmerzen bereitet. Ich wette, eine Brille würde dir stehen, Sugar.«

Er schüttelte den Kopf. »Habe ich ausprobiert, durch eine Brille wirkt meine Glatze noch länger.«

Sie schmunzelte und zwinkerte ihm zu. »Also ich sehe da nur eine sehr hohe männliche Stirn, Sugar.«

Hardy wurde ernst, als er die verpassten Anrufe auf seinem Handy erneut aufrief. Lara hatte zuletzt vor zehn Minuten angerufen. »Bleibst du noch länger?«

Greta schüttelte den Kopf. »Mein Fischkopp setzt mich vor die Tür, wenn ich nicht endlich nach Hause komme.« Damit meinte sie wohl ihren Freund. »Mit dem Staatsanwalt habe ich telefoniert, er will die Akte morgen Mittag auf dem Tisch haben. Hab fast alle Berichte und Formulare zusammen, den Rest mache ich morgen früh fertig, sobald ich die Unterlagen von der Kriminaltechnik bekomme. Jetzt will ich nur noch eine Zigarette rauchen. Oder besser zwei …«

Sie verabschiedeten sich voneinander. Fünf Minuten später fuhr Hardy vom Hof der Kriminalpolizeiinspektion. Er überlegte, ob er Lara unterwegs anrufen sollte, entschied sich letztlich dagegen. Auch seine Mutter, die ebenfalls versucht hatte, ihn zu erreichen, vertröstete er gedanklich. Er war zu müde, um sich mit ihr auseinanderzusetzen. Vermutlich suchte sie das Gespräch wegen seines Vaters. Doch ihm saß noch die Begegnung mit ihm von gestern in den Knochen.

Vierzig Minuten später erreichte er seine Wohnung. Lara war zu Hause. Die Badtür stand einen Spalt offen, die Dusche lief. Nachdem er seine Jacke an den Garderobenhaken gehängt hatte, schaute er in Benjamins Zimmer. Der Junge war nicht da.

»Ich bin's, Schatz!«, rief er durch den Flur.

Das Regengeräusch verstummte. Er schob die Badtür komplett auf. Lara stand nackt in der Duschkabine und steckte den Kopf heraus.

»Mein Gott, Hardy, du hast mich erschreckt.«

Er reichte ihr das Handtuch, dafür gab sie ihm einen Kuss. »Ist Benjamin immer noch bei seinem Vater?«

»Ja, ausnahmsweise.« Mit dem Handtuch um den Körper stieg sie aus der Dusche. »Ich habe kurz mit Benni telefoniert. Er hat übrigens nach dir gefragt. Du hättest mir wenigstens eine Nachricht schicken können, wenn du meine Anrufe schon ignorierst.«

»Entschuldige, ich hatte vor zurückzurufen, aber bei all dem Stress ist es untergegangen.« Kurz sah er ihr zu, wie sie sich ein Handtuch um die Haare wickelte und anschließend nach der Hautcreme griff. Mit der Schönheitspflege ließ er sie allein.

Er ging in die Küche, weil er Durst verspürte. Dort nahm er das Mineralwasser aus dem Kühlschrank und setzte die Flasche an die Lippen. Beim Trinken nahm er das Vibrieren von Laras Handy wahr. Das Mobiltelefon lag auf dem Küchentisch. Mehr aus Reflex denn aus Neugier schaute er auf das Display.

Ihr Freund sollte sich lieber …

Er konnte nur die ersten Worte der Nachricht lesen, da es sich um eine Vorschau handelte. Dafür erkannte er die vollständige Telefonnummer des Absenders: Es war die Nummer von Julia Asmanns verschwundenem Handy. Er irrte sich nicht, denn eine Kopie der letzten Ortung lag im Nebenzimmer am Arbeitsplatz.

Er zögerte, lauschte dem Klappern und dem schiefen Gesang im Badezimmer, nahm schließlich das Smartphone zur

Hand und entsperrte den Bildschirm. Er kannte Laras PIN – Benjamins Geburtstag. Entschlossen tippte er die Nachricht an.

Ihr Freund sollte sich lieber von Ihnen fernhalten, Frau Kollmer. Er ist nicht gut für Sie, und je mehr er nach mir sucht, umso schlimmer wird es werden. Bis er sich letztlich selbst zerstört.

Auch nach mehrmaligem Lesen begriff er den Inhalt des Textes nicht. Dagegen brauchte er nicht erst zum Arbeitsplatz zu rennen, um den Absender mit der Handynummer auf dem Ortungsprotokoll zu vergleichen. Es war eindeutig Julia Asmanns Nummer.

»Ist alles okay?«, rief plötzlich Lara aus dem Bad. »Du bist so schweigsam.«

»Ja, ja«, beeilte er sich zu antworten.

Ihr Freund sollte sich lieber von Ihnen fernhalten, Frau Kollmer.

Geistesgegenwärtig nahm er sein Smartphone zur Hand, aktivierte die Kamera und machte ein Foto der Nachricht. Ohne Skrupel löschte er sie danach von Laras Gerät. Um jeden Preis wollte er vermeiden, seine Freundin noch mehr zu beunruhigen. Gleichzeitig wunderte er sich, weshalb die Nachricht ausgerechnet bei ihr gelandet war. Eines wusste er jedoch: Julia Asmanns Handy musste zum Senden aktiv gewesen sein. Demzufolge hätte man auch den Standort ermitteln können.

Eilig rief er Greta an, doch bei ihr war besetzt. Ersatzweise tippte er die Nummer des Kriminaldauerdienstes ein. Die dortigen Kollegen würden den Antrag auf Ortung für ihn stellen und sich notfalls beim LKA um den Einsatz eines IMSI-Catchers kümmern.

»Was machst du mit meinem Handy?«

Lara stand plötzlich im Raum und schaute ihn skeptisch an.

Er legte ihr Smartphone zurück auf die Tischplatte. »Ich muss dich hier wegbringen«, sagte er überstürzt, was ihre Skepsis nur verstärkte.

Sie griff nach ihrem Handy und tippte auf dem Display herum. Zum Glück konnte sie die Nachricht nicht mehr lesen.

»Ist etwas mit Benni?«

Er ermahnte sich zur Ruhe und schüttelte den Kopf. »Ich habe nachgedacht, vielleicht solltest du für ein paar Tage von hier verschwinden.«

Sie lachte auf, aber es klang nicht belustigt. »Willst du mir nicht erzählen, was los ist?«

»Meine Leute und ich versuchen noch immer, herauszufinden, was es mit dem Paket auf sich hat. Und solange wir keine Gewissheit haben, wer diesen furchtbaren Inhalt geschickt hat, wäre es mir lieber, wenn du ein paar Tage woanders unterkommst.«

»Das meinst du nicht ernst, oder? Mein Terminplaner platzt aus den Seiten, das weißt du genau.«

»Arbeiten kannst du auch, wenn du bei Freunden übernachtest. Bei Kai und Gabi zum Beispiel.«

Sie machte große Augen und schüttelte vehement den Kopf. »Tss, die beiden würden sich bedanken! Solange du mir keinen vernünftigen Grund nennst, warum ich meine Wohnung verlassen sollte, bleibe ich hier. Und keine Sorge, zukünftig schaue ich mir die Paketzusteller ganz genau an, einverstanden? Außerdem bist du doch bei mir.« Sie umarmte ihn und drückte ihren Busen an seinen Oberkörper. »Du wirst mich doch hoffentlich beschützen …«

Gedankenversunken nickte er. Es frustete ihn, weil er für eine solche Situation einfach keinen Plan parat hatte. Aber natürlich würde er gut auf sie aufpassen.

Kapitel 29

Monoton tickten die Zeiger der schlichten, dafür umso größeren Uhr, die im Seziersaal II der Rechtsmedizin Greifswald an der Wand hing.

»Julia Asmann«, las Dr. Edmund Sattler den Namen der Toten, als er die Personaldaten auf dem Obduktionsprotokoll überflog. Über den Blattrand hinweg ging sein Blick zur Wanduhr. 7.40 Uhr. Bis zum frühen Nachmittag hatte er unbedingt mit allem fertig sein wollen, denn seine Frau wartete angesichts ihres zweiunddreißigsten Hochzeitstags mit Opernkarten auf ihn. »Ist das die einzige Leiche für heute?«

»Nicht ganz«, antwortete die jüngere Ärztin Vanessa Lau, die mit dem Rücken zu ihm stand und chirurgisches Werkzeug und ein Diktiergerät bereitlegte. »Die hier kam vorgestern rein und gestern Abend haben wir eine weitere Leiche bekommen. Beide weisen ähnliche Verletzungen auf. Zu beiden Fällen liegen uns staatsanwaltschaftliche Anordnungen für die Obduktion vor. Es besteht jeweils der Verdacht des Mordes.«

»Den Verdacht habe ich allerdings auch«, erwiderte Dr. Sattler, während er das ausgestochene rechte Auge im Schädel und die Wunde am Hals inspizierte. Auch wenn auf seinem

Sektionstisch schon Leichen in allen erdenklich zugerichteten Variationen gelegen hatten, schüttelte er beim Betrachten von Mund und Händen abgestoßen den Kopf. »Gott, PU-Schaum! Was erwartet mich denn noch alles?«

»Erinnerst du dich an das Hautstück, das uns ein gewisser Hauptkommissar Finkel gestern Nachmittag gebracht hat?«

»Ich habe nur beiläufig mitbekommen, wie ein Kripobeamter hereingestürmt ist, als wäre das hier ein Saloon im Wilden Westen.«

»Anscheinend hat er nun den dazugehörigen Körper gefunden.«

Dr. Sattler wandte sich von der Leiche ab, als er begriff. »Meinst du etwa die andere Tote?«

Dr. Lau nickte. »Ihr Name ist Dr. Gabriele Schmitz. Es wird dich kaum überraschen, wenn ich dir sage, dass die Leiche ähnlich entstellt ist wie die hier.«

Wieder ging Sattlers Blick zur Wanduhr. 7.44 Uhr. »Klingt nach jeder Menge Arbeit.« Er zog sich Latexhandschuhe über und prüfte die Funktion des Diktiergeräts. Mit der freien Hand deutete er auf die Leiche. »Haben wir sie entkleidet?«

»Assistent Lars meinte, sie sei schon vollkommen nackt eingeliefert worden.«

»Von welchem Lars sprichst du?«, stutzte Dr. Sattler.

»Na, der neue Assistent, der bei uns seit zwei Wochen sein Praktikum verrichtet.«

»Ich war zwar ein paar Tage im Urlaub, aber der ist mir garantiert noch nicht über den Weg gelaufen.«

»Veralbere mich nicht, Edmund! Der Mann studiert Medizin und ist auf Empfehlung seines Dozenten hier.«

»Ach!« Dr. Sattler deutete hinter sich zum Ausgang. »Du meinst den Typ, der aussieht wie ein Schauspieler, aber so wortkarg ist wie ein Zombie?«

»Ja, Small Talk ist nicht so sein Ding, aber der hat angeblich einen IQ von hundertsechsundfünfzig. Sobald es um Leichen geht, gibt es für den kein Halten mehr. Dann quatscht er dich zu Tode und will am liebsten jedes Detail wissen. Je morbider, umso besser, hat er kürzlich gemeint, als ich mittels Kopfschere das Herz eines Toten aufschneiden musste. Er hat sogar gefragt, ob er das mit seinem Handy aufnehmen dürfe. Natürlich für rein wissenschaftliche Zwecke …«

»Klingt für mich definitiv nach jemandem, der es später mal in die Rechtsmedizin schafft. Allerdings nicht wie wir auf zwei Beinen.«

Dr. Lau lachte. »Da hast du vollkommen recht. Ich finde ihn auch sonderbar und ich bin mir gar nicht so sicher, ob seine Zeugnisse stimmen. Er wusste nicht einmal, was ein Pankreas ist.«

Dr. Sattler zuckte mit den Schultern und beugte sich für die äußere Begutachtung der Leiche über den Seziertisch. »Dann hoffen wir mal, dass er später nie unsere Bauchspeicheldrüse behandeln muss.«

Im Sektionssaal kehrte für einen Moment Stille ein. Gegen den Duft von Desinfektionsmitteln, den Fremde zuallererst wahrnahmen, wenn sie den Raum betraten, war Dr. Sattlers Nase längst immun. Dafür roch er am Körper der Toten den Gestank von Fäulnis und Verwesung. Ganz konnte er den Ekel nicht abschütteln, aber nach fast vierzig Dienstjahren war der Geruch erträglicher geworden. Routiniert protokollierte er die Befunde der Leichenschau auf Band. Hautverfärbungen, äußerlich sichtbare Verletzungen, Ergüsse …

»Willst du mit dem Y-Schnitt beginnen?«, fragte Dr. Lau, als Dr. Sattler schließlich nach dem Skalpell griff.

»Ich will mir erst den PU-Schaum ansehen«, entschied Dr. Sattler. »Haben wir die Röntgenaufnahmen?«

»Die Bilder sind schon im Computer.« Sie ging zu einem Monitor, tippte auf der Tastatur herum und präsentierte ihm das Ergebnis. »Der Schaum steckt ihr bis zum Kehlkopf im Rachen, Teile der Atemwege sind verstopft.«

Eine Weile stierte Dr. Sattler auf den Monitor und klickte sich durch die Schwarz-Weiß-Fotos. Bis ihm eine Stelle auffiel, die er größer zoomen musste. »Was ist das da zwischen ihren Händen?«

Dr. Lau beugte sich zum Bildschirm. »Komisch, das ist mir vorhin gar nicht aufgefallen. Es sieht wie ein Riss aus.«

»Ein Knochen ist es jedenfalls nicht, dafür ist es zu schmal.« Virtuell blätterte er durch die anderen Aufnahmen, bis er eine fand, die den Fremdkörper deutlicher zeigte. »Es ist ein flacher, viereckiger Gegenstand, circa vier mal vier Zentimeter, würde ich schätzen.«

»Es sieht aus, als würde sie es in ihren Händen festhalten. Nur – was ist es?«

»Das werden wir gleich sehen.«

Damit entfernte er sich vom Computer und stellte sich an den Seziertisch, an dem er Minuten später den PU-Schaumballen um die Hände der Toten vorsichtig aufschnitt. Danach dauerte es noch ein bisschen, bis er den Gegenstand aus dem gehärteten Schaum löste. Es handelte sich um eine feste, durchsichtige Kunststoffhülle, in der ein Bildchen steckte.

»Es ist nur ein Teil von einem Bild«, sagte Dr. Lau. »Genauer gesagt, zeigt es Bäume.«

»Es erinnert mich in seiner Form an ein Puzzleteil«, ergänzte Dr. Sattler, drehte es und zuckte mit den Schultern, als er den weißen Bildrücken sah. »Als Kinder haben wir manchmal Fotos zerschnitten und daraus Puzzles gemacht.«

»Wenn du mich fragst, ist das garantiert nicht zufällig in den Schaum geraten.«

Dr. Sattler nickte und dachte nach. »Du sagtest, die zweite Leiche würde ähnlich aussehen.«

»Ziemlich ähnlich, würde ich sagen. Wie gesagt, sie ist vorhin erst gebracht worden.«

»Kümmere dich umgehend darum, dass die neue Leiche geröntgt wird. Und verständige schon mal die Kripo.«

Kapitel 30

Gemeinsam mit Hardy fuhr Greta am Morgen von der KPI zum Bundespolizeirevier Ahlbeck. Anfangs hatte sie sich dagegen gewehrt, als Hardy sich die Autoschlüssel geschnappt hatte. Inzwischen war sie über den Platz auf dem Beifahrersitz mehr als froh. Die Überstunden der vergangenen zwei Tage und der damit einhergehende Mangel an Schlaf saßen ihr noch bleischwer in den Augenlidern. Zudem hatte ihr Lebensgefährte Hannes ziemlich verstimmt reagiert, als sie ihm von ihrem neuen Kollegen erzählt hatte. Vielleicht war der alte Fischkopp eifersüchtig, was ja ganz süß, aber völlig unbegründet wäre. Greta war zu müde gewesen, um das Thema mit Hannes auszudiskutieren. Stattdessen waren sie sich aus dem Weg gegangen. Er hatte sich in seine Werkstatt verzogen und sie war in ihrem Schaukelstuhl über einem Buch eingeschlafen.

Weil Hardy momentan ebenso wortkarg das Lenkrad hielt, eröffnete sie die Unterhaltung. »Beschäftigt dich immer noch die Nachricht auf dem Smartphone deiner Freundin?«

Er murmelte etwas Unverständliches, bevor er antwortete. »Wärst du nicht beunruhigt? Wir wissen, dass Asmanns Handy zum Sendezeitpunkt über den Funkmast in unmittelbarer Nähe unserer Wohnung eingeloggt war. Würde in unserem

Beamtenapparat nicht alles so schleppend laufen, hätten wir gestern Abend vielleicht den konkreten Standort herausgefunden.«

Sie verstand seinen Frust, blieb aber realistisch. »Selbst mit mehr Zeit hätten wir das Gerät vermutlich niemals punktgenau orten können. Außerdem nützen uns solche theoretischen Szenarien nichts, denn offensichtlich hat der Nutzer das Handy sofort wieder ausgeschaltet. Alle nachfolgenden Standortabfragen verliefen negativ. Sobald es wieder aktiv ist, bekommen wir umgehend vom LKA Bescheid. Bis dahin müssen wir uns in Geduld üben.«

»Aber warum ausgerechnet Lara? Wie kommt überhaupt jemand an ihre Handynummer?«

»Versicherungen, Geschäftskunden, Autohausvertreter … Überleg mal, wie oft jemand nach deiner Telefonnummer für eventuelle Rückfragen verlangt.«

»Verlangen kann man von mir viel. Ich wähle da sehr genau aus, wem ich sie gebe und wem nicht.«

»Mir hast du deine Nummer gleich am ersten Tag verraten, Sugar.«

Über diese gelungene Parade musste er selbst schmunzeln. Gretas Heiterkeit dagegen verging, als ihr Handy klingelte.

»Schlechte Nachrichten?«, kam es von Hardy, der ihren Blick richtig deutete.

»Mein Ex.« Sie atmete einmal tief ein und aus, um nicht überzureagieren. »Seit Neustem streiten wir über die Geburtstage unserer gemeinsamen Söhne.«

»Ich dachte, der eine ist bereits erwachsen und der andere beinahe achtzehn.«

»Pah, manche Kinder werden nie erwachsen, vor allem nicht bei einem Vater, der sie komplett bevormundet.« Als sie das Gespräch annahm, legte sie so viel Feindseligkeit wie möglich in ihre Stimme. »Was gibt es?«

»Sören hat mir gesagt, du willst zu seiner Geburtstagsfeier auftauchen«, begann Frank, ihr geschiedener Ehemann, dessen Nachnamen sie immer noch trug.

»Von wollen kann keine Rede sein, ich möchte ihm lediglich in die Augen schauen, wenn ich ihm gratuliere und sein Geschenk überreiche. Ich finde, seit er mich kaum noch besucht, wäre das das Mindeste, was du mir zugestehen könntest.«

»Wir hatten darüber geredet, dass er keine Geschenke von dir möchte. Sie bekommen bereits alles, was sie brauchen, von mir. Deine Anwesenheit ist unerwünscht, immerhin hast du dich all die Jahre nicht um die Familie gekümmert.« Sein dazugehöriger süffisanter Zischlaut, erregte in ihr Brechreiz. Jedes Mal, wenn sie sich mit ihm auseinandersetzen musste, fragte sie sich, wie sie ihn jemals hatte heiraten können. Aber vor ihrer Hochzeit war er ein anderer, ein zuvorkommender Mensch gewesen. »Wir beide wissen, dass du psychisch gar nicht stabil genug bist, um an solchen Familienfeiern teilzunehmen. Das ist absolut nichts Persönliches, ich möchte lediglich Schaden von meinen Kindern fernhalten.«

Schaden von *seinen* Kindern! Noch dazu klang es, als wäre Greta eine führerlose Dampflok. Am liebsten hätte sie Frank eine Beschimpfung durchs Telefon an den Kopf geworfen, aber sie bemerkte Hardys sorgenvollen Blick. Keine gute Idee, ihn gleich am dritten Tag mit ihrem privaten Desaster zu verschrecken. Deshalb nahm sie all ihre Beherrschung zusammen. »Weißt du was, Frank, ruf mich beim nächsten Mal erst an, wenn du deine Pillen eingenommen hast.« Bevor er eine seiner Boshaftigkeiten loswerden konnte, hatte sie die Verbindung gekappt. Lauter als gewollt rutschte ihr ein »Arschloch« heraus.

»Das klingt nicht gut«, kam es von Hardy. »Sollte ich etwas wissen?«

Ohne ihn anzublicken, schüttelte sie den Kopf. »Du hast deine Geheimnisse und ich meine, okay, Sugar?« Mit

Erleichterung nahm sie das Ortseingangsschild von Heringsdorf und den bekannten Aussichtsturm von Ahlbeck zur Kenntnis. »Vergiss das eben geführte Telefonat und lass uns einfach die Unterhaltung mit Kevin Maurer durchziehen.«

»Klar«, antwortete Hardy und lenkte den Dienstwagen zur Swinemünder Chaussee, wo Maurer bei der Bundespolizei arbeitete. »Nach wie vor verstehe ich allerdings nicht, warum wir ihn ausgerechnet auf der Arbeit aufsuchen müssen.«

»Ich habe dir gestern den Videoausdruck vom Klub *Sonar* gezeigt. Letzten Samstag war er zur selben Zeit wie Julia Asmann dort gewesen. Ich will wissen, ob er Gabriele Schmitz ebenfalls kannte beziehungsweise in der Vergangenheit Kontakt zu ihr hatte.«

»Wir haben die Angestellten in Dr. Schmitz' Praxis befragt. Sie konnten uns Auskunft darüber geben, dass weder Asmann noch Maurer dort als Patienten geführt wurden. Nach derzeitigem Stand scheint es also keinerlei Verbindung zwischen Kevin Maurer und Dr. Gabriele Schmitz zu geben.«

»Abwarten.«

Sie hielten auf dem Parkplatz vor dem Bundespolizeirevier. Beim Betreten der Dienststelle hielt Hardy ihr die Eingangstür auf. An der Anmeldung zückten beide ihre Kripomarken, was ihnen ein zügiges Vorwärtskommen bis zum Dienstgruppenführer ermöglichte.

»Wir sind hier, weil wir mit Kevin Maurer sprechen wollen«, sagte Greta nach der Begrüßung.

»Zu Kevin wollt ihr?«, fragte der ältere Kollege mit dem gutmütigen Blick hinter seinem Einsatzpult. »Da kommt ihr zu spät, er hat sich vor knapp einer Dreiviertelstunde verabschiedet.«

»Aber ich hatte extra angerufen, da wurde mir bestätigt …«

Der Dienstgruppenführer nickte gelassen. »Ja, meine Kollegin erwähnte euren Anruf, trotzdem muss ich euch enttäuschen. Kevin war heute früh am Computer und hat sich dann überraschend in den Krankenstand gemeldet. Irgendeine Magen-Darm-Sache. Er wollte niemanden anstecken und, falls es schlimmer wird, einen Arzt aufsuchen. Tut mir echt leid. Kann ich euch als Entschädigung wenigstens einen Kaffee oder Tee anbieten?«

Stumm schüttelte Greta den Kopf und schaute Hardy fragend an. Der zuckte auch nur die Schultern.

»Wenn es euch hilft«, redete der Diensthabende weiter, »suche ich euch seine Handynummer raus.«

Da Greta vor lauter Frust kaum Worte fand, übernahm Hardy. »Die haben wir bereits.«

Tatsächlich war Greta geneigt, Maurer auf der Stelle anzurufen. Stattdessen entschied sie sich anders. »Komm, Hardy, besuchen wir ihn eben zu Hause.«

Doch dazu kam es nicht mehr, denn ein Anruf aus der Rechtsmedizin durchkreuzte ihren Plan.

Kapitel 31

»Sie sind also der Mann vom Bundeskriminalamt«, wurde Hardy beim Betreten der Rechtsmedizin von einem Arzt mit einem schiefen Brillengestell begrüßt. »Bekommen Sie öfters Körperteile nach Hause geliefert?«

»Dr. Sattler, bitte«, bemühte Greta sich um einen versöhnlichen Ton. »Keiner von uns ist zum Spaß hier.«

»Schon gut«, beschwichtigte Hardy. »Ich bin sicher, er hat es nicht so gemeint.«

»Oh, da kennen Sie mich aber schlecht.« Dr. Sattler drehte ihm den Rücken zu und entfernte sich eiligen Schrittes vom Eingangsbereich. Nach ein paar Metern winkte er sie hinter sich her. »Worauf warten Sie? Im Sektionssaal verlangt man nach Ihnen.«

Als Greta losmarschieren wollte, hielt Hardy sie am Jackenärmel zurück. »Wenn er immer so wenig Zeit verliert, gefällt er mir schon jetzt.«

»Eilig hat er es nur bei uns Lebenden. Sobald er das Skalpell an einem Toten ansetzt, sieht die Sache ganz anders aus. Ich würde sagen, die Bezeichnung Genießer trifft es dann hervorragend.«

Sie zwinkerte ihm zu und ließ ihn stehen. Offenbar sollte die Aussage verdeutlichen, dass Dr. Sattler mit Leidenschaft Leichen auseinanderpflückte. Da Hardy im Laufe seiner Dienstjahre den Tod zwar in mannigfaltiger Form kennengelernt hatte, jedoch nicht besonders erpicht darauf war, bei der Obduktion seiner ersten großen Liebe zuzuschauen, lief er seiner Kollegin mit gemischten Gefühlen hinterher.

Im Sektionssaal blieb er dann auch direkt am Eingang stehen und hielt sich an der Flügeltür fest. Beide Frauenleichen lagen nebeneinander auf Seziertischen. Bis zum Hals waren die Toten mit atmungsaktiver Folie abgedeckt. Hardy konnte erkennen, dass der PU-Schaum mittlerweile aus beiden Mündern entfernt worden war. Dagegen wollte er gar nicht wissen, ob die Körper bereits aufgeschnitten waren. An den Tatorten hatte ihm der grauenvolle Anblick wenig ausgemacht, aber in diesem hellhörigen sterilen Raum hatten die Leichen etwas besonders Unheimliches.

»Sie sehen blass aus«, sprach Dr. Sattler ihn auch sofort darauf an.

Hardy trat von der Tür weg. »Das kommt vom dunklen Bart. Der verleiht meinem Gesicht einen zu starken Kontrast.«

Keiner lachte. Stattdessen griff Dr. Sattler nach einer Knochensäge und trat zum Kopfende von Julia Asmann.

»Möchte einer von Ihnen beiden ihr Kinn festhalten?«

Unmerklich zuckte Hardy zusammen. Natürlich wusste er sehr genau, dass Dr. Sattler seine Besucher einfach zum Spaß schockieren wollte. Trotzdem fühlte Hardy sich für den Augenblick hilflos und angewidert.

»Stört es Sie, wenn ich dabei rauche?«, parierte Greta zum Glück die Frage, woraufhin der Rechtsmediziner grinste und das Werkzeug beiseitelegte.

Anscheinend lagen die beiden auf der gleichen schwarzhumorigen Wellenlänge. Auch wenn Hardy keinen Grund zum

Lachen fand, half ihm Gretas Einwurf zumindest aus seiner Starre.

»Verraten Sie uns endlich, weshalb Ihre Kollegin uns angerufen hat. Andernfalls verschwenden Sie unsere Zeit.«

Sichtlich beeindruckt von Hardys forschem Auftreten, richtete Dr. Sattler seine Brille und nickte bereitwillig. »Zuerst einmal kann ich Ihnen bestätigen, dass das Hautstück zweifelsfrei von dieser Leiche stammt.« Ohne hinzuschauen, deutete er auf Dr. Schmitz' leblosen Körper. »Bisher fehlte mir die Zeit, den Körper genauer zu begutachten, aber ich kann bereits bestätigen, dass die Haut post mortem herausgetrennt wurde.«

Hardy und Greta schauten sich an und verständigten sich wortlos. Darauf hatten sie im Vorfeld getippt. Dr. Sattler fuhr sogleich fort.

»Der Täter hat zwar mit scharfer Klinge in die Haut geschnitten, das Schneidewerkzeug aber nicht besonders galant geführt.«

»Also suchen wir eher einen Schlachter als einen Chirurgen«, interpretierte Greta die Aussage.

»Da muss ich Ihnen leider widersprechen, Frau Silber, jeder Schlachter hätte das Messer sauberer geführt. Vielmehr suchen Sie jemanden, der noch nicht allzu oft Haut und Gewebe aus einem Menschen getrennt hat.«

In dieselbe Richtung gingen Hardys Überlegungen. Für ihn deutete die Zurschaustellung der Opfer nicht darauf hin, dass der Mörder Spaß am Töten und Verstümmeln hatte, sondern vielmehr schien ein gewisses Maß an Wut die Antriebskraft zu sein. Vor allem aber wollte der Täter den Ermittlern etwas sagen …

»Okay, was haben Sie noch für uns?«, fragte er neugierig.

Als hätte er nur darauf gewartet, zog Dr. Sattler aus dem Fach eines Stahlblechschranks eine Nierenschale aus Edelstahl hervor. Darin lagen zwei in Folie eingeschweißte farbige Bildchen.

»Diese habe ich aus dem PU-Schaum geschnitten, der um die Hände der beiden Leichen getrocknet war.« Zusammen mit einer Pinzette hielt er Hardy und Greta die Schale hin. »Sieht so aus, als sollten die Puzzleteile eine Art Geschenk von den Toten für Sie sein. Zumindest haben die Frauen sie festgehalten, als wären sie wichtig. Sie stimmen mir doch zu, dass es sich um Puzzleteile handelt, oder?«

Weil Greta zögerte, griff Hardy nach der Pinzette und hielt eines der Bildchen ins Licht. Er erkannte Bäume und Wolken. »Ich stimme Ihnen uneingeschränkt zu, Dr. Sattler, es sind Teile eines Puzzles.«

Nachdem er genug gesehen hatte, reichte er die Pinzette Greta, und sie betrachtete die Bildausschnitte ebenfalls.

Sie wirkte ebenso nachdenklich wie Hardy. »Okay, jetzt haben wir zwei Puzzleteile.«

»Nein, wir haben ein weiteres Teil«, widersprach Hardy und holte aus seiner Jacke den Mailausdruck hervor, den er von der KPI-Leiterin erhalten hatte. »Unter dem Text befindet sich das dritte Puzzlestück.«

Kapitel 32

Diffuses Rotlicht erhellte den mit schwarzem Stoff ausgekleideten Raum. Aus den Deckenlautsprechern kreischte Marilyn Manson.

Personal Jesus.

James Finkel hatte die Lautstärke der Musikanlage fast voll aufgedreht. Das Zimmer war schallisoliert. Nichts drang von innen nach außen – nichts drang von außen nach innen. Was hier passierte, blieb geheim.

»Jetzt lernst du deinen Erlöser kennen, du verdammtes Dreckstück!«

Mit seinem gesamten Gewicht kniete James Finkel auf dem Rücken der strampelnden Frau. Eine Hand drückte er ihr in den Nacken, mit der anderen zerrte er an ihren Haaren. Er presste ihr den Kopf vollständig in das Wasserbecken auf dem Boden. Obwohl er groß und stark war und sie zierlich gebaut, entwickelte sie eine ungeheure Kraft. Trotzdem hatte sie nicht die geringste Chance, sich aus seinem Griff zu befreien. Egal, wie sehr sie mit den Armen ruderte.

Vier.

Fünf.

In Gedanken zählte er die Sekunden mit. Er musste sich konzentrieren, um beim Zählen nicht durcheinanderzukommen. Aus dem Wasser stiegen zum wilden Takt der Musik Blubberblasen an die Oberfläche, wo sie wie stumme Schreie zerplatzten.

Sechs.

Sieben.

»Was hast du mit meinem Kind gemacht, Beatrice?«, schrie er sie an, wohl wissend, dass sie ihm angesichts ihrer Lage keine Antwort geben konnte. »Warum hast du mein Kind verloren? Warum? Du bist meine Ehefrau! Du hattest nur die eine Aufgabe: meinen Sohn gesund zur Welt zu bringen. Und was hast du stattdessen getan?«

Sie krallte ihre Finger an den Beckenrand, versuchte vergeblich, ihren Oberkörper aufzurichten. Angetrieben von Wut und Lust, verstärkte er den Druck auf ihren Nacken. Die Halskette mit dem Kreuz rutschte ihm am Hemdausschnitt heraus.

Personal Jesus.

Er war weder der Heiland noch gläubig. Er trug das Kreuz aus Aberglaube. Schon damals als Schwimmer. Zusammen mit der Olympiamedaille hatte die Kette auf dem Siegerpodest um seinen Hals gehangen. Auf alten Fotografien konnte man es erkennen, wenn man genau hinschaute.

»Du unwertes Stück Fleisch! Ich werde dich ertränken, wie du meinen Sohn im eigenen Fruchtwasser ertränkt hast. Die Nabelschnur zweimal um seinen winzigen Hals gewickelt. So war es doch, Beatrice, nicht wahr?«

Marilyn Mansons Stimme überschlug sich. Die Luftblasen wurden weniger. Die rechte Hand der Frau wanderte zur Glocke, die an einem Lederband außen an der Beckenwand befestigt war. Die Fingerspitzen berührten das Metall. Ein heller Ton erklang.

Er wollte noch nicht aufhören. Gerade jetzt, wo er die Erregung groß und fest in seiner Hose spürte. Es fühlte sich einfach zu gut an. Ihre glitschige Haut, ihr sinnloses Wehren. Wie er Macht über die Schlampe ausübte.

Er merkte, dass er vergessen hatte, die Sekunden weiterzuzählen. War sie schon zwanzig Sekunden unter Wasser, wie sie es am Anfang besprochen hatten? Oder war bereits eine halbe Minute verstrichen?

Sie läutete die Glocke stärker. Das Signal zum Abbruch. Er machte einfach bei fünfzehn weiter und hielt ihren Kopf im Wasser. Schließlich hatte sie es verdient.

Sechzehn.

Siebzehn.

Noch drei Sekunden. Die Glocke gellte laut, wurde dann schwächer. Genau wie die Blasen.

»Mach einmal in deinem Leben etwas richtig«, redete er mit ihr. »Und halt durch. Halt durch für mich.«

Achtzehn.

Neunzehn.

»Zwanzig.«

Er löste den Griff. Abrupt bäumte sie sich auf. Als wollte sie sämtlichen Sauerstoff des Raumes in ihre Lunge saugen, holte sie Luft. Sie japste und spuckte, kroch auf allen vieren über die Gummimatte, auf der sie während des Spiels gelegen hatte. Er wich von ihr. Beobachtete, wie sie wieder zu Kräften kam. Sie warf die Haare zurück und schaute ihn an. Verschwunden war seine Ex-Frau Beatrice. Miss Donna, wie sich die in glänzendes schwarzes Leder gekleidete Dame nannte, war zurückgekehrt. Hinter der Maske, die sie trug, blitzten ihre Augen zornig auf.

»Sind Sie komplett geisteskrank?«, fauchte sie. »Ich weiß ja, dass Sie ein psychisches Problem haben, aber entweder respektieren Sie die Regeln oder ich war das letzte Mal Ihre Sklavin.«

»Red nicht so mit mir«, sagte er leise, denn er schämte sich. Das tat er jedes Mal, sobald die Erregung verging. »Ich habe an meinen Sohn Bastian denken müssen und die Beherrschung verloren.«

»Ist mir scheißegal, an wen Sie gedacht haben. Ihre verfickte Familie ist mir auch …«

Seine flache Hand klatschte in ihr Gesicht. »Ich sagte, du sollst nicht so mit mir reden, ist das klar? Ich habe dir erzählt, wozu ich fähig bin.«

»O ja, Sie haben damals Ihre Frau verprügelt. Und jetzt rennen Sie zum Psychologen, weil er Ihnen zuhört, und anschließend klingeln Sie bei Miss Donna, weil Sie es lieben, Frauen zu demütigen.«

Es stimmte. Um seinen Trieb zu stillen, brauchte er eine Sklavin wie sie. Keinesfalls durfte er es sich mit ihr verscherzen.

Deshalb sagte er schlicht und einfach: »Danke.«

»Scheiße, stecken Sie sich Ihren Dank sonst wohin und geben Sie mir mein Geld.«

Aus seiner Hosentasche holte er vier zerknitterte Fünfzig-Euro-Scheine, den Lohn für die letzten Fahrten, und warf sie zu Boden. Sie hob sie auf, küsste seine Schuhe und brachte ihn schweigend zur Tür.

»Wir sehen uns«, sagte er. Dann ging er mit fürchterlichen Gedanken davon.

Kapitel 33

Unzufrieden schob Hardy den E-Mail-Ausdruck von sich weg.

»Wann kann ich mit eurem Rückruf rechnen?«, knurrte er gleichzeitig ins Telefon.

»Mal sehen«, antwortete der Kollege von der IT-Abteilung des BKA mit einem Gähnen. »Wie ich bereits sagte, momentan haben wir hier selbst technische Probleme. Und bevor wir die nicht in den Griff bekommen haben …«

Den Rest konnte Hardy sich denken. Es würde dauern. Bestenfalls musste er sich nur ein paar Stunden gedulden. Dennoch stellte er sich wohlweislich auf einen vollen Tag ein. Dabei brauchte er dringend Auskunft darüber, wie jemand eine Mail mit seiner inzwischen gelöschten Zugangskennung zum BKA-Server verschicken konnte – und zwar am Vortag, an dem er sich zum Dienstantritt in der KPI Anklam gemeldet hatte. Laut seinem Ex-Kollegen Tony Schneider war da sein Account längst nicht mehr aktiv gewesen.

»Haben Sie sich meine Handynummer notiert?«, vergewisserte er sich bei dem IT-Fachmann.

»Klar, 017144…«

»Schon gut, überprüfen Sie einfach so schnell wie möglich meine letzten Rechneraktivitäten, okay?«

»Dafür benötige ich einen schriftlichen Antrag. Das Formular nennt sich …«

»Ich kenne das Scheißformular! Schon aus Eigeninteresse würde ich es Ihnen am liebsten mit einem Blitz zuschicken.«

»Per Mail reicht.«

Der Typ am anderen Ende der Leitung erlaubte sich doch tatsächlich einen Scherz auf Hardys Kosten. Er stieg nicht darauf ein, sondern appellierte an das Verständnis seines Gesprächspartners.

»Ich mag es nicht, wenn ein Fremder Mails in meinem Namen an meine Vorgesetzten versendet. Ich hoffe, Sie können sich in mich hineinversetzen.«

»Sicher.«

Es klang nicht überzeugend. Aber aus seiner Zeit beim Bundeskriminalamt hatte er gelernt, dass Computerfreaks eine besondere Gattung von Menschen waren. Manchen fehlte jegliche Fähigkeit für echte Empathie.

Das Telefonat war beendet.

Für Hardy ging der Stress weiter. Neben dem dämlichen Formular, das er schleunigst ausfüllen musste, damit die IT-Abteilung im BKA in seiner Angelegenheit überhaupt einen Finger rührte, lag vor ihm jede Menge Schreibarbeit. Er und Greta hatten sich nach dem unvorhergesehenen Abstecher in die Rechtsmedizin aufgeteilt. Da sie bereits die Erstbefragung von Kevin Maurer durchgeführt hatte, war sie allein zu dessen Wohnung aufgebrochen. Im Gegenzug wollte Hardy die Akten für den Staatsanwalt fertigstellen. Gleichzeitig rätselte er über die Bedeutung der drei Puzzleteile, die er abfotografiert hatte, auf Spuren untersuchen lassen und nun – zusammen mit dem dritten Bildchen aus der schleierhaften Mail an Liebkorn – aneinandergereiht vor sich liegen hatte.

Die Kanten der einzelnen Fragmente passten perfekt zusammen. Es war eine ihm unbekannte Landschaft zu erkennen. Zumindest ein Teil einer Landschaft. Offensichtlich war es ein Fotoausschnitt, der an einem bewölkten, aber regenfreien Tag aufgenommen worden war. Grauer Himmel, dunkle Laubbäume, Zweigspitzen von Sanddorn … Der Ort konnte überall in der Gegend sein. Vermutlich lag er jedoch in Küstennähe.

Schon jetzt ahnte Hardy, dass dieser Ort für irgendjemanden eine Bedeutung hatte. Und nicht nur für irgendjemanden, sondern für den Killer, den Hardy und Greta jagten.

Er rollte seinen Bürostuhl dicht an den Schreibtisch und startete den Rechner. Er musste dringend den Papierkram erledigen. Kaum hatte er sich gedanklich etwas von dem Puzzle gelöst, klingelte sein Handy. Zuerst dachte er, der IT-Spezialist wollte noch etwas wissen, doch dann erkannte er den Namen, der auf dem Display leuchtete: Beatrice Finkel. Früher hatte dort Mutter gestanden. Sie hatte bereits gestern versucht, ihn zu erreichen.

»Auch das noch.«

Wie er es hasste, mit ihr zu reden. Denn im Grunde hatten sie beide sich nichts mehr zu sagen. Aus einem Pflichtbewusstsein heraus, das er selbst nicht verstand, tat er es dennoch. Um endlich Ruhe zu haben, nahm er das Gespräch an.

»Wie geht es dir, Mutter?«, begann er versöhnlich, obwohl er wusste, dass sie in einer mickrigen Wohnung von Sozialhilfe lebte, sich ihr Mittagessen von einem preiswerten Anbieter liefern ließ und einmal am Tag vom Pflegedienst besucht wurde.

»Es wäre schön, wenn ich meinen Sohn mal wieder sehen könnte«, kam es mit der dünnen, kratzigen Stimme einer Hundertjährigen. Dabei war seine Mutter gerade einmal einundzwanzig Jahre älter als Hardy.

»Nein, du weißt, dass das keine gute Idee wäre.« Schlagartig tauchten die schmerzenden Erinnerungen auf, als er ein Kind gewesen war und seine Mutter ihn nicht vor dem Drill und den Gewalttätigkeiten seines Vaters beschützt hatte. Trotz der fehlenden Fürsorge ihrerseits hatte er es neun Jahre vor ihr geschafft, sich aus James Finkels Zugriff zu befreien. Er hatte sein Abi durchgezogen, hatte die Aufnahmeprüfung beim BKA geschafft und war nach Wiesbaden abgehauen. »Ich möchte die alten Geschichten ruhen lassen. Und was würdest du mir denn sonst erzählen wollen als von deinem traurigen Leben?«

»So, willst du das?«, kam es zynisch von ihr. »Aber mit deinem Vater triffst du dich, ja?«

»Ihr sprecht also noch miteinander, schön«, parierte er ihre absurde Frage. Eigentlich hatte er nichts anderes von ihr erwartet, denn das eigene Schicksal hatte sie verbittert. Sie war eine einsame alte Frau, die lieber die Fehler bei anderen suchte. Es schmerzte ihn, dass er so über seine eigene Mutter dachte, aber wann immer er sie in der Vergangenheit besucht hatte, war ihr kein anderes Thema eingefallen, als über Gott und die Welt zu schimpfen. Selbst ihr Zupfkuchen, den er in seiner Kindheit so gerne gegessen hatte, hatte am Ende nur noch fad geschmeckt, weil sie mit dem Ergebnis nicht zufrieden war und die Schuld beim Backpulverhersteller suchte.

»Hin und wieder telefonieren wir miteinander«, gab sie schließlich zu. »James hat mir erzählt, dass ihr miteinander gesprochen habt. Ihr seid euch am alten Steg begegnet. Er klang enttäuscht. Worüber habt ihr geredet?«

»Das geht dich nichts an.«

»Ach, mein Hardy.« Jetzt klang sie beinahe fürsorglich. »Hast du vergessen, was damals dort passiert ist? Was er dir angetan hat? Du wärst beinahe ertrunken, und ich hätte auch meinen zweiten Sohn verloren.«

Schlagartig fühlte er sich unter Wasser gedrückt. Sein Puls beschleunigte sich, sein Brustkorb wurde ihm eng. Er lockerte den Hemdkragen, um besser Luft zu bekommen. Auf der Suche nach einem Fixpunkt schaute er zur Uhr: 14.13 Uhr. »Nein, so etwas vergisst kein Mensch.«

»Dann halt dich von ihm fern. Halt dich bitte von ihm fern. Hörst du mich, mein Junge?«

Nein, Hardy hörte nicht mehr hin. Sein Mobiltelefon glitt ihm aus den Fingern, rutschte vom Ohr und polterte von der Schulter zu Boden. Um ihn herum vergingen Raum und Zeit. Sein Vater betrat das Zimmer.

Kapitel 34

Wenn Greta schon allein auf Ermittlungstour ging, musste sie bei der Einteilung ihrer Arbeitszeit wenigstens niemandem Rechenschaft ablegen. Entsprechend relaxt lehnte sie sich für eine Zigarettenlänge im Autositz zurück und lauschte im Oldiesender Elvis Presleys sanfter Stimme.

Love Me Tender.

Für einen Song war ihr die Arbeit scheißegal. Mit offenen Augen träumte sie von dem bisschen Liebe, von dem Elvis sang. Sie konnte nicht genug von den alten Schinken kriegen. Beim Musikgeschmack lag sie mit ihrem Fischkopp auf einer Wellenlänge. In einer verrauchten Bar, in der noch so ein uralter Musikkasten stand, in den man Geldmünzen für das nächste Lied einwerfen musste, hatte Hannes sie damals zum Tanz aufgefordert. Danach hatten sie zwei Stunden durchgetanzt. Selbst als der letzte Trinker zum Ausgang getorkelt war und der Gastwirt bereits begonnen hatte, die Tageseinnahmen zu zählen, hatte niemand Greta in ihrem Glück gestört.

Im Gegensatz zu heute.

»Herrje!«, fuhr sie auf, als sie Elisabeth Weigand, die Lebensgefährtin von Kevin Maurer, aus dem Hauseingang treten sah. »Bei dem Stress wird man noch zum Nichtraucher.«

Hastig zog Greta den Zündschlüssel ab, riss die Fahrertür auf, schnippte ihre Kippe im weiten Bogen davon und eilte über die Straße. Weigand schien sie nicht zu bemerken, sondern kämpfte stattdessen mit zwei Reisetaschen und dem Kofferraum ihres Golf. Greta trat hinter sie und sprach sie an. Mit einem heftigen Knall krachte die Kofferraumklappe zu. Weigand fuhr herum und stierte Greta durch eine übergroße Sonnenbrille entgegen.

»O Gott, so wie Sie sich anschleichen, fühle ich mich wie eine ertappte Schwerverbrecherin«, überspielte Weigand ihren Schrecken mit einem Anklang von Humor samt zugehörigem Kichern. »Sie sind doch die Kommissarin, die kürzlich bei uns war. Frau …«

»Silber«, half Greta aus. »Bei meinem Gewicht kann ich mich übrigens unmöglich anschleichen.«

Wie Cowboys vor einem Duell taxierten beide Frauen die Hüftgegend der jeweils anderen.

Ja, sieh ruhig genau an, was dir fehlt, wollte Greta schon sagen. Stattdessen fragte sie: »Ist Ihr Partner zu Hause?«

Statt sofort zu antworten, ging Weigands Blick zur Hausfront und wanderte nach oben, wo beide wohnten. »Nein, er hat Schicht.«

»Hat er nicht.«

»Wie bitte, wie kommen Sie darauf? Natürlich ist Kevin auf Arbeit. Steht doch auf seinem Dienstplan.«

»Er ist definitiv nicht auf Arbeit. Das weiß ich so genau, weil ich vorhin mit seinem Vorgesetzten gesprochen habe. Ihr Freund hat sich krank gemeldet.«

»Was? Dann ist er vielleicht beim Arzt, was weiß ich …« Sie nahm ihr Smartphone zur Hand. Anscheinend hoffte sie auf eine bisher unbeachtete Nachricht ihres Partners.

»Geben Sie sich keine Mühe«, bremste Greta sie. »Wir haben ihn auf seinem Handy auch nicht erreicht. Deshalb bin ich hier. Ich dachte, vielleicht liegt er krank auf der Couch und hat es ausgeschaltet. Aber offenbar ist dem nicht so …«

Fahrig richtete Weigand sich die hochgesteckte Frisur. »Sicherlich gibt es eine Erklärung für sein Fernbleiben. Wenn es Kevin nicht gut geht, heißt das ja noch lange nicht, dass Alarmstufe Rot herrscht. Bestimmt meldet er sich bald bei mir.«

»Dann frage ich mich, warum er nicht den kürzesten Weg nach Hause gewählt hat, wenn es ihm so dreckig geht.« Demonstrativ schaute Greta auf ihre Armbanduhr. »Immerhin hat er die Dienststelle in Heringsdorf vor mehr als sechs Stunden verlassen. Finden Sie das nicht eigenartig?«

Weigand schaute ihrerseits auf ihre Uhr und lief zur Fahrerseite, als müsste sie eilends weg. »Kevin ist mir natürlich nicht über jede Minute seines Alltags Rechenschaft schuldig.« Sie öffnete die Wagentür und wollte einsteigen.

Greta dachte nicht daran, sie so einfach davonkommen zu lassen, sondern stellte sich ihr in den Weg. »Ist alles okay bei Ihnen?«

»Aber ja doch, was soll denn sein?«

Greta kniff die Augen leicht zusammen und betrachtete Weigands Gesicht genauer. »Ist das ein Bluterguss an Ihrer Wange?«

Blitzartig fasste Weigand sich an die genannte Stelle auf der linken Gesichtshälfte. »Das? Ach, nur ein Arbeitsunfall.«

»Ist Burlesque so gefährlich?«

Ein zögerliches Nicken. Weigand verengte die Lippen, als schien sie sich zu fragen, was Greta mit ihrem Nachbohren beabsichtigte. »Der allererste Arbeitsunfall in sieben Jahren, wohlgemerkt. Ich habe in einem überdimensionalen Cocktailglas getanzt und dabei das Gleichgewicht verloren und bin gegen den Glasrand gestoßen. Natürlich habe ich dann mein Missgeschick überspielt, es einfach weggelächelt und weitergetanzt …« Auch jetzt lächelte sie und gab Greta eine Kostprobe davon, wie sie es bei ihren abendlichen Auftritten bewerkstelligte. »Darum geht es schließlich im Leben: Lächeln um jeden Preis, nicht wahr?«

Darüber dachte Greta kurz nach, dann zuckte sie mit den Schultern. »Keine Ahnung, ich arbeite bei der Mordkommission. Wir lachen allgemein selten. Dafür sehen wir zu viele schlimme Dinge.«

»Das ist bedauerlich.«

Greta ließ Weigand einsteigen. »Richten Sie Ihrem Freund aus, dass er sich bei mir melden soll?«

»Selbstverständlich. Ich bin sicher, es wird sich alles aufklären.«

Kapitel 35

Zuerst sagte Hardys Vater kein Wort. Er schloss die Tür hinter sich und nahm dann auf dem Stuhl gegenüber von Hardy Platz. Eigentlich gehörte der Stuhl einer Kollegin. Hardy fiel der Name nicht mehr ein. Sie hatte leicht gewellte, etwas verfilzte Haare und sie schrieb Bücher. Mehr wusste er nicht mehr von ihr. Überhaupt sah der Raum auf einmal völlig anders aus. Sie saßen plötzlich in einer verrosteten Kajüte voller Spinnweben, mit einer trüben Glühbirne als einziger Lichtquelle und jeder Menge Staub, der die Lunge reizte. Bis auf die zwei Männer auf ihren Stühlen gab es nichts.

»Weißt du, warum ich gekommen bin?«, fragte James Finkel und legte eine Peitsche aus Stacheldraht über seine Knie.

»Ich kann es mir denken«, antwortete Hardy. »Du willst zu Ende bringen, was du damals begonnen hast.«

Sein Vater verneinte. »Ich möchte von dir wissen, wie du dich entscheidest.«

Hardy fürchtete sich vor seinem Vater. So sehr, dass er am liebsten aufspringen und zur Tür hinausrennen wollte. Aber als er sich umsah, konnte er keinen Ausgang mehr erkennen.

Offenbar bemerkte sein Vater, was in dem Sohn vorging. »Du willst flüchten? So wie damals, als du der Ostsee den

Rücken gekehrt hast.« Er beugte sich nach vorn, die Peitsche fiel zu Boden und der speckige Ledergriff wurde vom spärlichen Licht der Glühbirne beleuchtet. Erst jetzt erkannte Hardy, dass die Riemen voller Blut waren. »Hättest du damals aufgepasst, wüsstest du, dass man der See niemals entkommen kann. Wer hier lebt, der wird eins mit der See. Dein Bruder hat das gewusst.«

»Mein Bruder ist tot!«, fauchte Hardy ihn an. »Du hast ihn umgebracht, nachdem du Mutter gequält und psychisch krank gemacht hast. Deshalb hat sie das Baby verloren. Ihr Körper war ausgelaugt und gebrochen.«

»Ach ja, dann kennst du die Wahrheit nicht.«

Holz knarrte. Die Kajüte schaukelte wie bei einem Boot auf Wellen. Irgendwo lösten sich Nieten. Ein Windstoß streifte Hardys Nacken. Er drehte sich nach einem Fenster oder einer sonstigen Öffnung um, aber er erkannte nur Schatten.

»Welche Wahrheit?«, fragte er.

»Dein Bruder lebt«, flüsterte James Finkel.

»Das ist nicht wahr!«

»Sag es ihm, Beatrice.«

»Mutter, bist du das?« Wieder schaute Hardy sich um, wieder fand er zwischen dem Holzboden und den Metallwänden nur reglose Schatten.

»Dein Vater hat recht«, kam die Stimme seiner Mutter aus dem Dunkel. »Dein Bruder ist immer bei uns gewesen.«

»Das ist eine Lüge! Ihr beide habt mir vom Tod meines Bruders im Krankenhaus erzählt. Ich weiß noch ganz genau, wie ich mir die Wochen danach allein das Frühstück für die Schule machen und abends ohne einen Gutenachtkuss ins Bett gehen musste, weil ihr mich nicht mehr beachtet habt. Jeder von euch hat in seiner Trauer den anderen nur noch angeschrien und seinen Frust in Alkohol ertränkt. Du hast dich nicht einmal mehr gewaschen und kein Wort mehr geredet, Mutter, sondern nur über das Balkongeländer in die Tiefe geschaut. Und du, Vater, warst tagelang verschwunden. Bis heute weiß ich nicht, wo du dich damals aufhieltst.«

»Ich habe deinen Bruder zurückgeholt«, antwortete James Finkel. »Gemeinsam sind wir im Meer geschwommen. Ja, er ist fraglos ein besserer Schwimmer als du.«

»Du lügst, ich habe keinen Bruder.«

»Ich wusste, dass du ihn und mich verleugnest, deshalb bin ich hergekommen, um es aus deinem Mund zu hören. Ich wollte wissen, ob du zu uns stehst.« Damit riss sein Vater sich die linke Brusthälfte auf, und dort, wo sein Herz sein sollte, bewegte sich ein faustgroßer Tintenfisch.

Hardy schrie.

Es dauerte mehrere Sekunden, bis er sich orientiert hatte. Er saß in dem Büro, das er sich mit Greta teilte. Ihr Stuhl war leer. Kein Vater. Niemand.

Reflexartig ging sein Blick zur Uhr. 14.14 Uhr. Es war weniger als eine Minute vergangen. Aber selbst diese kurze Zeitspanne reichte aus, um sich unendlich hilflos zu fühlen. Er spürte kalten Schweiß und war zu keiner Regung fähig.

»Gott, warum ausgerechnet jetzt?«

Vier Jahre war er beim Bundeskriminalamt als Sonderermittler für Serienmorde tätig gewesen. Seine Vorgesetzten, bis hinauf zum BKA-Präsidenten, waren stolz auf seine Ergebnisse gewesen. Vier Jahre lang war er frei von jeglichem Realitätsverlust gewesen. Bis irgendwann das AIWS zurückgekehrt war. Bei einem Einsatz, der völlig außer Kontrolle geraten war, hatte er sich wie eben in eine andere Welt absentiert. Genau wie Alice ins Wunderland. Nur dass seine Visionen meist schauderhaft waren.

Nach dem Einsatz hatte man ihn umgehend zur Psychologin geschickt, deren Gutachten negativ ausgefallen war. Statt ihn für dienstunfähig zu erklären, hatte man ihm in Anerkennung seiner Leistungen angeboten, ins Referat 33 zu wechseln. Er hatte angenommen und die nächsten sechs Jahre gegen die eigenen Leute ermittelt.

Er war in Wiesbaden geblieben, bis er Lara kennengelernt hatte …

Während er über ihre erste Begegnung in einer Cocktailbar nachdachte, klingelte irgendwo sein Handy. Er fand es unter seinem Schreibtisch.

Es war Lara.

»Hardy, wo bist du? Es geht um Benni …«

»Langsam«, bremste er sie. »Was ist denn los?«

»Benni ist verschwunden, Scheiße!«

»Ich verstehe nicht, ich dachte, dein Ex kümmert sich um ihn.«

»Verdammt, Hardy, er ist aus der Schule verschwunden. Edward hat mich soeben angerufen. Weder er noch die Horterzieher können meinen Sohn finden.«

Auch wenn das mehr als beunruhigend klang, wollte Hardy nicht in Panik verfallen. »Bist du in der Schule?«

»Nein, das ist ja der Mist, ich komme von einem Termin und stehe auf der A20 bei Rostock im Stau. Scheiße! Du musst für mich sofort zu Edward. Er wartet an der Schule auf dich.«

Kapitel 36

Nach ihrer Rückkehr zur KPI wunderte Greta sich zuerst über das verwaiste Büro. Als Nächstes fielen ihr die beiden unfertigen Akten auf, deren einzelne Blätter kreuz und quer auf dem Schreibtisch ihres neuen Kollegen lagen. Mit in die Hüften gestemmten Fäusten stand sie neben Hardys leerem Bürostuhl. Sie wusste nicht so recht, ob sie sich über ihren eigenen erfolglosen Vormittag ärgern sollte oder darüber, dass keiner im Kommissariat wusste, wohin Hardy verschwunden war. Auf dem Handy erreichte sie ihn jedenfalls nicht.

»An unserer Kommunikation müssen wir dringend arbeiten«, redete sie mit dem imaginären Hardy.

Wenn er schon nicht an sein Telefon ging, hätte er ihr wenigstens einen Zettel mit einer kurzen Erklärung dalassen können.

Kollegin Silber, ich bin beim Arzt. Ich glaube,
ich habe das Gleiche wie Kevin Maurer.

»Oder vielleicht etwas persönlicher …«

Liebe Greta, ich habe den heutigen Friseurtermin vergessen. Keine Sorge, die liegen gebliebene Arbeit hole ich im Nullkommanix nach. Ich schwöre es bei meinem Bart.

Irgendetwas verheimlichte er vor ihr, davon war sie mittlerweile hundertprozentig überzeugt. Statt für ihn die liegen gebliebene Arbeit zu übernehmen, startete sie ihren Rechner.

»Wollen doch mal sehen, was das Internet über dich ausspuckt.«

Zu ihrer Ernüchterung fand sie dort nicht einmal ein einziges Foto von ihm. Insgeheim hatte sie damit gerechnet, dass sie einen uralten Zeitungsbericht vom BKA fand, auf dem Hardy Finkel für seine Verdienste ausgezeichnet oder zumindest in irgendeinem Zusammenhang erwähnt wurde. Vielleicht war er tatsächlich nur ein unwichtiges Rad im großen BKA-Getriebe gewesen – ganz im Gegensatz zu James Finkel, dessen Name über Google zu unzähligen Seiten führte. Was den Sohn anging, gab es lediglich einen Querverweis zum Wikipedia-Eintrag seines berühmten Vaters. Dieser Link schien Greta interessant genug, um ihn sich gründlich durchzulesen.

James Finkel

*James Lewis Finkel (*28. Februar in Mississippi) ist ein ehemaliger deutscher Leistungsschwimmer und mehrfacher Weltmeister sowie Olympiasieger.*

Karriere als Sportler

James Finkel zog im Alter von vier Jahren mit seinen Eltern nach Ost-Berlin. Als Fünfjähriger begann er mit dem Schwimmunterricht. Dank seines Talents schaffte er mit neun Jahren den Sprung ins Schwimm-Leistungszentrum Ost-Berlins. Bereits im Jugendalter errang er bei nationalen Wettkämpfen in mehreren Schwimmdisziplinen Goldmedaillen. Unter der Leitung von Erfolgstrainer Ullrich Hamann folgten Siege bei den Junioren-Europa- und Weltmeisterschaften. […]

[…] Für Aufsehen sorgte Finkel mit gerade einmal neunzehn Jahren bei seiner ersten Olympiateilnahme, als er sowohl in der Disziplin 100 Meter Freistil als auch in der Disziplin 100 Meter Rücken die Silbermedaille für sein Land holte. […]

[…] Vier Jahre später holte er bei den Olympischen Spielen in beiden Disziplinen sogar die Goldmedaille sowie Bronze in der Disziplin 200 Meter Schmetterling. […]

[…] Nach der Totgeburt seines zweiten Sohnes konnte Finkel bei den Olympischen Spielen in Los Angeles nicht mehr an seine alten Leistungen anknüpfen. Zwar qualifizierte er sich für die Teilnahme, scheiterte dort jedoch bereits in den Vorrunden. […]

[…] insgesamt erschwamm Finkel 15 Goldmedaillen bei Europameisterschaften und zwei Weltmeistertitel.

Angesichts dieser herausragenden sportlichen Errungenschaften stieß Greta beim Lesen mehrfach einen Pfiff aus.

»Wenn Hardy nur halb so viel Talent und Ehrgeiz geerbt hat«, redete sie laut vor sich hin, »wird er beim BKA garantiert nicht nur Bleistifte angespitzt haben, wie er es mir verkaufen will.«

Doch bei dem Wikipedia-Artikel ging es nicht um Hardy, sondern um seinen Vater. Und auch das fand sie äußerst interessant:

Privates

Bereits der Vater Benjamin Finkel war leidenschaftlicher Sportler. Als amerikanischer Offizier war er nach dem 2. Weltkrieg in West-Berlin stationiert. Aufgrund enormer Sympathie für den Sozialismus siedelte er mit seiner Ehefrau und seinem Sohn Anfang der Fünfzigerjahre in die DDR über. Dort ermöglichte man ihm eine steile Karriere bei der Volksarmee, die ihm den Rang eines Generals einbrachte.

Die strenge Erziehung vonseiten des Vaters prägte James Finkel in seinen Eigenschaften und seinem Charakter stark. […]

[…] Nach seiner aktiven Sportlaufbahn versuchte James Finkel, in der Werbebranche Fuß zu fassen. Zusammen mit dem ehemaligen Autoverkäufer Volker Fischer gründete er die Finkel-Agentur, die sich auf die Vermarktung von Sportlern als Markenbotschafter spezialisierte. Die Firma meldete nach fünf Jahren Konkurs an, nachdem es wiederholt zu Unstimmigkeiten bei Abrechnungen und in der Folge zu Klagen durch Mandanten und mehreren Anzeigen wegen Betrugs gekommen war.

Trotz privater Rückschläge kandidierte er später für das Bürgermeisteramt der Stadt Rostock, unterlag bei der Wahl jedoch dem Spitzenkandidaten der CDU deutlich. Nach innerem Zerwürfnis mit Parteikollegen trat Finkel aus der Partei aus. Unter dem Namen Der stille Prediger *zog er anschließend als Wanderprediger mit teilweise grotesken Weltansichten und lautstarkem, teilweise rüpelhaftem Auftreten entlang der Ostseeküste. Bei einer seiner Predigten auf der Via Baltika (baltisch-westfälischer Jakobsweg) kurz vor Swinemünde sagte er vor rund einhundert Zuhörern (darunter etlichen Familien): »Natürlich ist es für die richtige Entwicklung unserer Kinder unvermeidlich, sie in angemessener Weise zu disziplinieren. Mir ist kein vernünftiges Argument bekannt, warum man sein Kind nicht schlagen sollte. Lieber die kleinen Sünder züchtigen, bevor die Kinder zu großen Sündern heranwachsen.«*

Dafür erntete er in sämtlichen Medien harsche Kritik, etliche ehemalige Sportlerkollegen distanzierten sich von Finkel. […]

[…] Im Februar kündete der 3malX-Verlag James Finkels Autobiografie als Spitzentitel an. Bereits im Vorfeld äußerte sich der Autor in einem Interview zum Inhalt. In einem Kapitel widmet sich Finkel dem Thema »Doping in der DDR«. Darin bestreitet er die Einnahme von verbotenen Mitteln während seiner aktiven Laufbahn. Des Weiteren setzt er sich kritisch mit den Gerüchten um körperliche Gewalt in seiner Ehe auseinander.

Nach diesem Abschnitt rieb Greta sich die Augen, las sich aber noch die Listen der Auszeichnungen und Rekorde durch. Anschließend überflog sie die Inhalte der obligatorischen

Weblinks. Dabei erfuhr sie, dass der Veröffentlichungstermin besagter Autobiografie wegen zu geringer Vorbestellungen auf ein unbestimmtes Datum verschoben wurde. Zuletzt blieb sie bei einem Artikel hängen, der die Überschrift *Der Fluch des Übervaters* trug. In dem Text lobte James Finkel seinen Sohn Hardy, dass er es geschafft habe, seinen eigenen Weg zu gehen.

Kapitel 37

Knapp vierzig Minuten brauchte Hardy mit dem Wagen bis zur Hans-Fallada-Grundschule. Wegen eines halbseitig eingestürzten Wohnhauses herrschte im Zentrum von Greifswald ein heilloses Verkehrschaos. Gleich mehrere Straßen waren gesperrt. Aufgrund von Personalmangel hatten die Beamten des Streifendienstes erhebliche Mühe, hilflose und manchmal auch respektlose Autofahrer von den provisorisch eingerichteten Umleitungen zu überzeugen.

An einer der Kontrollstellen hatte Hardy kurzerhand seine Kripomarke gezückt, um die Absperrung passieren zu dürfen. Andernfalls hätte er Benjamins Schule noch später erreicht.

In dicken Winterjacken tobten etliche Kinder auf der Wiese vor dem Schulgebäude umher. An einem anderen Tag hätte er vielleicht Benjamin mit Klassenkameraden beim Ballspielen oder Raufen beobachten können, doch heute war von dessen geliebter Spidermanmütze weit und breit nichts zu sehen. Auch Laras Ex konnte Hardy nirgendwo ausmachen.

»Wissen Sie, wo Herr Koch ist?«, fragte er den einzigen Horterzieher. »Den Vater von Benjamin Kollmer.«

»Und Sie sind?«, kam es skeptisch zurück.

Im ersten Moment wollte Hardy dem dämlichen Fragesteller seinen Dienstausweis direkt ins Gesicht drücken, doch er besann sich. »Bestimmt haben Sie mich schon öfter in Begleitung von Lara Kollmer gesehen. Ich bin ihr Freund.« Und damit es keine weiteren Missverständnisse gab, fügte er noch einen Nachsatz an. »Schon seit einer geraumen Weile.«

»Ja, jetzt erinnere ich mich.«

»Und?«

»Herr Koch ist mit Benjamins Klassenlehrerin im Schulhaus unterwegs. Wir tun alles, um den Jungen zu finden. Deshalb bin ich momentan der einzige Erzieher, der auf die Kinder aufpasst.«

Angesichts der hohen Anzahl an Schülern ringsum stärkte das Hardys Vertrauen in die Aufsichtspflicht der Schule nicht gerade. Er entschuldigte es mit der momentan vorherrschenden Ausnahmesituation. Überdies waren ihm die anderen Kinder aktuell völlig gleichgültig.

Kommentarlos wollte er sich bereits abwenden, als ihm noch etwas einfiel. »Warum wimmelt es hier eigentlich noch nicht von Uniformierten? Immerhin wird ein Kind vermisst.«

Der Erzieher zuckte mit den Schultern. »Da müssen Sie Herrn Koch oder besser die Schulleitung fragen.«

Mit dieser unzureichenden Antwort eilte Hardy die Treppenstufen hinauf zum Eingang. Direkt hinter den Türen traf er Edward. Der Psychologe nahm keine Notiz von Hardy. Vielmehr stand er in ein Gespräch mit zwei Lehrerinnen vertieft, als hielte er eine Therapiesitzung ab.

»Und schon fündig geworden?«, sprach Hardy die Dreiergruppe an.

»Hardy?«, fuhr Edward herum. »Was machst du hier? Wo ist Lara, ich dachte, sie …«

»Sie schickt mich, weil sie momentan verhindert ist.«

»Wie bitte? Ihr Sohn ist verschwunden und sie hat keine Zeit?«

»Pass mal auf«, vergaß Hardy sein gutes Benehmen und packte ihn so fest am Designermantel, dass die Nähte des Stoffs ächzten und die beiden Lehrerinnen zurückwichen. »Du brauchst Lara garantiert keine Erziehungstipps zu geben. Wir beide wissen, was für einen miesen Partner und Vater du abgibst. An Laras Stelle hätte ich dafür gesorgt, dass man dir das Sorgerecht für den Jungen auf Lebenszeit entzieht.«

»Welcher Teufel ist denn in dich gefahren?«, entgegnete Edward und klang dabei beinahe überzeugend. »Nach mir hatte Lara kein gutes Händchen bei der Auswahl ihrer Männer, aber du topst die vorherigen Nieten um Längen. Benjamin hat mir einiges über dich erzählt.«

»Ach ja?« Hardy versuchte zu ergründen, ob der Achtjährige vielleicht versehentlich ein falsches Wort fallen gelassen hatte oder ob Edward ihn mit dieser Behauptung nur provozieren wollte. Als er bemerkte, wie die beiden Lehrerinnen ihn beobachteten, ließ er seinen Kontrahenten los.

Er hegte keinerlei Sympathie für Laras Ex. Dafür ähnelte der Typ charakterlich zu sehr Hardys Vater. Auch wenn Edward versuchte, sein wahres Ich hinter einer smarten Psychologenmaske zu verbergen. Hardy wusste, dass er seine Hand sowohl gegen Lara als auch gegen sein Kind erhoben hatte. Lara hatte ihn damals wegen Misshandlung Schutzbefohlener angezeigt, den Strafantrag jedoch kurz darauf zurückgezogen. Sie hatte gehofft, es wäre nur ein Ausrutscher gewesen. Ein Selbstbetrug, wie Hardy ihn in seinem Beruf oft bei Frauen erlebt hatte.

Um zu wissen, wem seine Freundin Benjamin da eigentlich tageweise überließ, hatte Hardy im polizeilichen System nach Edwards Vergangenheit recherchiert. Es fanden sich keine aktuellen Strafanzeigen. Dafür wusste er von Erfahrungsberichten im Internet, dass mehrere Kunden mit der Leistung des

Psychologen nicht sonderlich zufrieden waren. Einige hatten sich nach den Sitzungen noch schlechter gefühlt als zuvor. Kaum zu glauben, dass Lara behauptete, zumindest in seinem Beruf sei Edward brillant.

»Wurde bereits ein Notruf abgesetzt?«, fragte Hardy und schaute die zwei Frauen und Edward der Reihe nach an.

»Wir wollten …«

»… selbst nach Benjamin suchen«, vollendete Hardy Edwards Satz, denn grundsätzlich hatte dieser allererste Schritt Sinn. »Verstehe, und wer kann mir sagen, wann er zuletzt gesehen wurde?«

»Ich bin seine Klassenlehrerin«, sagte eine der Frauen. »Bis zum Mittagessen habe ich ihn beaufsichtigt.«

»Dann ist er wie jeden Tag zusammen mit seinen Mitschülern in meine Gruppe gekommen«, ergänzte die andere Frau, eine jüngere. »Er war im Spielzimmer mit vier anderen Jungs, musste irgendwann auf Toilette. Als ich sein Fehlen bemerkte, habe ich sofort meine Kolleginnen informiert und fünfzehn Minuten später Benjamins Mutter angerufen.«

»Eine Viertelstunde«, murmelte Hardy und rechnete zusammen, wie viel Zeit inzwischen insgesamt vergangen war. »Und weiter?«

»Wir haben sämtliche Kinder befragt«, redete die Klassenlehrerin. »Niemand hat ihn gesehen.«

»Sogar seine Jacke und seine Straßenschuhe sind weg«, ergänzte nun Edward und fluchte. »O Gott, wir haben sogar am nahen Teich nachgesehen, aber da hätte er an den Horterziehern draußen vorbeikommen müssen.«

»Vielleicht wollte er aber auch nur zu seiner Mutter und ist einfach nach Hause gelaufen«, sagte Hardy. »Was ist mit seinem Ranzen?«

Edward und die beiden Frauen schauten sich ratlos an, aber da niemand widersprach, bedeutete es wohl, dass sich der Schulranzen noch im Gebäude befand.

»Ich will den Ranzen sehen«, bestimmte Hardy.

»Was soll denn das bringen?«

»Zeigen Sie ihn mir.«

Das übernahm schließlich Edward. Er führte Hardy zur Garderobe, wo er auf einer Bank unter Benjamins Kleiderhaken stand. Sofort öffnete Hardy den Ranzen und kramte darin herum.

»Da habe ich vorhin schon nachgesehen«, sagte Edward. »Also nach was suchst du?«

Unbeirrt durchstöberte Hardy sämtliche Seitentaschen, die Federmappe und die Brotbüchse. Er blätterte durch das Hausaufgabenheft und sämtliche Schreibhefte. Schließlich nahm er sich die Postmappe vor, in die Benjamin kopierte Aufgabenblätter, Basteleien, Zeichnungen oder Mitteilungen der Schule legte. Als Hardy die Mappe aufschlug, setzte sein Herz für eine Sekunde aus. Zwischen den losen Blättern fiel ein bunter Papierschnipsel heraus.

Kapitel 38

Greta staunte über den verspäteten Anruf, der sie noch im Büro ereilte. Hardy rief endlich an. Zuvor hatte sie es vier Mal auf seiner Nummer probiert.

»Hast du eine Ahnung«, begann sie, »wie der Staatsanwalt reagiert hat, nachdem …?«

»Benjamin ist verschwunden«, fiel Hardy ihr ins Wort.

Einen Augenblick überlegte Greta, von wem er da redete. »Wer ist Benjamin?«

»Der achtjährige Sohn meiner Freundin.« Hardy klang ernsthaft verzweifelt, dazu redete er schnell. »Er ist nicht einfach nur verschwunden, sondern entführt worden.«

»Hey, hey, Sugar, ganz langsam! Du wirbelst hier gerade mächtig Staub auf. Am besten kommst du erst mal runter.«

»Verdammt, Greta, es ist absolut ernst. Jemand hat ihn aus der Schule entführt. Der Hans-Fallada-Schule in Greifswald.«

»Entführung?« Als Mutter zweier Söhne – auch wenn der Kontakt zu beiden frühzeitig gestört worden war – empfand sie es als äußerst anständig, dass er sich Sorgen um das Kind seiner Lebensgefährtin machte. Trotzdem blieb sie besonnen. »Und wie kommst du darauf?«

»Weil ich ein viertes Puzzleteil in seinem Ranzen gefunden habe.«

Zuerst glaubte sie, sich verhört zu haben, weil er plötzlich flüsterte, aber so wie er es sagte, schien es zu stimmen.

»Hörst du mir zu?«, fragte er sie, weil sie nichts erwiderte.

»Ja, ja, natürlich, ich versuche zu verstehen.«

»Es ist wieder ein Stück der Landschaft, von der wir bereits drei Teile haben. Sie passen alle zusammen.«

»Gibt es sonst noch irgendwelche Botschaften oder Nachrichten? Eine Forderung oder irgendeine Anweisung?«

»Nichts. Hätte mich mein siebter Sinn nicht alarmiert, hätte ich das Puzzlestück wahrscheinlich gar nicht gefunden. Bist du immer noch davon überzeugt, dass der Täter es nicht persönlich auf mich abgesehen hat?«

Dieser Gedanke war Greta innerhalb der letzten Minute ebenfalls gekommen. Alles deutete darauf hin, dass jemand ein perfides Spiel mit Hardy und seiner Familie trieb. Allerdings konnte Greta sich nicht erklären, wieso. »Dann stelle ich dir konkret die Frage: Wer würde dir so etwas antun wollen?«

»Ich weiß es nicht.«

Es klang ehrlich, und insgeheim hatte Greta mit dieser Antwort gerechnet.

»Erkennst du den Ort auf dem Puzzle?«

»Nein, es sind nur noch mehr Bäume zu sehen.«

»Gut, welche Schritte zum Auffinden von Benjamin hast du bisher eingeleitet?«

»Ich habe die Leitstelle informiert. Die schicken umgehend Revierkräfte. Außerdem sucht die halbe Schule nach dem Jungen. Sobald die ersten Streifenbeamten da sind, werden wir noch mal jeden einzelnen Schüler befragen.«

»Und seine Mutter, wie geht es ihr?«

»Lara ist unterwegs. Sie müsste jeden Moment hier vor Ort eintreffen. Verdammt, sie wird mir Vorwürfe machen.«

»Darauf kannst du wetten. Ich würde auch so reagieren und meinen Partner als Blitzableiter benutzen. Vermutlich wird sie dich vor allen Leuten anschreien. Lass es einfach über dich ergehen. Sie kann jetzt nicht rational denken.«

»Ich bin völlig fertig.«

»Ich komme zu euch.«

Damit beendete Greta das Gespräch, schaltete den Rechner aus, schnappte sich ihre Tasche und wollte aus dem Zimmer stürmen, als die Nummer der Notrufzentrale auf dem Display des Büroapparats aufleuchtete. Vermutlich wollten die Kollegen sie vom Verschwinden des Achtjährigen unterrichten.

»Ich weiß Bescheid«, sagte sie nach dem Abheben.

»Das mit Julia Asmann weißt du schon?«, vergewisserte sich der Kollege am anderen Ende der Leitung erstaunt.

Jetzt war Greta verwirrt. »Wieso geht es um Julia Asmann? Ich dachte, ein Junge wird vermisst …«

»Ja, das auch, aber deswegen rufe ich nicht an. Ihr bearbeitet doch gerade die beiden aktuellen Mordfälle. Und ich habe eben einen Anruf von einer Hausbewohnerin bekommen, dass jemand das Polizeisiegel an der Wohnungstür gebrochen hat.«

Innerlich fluchte Greta, denn sie wusste, was das bedeutete: Sie konnte Hardy nicht helfen, sondern musste umgehend zur Adresse des ersten Opfers. »Okay, ich kümmere mich darum. Sonst noch etwas?«

»Ja, die Anruferin hat eine Stunde zuvor einen Mann mit einem Auto vorfahren gesehen. Näheres kann sie dir selbst erzählen.«

Kapitel 39

Nach dem Telefonat mit Greta hatte Hardy die Erzieher aufgefordert, jede Etage und ausnahmslos jedes Zimmer des Schulgebäudes nach Benjamin abzusuchen. Seine Lehrerin hatte sogleich abgewehrt und behauptet, das habe man längst getan, aber Hardy war hartnäckig geblieben. Aus seiner beruflichen Erfahrung heraus wusste er, wie oft vermisste Bewohner oder Patienten innerhalb von Pflegeheimen oder Krankenhäusern gefunden wurden. Natürlich lag die Sache im Fall Benjamin anders – der Hinweis im Ranzen konnte kein Zufall sein –, doch Hardy wollte sich nicht vorwerfen lassen, nicht alles zum Auffinden von Laras Sohn getan zu haben. Spätestens die erste Streifenbesatzung würde ihn darauf ansprechen.

Er selbst wartete vor der Schule auf die Unterstützungskräfte. Ein Blick in die Wolken ließ auf baldigen Regen schließen. Bestürzung über Benjamins Fehlen und eisiger Wind lähmten beinahe seine Atmung. Unruhig schaute er sich um. Eine Frau führte ihren Dackel an der Leine. Alle paar Meter schüttelte der Hund vor Kälte seine Pfoten. Weder rührte sich ein Ast noch ein Grashalm. Zu sehr steckten noch die Reste des Winters in den Bäumen und Wiesen. Selbst der nahe Bach schien sich kaum zu bewegen. Bis auf die tobenden Kinder und den Hund wirkte die Umgebung wie in Schockstarre.

Während er wartete, nahm er immer und immer wieder das letzte Puzzleteil in seine klammen Finger und betrachtete es. Zusammen mit den übrigen drei Fragmenten besaß er inzwischen den obersten Rand eines Landschaftsfotos. Doch sosehr er sich anstrengte, anhand der bisherigen Abbildung ließ sich die Örtlichkeit einfach nicht ausmachen. Mit viel Fantasie erkannte er zwischen den abgebildeten Ästen ein verschwommenes Gebäude. In Anbetracht der schlanken Form handelte es sich eventuell um einen Leuchtturm. Aber das Gebilde war nur winzig und unscharf im Hintergrund. Es könnte alles Mögliche sein.

»Willst du mir nicht endlich sagen, was das da zu bedeuten hat?«, sprach Edward ihn nun schon zum zweiten Mal auf das Puzzleteil an.

Hardy ließ es in seiner Jackentasche verschwinden, aber natürlich war Laras Ex nicht entgangen, wie sehr Hardy sich für das in Folie eingeschweißte Papierstück interessierte.

»Das ist nichts«, wehrte er dennoch ab, um Edward nicht zu beunruhigen. Trotz aller Antipathie ging es um seinen Sohn.

»Ach, ist das alles? Du stehst hier draußen herum und sagst, es wäre nichts.«

»Was erwartest du denn, was ich tun soll?«

»Herrje, was weiß ich! Wer von uns ist denn der Polizist?« Beim Reden stierte Edward permanent auf sein Smartphone, als erwartete er einen wichtigen Anruf. »Wo bleiben eigentlich deine Kollegen? Ich dachte, du hättest Verstärkung gerufen. Richtig Mühe scheinst du dir wirklich nicht zu geben. Stattdessen stehst du hier draußen in der Kälte und schweigst. Ich weiß wirklich nicht, was Lara an dir findet.«

»Vielleicht schätzt sie es, dass ich ihren Sohn nicht schlage.«

»Herrje, das ist lange her. Es war auch nur ein einziges Mal. Ich war …«

So rechtfertigten sich alle Schläger. »Da frage ich mich, wie es Benjamin ergeht, wenn er bei dir ist.«

»Ach so, verstehe! Du denkst, ich tue ihm etwas an. Bitte schön, geh und frag seine Klassenlehrerin, ob ihr an Benni irgendetwas Ungewöhnliches aufgefallen ist.«

»Dein Psychogequatsche kannst du dir bei mir sparen. Erzähl mir lieber, wie der heutige Tag mit Benjamin abgelaufen ist: Wann du ihn geweckt hast, was er zum Frühstück gegessen hat, wann du ihn zur Schule gebracht hast, ob dir auf dem Schulweg etwas Sonderbares aufgefallen ist. Jedes noch so kleine Detail will ich wissen.«

»Was soll denn das bringen?« Edward zischte missbilligend, hielt inne und musterte Hardy, wie er es üblicherweise wohl mit einem psychisch Kranken machte. »Bin ich etwa verdächtig?«

Kapitel 40

»Haben Sie gesehen, wie der Mann sich an der Tür zu schaffen gemacht hat?«, wollte Greta von der Mieterin wissen, die den Notruf gewählt hatte.

»Nein, aber ich habe jemanden im Treppenhaus gehört«, antwortete Margot Waschinski, eine untersetzte ältere Dame mit freundlichen Augen und einer Kittelschürze, an der Backmehl hing. Überhaupt roch die Frau nach Kuchenteig, was Gretas Hungergefühl ins Unermessliche steigerte.

Bisher waren Waschinskis Auskünfte wenig hilfreich für Gretas Ermittlungen, aber sie hatte zu Recht die 110 gewählt. Jemand hatte das Polizeisiegel an Julia Asmanns Wohnungstür zerschnitten. Augenscheinlich waren das Furnier und der Beschlag unbeschädigt und die Tür verschlossen. Zur Sicherheit tastete Greta mit behandschuhten Fingern an der Kante entlang. Nachher würde sie Spurensicherungspulver und Pinsel holen und den Bereich um das Schloss erneut auf Fingerabdrücke untersuchen.

»Der Kollege, mit dem Sie am Telefon gesprochen haben, sagte mir, Sie hätten sich das Autokennzeichen gemerkt.«

»Oh, das muss er falsch verstanden haben. Ich meine mich zu erinnern, dass es ein dunkler Kleintransporter mit einem

Greifswalder Kennzeichen war. Aber ganz sicher bin ich mir nicht.« Beschämt fasste sie sich mit beiden Händen an den Wangen. »Natürlich hätte ich mir unbedingt das vollständige Kennzeichen aufschreiben müssen. Tut mir leid, ich bin einundsiebzig Jahre und verlege dauernd meinen Kugelschreiber. Außerdem ist das rechte Auge vom Grünen Star betroffen.«

»Sie müssen sich nicht entschuldigen, Frau Waschinski. Wir sind dankbar über jeden Bürger, der so wachsam ist wie Sie. Nehmen Sie sich Zeit und erzählen Sie mir in Ruhe, was Sie bemerkt haben.«

»Wie gesagt, ich habe den Mann aus dem Wagen steigen sehen, und da fiel mir auf, dass er zur Wohnung von Frau Asmann hochschaute. Irgendwie kam er mir auch bekannt vor, als hätte ich ihn hier schon einmal gesehen.«

Sofort kam Greta Kevin Maurer in den Sinn. »Können Sie ihn mir beschreiben?« Sie nahm Stift und Notizblock zur Hand. »Größe, Haarfarbe, Bekleidung, etwas Markantes …«

»O je, wie sah er denn gleich aus?« Waschinski knaupelte nervös an ihrer Schürze. »Groß war er. Und ich erinnere mich an seine schwarze Jacke. Die war aus Leder, würde ich behaupten. Tja … Er könnte einen Bart getragen haben, oder auch nicht. Ich weiß es nicht so genau.«

»Trug er eine Brille?«

»Hm, eine Brille …« Sie griff sich ans Kinn, was wohl bedeutete, dass sie sich auch daran nicht mehr erinnerte. »Könnte sein, eine Sonnenbrille.«

Angesichts des Wetters bezweifelte Greta das zwar, aber eine Sonnenbrille half fraglos, eine Gesichtserkennung zu erschweren. »Können Sie das Alter des Mannes abschätzen?«

Waschinski musterte Greta. »Ich würde sagen, er war noch deutlich jünger als Sie. Aber vielleicht irre ich mich auch. Er trug ja ein Basecap.«

»Sah er aus wie ein Polizist?«

»Wie meinen Sie das?«

»Na, kräftig gebaut, jemand, der sich durch bloßes Auftreten Respekt verschafft.«

»Schwer zu sagen. Nein, neben dem großen Auto sah er eher schmächtig aus.«

Unzufrieden mit der Beschreibung, steckte Greta den Block weg. Alsbald würde sie überprüfen, was für ein Fahrzeug Maurer fuhr. Bis dahin half ihr Waschinskis Aussage kaum weiter. Maurer schien das genaue Gegenteil von dem Unbekannten zu sein, vor allem trug er keinen Bart.

Wieder betrachtete Greta das Schloss. Gleichzeitig spielte sie in ihrer Jackentasche mit dem Wohnungsschlüssel, den die Polizei nach der Tatortarbeit sichergestellt hatte. »Haben Sie bemerkt, wie der Mann in die Wohnung gegangen ist?«

»Nein, ich habe kein Schlossgeräusch gehört, wenn Sie das meinen. Aber er hat einige Zeit hier oben auf der Etage herumgelungert. Vielleicht drei Minuten. Hach, ich bin wirklich keine gute Zeugin. Dabei schaue ich jeden Sonntag den *Tatort* und lese außerdem leidenschaftlich Krimis.«

Greta horchte auf. »Ach, von einer gewissen Greta Silber haben Sie nicht zufällig schon mal was gelesen …?«

»Nein, den Namen habe ich noch nie gehört. Ich bevorzuge Charlotte Link oder Nele Neuhaus … Ist sie eine bekannte Autorin?«

»Ich glaube nicht.« Greta seufzte. »Aber sie kommt aus der Region.«

»Oh, das ist ja wunderbar! Da muss ich nachher gleich in die Buchhandlung und mir einen Roman von dieser Gerda Sieber kaufen.«

»Gre…« Greta lächelte tapfer. Vermutlich brachte es nichts, sie um einen Kommentar nach der Lektüre des Buchs zu bitten. »Ja, so heißt sie.«

Sie entließ die Zeugin bis auf Weiteres. Vorsichtig, um keine Spuren zu zerstören, drehte sie den Schlüssel im Schloss. Ein kaum hörbares Klicken ertönte. Es war tatsächlich abgeschlossen gewesen.

Als Greta die Wohnung betrat, die noch genauso aussah, wie die Kriminaltechniker sie verlassen hatten, durchbrach ihr Handyklingeln die gespenstische Stille. Ihr Kommissariatsleiter rief an. Wie so oft, wenn die Angelegenheit von Dringlichkeit war, schnaufte er wie kurz vorm Ableben. Unter Luftknappheit und mit kurzen Sätzen nannte Jona Mensen ihr dann auch den Grund seines Anrufs. Sie sollte umgehend ins Polizeipräsidium kommen.

»Was denn, jetzt sofort?«, fragte sie. »Ich stecke mitten in Ermittlungen. Der Siegelbruch, du weißt schon ...«

Jona ließ sie gar nicht erst ausreden. »So hat es die KPI-Leiterin entschieden«, fuhr er knapp dazwischen. »Und Annika hat ihre Anweisung wiederum vom Polizeipräsidenten persönlich bekommen.«

Damit war das Gespräch beendet.

Greta steckte das Handy weg und schaute auf ihre Uhr. Ein paar Minuten blieben ihr, bevor sie aufbrechen musste. Daher sah sie sich noch rasch in jedem Zimmer um. Schließlich blieb sie im Schlafzimmer vor einem Bildnis stehen, dessen Motiv ihr zwar entfernt bekannt vorkam, an das sie sich in diesem Raum jedoch nicht mehr erinnern konnte. Es war ein gerahmtes Gemälde, das einen in Leinen gehüllten Mann mit Riesenohren, Hörnern und einem Turban zeigte. Ein Mann, aus dessen Mund eine Schlange ragte.

Neben dem Bild beunruhigte Greta jedoch ein ganz besonderes Detail. In der unteren rechten Ecke des Bilderrahmens war ein fünftes Puzzleteil eingeklemmt.

Kapitel 41

»Immerhin befand sich der Junge unter deiner Betreuung«, reagierte Hardy auf Edwards zuvor gestellte Frage, ob er im Zusammenhang mit Benjamins Verschwinden etwa verdächtig sei. »Ich will keine voreiligen Schlüsse ziehen, aber ich vertraue dir nicht.«

»Das ist komplett verrückt! Ich verlange von dir, dass du dich auf der Stelle bei mir entschuldigst, und danach muss umgehend eine Öffentlichkeitsfahndung eingeleitet werden.«

Auch wenn eine solche Fahndung durchaus Sinn hatte, hielt Hardy diese Maßnahme für falsch. Angesichts der Tatsache, dass die Entführung des Jungen höchstwahrscheinlich das Werk eines Serienkillers war, musste die Polizei auch daran denken, dem Täter keine Aufmerksamkeit in den Medien und der Presse zu schenken. »Das ist keine gute Idee.«

»Warum nicht?«, kam es prompt von Edward.

An seiner Stelle hätte Hardy die gleiche Frage gestellt. Eine plausible Erklärung blieb ihm jedoch erspart, weil sich endlich ein Streifenwagen die Zufahrt hinaufbequemte.

»Die Verstärkung ist da.«

»Das wurde aber auch Zeit.«

Edward schien seine Forderung nach Einbeziehung der Öffentlichkeit für den Augenblick vergessen zu haben. Das nutzte Hardy, um ihn mit einer anderen Sache zu konfrontieren.

»Hast du eine Ahnung, wer Benjamin oder meiner Freundin schaden will? Irgendjemand, mit dem Lara zuletzt Probleme hatte?«

Edward schien ernsthaft darüber nachzudenken. Wie man das von einem Psychologen erwartete, antwortete er nicht übereilt.

»Als ihr Freund müsste dir doch eher etwas dazu einfallen als mir. Du weißt doch selbst, dass Lara und ich nur miteinander sprechen, wenn es um die Betreuungszeiten von Benjamin geht. Wenn ich nicht ab und zu selbst in sein Hausaufgabenheft schauen würde, wüsste ich nicht einmal, wie es um seine schulischen Leistungen steht. Und jetzt will ich ihn nur noch in Sicherheit wissen. Also, was unternehmen du und deine Kollegen, um ihn zu finden?«

Inzwischen waren zwei übergewichtige Streifenbeamte aus dem Wagen gestiegen. Vorschriftsmäßig setzten sie ihre Schirmmützen auf.

»Wir sollen uns bei einem gewissen Kollegen Hardy Finkel melden«, las einer der beiden den Namen von einem Zettel ab.

»Steht vor euch.« Hardy reichte ihnen die Hand, die zögerlich ergriffen wurde. »Ihr könntet gleich mit der Befragung der Kinder loslegen.«

»Bist du sicher, dass du hier das Sagen hast?«, wurde Hardy gebremst. »Es hieß, jemand vom Fachkommissariat 1 würde herkommen und die Sache übernehmen.«

Bevor Hardy sich erklären konnte, änderte sich die Situation. Eine schwarze A-Klasse raste heran. Es war Lara, die ihren Mercedes so hart vor ihnen bremste, dass einer der Streifenbeamten einen Sprung zur Seite machte. In Windeseile stieg sie aus dem Fahrzeug und ging auf ihren Ex los.

»Was ist mit meinem Jungen passiert?«, schrie sie ihn an und trommelte mit den Fäusten gegen seine Brust.

»Hey, was ist denn in dich gefahren, Lara?«, wehrte Edward sich nur verbal und legte den Rückwärtsgang ein, um ihrer Wut zu entkommen. Anscheinend wagte er es nicht angesichts des vorherigen Vorwurfs, die Hand gegen sie zu erheben – nicht einmal zur eigenen Verteidigung.

»Lara, beruhige dich«, schritt Hardy ein, während die beiden Uniformierten weder eingriffen noch sonst gute Figuren abgaben. »Schuldzuweisungen bringen uns doch nichts.«

»Ach, hast du dich auf einmal mit Edward verbündet?«, warf sie nun ihm vor.

Er nahm sie in die Arme und betrachtete ihr Gesicht. Es war feuerrot, die Augen dagegen finster. Laras Lippen bebten, als wollte sie sich Rage und Verzweiflung von der Seele schreien.

»Er hat mir alles Wichtige für die polizeilichen Maßnahmen erzählt«, ergriff er unbeabsichtigt Partei für Benjamins Vater.

»Und wer garantiert mir, dass das Benjamin zurückbringt?«

»Wir finden ihn«, beruhigte er sie und wollte sie küssen, doch sie entwand sich seinem Griff.

»Dann frage ich dich, wo er ist!«

Die Frage aller Fragen. Bisher wusste Hardy nur anhand der übel zugerichteten beiden Frauenleichen, mit was für einem gnadenlosen Täter sie es hier zu tun hatten. Und aus seiner Zeit beim BKA wusste er ebenfalls, wie grausam Menschen sein können. Dennoch weigerte er sich, daran zu glauben, dass jemand dem Kind etwas Schlimmes antun wollte.

Fast mit Erleichterung nahm er zur Kenntnis, dass sein Handy klingelte. Vermutlich Greta. Er zog es aus seiner Jackentasche, doch zu seinem Erstaunen wurde die Nummer von Jona Mensen angezeigt.

»Hardy, wo steckst du?«, keuchte der Kommissariatsleiter.

»Weißt du es denn nicht?«, fragte Hardy und ging ein Stück abseits, damit Lara und Edward nicht mithören konnten.

»Was sollte ich wissen?«

»Der Sohn meiner Freundin ist offenbar entführt worden.«

»Was denn? Der Junge gehört zu dir?«

»Ja, mehr oder weniger … Ich glaube, der Puzzlemörder hat ihn.«

»Verdammt, Hardy, das tut mir leid, aber ich brauche dich dringend hier.«

»Jetzt?«

»Die Presse hat Wind von unserem Serienmörder bekommen, und jetzt bläst mir die KPI-Leiterin mächtig durchs Zimmer, weil in Abstimmung mit der Staatsanwaltschaft eine Pressekonferenz anberaumt ist. Und zwar in zwei Stunden …«

Kapitel 42

Trotz geöffneter Fenster schien die Luft im Tagungsraum des Polizeipräsidiums Neubrandenburg zum Schneiden dick. Etliche Medienvertreter hatten keinen Stuhl mehr bekommen und so drängten sich die Leute auch dicht an dicht an den Wänden. Von seiner Nische aus konnte Hardy die Mikrofone von ZDF, RTL, dem regionalen NDR und sogar einem österreichischen Nachrichtensender erkennen. Greta, die neben ihm am Hinterausgang stand, hatte vorhin gemeint, dass nur noch CNN und BBC fehlten. Völlig abwegig fand Hardy ihren Scherz nicht. Falls sie den Serienmörder, dessentwegen sich die Pressemeute hier versammelte, nicht bald schnappten, würden tatsächlich in kürzester Zeit sämtliche ausländischen Sender über die Arbeit der Mordkommission Anklam berichten.

»Und das nicht im positiven Sinne.«

»Was hast du gesagt?«, fragte Greta.

Er hatte nur vor sich hin gemurmelt. »Kaum drei Tage hier und schon begrüßt mich der Polizeipräsident mit einer Kopf-ab-Geste.«

»Ach komm, so schlimm ist der Stein gar nicht.«

Sönke Stein, so hieß der oberste Polizeichef von Neubrandenburg, den alle nur *den Stein* nannten, weil er unerschütterlich wie ein Fels in der Brandung wirkte. Groß, mächtig, erstarrt. Auch jetzt rückte er seelenruhig seine Unterlagen vor sich zurecht und winkte hier und da mit unauffälligen Gesten jemandem zu. Ansonsten thronte Stein wie die füllige Ausgabe von Jesus in der Mitte des Tisches, auf den sämtliche Kameras gerichtet waren. Im Gegensatz zu ihm schien der Staatsanwalt deutlich mehr unter Druck zu stehen. Immer wieder blätterte er durch die vor ihm liegenden Akten und tuschelte mehrfach hinter vorgehaltener Hand mit einer Assistentin.

»Hast du mir vorhin in Steins Büro eigentlich zugehört?«, fing Greta plötzlich an. »Ich meine, als ich berichtet habe, wo ich das fünfte Puzzleteil gefunden habe?«

Obwohl ihm die anstehende Pressekonferenz mächtig zusetzte, dachte Hardy angestrengt nach. Das neue Puzzleteil zeigte einen Teil von einer Anhöhe oder einem Hügel und ein Stück eines Baumes mit weißer Blüte. Greta und Jona waren sich einig gewesen, dass es sich um einen Weißdorn handelte. Hardy dagegen hatte von Flora und Fauna wenig Ahnung. So oder so hatte er auf dem unvollständigen Foto noch immer nichts erkennen können.

»Du hast es in Julia Asmanns Wohnung gefunden«, gab er zur Antwort. »Es steckte in einem Bilderrahmen. Ist das jetzt wichtig?«

»Ich hatte bisher nicht erwähnt, um was für ein Bild es sich handelt.«

Neugierig schwang Hardy zu ihr herum. »Ist *das* wichtig?«

»Ist es dir wichtig genug, dass das Bild bei der Leichenschau noch nicht gehangen hat?«

Wieder dachte Hardy einen Augenblick nach, bis er begriff, was sie da sagte. »Du meinst, jemand hat es dort hingehängt, nachdem die Polizei die Wohnung oder den Raum verlassen hat?«

Greta nickte mit aufeinandergepressten Lippen.

»Falls du dich nicht irrst«, sagte Hardy, »dann ist es enorm wichtig.«

»Die Kriminaltechniker haben Fotos vom Schlafzimmer gemacht und ich habe mir die Lichtbildmappe zum Vergleich angesehen. Das Bild wurde definitiv ausgetauscht. Vorher hing dort nämlich ein schwarz-weißes Landschaftsbild.« Sie hielt ihm ihr Smartphone hin, mit dem sie das ausgetauschte Gemälde fotografiert hatte. »Hier!«

Hardy betrachtete das abfotografierte Gemälde an der Schlafzimmerwand. Das war eindeutig keine Landschaftsaufnahme. »Soll das eine Art dämonischer Priester sein, der aus der Hölle auffährt?«

»Nah dran«, antwortete Greta und deutete auf die Flammen, in denen der sonderbare Mensch stand. »Er verbrennt an seinem eigenen Neid.«

»Neid?«

Ihr Finger wanderte über das Display nach oben, dann vergrößerte sie eine Inschrift. »Invidia.«

»Das ist Lateinisch für Neid«, übersetzte es Hardy.

»Eine der sieben Todsünden.«

»Ich hoffe, das hier wird kein Szenario aus einem sehr berühmten Thriller … Komm schon, das hast du dir für deinen nächsten Krimi zurechtgelegt, oder?«

»So viel Fantasie habe ich leider nicht. In meinen Büchern klären authentische Personen authentische Fälle auf.«

»Vielleicht solltest du zur Verkaufsförderung mehr Hollywood reinbringen.«

Kommentarlos nahm sie ihm das Handy weg. »Ich habe mich über das Bild kundig gemacht. Gemalt hat es Giotto di Bondone, ein Italiener. Wie du dir denken kannst, ist es eins von sieben.«

»Und die Schlange, die aus seinem Mund kriecht und ihm direkt in die Augen stiert, soll wohl bedeuten, dass er von innen aufgefressen wird.«

»Beeindruckend! Ich werde langsam neidisch auf deinen Scharfsinn.«

»Wenn das publik wird, laufen die dort drin Amok«, orakelte Hardy und deutete auf die Presseleute. »Wir sollten machen, dass wir wegkommen.«

»Und wohin wollen wir fliehen? Ich glaube nicht, dass die beim BKA noch eine Verwendung für eine Fünfzigerin haben, die mit ihrem Hintern gar nicht in deren schneidige Anzüge passt.« Sie musterte auffällig den Sitz seiner Hose. »Mein letzter Sporttest liegt Lichtjahre zurück. Wenn ich mir sehr viel Mühe gebe, kann ich Ausdauerlauf gerade noch buchstabieren.«

Bevor Hardy etwas erwidern konnte, kreischte es aus den Lautsprechern. Die Pressesprecherin der Polizei stellte ihr Mikrofon ein und begrüßte die Anwesenden. Nacheinander stellte sie den leitenden Staatsanwalt, den Polizeipräsidenten, die KPI-Leiterin Annika Liebkorn und als Vertreter für das Kommissariat Jona Mensen vor. Auf der Stirn seines unmittelbaren Vorgesetzten konnte Hardy dicke Schweißperlen erkennen. Wenn Jona nicht bald sein Jackett ablegte, würde er innerhalb der kommenden Stunde vor Hitze verdampfen.

Greta schien Hardys Gedanken zu lesen. »Keine Sorge, in solchen Fällen steht für ihn immer ein Sauerstoffzelt bereit.«

»Ich mache mir eher Sorgen um meine eigene Gesundheit«, wich er aus. »Ich merke nämlich gerade, wie mein Puls die Schallmauer durchbricht.«

»Und dabei haben die Journalisten noch keine einzige Frage gestellt.«

»Sie werden uns trotzdem auseinandernehmen«, befürchtete Hardy.

Unterdessen leitete die Pressesprecherin die Konferenz mit den üblichen Floskeln ein und übergab nach wenigen Sätzen an den Polizeipräsidenten. Einige Journalisten hielt es kaum auf den Stühlen. Am liebsten hätten sie Stein auf der Stelle mit den kürzlich bekannt gewordenen Gerüchten konfrontiert. Inzwischen hatte sich herumgesprochen, dass die Polizei einen Doppelmörder jagte, dem man intern den Namen »Puzzlemörder« gegeben hatte. Hardy konnte nur raten, wer aus den eigenen Reihen gequatscht hatte. Beim Gespräch vor der Pressekonferenz hatte die KPI-Leiterin ihn ernsthaft gefragt, ob er derjenige war, der mit der Presse geredet hatte. Letztlich hatte Greta sich für Hardy verbürgt, woraufhin Liebkorn mit ihrem Verdacht zurückgerudert war.

Die Fenster wurden geschlossen, das Getuschel der Zuhörer verstummte. Eine Motte flatterte durch den Raum. Scheinwerferlicht blendete Hardy kurzzeitig. Gemächlich setzte der Polizeipräsident seine Lesebrille auf und räusperte sich. Dann nahm er das Skript zur Hand, das man ihm vorbereitet hatte.

Kapitel 43

»Wie sich bereits herumgesprochen hat, ermittelt das Kommissariat der KPI Anklam aktuell in zwei Mordfällen, die nach bisherigem Ermittlungsstand starke Parallelen im Modus Operandi aufweisen«, erklärte Stein. »In beiden Fällen sind die Opfer Frauen. Es handelt sich zum einen um eine Kindergärtnerin und zum anderen um eine Ärztin. Die Ermittlungen der Kriminalpolizei dauern an, bisher können wir keine Angaben zu Tatverdächtigen machen. Wir gehen bislang davon aus, dass es sich bei beiden Morden um ein und denselben Täter handelt.« Er ließ eine Pause, dann fuhr er in monotoner, fast gelangweilter Stimmlage fort. »Da es mehrere Presseanfragen gibt, bestätigen wir hiermit, dass an den bisherigen Tatorten insgesamt drei Bildteile, ähnlich Puzzlestücken, aufgefunden wurden …«

Natürlich hatten Greta und Hardy den Präsidenten über den aktuellen Ermittlungsstand in Kenntnis gesetzt. Entsprechend wusste er, dass sie inzwischen fünf Puzzleteile sichergestellt hatten. Die falsche Angabe sollte der Polizei helfen, Trittbrettfahrer oder vermeintliche Lügner zu enttarnen. Es war schließlich nicht auszuschließen, dass sich demnächst irgendwelche Leute über Notruf als Serienkiller ausgaben. Einfach nur, weil sie Beachtung brauchten.

»Daraus resultierend haben wir die Ermittlungsgruppe Puzzlemörder gegründet«, fuhr Stein im Text fort und warf einen flüchtigen Blick in die Reihen der Reporter. »Sie dürfen den Begriff weiterhin für Ihre Berichterstattung verwenden, über die Bedeutung der Puzzleteile werden wir an dieser Stelle keine Ausführungen machen …«

Insgesamt dauerte Steins Stellungnahme weniger als fünf Minuten. Danach gab er den Reportern Gelegenheit, in weiteren fünfzehn Minuten Fragen zu stellen. Stein wies darauf hin, dass Kriminaloberrätin Liebkorn und Erster Kriminalhauptkommissar Mensen als Mitarbeiter der KPI die Antworten geben würden. Damit stellte er sein Mikrofon ab und die Pressesprecherin übernahm wieder.

Sofort schossen sämtliche Hände der Versammelten in die Luft. Jeder wollte die erste Frage für seine Redaktion stellen.

»Sie dort in der dritten Reihe«, bestimmte die Pressesprecherin und zeigte auf eine Journalistin von einer unbedeutenden Tageszeitung. »Sie dürfen zuerst sprechen. Denken Sie daran, jeder nur eine Frage.«

Die Glückliche schnipste wie eine Sprungfeder in die Luft, ließ das Stimmchen eines Mäuschens erklingen und stellte sich namentlich vor. »Rechnen Sie mit weiteren Opfern?«

Jona rieb sich das Ohr – wohl weil er kaum etwas verstanden hatte – und antwortete schließlich. »Wir können zwar nicht in die Zukunft sehen, aber dahin gehend liegen uns keine Erkenntnisse vor.«

Sowohl die Frage als auch die Antwort ließen Hardys Magen verkrampfen. Bisher schien noch keiner der anwesenden Medienvertreter einen Zusammenhang zwischen Benjamins Entführung und dem Puzzlemörder hergestellt zu haben. Er hoffte, dass sie das Offensichtliche noch eine Weile übersahen.

Die nächste Frage einer anderen Reporterin ließ nicht lange auf sich warten.

»Hat es der Täter speziell auf Frauen abgesehen?«

»Wir haben zwei Frauenleichen«, antwortete Jona auch diesmal eher missgestimmt. »Sie können sich also selbst eine Meinung bilden.«

»Wie will die Polizei ihre Bürgerinnen und Bürger vor weiteren Morden des Puzzlemörders schützen?«

Spätestens jetzt wirkte Jona genervt. Aber auch hier hatte er eine passende Verlautbarung. »Wir werden alles dafür tun, um die Taten so schnell wie möglich aufzuklären und den Täter zur Rechenschaft zu ziehen. Bis dahin schieben meine Leute Doppelstunden.«

»Außerdem wird die Präsenz auf den Straßen durch zusätzliche Streifenbeamte erhöht, solange draußen ein Mörder frei herumläuft«, ergänzte Stein und nickte dann zufrieden zum Staatsanwalt.

Das waren gleich mehrere Lügen, aber solche Floskeln brauchte die Öffentlichkeit leider. Wie in anderen Bundesländern ging die Polizei in Mecklenburg-Vorpommern nach jahrzehntelangen Einsparmaßnahmen personell auf dem Zahnfleisch. Ein Mehr an Polizei gab es also schlichtweg nicht. Innerlich stellte Hardy sich auf weitere solcher verbalen Placebos ein.

»Sie dort in der vorletzten Reihe«, bestimmte die Pressesprecherin und zeigte auf einen Kerl mit Nickelbrille, der an Größe und Statur alle anderen auf den Sitzplätzen überragte.

Doch bevor sich der Koloss von seinem Platz erhoben hatte, sprang sein Sitznachbar auf. Ein hagerer Kerl, der sein Gesicht bis dahin unter einem Deutschlandhut verborgen hatte.

»Danke für die Worterteilung!«, schleimte der Mann und zeigte dabei ein Rasiermesserlächeln, das Hardy durch und durch ging.

»Nein, ich meinte …«, wollte die Pressesprecherin ihn korrigieren, doch der Hutträger hatte längst seine Bühne gefunden. Wild gestikulierend hatte er sich das Mikrofon geschnappt und gab es nicht mehr her.

»Oh, verdammt«, hörte Hardy Greta fluchen. »Das ist Lasse Mensen.«

»Mensen?«, fragte Hardy. »Wie Jona Mensen?«

»Exakt. Das da ist sein Bruder. Ein übler Kerl, aber leider ein genialer Reporter.«

Von Ähnlichkeit der beiden Brüder keine Spur, schon allein von der Körperstatur unterschieden sie sich um Welten. Hardy war neugierig und hörte dem gegen Jona fast unterernährt wirkenden Bruder aufmerksam zu.

»Aus verlässlicher Quelle weiß ich, dass das Bundeskriminalamt an der Aufklärung der Morde beteiligt ist«, sagte Lasse Mensen und schaute seinen Bruder dabei mit geradezu diebischer Freude an.

»Sie sollten Ihre Quellen besser auswählen«, tadelte Jona ihn mit einem Grinsen, das so breit war wie sein Gesicht. »Das BKA ist in diesen Fall nicht involviert.«

»Aber es ist doch richtig, dass Herr …«

»Nur eine Frage«, ermahnte die Pressesprecherin den Redner, doch davon ließ der Journalist sich nicht entmutigen. Umständlich entfaltete er einen Zettel und tat so, als müsste er den Namen ablesen. »… *Hardy Finkel* zuletzt beim BKA gearbeitet hat und nun an den Ermittlungen beteiligt ist.«

»Wie Sie es so schön formulierten«, bestätigte Jona. »Er *war* beim BKA. Nun ist er Teil meiner Abteilung.«

»Worauf wollen Sie hinaus?«, fragte die KPI-Leiterin den Journalisten und stieß Jona unmerklich mit dem linken Ellenbogen gegen die Rippen.

»Nun, meines Wissens ist Herr Finkel persönlich von dem Mord an Julia Asmann betroffen«, erklärte der Gefragte.

»Korrigieren Sie mich, falls dem nicht so sein sollte, aber es ist doch richtig, dass Herr Finkel und Frau Asmann früher einmal miteinander liiert waren.«

Ein Raunen ging durch das Publikum. Liebkorn sah mit hochgezogenen Augenbrauen zu Jona, der seinerseits ahnungslos die Backen aufblähte. Sogar Stein, dem zuvor beinahe die Augen zugefallen wären, beugte sich mit seinem stämmigen Oberkörper auf den Tisch und schaute nach beiden Seiten auf der Suche nach jemandem, der ihm angesichts dieser Neuigkeit Rede und Antwort stehen konnte.

»Scheiße«, fluchte Hardy leise. Weder er noch Greta hatten ihre Vorgesetzten von diesem Fakt unterrichtet. Liebkorn schaute ihn fragend an, woraufhin er ihr mittels schwachen Kopfnickens die Bestätigung gab. Wenigstens geben Sie es zu, drückte ihr Blick aus. Gleich würden ihn alle anstarren wie einen Klabautermann, der sich an Deck eines Partydampfers geschlichen hatte.

Doch zu seiner Erleichterung beachtete ihn niemand. Das Schauspiel fand nach wie vor an den Tischen statt, wo seine unwissenden Vorgesetzten einschließlich des Staatsanwalts vor lauter Erklärungsnot ihre Blätter ordneten. Nach Aufforderung von Stein sollte Jona eine Erklärung abgeben. Doch statt dem Journalisten souverän zu antworten, hustete und räusperte sich der Kommissariatsleiter und nahm erst einmal einen großen Schluck vom bereitgestellten Wasser.

»Glaubst du, dein Vater hat der Presse was gesteckt?«, flüsterte Greta Hardy zu.

»Wie kommst du ausgerechnet auf meinen Vater?«

Entschuldigend zuckte Greta mit den Schultern. »Ich habe ein wenig bei Wikipedia nachgelesen.«

»Recherchiert, wolltest du sagen.« Mürrisch griff Hardy sich an die Nase und verfolgte den Rest der Pressekonferenz. Vermutlich hatte sie nach Informationen über ihn gesucht, aber dahin gehend hatte das BKA ganze Arbeit geleistet und verfängliche Artikel über seine frühere Tätigkeit als Sonderermittler verschwinden lassen. »Nein, mein Vater hat nichts damit zu tun. Er steht mit den Medien selbst auf Kriegsfuß. Ich tippe eher auf Nils Leonhard.«

»Julia Asmanns vermeintlicher Stalker?« Greta verschränkte die Arme vor der Brust und drehte sich ebenfalls zur Seite, als wäre das jetzt nicht mehr wichtig. »Gut möglich, du hast ihm eure frühere Beziehung ja förmlich auf die Nase gebunden.«

»Das ist alles eine riesengroße Scheiße.«

Trotz der kleinen Unterbrechung ging die Pressekonferenz weiter, wobei Jona mehr in sein Mikrofon stammelte, als dass er klare Worte herausbrachte. Ein geborener Redner war er definitiv nicht. Folgerichtig flüsterte Annika Liebkorn ihrem linken Sitznachbarn etwas ins Ohr und ergriff sodann die Initiative.

»Was Herr Mensen damit sagen wollte: Herr Finkel war nur zu Beginn der Ermittlungen in den Fall eingebunden. Inzwischen wurde er vom Fall abgezogen. Nachdem Herr Finkel uns von der Verbindung zum Opfer unterrichtet hat, haben wir sofort reagiert, um persönliche Befindlichkeiten …«

Den Rest überhörte Hardy, weil er sich auf einmal wie ein Sündenbock fühlte. »Das läuft ja alles hübsch sauber.«

»Nimm es nicht persönlich«, versuchte Greta, ihn zu trösten. »Annika hat keine andere Wahl.«

»O doch, sie hat jede andere Wahl. Also nehme ich es so persönlich, wie es nur geht.«

Damit ließ er seine Kollegin stehen. Er hatte genug gehört.

Kapitel 44

Am nächsten Tag betrat Hardy mit starken Verspannungen im Nackenbereich das Büro. Über Nacht hatten weder er noch Lara ein Auge zubekommen. Vor Sorge um ihren Sohn war sie halb wahnsinnig geworden, hatte vor Wut ein Glas in der Spüle zertrümmert und sich dabei in die Hand geschnitten. Die letzten Stunden hatten sie vollkommen erschöpft und in unbequemer Haltung auf der Couch gesessen. Arm in Arm hatten sie auf den Morgen und gleichzeitig auf den erlösenden Anruf seiner Kollegen gewartet. Doch das Telefon hatte nicht einmal geklingelt. Niemand hatte Benjamin gefunden. Inzwischen suchte die Polizei ihn seit achtzehn Stunden. Kein Lebenszeichen, keine Forderung.

Nichts.

Auf dem Weg zu seinem Arbeitsplatz hatte niemand Hardy angesprochen. Es schien, als wollte jeder in der Abteilung ihn meiden. Als wäre er ein Unglücksbringer. Etwas Ähnliches hatte Lara ihm gestern Abend an den Kopf geworfen. Später hatte sie sich für die Äußerung entschuldigt. Er nahm es ihr nicht übel. Die Situation machte auch ihn fertig.

Seit der Pressekonferenz hatte keiner von seinen Vorgesetzten mit ihm geredet oder wenigstens versucht, ihn auf dem Handy zu erreichen. Bestimmt hatte Greta sich für ihn erklären und zudem noch jede Menge Schreibarbeit verrichten müssen. Das Aktenchaos auf seiner Tischhälfte war jedenfalls verschwunden. Bei Gelegenheit würde er sich bei ihr mit einem Blumenstrauß bedanken. Wobei sie auf ihn nicht den Eindruck machte, als würde sie Wert auf solche Geschenke legen.

Aber irgendwie schuldete er ihr trotzdem eine Aufmerksamkeit.

Greta war es auch gewesen, die ihm einen Notizzettel mit einer Nachricht hingelegt hatte:

> *13 Uhr Besprechung im Zimmer der K-Leiterin.*
> *Lass den Kopf nicht hängen und sei pünktlich!*
> *G.*

Aus dem Papier formte er eine Kugel, zielte in Richtung Papierkorb, warf und versenkte.

Eigentlich hatte er vorgehabt, die bisherigen Dokumente und Berichte noch einmal akribisch durchzugehen. In gewisser Weise wollte er sich in Arbeit stürzen. Irgendwo musste etwas versteckt sein, das die Polizei auf die Spur des Täters brachte. Doch jetzt, da die Akten fehlten, würden sich seine Nachforschungen schwierig gestalten. Offensichtlich hatte Annika Liebkorn nach der Pressekonferenz nicht lange gefackelt und ihre Aussage umgesetzt: Man hatte ihn vom Fall abgezogen.

Hastig startete er den Rechner und das polizeiliche System, um zu sehen, ob er noch Zugriff auf die elektronischen Vorgänge hatte. Minuten später bestätigte sich seine Befürchtung.

Kein Zugriff.

»Mist!«

Unwirsch schob er Tastatur und Computermaus von sich. Ratlos blieb er sitzen. Er wusste nicht einmal, ob die Ortung von Julia Asmanns Handy endlich Erfolg gebracht hatte. Das wäre zumindest ein neuer Ansatz für die Aufklärung der Fälle gewesen. So fühlte Hardy sich jedoch gänzlich unnütz und ausgebootet.

Es klopfte. Er bat herein und ein Kollege von der Kriminaltechnik betrat das Zimmer. In der Hand hielt er Benjamins Ranzen.

»Wir sind mit der spurentechnischen Untersuchung fertig«, sagte der Kollege. »Kann ich den hier abgeben?«

Hardy sprang auf und nahm den Ranzen entgegen. »Was gefunden?«

»Kann ich jetzt noch nicht sagen. Bist du der …?«

»Ja, die Mutter des Jungen und ich sind zusammen.«

»Tut mir wirklich leid, das ist echt heftig. Wir tun, was wir können. Die Auswertung hat für uns allerhöchste Priorität. Die KPI-Leiterin persönlich macht den Leuten im LKA Dampf, damit die Spurenauswertung schnellstmöglich erfolgt.«

»Was denn, dieselbe Kriminaloberrätin, die bei der Pressekonferenz …?«

Der Kollege nickte. »Ihr lässt die Sache mit deinem vermissten Kind keine Ruhe. Wir alle beten, dass es gut ausgeht.«

Mit einem aufmunternden Klaps verließ er das Büro und Hardy blieb mit dem Ranzen zurück. Für einen Augenblick wusste er nicht, was er denken sollte. Schließlich erwachte er aus seiner Lethargie und machte sich selbst über den Ranzen her. Den Inhalt hatte er bereits in der Schule durchgesehen, jetzt tat er es ein zweites Mal, um wirklich nichts zu übersehen.

Auch die Postmappe, in der das Puzzleteil gesteckt hatte, schlug er nochmals auf. Neben den bereits durchgeblätterten Schulaufgaben fand er plötzlich ein Schwarz-Weiß-Bild, das ihm beim letzten Mal nicht aufgefallen war. Vermutlich hatte er das Bildnis bei der ersten Sichtung übersehen. Jetzt zog er es aus der Mappe und ging damit zurück zu seinem Arbeitsplatz, um es eingehender zu betrachten. Es handelte sich um die

Kopie eines Gemäldes. Am unteren linken Rand konnte er den Namen des Künstlers erkennen: *Bruegel.*

Hardy dachte nach. Vermutlich handelte es sich um Pieter Bruegel. Er und seine Söhne gelten als bedeutende niederländische Maler. Soweit Hardy von seinem letzten Besuch im Schloss Sanssouci in Potsdam wusste, hingen in der dortigen Bildergalerie neben Kunstwerken von Rubens auch Gemälde der Familie Bruegel.

Die Abbildung zeigte einen zusammengewürfelten Haufen an verschiedenen Szenen. Neben Mönchen, Fischern, Armbrustschützen, Handwerkern und Frauen erkannte Hardy diverse Fabelwesen. Bei einem flüchtigen Blick waren die einzelnen Darstellungen in ihrer Bedeutung nicht zu entschlüsseln. Als er es näher betrachtete, musste Hardy unweigerlich an ein geordnetes Chaos denken. Insgesamt wirkte die Atmosphäre elend und bedrückend.

»Mit dieser Szene kann kein Drittklässler etwas anfangen.«

Er selbst verstand den Inhalt ja kaum. Umso eindeutiger war das einzige auf das Bild gedruckte Wort. Ein Wort, das ihn schlagartig beunruhigte, weil Greta es zuletzt im Zusammenhang mit einem anderen Bildnis benutzt hatte.

Invidia.

Kapitel 45

Nach dem gestrigen Fund des fünften Puzzleteils in Julia Asmanns Wohnung fuhr Greta am Morgen nach Wolgast. Dort wollte sie sicherheitshalber die Eigentumswohnung des zweiten Opfers erneut überprüfen. Möglicherweise hatte der Täter auch dort ein weiteres Puzzlestück oder eine neue Botschaft hinterlassen. Zwar hatte man am gestrigen Tag sofort eine Streifenbesatzung hingeschickt, um die Unversehrtheit des Polizeisiegels zu überprüfen, aber Greta wollte selbst einen Blick darauf werfen.

Sie hatte einen Schlüssel für Dr. Schmitz' Wohnungstür eingesteckt. Mit diesem kam sie auch problemlos zur Haustür hinein. Im Erdgeschoss begegnete sie einer Rollstuhlfahrerin, die an der Briefkastenanlage versuchte, eines der Fächer aufzuschließen.

Greta grüßte die grauhaarige Dame und wollte vorbeitreten.

»Es klemmt«, knurrte die Fremde. »Irgendwas klemmt immer.«

Plötzlich fiel ihr auf, dass die Frau sich am Briefkasten von Gabriele Schmitz zu schaffen machte.

»Hey, Sie sind nicht Dr. Schmitz«, konfrontierte Greta sie.

Die Angesprochene sackte zurück in ihren Rollstuhl und blickte mit fester und gleichsam trauriger Miene zurück. »O doch, meine Liebe, die bin ich.«

»Dr. Gabriele Schmitz?«

»Nein, Dr. Margot Schmitz. Gabriele ist … *war* meine Tochter.«

Trotz des schlecht beleuchteten Hausflurs und der zotteligen Haarsträhnen, die der Dame ins Gesicht hingen, fiel Greta auf einmal die Ähnlichkeit zwischen beiden auf.

»Entschuldigung, mein aufrichtiges Beileid.«

»Schon gut.« Die Mutter der Verstorbenen winkte ab. »Gehen Sie mir einfach aus dem Licht, einverstanden?«

»Sorry, wenn ich frage …« Greta hielt ihren Dienstausweis hin, den Dr. Schmitz müde lächelnd ignorierte. »Was wollen Sie am Briefkasten Ihrer Tochter?«

»Na was wohl, die Scheißpost abholen. Verdammt, was geht Sie das eigentlich an? Macht es Ihnen Spaß, einen Krüppel mit Ihrem Dienstausweis zu schikanieren?«

»Schön langsam, ich verstehe, dass der Tod Ihrer Tochter Sie tief getroffen hat.«

»Ach, das verstehen Sie also? Haben Sie etwa auch Ihre Tochter verloren?«

Greta beobachtete die Frau im Rollstuhl, die abgemagert und ungepflegt aussah, aber sich mit ungeahnter Kraft und eisernem Willen zum Briefkasten hochstemmte. Jetzt erinnerte sie sich auch an die Personaldaten in der Akte. Dort tauchte der Name der Mutter auf. Sie war ebenfalls Ärztin gewesen und wohnte in unmittelbarer Nähe.

»Ich mache hier nur meinen Job«, bekräftigte Greta.

»Und ich will nur an den Postinhalt gelangen, dann bin ich schon wieder verschwunden. Also ersparen Sie mir Ihre Floskeln. Für Gabrieles Wohnung habe ich einen Schlüssel, aber nicht für den blöden Kasten hier.«

Greta warf einen Blick hinter sich und spähte zur Wohnungstür der Verstorbenen. Augenscheinlich war das Polizeisiegel noch intakt. »Brauchen Sie den hier?« Demonstrativ hielt Greta ihrerseits einen Briefkastenschlüssel hoch.

Schneller als vermutet schnappte Dr. Schmitz danach. Gerade noch rechtzeitig zog Greta ihre Hand weg, musste die Frau jedoch im selben Moment stützen. Vom eigenen Schwung wäre sie fast aus dem Rollstuhl gekippt.

»Lassen Sie mich los, Sie dämliche Kuh!«, schimpfte Dr. Schmitz. »Und geben Sie mir gefälligst den Schlüssel. Sie haben kein Recht, ihn zu besitzen.«

»O doch, Polizisten dürfen alles.« Damit umrundete Greta den Rollstuhl und öffnete ihrerseits den Briefkasten.

»Was haben Sie gefunden?«, keifte Dr. Schmitz, die den Inhalt nicht sehen konnte.

»Nur eine Visitenkarte«, antwortete Greta nachdenklich und drehte das Kärtchen in ihren Fingern.

»Eine Visitenkarte? Von wem?«

»Praxis für Psychotherapie und Hypnose«, las Greta laut vor.

»Etwa Koch & Jorn? Geben die Scharlatane denn nie auf?«

Genau diese Namen standen darunter, gefolgt von Adresse und Telefonnummer der Gemeinschaftspraxis.

»Kennen Sie die?«

»Hören Sie mal! Ich war schon zu DDR-Zeiten und lange nach der Wende eine hochdotierte Ärztin im Klinikum Rostock. In meinem Metier erkenne ich schwarze Schafe sofort.« Sie zeigte auf die Visitenkarte. »Und die beiden gehören zweifelsfrei dazu.«

Bei ihrem Auftreten hätte es Greta nicht gewundert, wenn Dr. Schmitz grundsätzlich Vorurteile gegenüber ihren Mitmenschen hegte und damit nicht hinterm Berg hielt. Ihre Redseligkeit nutzte Greta aus. »Wie kommen Sie darauf?«

»Meine Tochter war einige Zeit bei diesen Leuten in Behandlung. Mit mäßigem Erfolg! Natürlich hatte ich Gabriele vorher gewarnt, aber wie das so ist, Kinder hören selten auf ihre Mütter.«

In gewisser Weise konnte Greta davon auch ein Lied singen. Rein aus Gefälligkeit nickte sie. »Wann war Ihre Tochter bei denen?«

»Das liegt bestimmt schon fast ein Jahr zurück. Ich weiß gar nicht, wer ihr diese Stümper empfohlen hat.«

»Können Sie sich vorstellen, warum ausgerechnet jetzt eine Visitenkarte in ihrem Briefkasten landet?«

Dr. Schmitz zischte und packte die Räder ihres Rollstuhls. »Na, Sie sind doch die Schnüfflerin, oder?«

Greta hatte eine Ahnung. Doch bevor sie dieser nachgehen konnte, stand der Termin bei ihrer KPI-Leiterin an.

Kapitel 46

Pünktlich um dreizehn Uhr klopfte Hardy an die Zimmertür seiner KPI-Leiterin. Zu seinem Erstaunen warteten die anderen drei bereits auf ihn: Annika Liebkorn, Jona und Greta.

»Ich bin nicht zu spät«, stellte Hardy klar, bevor man ihn wieder tadelte.

»Nehmen Sie Platz«, kam es freundlicher als sonst von Liebkorn.

Auf dem Weg in ihr Büro hatte er überlegt, ob er sich irgendwie bei ihr bedanken sollte, immerhin hatte sie dem LKA in Sachen Spurenanalyse Druck gemacht, aber letztlich sparte er sich den Dank für eine passendere Gelegenheit auf. Nach wie vor fühlte er sich als Sündenbock, ohne dass es dafür einen echten Grund gab.

»Wie geht es Ihnen?«, schob Liebkorn nach, als er sich gesetzt hatte.

»Ich komme klar«, zeigte er sich nach außen hin unerschütterlich.

»Gut«, ging Liebkorn zur Tagesordnung über. »Sie haben uns bei der Pressekonferenz ziemlich alt aussehen lassen.«

»Ich …«, setzte er an, doch Liebkorn brachte ihn mit einer Handbewegung zum Schweigen.

»Sparen Sie sich die Worte. Greta hat uns bereits alles erklärt.«

»Heißt das, ich bekomme wieder Zugriff auf die Akten?«

Liebkorn und Jona tauschten einen Blick aus, der alles Mögliche bedeuten konnte. Anscheinend hieß er jedoch nur, dass Jona übernehmen sollte.

»Du hast gute Arbeit geleistet«, lobte er Hardy mit einem aufmunternden Lächeln. »Ich habe mich bei den Kollegen umgehört, von dort gab es keine Klagen.«

»Okay, du kannst es abkürzen«, drängte Hardy, weil er ahnte, worauf das hinauslief.

»Vorerst bleiben die Akten für dich gesperrt.«

Hardy verschränkte die Arme. »Fein, wozu bin ich dann überhaupt hier?«

»Inoffiziell bleibst du dabei«, redete nun Greta, die bis dahin nur stumm neben ihm gesessen hatte. »Alle Informationen, die du benötigst, laufen über mich.«

»Bist du jetzt so eine Art Anstandsdame für mich?« Er lachte bitter auf, dann erhob er sich. »Bei allem Respekt, aber den Ringelpiez könnt ihr schön ohne mich spielen.«

»Sei nicht gleich eingeschnappt und setz dich wieder hin«, appellierte Greta an ihn. »Du weißt selbst, dass die beiden keine andere Wahl haben.«

Damit meinte sie Liebkorn und Jona. Die Betroffenen erwiderten nichts, sondern saßen da wie die Zuschauer in der letzten Reihe bei einem traurigen Schauspiel. Ohne Freude an der Aufführung.

Da auch Greta ihre Augenbrauen hob, als wäre endlich seine Sprechrolle gekommen, ruderte er genervt mit den Armen.

»Ach, kommt, das ist lächerlich! So läuft Polizeiarbeit nicht.«

»Bei uns schon«, redete Liebkorn wieder. »Und zwar so lange, wie ich es für notwendig erachte.«

Er ließ sich zurück auf den Stuhl fallen. »Schön, und was muss ich noch wissen?«

»Bis auf Weiteres haben wir Ihre Freundin in einer sicheren Wohnung untergebracht.«

»Was?«, fuhr er auf. »Wohin? Warum weiß ich nichts davon? Ich meine, Lara hätte mir ...« Hastig schaute er auf sein Handy, ob eine Nachricht von ihr eingegangen war.

»Wir haben ihr untersagt, dich anzurufen«, erklärte Jona. »Es ging alles ganz schnell. Das MEK hat sie abgeholt und unter höchstmöglicher Sicherheit zu der Geheimadresse verbracht.«

»Aber ich kann sie selbst beschützen!«

»Da uns die Erfahrung mit dieser Art von Personenschutz fehlt«, fuhr Jona unbeeindruckt fort, »haben wir uns Unterstützung vom BKA geholt. Ihr alter Kollege Tony Schneider ist bei ihr.«

Überrascht von dieser Entwicklung, schaute Hardy Greta an. Sie nickte und er verstand. Demnach hatte sie die Sache eingefädelt, nachdem er ihr von Tony und dem ausgetauschten Paket erzählt hatte.

»Wir dachten«, begann sie mit einem Zwinkern, »ein bekanntes Gesicht könnte dich kooperativer stimmen.«

»Darf ich trotzdem zu ihr?«, fragte Hardy nach Lara.

Liebkorn kniff verbissen die Lippen aufeinander. »Es ist zwar ein Risiko, aber ich denke, das können wir arrangieren. Natürlich nur, wenn Sie unser Entgegenkommen zu schätzen wissen.«

»Selbstverständlich.« Als Zeichen seines guten Willens holte er die in Benjamins Ranzen gefundene Kopie aus seiner Jackettjacke und schob sie über den Tisch. »Neid.«

Die drei anderen betrachteten das Bild und irgendwann sagte Greta: »Invidia.«

»Kein Zweifel mehr«, bestätigte Hardy. »Dem Täter geht es um Neid. Du bist auf das andere Gemälde gestoßen. Dieses

Werk hier stammt von dem niederländischen Maler Pieter Bruegel und ist in der Werkstatt des Hieronymus Cock als eines der Kupferstichfolge *Sieben Todsünden* entstanden.«

»Redest du von den sieben Lastern?«, fragte Jona und musterte das Bild mit einer gewissen Abscheu.

»Nur von einem«, konkretisierte Hardy. »Auf dem Gemälde, das Greta entdeckt hat und das von Giotto di Bondone stammt, ragt eine gelbe Schlange aus dem Mund eines Mannes und stiert ihm mitten ins Gesicht.« Greta legte ihr Handy mit dem entsprechenden Kunstwerk ebenfalls auf den Tisch. »Die Farbe Gelb verbinden wir mit Neid – mit einem Gift, das den Körper langsam von innen her tötet. Vor allem in der Kunst wird der Neid oft als gelbes Monster dargestellt. Deshalb hat der Täter PU-Schaum gewählt. Wegen der Farbe. Der Montageschaum soll die Schlange darstellen, die aus dem Rachen des sündigen Menschen kriecht.«

»Und der Schaum an den Händen?«, erinnerte Jona.

»Vermutlich hat sich der Täter hier eine gewisse schöpferische Freiheit erlaubt … Macht Neid nicht in gewisser Weise handlungsunfähig?«

»Eine interessante Deutung«, bemerkte Liebkorn und schien an Gretas Theorie ernsthaft interessiert.

»Es geht unserem Täter zweifellos um Neid«, sagte Greta und schaute Hardy an.

Er nickte. »Deshalb hat er vermutlich den beiden Opfern auch jeweils die Haare und ein Auge genommen. Wobei wir nicht glauben, dass der Täter ihnen dadurch ihre Schönheit rauben wollte. Es muss mehr dahinterstecken.«

»Was Hardy zu sagen versucht«, redete Greta dazwischen. »Wir müssen herausbekommen, worauf genau der Täter neidisch ist.«

Kapitel 47

Die Wohnung befand sich auf dem Gellendiner Weg in Anklam. Bevor Hardy den Klingelknopf unter dem Namen Baldauf drückte, schaute er sich mehrfach um, ob jemand ihn beobachtete. Nicht zu auffällig, aber so, dass er alle Richtungen abdeckte. Als reine Sicherheitsmaßnahme hatte er zuvor sogar ein paar Extrarunden in der Stadt gedreht. Während er den Rückspiegel fast durchgehend im Auge behalten hatte, war er sich wie in einem Agentenfilm vorgekommen. Eine Zeit lang hatte er sogar den Verdacht gehegt, ein Transporter würde ihn verfolgen, da dieser stets einen Abstand einhielt, der Hardy keine Gelegenheit gab, das Kennzeichen zu entziffern. Schlussendlich war das Fahrzeug am Flugplatz abgebogen.

»Ja, bitte?«, kam es aus der Wechselsprechanlage.

»Ich habe ein Express-Einschreiben für Frau Baldauf in meiner Jackentasche«, antwortete Hardy wie ausgemacht.

»Von wem ist es?«

»Von einem gewissen Klaus Störtebeker.«

Mit einem Summen entriegelte der elektronische Türöffner das Schloss. Hardy betrat das Mehrfamilienhaus, in dem niemand sonst wohnte, auch wenn alle sechs Klingelschilder beschriftet waren. Das Haus wurde von der Stadt verwaltet und diente als Notunterkunft bei Katastrophen oder anderen schicksalhaften Ereignissen.

An der entsprechenden Wohnungstür im zweiten Obergeschoss öffnete ihm eine junge, aber mit kompromisslosem Blick ausgestattete Kollegin.

»Hardy Finkel«, nannte er seinen Namen und zeigte seinen Dienstausweis vor. »Fachkommissariat 1. Wir arbeiten im selben Haus.«

Obwohl die Kollegin ebenfalls von der KPI Anklam kam, waren sie sich bisher nicht begegnet. Von Jona wusste er, dass sie Claudia Schirmer hieß und Kriminaloberkommissarin war. Ihr farblich düsterer Lippenstift, die Lederhose und das eng anliegende schwarze T-Shirt drückten gleichfalls aus, dass man sich besser nicht mit ihr anlegte.

Wortlos ließ sie ihn in die geräumige Wohnung eintreten. Dafür, dass die Wohnung die meiste Zeit leer stand, war sie ordentlich möbliert und ausgestattet. Moderne Deckenlampe, Kleiderständer, Schirmhalter, Wandbilder mit allen möglichen Formen von Segelschiffen. Auf dem Schuhschrank stand sogar eine Vase. Allerdings ohne Blumen.

»Zum Staubwischen sind wir in der Kürze der Zeit nicht gekommen«, begrüßte ihn Tony Schneider, nachdem er aus einem der Zimmer getreten war.

»Nie um einen flotten Spruch verlegen«, erwiderte Hardy und ging die letzten Meter auf ihn zu. Beide umarmten sich und klopften sich auf die Schultern. »Es tut unglaublich gut, einen alten Freund und Begleiter hier in Anklam zu sehen.«

Als sie sich lösten, sah Tony ihn dann auch an, als hätten sie sich jahrelang nicht gesehen. Dabei war es weniger als zwei Wochen her, als sie sich am Eingangstor des BKA voneinander verabschiedet hatten.

»Danke, dass du so schnell hergekommen bist.«

»Für dich immer – auch wenn ich nicht weiß, wie die in Wiesbaden ohne mich auskommen sollen.«

Trotz der bedrückenden Lage war Tony wie ein Lichtblick am sonst wolkenverhangenen Himmel. So konträr, wie er sich gab, so sah er auch aus. Ein smarter Kerl mit einem strammen Scheitel und stechend blauen Augen. Wobei das linke Auge eine Fehlstellung aufwies, wodurch die Pupille, egal welchen Punkt er fixierte, immer minimal nach links oben blickte. Scherzhaft hatte man ihn beim BKA wahlweise Scharfschütze genannt oder seine Eigenheit als Hausfrauenblick bezeichnet: ein Auge immer auf die Wäscheleine, das andere auf den Wäschekorb gerichtet.

»Wo ist Lara?«

Tony presste den Zeigefinger auf seinen Lippen. »Sie ist vollkommen fertig und schläft jetzt.«

»Claudia und ich haben uns schon angefreundet.« Er nickte zur Kollegin, die ihrerseits mit einem gleichgültigen Augenaufschlag reagierte. »Wir halten hier die Stellung.«

»Ich muss Lara sehen«, drängte Hardy.

»Das kann ich verstehen, aber willst du sie wirklich wecken?«

Kaum, dass Tony es gesagt hatte, vernahm Hardy aus einem der Zimmer Laras müde Stimme.

»Hardy?«

Sofort eilte er zu ihr. Lara schlug ihre Bettdecke zurück und erhob sich von einer Matratze in Kingsizegröße. Sie rieb sich die Augen und umarmte Hardy.

»Wie geht es dir, mein Schatz?«, fragte er.

»Hast du etwas von Benjamin gehört?«

Betrübt schüttelte er den Kopf. »Kein einziger Polizist kann die Nacht ruhig schlafen, das garantiere ich dir.«

»Warum bin ich überhaupt hier? Sollte ich nicht nach ihm suchen?«

»Haben meine Kollegen es dir denn nicht erklärt? Es ist zu deiner eigenen Sicherheit. Wir haben sogar deine Eltern informiert.«

»Scheiße, du hast mit ihnen gesprochen?«

»Nicht ich, eine Kollegin.«

»Du weißt, dass ich seit etlichen Jahren den Kontakt mit ihnen meide. Hab du mal einen Pfarrer als Vater! Seine strengen Regeln und sein kirchlicher Fanatismus haben es mir so gut wie unmöglich gemacht, mich in irgendeiner Form frei zu entfalten. Ich bin heilfroh, dass ich aus der Kirche ausgetreten bin. Du weißt, wie schrecklich die Zeit bei meinen Eltern war. Darüber haben wir oft gesprochen.«

Natürlich erinnerte er sich an fast jedes Wort, das sie seit ihrem ersten Rendezvous zu diesem Thema gewechselt hatten. Man konnte es bizarr nennen: Das schwierige Verhältnis zu ihren Eltern war vermutlich der Grund, weshalb sie beide sich sofort verstanden hatten. »Ich kann deine Bedenken nachvollziehen, Lara. Aber sie wohnen immerhin nicht nebenan, sondern in Berlin und werden dich nicht belästigen. Vorsorglich wird ihr Haus rund um die Uhr von einer Streife bewacht. Ich finde, du solltest das wissen.«

»Gut, und was ist mit meinen Freunden hier? Kann ich die wenigstens warnen?«

»Keinen Kontakt zur Außenwelt.« Der Spruch sollte sie irgendwie aufmuntern. »Das hast du bestimmt schon mal in einem Film gehört.«

»Hier, Laras Handy«, sagte Tony, der soeben den Raum betreten hatte. Er reichte Hardy einen Plastikbeutel, in dem sich ihr in Einzelteile zerlegtes Smartphone befand.

Hardy registrierte Laras ungläubigen Blick, als er das Mobiltelefon in seiner Jackentasche verschwinden ließ. »Wenn etwas ist, kannst du Tony Bescheid geben. Er wird mich dann kontaktieren, okay?«

»Tony und Claudia sind nett«, sagte Lara.

»Das hat Hardy noch nie zu mir gesagt«, kam es sogleich von Tony.

»Aber es gefällt mir hier nicht«, ergänzte Lara.

Hardy nickte verständnisvoll und schaute sich um. Der Raum sah aus wie in einer Pension. Funktionell, aber nicht besonders anheimelnd. Wenn man zum Fenster hinausschaute, konnte man den Stadtwald sehen. »Dafür ist der Ausblick besser als in unserer Wohnung. Du liebst doch Bäume. Außerdem sind das hier wirklich riesige Betten. Kein Fünf-Sterne-Hotel, aber eine vernünftige Unterkunft. Ich hoffe, dass du nur für ein bis zwei Tage hierbleiben musst.«

»Auf Arbeit habe ich kurzfristig für drei Tage Urlaub bekommen.«

»Das wird reichen.«

Sicher war sich Hardy bei der Aussage jedoch nicht.

»Warum tut jemand so etwas?«, fragte Lara.

»Aus Neid. Jemand tut das aus purem Neid.«

Kapitel 48

Nach dem kurzen Treffen mit Lara wollte Hardy gerade losfahren, als neben ihm ein Streifenwagen hielt. Zuerst wunderte er sich, aber als sich die Scheibe auf der Beifahrerseite senkte und der Fahrer sich ein Stück herüberbeugte, erkannte er den Polizeihauptmeister, der die Kripo am ersten Tatort eingewiesen hatte.

»Kollege …«, begann Hardy, doch ihm fiel auf die Schnelle der Name nicht mehr ein.

»Jens Timmendorf«, half ihm der Polizeihauptmeister mit den tiefen Augenringen und den behaarten Armen aus. »Was machst du denn hier in der Gegend?«

»Das Gleiche könnte ich dich fragen.«

»Komme gerade vom Präsidium. Dort war große Einweisung wegen der Suche nach Benjamin.«

»Ach ja, richtig.« KPI-Leiterin Liebkorn hatte es beim Meeting in ihrem Büro kurz erwähnt. »Und, gibt es Neuigkeiten?«

Timmendorf drehte den Kopf, als wäre er plötzlich durch etwas im Rückspiegel abgelenkt. Vermutlich hätte er sonst lügen müssen oder hätte durch eine unüberlegte Äußerung bei

Hardy falsche Hoffnungen geweckt. »Tut mir echt leid um deinen Jungen.«

»Du bist allein unterwegs?«, fragte Hardy, dem das Fehlen eines sonst üblichen Streifenpartners auffiel.

Entschuldigend hob Timmendorf Hand und Schultern. »Du weißt ja, wie das ist. Irgendein Sesselfurzer hat entschieden, dass wir mit möglichst vielen Funkstreifenwagen herumfahren sollen, damit es für die Öffentlichkeit so aussieht, als hätte man tatsächlich die Anzahl an Einsatzkräften verdoppelt.«

»Mit der Idee macht demnächst bestimmt jemand richtig Karriere«, murmelte Hardy.

»Einfach nicht drüber nachdenken.«

»Tue ich nicht.«

Bevor er sich noch mehr ärgerte, grüßte Hardy zum Abschied und brauste davon. Er würde direkt zum Präsidium fahren, in den Führungsstab platzen und den nächstbesten hochdekorierten Vorgesetzten zur Rede stellen, was aktuell konkret an Suchmaßnahmen koordiniert wurde. Unterwegs wanderte sein Blick ständig zum Beifahrersitz, auf dem die Plastiktüte mit Laras zerlegtem Handy lag. Wenn es stimmte, was Tony ihm erzählt hatte, dann war das Gerät seit dem Vormittag ausgeschaltet. Er erinnerte sich an die Nachricht, die er gestern durch Zufall entdeckt, gelesen und nach dem Abfotografieren gelöscht hatte.

Ihr Freund sollte sich lieber von Ihnen fernhalten, Frau Kollmer. Er ist nicht gut für Sie, und je mehr er nach mir sucht, umso schlimmer wird es werden. Bis er sich letztlich selbst zerstört.

Vielleicht war zwischenzeitlich eine neue Nachricht auf ihrer Nummer eingegangen. Vielleicht sogar gestern. Doch in dem

Fall hätte Lara ihn darauf hingewiesen. Bevor er das Mobiltelefon zur Auswertung ins LKA brachte, wollte er wenigstens einen Blick auf ihre Textnachrichten werfen.

Entschlossen fuhr er noch ein ganzes Stück nach Norden, bis er kurz vor der Stadtgrenze eine Zapfsäule ansteuerte. In der Anzeige klebte die Tanknadel bereits im hochroten Bereich. Er stellte den Motor ab und baute das Telefon zusammen. SIM-Karte, Akku, Abdeckung, fertig.

Als das Gerät navigationsbereit war, fiel ihm sofort ein verpasster Anruf auf. Vor knapp zwei Stunden. Und zu seinem Entsetzen stellte er fest, dass der Anruf von Julia Asmanns Handynummer stammte.

»Verdammt, das hätten die in der Einsatzzentrale doch längst orten müssen!«

Plötzlich piepte das Smartphone. Eine Benachrichtigung über eine Sprachnachricht. Hastig wählte Hardy die Mailbox an und hielt das Gerät ans Ohr. Jemand hatte tatsächlich auf das Band gesprochen, aber es war kein Fremder. Sofort brach Angstschweiß bei ihm aus, als er die kindliche Stimme vernahm.

»… bischt du dran, Mama?«

»Benjamin!«, stieß Hardy aus, obwohl von der anderen Seite keinerlei Reaktion kommen konnte.

»Mama, hörscht du misch?«

Der Junge weinte.

Hardy schniefte, weil er vor Aufregung selbst mit den Tränen kämpfte.

»Mama, Mama, bitte! Esch ischt scho kalt. Hol misch hier rausch.«

Die Bandansage klang blechern und wurde immer wieder durch starke Nebengeräusche unterbrochen. Zeitweilig klang die kindliche Stimme verzerrt.

»Isch will nischt hier bleiben. Isch … Mama? Wo bischt du?«

Mit jedem verzweifelten Ausruf des Jungen schnürte es Hardys Kehle mehr zu.

»Schag wasch, Mama! Bitte, bitte! Ja? Bitte … Wer ischt da? Mama?«

Abrupt endete die Ansage, als hätte jemand das Mobiltelefon aus Benjamins Fingern gerissen.

Kapitel 49

Trotz hagelartigen Regens blieb James Finkel mitten zwischen den Dünen stehen und hob sein Handy unter der Kapuze ans Ohr. Während er der Bandansage lauschte, beobachtete er die Frau an der Bushaltestelle. Sie wartete wohl kaum auf den Bus, sondern suchte vielmehr Schutz vor dem Wetter. Wenn er sie von der Seite betrachtete, ähnelte ihre Figur der von Miss Donna.

»Scheiße, warum geht sie nicht ran?«, schimpfte James und drückte die Wahlwiederholung.

Keinesfalls würde er seine Entschuldigung auf ihre Mailbox sprechen. Gestern hatte er einfach die Beherrschung verloren. In den Monaten zuvor war ihm das nie passiert. Sie hatten sich vorher darauf verständigt, wie weit er gehen durfte und wann er abbrechen musste, sobald die Schmerzen und Qualen eine gewisse Grenze überschritten. Er hatte sie oft geschlagen. Fest sogar – niemals ins Gesicht, das war oberstes Gebot –, aber trotz aller Härte hatte sie sich nie beschwert. Sie trieben das Spiel so weit, bis sie das Zeichen zum Einhalt gab. Gestern hatte er die verdammte Glocke schlichtweg überhört.

Auch nach der fünften Anwahl sprang nur die Mailbox an.

»Verdammte Hure!«

Er schob sein Handy in die Manteltasche. Der Regen trommelte auf die Kapuze. Sein Blick schweifte umher. Wenn er nicht bald von hier verschwand, würde er sich wohl auf die Frau an der Bushaltestelle stürzen. Wer könnte ihn davon abhalten? Hier an diesem menschenleeren Strandabschnitt würde niemand ihre Hilferufe vernehmen. Wie Schreie von Möwen würden sie im Sturm untergehen.

Er riss seinen Blick von der Frau los und schaute zu den Wellen. Frauen waren nichts wert, wenn sie einem Mann nicht gehorchten. Sein Vater, der aufrechte General, hatte sich in der DDR wohlgefühlt, weil es klare Hierarchien gab, und dazu gehörte es, dass die Frau sich dem Mann unterordnete.

Die Zeiten seines Vaters waren lange vorbei. Seitdem hatte sich viel verändert. Gleichberechtigung, Feminismus und der ganze Schwachsinn. Schon lange durften Männer nicht mehr das tun, was Männer tun sollten. Bis heute verachtete er Frauen. Seine Liebe galt dem Wasser. Hier in der Bucht hatte das Wetter keine Macht über das Meer. Hier war das Meer friedlich. Nur unter der Oberfläche, da tobte eine unbändige Macht.

Genau wie in seinem Herzen.

Er wandte den Blick ab und stapfte zum Ufer. Auf dem Weg dorthin nahm er wieder sein Mobiltelefon zur Hand. Diesmal wählte er eine andere Nummer.

Wenigstens ertönte diesmal ein Rufzeichen.

Irgendwann wurde auch abgehoben.

»Mir ist aufgefallen, dass wir noch keinen neuen Termin ausgemacht haben«, sagte James nach der Begrüßung. »Da wollte ich fragen, ob ich kurzfristig vorbeikommen könnte.«

»Herr Finkel? Ich verstehe Sie kaum. Wo sind Sie?«

Wo sollte er sein? Dort, wo er die meiste Zeit zubrachte. »Wann haben Sie Zeit für mich?«

»Momentan ist es ungünstig, Herr Finkel.«

»Wieso?«

»Die Sekretärin hat Urlaub und bei mir gibt es etliche Terminüberschneidungen.«

»Aber ich bin flexibel. Manchmal sagt Ihnen jemand kurzfristig ab.«

»Sie klingen verzweifelt. Das gefällt mir nicht. Sie sollten über unser letztes Gespräch nachdenken und sich einen Tagesplan erstellen, in dem Sie Ihre Erfolge notieren.«

»Es gibt Neuigkeiten! Der Verlag hat mich eben angerufen. Weil es kaum Vorbestellungen gibt, haben sie mein Buch aus dem Programm genommen.«

»Verstehe, das muss Sie unglaublich verletzen.«

»Also schieben Sie mich in Ihren Terminplan?«

»Na gut, ich melde mich nachher bei Ihnen. Vorher muss ich mich um einen anderen Patienten kümmern.« Er schien plötzlich zu flüstern, denn James verstand ihn kaum noch. »Dem geht es ähnlich wie Ihnen: Er will immer genau das haben, was sein Nachbar besitzt.«

Kapitel 50

Die Klinke von Jonas Bürotür krachte gegen die Wand. Im Aquarium suchten die Fische blitzartig Deckung zwischen den Pflanzen und Steinen.

»Wo ist Greta?«, fragte Hardy aufgebracht, denn seine Anfrage bezüglich einer erneuten Handyortung von Julia Asmanns Handy war von der Führungsgruppe bisher unbeantwortet geblieben.

»Schon mal was von Anklopfen gehört, Hardy?«, fragte Jona hastig kauend, während er versuchte, das restliche Stück Schwarzwälder-Kirsch-Torte auf dem goldglänzenden Pappteller in Sicherheit zu bringen.

»Es hat geklopft.«

»Ja, und jetzt bröckelt der Putz von der Wand.«

»In der Einsatzzentrale gibt man mir keine Auskünfte, und da Greta mein Kindermädchen ist, muss ich wissen, wo sie steckt.«

»Soweit ich weiß, wollte sie zu Kevin Maurer. Und anschließend zu einer psychotherapeutischen Praxis.«

»Was denn, ausgerechnet jetzt?«

»Nein, Sie hat keine psychischen Probleme – zumindest keine, von denen ich dir erzählen würde.« Beim Sprechen fielen ihm Krümel aus dem Mund. Er hustete und nahm einen Schluck aus seiner Kaffeetasse. »Hängt angeblich mit den beiden Morden zusammen.«

»Ach, was denn für eine Praxis?«

»Du kannst Fragen stellen ...« Suchend schaute Jona sich auf seinem Schreibtisch um. Unter Akten, Zeitschriften und einem Weihnachtskalender kramte er schließlich eine Visitenkarte hervor und hielt sie mit seinen fettigen Fingerspitzen hoch. »Die hier.«

»Warum ist die Visitenkarte in einer Plastikfolie?«

»Greta meinte, es sei ein Beweismittel.«

Als Hardy den Namen der Gemeinschaftspraxis oder vielmehr den Namen von Benjamins Vater las, vergaß er, warum er eigentlich in Jonas Büro gestürmt war. »Warum soll eine Visitenkarte ein Beweismittel sein?«

»Woher soll ich denn das wissen?«, fuhr Jona ihn an. Vermutlich war er so aufgebracht, weil Hardy ihn beim Kaffee gestört hatte. »Eigentlich müsstest du längst mitbekommen haben, dass ich gewöhnlich kein Interesse an Details habe. Mich interessiert nur, dass der Laden läuft. Außerdem habe ich aktuell mächtig Ärger mit meinem Stinkstiefel von Bruder, der mir mit seiner Show bei der Pressekonferenz den Schlips zum Galgenstrick gedreht hat.« Er erhob sich schwerfällig aus seinem Stuhl und ging zum Aquarium, weil er sich wohl vergewissern wollte, dass keiner seiner Lieblinge vom Türknall einen Schock erlitten hatte. »Morgen soll ein Artikel erscheinen, in dem Lasse sich ausgiebig über unsere Arbeit auslässt. Und den Fachkommissariatsleiter nimmt er dabei besonders aufs Korn.«

»Warum schiebt dein Bruder so einen Frust über dich?«

»Er schiebt keinen Frust über mich, ihm macht das Spaß.« Jona beugte sich dicht an die Aquariumscheibe, die sein Gesicht noch deutlich fülliger spiegelte. Man könnte es beinahe für einen Kugelfisch halten. »Also warum rauschst du wie Poseidon in mein kleines Reich?«

»Es gab einen Anruf von Asmanns Handynummer auf dem Telefon meiner Freundin.«

»Ja, das weiß ich bereits.«

»Du weißt davon?«, kam Hardy ins Stocken, weil er absolut nicht mit dieser Antwort gerechnet hatte.

»Logisch weiß ich davon, die Führungsgruppe bespricht sämtliche Schritte mit mir und Annika.«

»Und warum wurde das Handy dann nicht sofort geortet?«

»Klar wurde an eine Standortfeststellung gedacht.« Jona schwang herum. Sein Blick drückte Unzufriedenheit aus. »Woher wüssten wir sonst von dem Anruf? Leider war das Handy weniger als eine Minute angeschaltet. Wir haben die Einwahldaten, aber mehr auch nicht. Falsch, etwas haben wir noch …«

Die bedeutungsschwere Pause beunruhigte Hardy. »Was ist los?«

»Der Funkmast befindet sich in Reichweite der Wohnung.«

Hardy brauchte einen Moment, bis er begriff. »Du meinst, *die* Wohnung? Benjamin hat sich bei dem Anruf also in der Nähe befunden?«

Während Jona nickte, kamen Hardy schreckliche Bilder hoch von einem Kofferraum und der Ladefläche eines Transporters, wo man den Jungen festhielt. »Wie kannst du da überhaupt so ruhig deinen Kuchen essen?«

»Niemandem ist geholfen, wenn ich vor Schwäche zusammenbreche.«

Am liebsten wäre Hardy auf der Stelle zurück zu der Wohnung gefahren, in der man Lara untergebracht hatte. »Wir müssen sie dort wegbringen!«

»Beruhige dich, Hardy! Anklam ist keine Großstadt. Die Sache mit dem Umsetzer kann Zufall sein. Vorerst ist deine

Freundin jedenfalls in Sicherheit. Kollege Schneider wurde längst informiert. Er und unsere Kollegin sind also alarmiert.«

»Aber die mobile Funkaufklärung im LKA hat doch Technik, um das Gerät auf den Meter genau orten zu können. Wozu gibt es denn stille SMS und solches Zeug?«

»Ja, das können die in der Tat, aber trotzdem muss das Gerät über einen längeren Zeitraum aktiv sein, um es zu finden. Das weißt du genau.«

Natürlich wusste Hardy das. Dennoch wollte er es erwähnt haben, denn immerhin ging es hier um Benjamin. »Der Anruf war ein Hilferuf des Jungen. Er hat seine Mutter angerufen. Allerdings hat er wohl nicht gemerkt, dass er nur auf die Mailbox gesprochen hat.«

»Gott verdammt!«, fluchte Jona. »Das ist ja schauerlich.«

Hardy hielt ihm Laras Smartphone hin. »Er ist anscheinend gefangen, aber am Leben.«

»Die Nachricht muss umgehend von Fachleuten ausgewertet werden.«

»Deshalb habe ich nach Greta gefragt. Sie leitet die Ermittlungen, auf sie wird man eher hören als auf mich.«

»Darum kümmere ich mich.«

Jonas Büroapparat klingelte. Hardy erkannte die Nummer vom LKA.

»Ja, was gibt es?«, fragte sein Chef in den Hörer. »Den Account bei der Online-Singlebörse, meinen Sie? Ach, das ist ja interessant ...«

Hardy bekam eine Ahnung, worum es ging. Schweigend hörte er Jonas Gemurmel zu.

Bis der auflegte.

»Wir haben den echten Namen von *Küstenjunge007*.«

Kapitel 51

Ein Schauder ergriff Greta, als sie das Treppenhaus zur Praxis betrat. Halt suchend griff sie nach dem Geländer, ließ es jedoch sofort los, weil es ihr vorkam, als würde das Geländer *sie* festhalten.

»Es ist nichts Verwerfliches daran, wenn man sich professionelle Hilfe holt«, redete sie sich Mut zu. »Im Gegenteil, es zeugt sogar von Stärke.«

Obwohl es sich um eine Routineüberprüfung handelte, wollte sie am liebsten umkehren. Worauf hatte sie sich da bloß eingelassen?

Trübsinnig erinnerte sie sich an die Zeit, als sie selbst Patientin gewesen war. Einen ganzen Monat hatte man sie in der Psychiatrie untergebracht. Danach hatte ein privater Therapeut übernommen. In unzähligen Gesprächen hatte er ihr über die Scheidung und den Verlust des Erziehungsrechts hinweggeholfen. Mehrfach war Greta damals vor Schwäche zusammengebrochen. Nicht nur ihre Ehe war wie ein Kartenhaus eingestürzt, sondern ihre gesamte Welt.

Das lag inzwischen fünfzehn Jahre zurück. Trotzdem fühlte es sich plötzlich an, als hätte jemand sie in die Vergangenheit katapultiert. Als sie die entsprechende Etage erreichte, bildete sie sich sogar ein, ihr ehemaliger Therapeut würde ihr gleich die Tür öffnen und sie hereinbitten.

Doch am Praxisschild standen andere Namen: Dr. Edward Koch und Dr. Lupin Jorn.

Von hier stammte die Visitenkarte, die sie in Dr. Gabriele Schmitz' Briefkasten gefunden hatte.

Sie klingelte. Nach kurzer Wartezeit ging die Tür auf. Einer der beiden Männer, deren Gesichter sie von der Homepage kannte, blickte ihr freundlich entgegen.

»Ja, bitte?«

»Herr Dr. Jorn, mein Name ist Silber.« Sie wies sich als Polizeibeamtin aus. »Darf ich eintreten?«

»Natürlich.«

Aus dem Internet hatte sie sich sein Geburtsjahr gemerkt. Demnach war er achtundvierzig. Seine Leibesfülle und der karierte graue Anzug ließen ihn älter und gleichzeitig seriös erscheinen. Wie Hardy trug auch er Halbglatze und Bart, sah damit aber nicht halb so sexy aus wie ihr neuer Kollege. Vermutlich lag es an den fehlenden blauen Augen. Die des Psychologen waren braun und verliehen ihm dadurch die Zahmheit eines Rehs. Ein bisschen erinnerte er Greta an ihren einstigen Mathelehrer, der trotz der zumeist trockenen Thematik stets der Lieblingslehrer aller Schüler gewesen war.

»Geht es um Edwards Sohn?«

»Darüber möchte ich lieber mit Herrn Koch sprechen.«

Er schloss hinter ihr die Tür und sprach leise. »Leider ist er momentan verhindert. Nach dem Vorfall mit seinem Sohn hat er alle Termine abgesagt und das Telefon abgestellt. Warum probieren Sie es nicht bei ihm zu Hause? Sie sind doch Polizeibeamtin, sie dürften ihn bestimmt kraft Ihres Amtes besuchen.«

»Das habe ich bereits versucht, ihn jedoch nicht angetroffen.« Genauso wenig wie Kevin Maurer zu Hause war, als ich dort ankam, schob sie gedanklich nach. Ihr bisheriger Tag war wenig erfolgreich ausgefallen und auch jetzt schien sie kein Glück zu haben. Egal, wen sie aufsuchte, derjenige war garantiert wie vom Erdboden verschluckt. »Haben denn Sie heute schon versucht, ihn anzurufen?«

»Wie gesagt, sein Handy ist ausgeschaltet.«

»Finden Sie das nicht merkwürdig?«

Während des Gesprächs ging Dr. Jorn auf Abstand zu ihr und steuerte auf eine offen stehende Zimmertür zu. »Wie meinen Sie das?«

Kurz bevor er die Tür zuzog, konnte Greta einen Blick in den Raum erhaschen. Offenbar wartete dort ein Patient. Vermutlich ein Mann. Bis auf die Spitzen von tiefbraunen Herrenschuhen hatte sie nichts erkennen können. Nur einige Schwarz-Weiß-Bilder an der Wand.

»Ich meine, wenn mein Kind verschwunden wäre, würde ich mein Handy Tag und Nacht anlassen. Sie etwa nicht?«

Er kam wieder auf sie zu, stellte sich direkt vor sie und wirkte plötzlich groß und massiv. »Sie haben vollkommen recht, ich jedenfalls würde sehnsüchtig auf einen erlösenden Anruf warten.«

»Sie wissen also nicht zufällig, wo ich Ihren Kollegen finde?«

»Tut mir leid, Sie können mir aber gern Ihre Karte dalassen, dann rufe ich Sie umgehend an, wenn er sich meldet.«

»Apropos Visitenkarte! Kennen Sie eine Frau Dr. Gabriele Schmitz?«

»Bei knapp zwanzig Terminen pro Woche kann ich mich wirklich nicht an jeden einzelnen Namen erinnern. Außerdem wissen Sie doch, dass mein Berufsstand der Schweigepflicht unterliegt.«

»Gut, dass Sie mich daran erinnern, allerdings habe ich gar nicht danach gefragt, ob Frau Schmitz zu Ihren Patienten zählt. Ich wollte lediglich wissen, ob …«

»… ob ich eine Frau Dr. Schmitz kennen würde.« Er lächelte. »Diesbezüglich möchten Sie sich vielleicht lieber mit Edward unterhalten, aber er wird Ihnen ebenfalls nichts erzählen, das gegen die Schweigepflicht verstößt.«

Daraus ließ sich wohl ableiten, dass Schmitz früher bei Edward Koch in Behandlung war.

»Ja, das dachte ich mir«, sagte sie. »Danke, dass Sie sich die Zeit genommen und Ihren Patienten haben warten lassen.«

»Kein Problem, Sie waren höflich und da hilft man gern.«

Jetzt musste auch Greta lächeln. »Eine Frage noch.« Sie deutete zur Zimmertür, die er eben geschlossen hatte. »Die Zeichnungen dort in dem Zimmer, stammen die von dem flämischen Maler Pieter Bruegel?«

Erstaunt hob Dr. Jorn die Augenbrauen und nickte anerkennend. »Alle Achtung, Sie haben ein gutes Auge.«

»Es handelt sich um die *Sieben Todsünden*, nicht wahr? Eine davon stellt den Neid dar.«

»Oh, da muss ich Sie leider verbessern. Das sind nicht die *Sieben Todsünden*, sondern die *Sieben Tugenden*, eine weitere Kupferstichreihe des Künstlers.«

Kapitel 52

»Guten Tag, Herr von Winter«, grüßte Hardy, als er das Atelier betrat.

Der Angesprochene trat hinter einer Staffelei und einem Scheinwerfer hervor. Umgeben von Licht und Schatten, sah er ein bisschen aus wie Sky du Mont. Sogar die runde Brille, die ihm fast von der Nasenspitze fiel und durch deren Gläser er Hardy wie ein Habicht anvisierte, ähnelte der des Schauspielers. Lediglich der braune Seidenmantel mit orientalischen Ornamenten und die passenden Schnabelschuhe mit den Schellen an den Spitzen ließen Winter wie eine bizarre Gestalt aus *Tausendundeiner Nacht* wirken. Einige hätten ihn als einen Künstler par excellence beschrieben, für Hardy sah er aus wie Ali Baba.

Edgar von Winter legte seinen Pinsel beiseite, wischte sich mit einem Lappen die Farbspuren von den Händen und trat hinter den Verkaufstresen. »Kennen wir uns?«

»Nein, wir lernen uns gerade erst kennen.«

Hardy zückte seinen Dienstausweis, hielt ihn kurz hoch und wanderte in der Werkstatt umher. Bei jedem Schritt perlten Regentropfen von seiner Kleidung.

»Wie kann ich Ihnen helfen?«, fragte Winter, als Hardy nicht weiterredete, sondern den Raum mit einem gewissen Staunen betrachtete.

Das war schließlich nicht nur eine Werkstatt, sondern Winter stellte gleichzeitig auch seine Kunstwerke zum Verkauf aus. An allen vier Wänden hingen farbenfrohe Gemälde. Offenbar liebte Winter Szenen voll schillernder Ausdruckskraft. Trotz der wenigen Fenster, durch die wegen des bedeckten Himmels ohnehin kaum Licht hereinfallen konnte, wirkte die Halle geräumig.

»Das ist ein wirklich schöner Ort«, bekundete Hardy. »Er hat etwas Magisches an sich, finde ich.«

Vor allem der Geruch nach alten Möbeln und Staub erinnerte ihn an den Dachboden seiner Großeltern, auf dem er als Kind manchmal gespielt hatte.

Halb in der Vergangenheit weilend, trat er ans Fenster. Regentropfen klatschten gegen die zerkratzte Scheibe. Trotz eingetrübter Sicht konnte er den Hafen sehen, in dem gerade ein Fährschiff anlegte. Winters Werkstatt befand sich auf der gegenüberliegenden Seite der Fahrrinne, direkt neben einem Grundstück, auf dem früher der Kornspeicher der Stadt Wolgast gestanden hatte. Im Jahr 2006 war das historische Gebäude vollständig abgebrannt.

»Sie sind also dienstlich hier«, sagte Winter.

»Kennen Sie Pieter Bruegel?«

»Nicht persönlich.«

Amüsiert drehte sich Hardy zu ihm um. Mit schnellen Schritten trat er zum Tresen, hinter dem Winter darauf wartete, was Hardy von ihm wollte. »Und wie finden Sie Bruegels Werke?«

»Die des jüngeren oder die des älteren Pieter?«

Dass es in der Familie Bruegel zweimal denselben Namen gab, war Hardy bekannt. »Ich meine den Vater.«

Winter wiegte bedächtig den Kopf. »Sehen Sie sich ruhig um, erkennen Sie irgendwelche Ähnlichkeiten zwischen meinem Werk und dem von Bruegel? Unsere Stile und Philosophien sind so verschieden wie bei Rubens und van Gogh.«

»Sie würden also niemals so etwas wie die *Sieben Todsünden* malen?«

Winters Gesichtsausdruck verriet, dass er die Werke kannte. Er schniefte und klopfte ungeduldig mit den Handflächen auf den Tresen. »Herr …«

»Finkel.«

»Sie sind kein Kunstkenner, nicht wahr? Sie tun nur so … Also warum sind Sie wirklich hier?«

Zuerst wollte Hardy ihm die Wahrheit sagen, dann wurde seine Aufmerksamkeit von einem Wandporträt abgelenkt. »Das ist wirklich opulent! Sind Sie das?«

Winter schaute das Selbstbildnis nicht einmal an. »Gut von Ihnen erkannt, aber schlecht von mir gemalt. Ich wollte es längst abhängen.«

»Nicht doch! Sie sehen darauf aus wie Jesus. Wegen des Heiligenscheins und der strahlend weißen Kleidung.«

»Ein Künstler sollte sich mit seinen Fähigkeiten und Grenzen auseinandersetzen.«

Hardy waren inzwischen noch mehrere Selbstporträts des Atelierbesitzers aufgefallen. Jedes einzelne strahlte etwas Egomanisches aus. »Es heißt, Sie würden in nicht unerheblichem Maße zu Narzissmus neigen.«

»Sie haben bestimmt den Wikipedia-Artikel über mich gelesen.«

»Stammt der Text von Ihnen?«

»Wie darf ich das verstehen?«

»Ach, kommen Sie! Sie sind weder Rubens noch van Gogh. Wer sollte also einen Artikel über Sie verfassen?« Hardy deutete mit dem Daumen hinter sich. »In der Ecke dort steht ein Computer. Ziemlich neu, würde ich sagen. Großer Bildschirm, teure Computermaus, ergonomische Tastatur, Multifunktionslaserdrucker. Ziemlich beeindruckende Geräte für jemanden, der in einer Art Kunstmuseum lebt und altertümlich anmutende Bilder malt.«

»Um mit der Zeit zu gehen, muss man heutzutage auch technisch versiert sein. Einige meiner Bilder stelle ich im Internet als Referenzen aus. Das ist in meiner Branche absolut üblich. Zuvor bearbeite ich die Aufnahmen natürlich mit Photoshop.«

»Dafür braucht man bestimmt jede Menge Rechenpower unter der Haube.«

»Werde ich wegen irgendwas verdächtigt?«

Darauf hatte Hardy gewartet. Er klatschte einen Computerausdruck auf den Tresen. »Sagt Ihnen das was?«

Winter nahm das Blatt auf und hielt es vors Gesicht. »Das ist von *Armorstrike*.«

»Sie kennen die Plattform, umso besser, das vereinfacht die Befragung.«

»Das sind ja meine Daten: Name, Geburtsdatum, Adresse … Was machen Sie damit?«

»Tja, wissen Sie, etwas Ähnliches wollte ich von *Küstenjunge007* wissen.«

»Ich …«

Hardy ließ den Zeigefinger in der Luft kreisen. »Gibt es außer diesem Raum noch weitere auf dem Grundstück?«

»Unter unseren Füßen gibt es einen winzigen Lagerraum und im Hinterhof gibt es einen kleinen Stall. Aber der steht komplett leer.« Erst jetzt stutzte Winter. »Wozu wollen Sie das wissen?«

»Als Orientierung für meine Kollegen, die sich gleich hier umsehen und den Rechner sicherstellen werden.«

Damit schob Hardy ihm einen Durchsuchungsbeschluss hin und ging davon. Kurz nach ihm stürmten mehrere Uniformierte die Werkstatt.

Kapitel 53

Seit Edgar von Winters Festnahme waren vier Stunden vergangen. Seine Vernehmung war nicht so verlaufen, wie Hardy sich das gewünscht hatte. Vor allem, weil Hardy und Winter durch einen venezianischen Spiegel voneinander getrennt waren. Doch jetzt reichte es ihm. Bevor jemand ihn aufhalten konnte, stürzte er aus dem Nebenraum und lief zu der Zimmertür, hinter der seine Kollegen gerade ihre Unterschriften unter das Vernehmungsprotokoll setzten.

»Sei doch vernünftig!«, rief Jona ihm nach.

Genau das konnte Hardy derzeit nicht sein, denn trotz der Öffentlichkeitsfahndung gab es bisher keinen einzigen verwertbaren Hinweis, wo Benjamin gefangen gehalten wurde.

»Willst du Lara beibringen, dass ihr Junge tot ist, wenn das hier völlig aus dem Ruder läuft?«, fragte Hardy gereizt, während seine Hand bereits auf der Türklinke lag. Dabei war ihm durchaus bewusst, dass er nicht zu weit gehen durfte. Es gab nun mal Regeln und Vorschriften, an die er sich halten musste. Zudem war sein Abteilungsleiter bisher mehr als genug Kompromisse eingegangen. Allein das Zugeständnis, dass Hardy das Atelier des Künstlers betreten und dem Eigentümer die Festnahme aussprechen durfte, war bei einigen Kollegen auf Unverständnis gestoßen. Es zeigte deutlich, wie groß Jonas Vertrauensvorschuss war.

»Mensch, Hardy, ich verstehe dich doch, aber du hast seine Aussage eben mitverfolgt. Er ist nicht *Küstenjunge007*. Also ja, es ist sein Account, aber es ist eben nicht der, den wir suchen. Linda und Frank haben das da drin gut gemacht.«

»Ich will trotzdem mit ihm reden.«

»Die Vernehmung ist vorbei, verstehst du das nicht?«

Hardy bildete mit den Fingern ein V. »Gestatte mir bloß zwei Fragen. Zwei, danach gebe ich Ruhe.«

Unschlüssig kaute Jona auf seiner Unterlippe herum. Die Entscheidung fiel ihm sichtlich schwer.

»Komm schon, Jona.«

»Und wie soll ich das vor Linda und Frank vertreten? Die fühlen sich doch sofort in ihrer Kompetenz herabgesetzt, wenn du da jetzt reingehst.«

»Es geht doch nicht um mein Ego, sondern um Benjamin. Das verstehen die beiden.«

Bevor Jona sich umstimmen ließ, flog die Tür auf. Beide Vernehmer traten auf den Flur. Edgar von Winter saß nach wie vor in der Mitte des Raumes und wartete darauf, zu erfahren, wie es nun für ihn weiterging. Zu aller Erstaunen hatte er bisher auf anwaltlichen Beistand verzichtet.

»Ist bei euch alles in Ordnung?«, fragte Linda, die sich trotz Schwangerschaft in der Verfassung für die Vernehmung gefühlt hatte. Offensichtlich konnte sie in Hardys und Jonas Gesichtern lesen, dass etwas nicht stimmte.

»Nur zwei Fragen«, beschwor Hardy weiterhin seinen Vorgesetzten.

»Haben wir was falsch gemacht?«, fragte Frank, ein fachlich kompetenter und engagierter Oberkommissar, der vor fünf Monaten vom Dauerdienst zur Mordkommission gewechselt war.

Jona kratzte sich verlegen am Kopf, doch Linda durchschaute sofort, worum es ging.

»Hardy will mit ihm reden, nicht wahr?« Sie lachte auf. »Verstehe, der große BKA-Mann traut den Provinzbullen nichts zu.«

»So ist das nicht gemeint«, beschwichtigte Hardy. »Ich muss ihm nur persönlich gegenübersitzen, ihm dabei tief in die Augen blicken.«

»Und dann kannst du ihm direkt in den Kopf sehen?« Linda blieb skeptisch.

»Ja, vielleicht sehe ich da tatsächlich etwas.«

»Ich will keinen Streit in meiner Abteilung, okay?«, ging Jona dazwischen.

»Das ist überhaupt kein Problem«, sagte Linda und wedelte mit den Vernehmungsunterlagen. »Soll er es ruhig versuchen. Wir haben uns unsere Meinung längst gebildet, nicht wahr, Frank?«

Plötzlich wusste Hardy nicht, was er erwidern sollte. Die unterschwellige Botschaft hatte er deutlich verstanden. Er hatte sich soeben selbst ins Abseits gestellt.

Für eine Auseinandersetzung mit seinen neuen Kollegen fehlten ihm Kraft und Zeit. Kommentarlos betrat er den Raum und schloss hinter sich die Tür. Er wollte Winter das Gefühl geben, es wäre ein vertrauliches Gespräch. Allerdings wusste Hardy, dass Jona und die beiden Kollegen im Nebenraum hinter dem venezianischen Spiegel jedes Wort und jede Regung von ihm mitverfolgten.

»Sie schon wieder«, begann Winter, und seine Handschellen klapperten, als er sich angriffslustig über den Tisch beugte. »Sie können mich nicht ewig hier festhalten, also was wollen Sie jetzt machen? Mir eine reinhauen?«

»Das wäre erbärmlich, wo Sie nicht mal vor mir wegrennen können.« Hardy deutete auf die Fußfesseln, die man Winter zusätzlich angelegt hatte. Dann setzte er sich auf einen der freien Stühle. »Falls Sie denken, ich spiele den bösen Bullen, dann muss ich Sie enttäuschen.«

»Was wollen Sie dann?«

»Ihnen lediglich zwei Fragen stellen, denn mehr hat mir mein Chef nicht gestattet.« Er zeigte mit dem Daumen nach draußen. »Ehrlich, ich habe gute Nachrichten für Sie. Mein Chef ist davon überzeugt, dass Sie eben vollkommen ehrlich waren. Lange müssen Sie vermutlich nicht mehr so viel Eisen mit sich herumschleppen.«

»Sie haben einen klugen Chef.«

»Aber ich bin leider nur ein gewöhnlicher Mitarbeiter, der selten über den Tellerrand hinausblickt. Ja, ich würde mich als jemand einschätzen, der tagtäglich an derselben Stelle in seinem kleinen Teich fischt. Auch wenn ich dort noch nicht einmal den winzigsten Fisch gefangen habe. Verstehen Sie? Ich meine, das ist total bescheuert, aber irgendwann muss so ein dämlicher Fisch doch anbeißen.«

Winter zeigte ein überlegenes Lächeln. Natürlich wusste er, dass seine Stunden in diesem Gebäude gezählt waren. »Na los, probieren Sie es. Vielleicht beiße ich ja an.«

Hardy durfte seine Fragen stellen und würde Antworten bekommen. Er ließ sich Zeit, denn er musste gut wählen, was er wissen wollte.

»Sie haben keine Frau und keine Kinder«, begann er schließlich. »Sie haben nur sich und Ihr Talent …«

»Jetzt wollen Sie von mir wissen«, unterbrach Winter ihn und lehnte sich zurück, »ob ich mich nach einer Frau oder einem Kind sehne.«

Zugegeben, diese Frage schwirrte tatsächlich in Hardys Kopf herum, aber er verneinte. »Ich will wissen, ob Sie jemals in psychiatrischer oder psychologischer Behandlung waren.«

»Also, das ist doch …!«

»Ehrlichkeit.«

»Jawohl, ich genoss einige Sitzungen bei einem gewissen Dr. Lupin Jorn. Ich habe ihn mehr aus Neugier aufgesucht, sozusagen um mein Bewusstsein zu erweitern. Ich wollte mich noch stärker selbst finden, denn ich war eine Zeit lang unzufrieden mit meiner eigenen Arbeit. Genauer gesagt, litt ich unter einer Art Blockade. Sie ging so weit, dass ich stundenlang vor der leeren Leinwand stand und keinen einzigen Pinselstrich zustande brachte. Ich erwarte nicht, dass Sie das verstehen, aber wir Künstler können nicht im Akkord produzieren, auch wenn es manchmal so aussieht. Ein Werk entsteht aus einer tief sitzenden innigen Inspiration. Bei einem Maler ist es, als würde er einen Teil seiner Seele auf Leinwand bannen. Ich habe es einfach nicht mehr geschafft, in mich hineinblicken zu können. Deshalb habe ich mich an Herrn Dr. Jorn gewandt. Erst von ihm erfuhr ich, dass er therapeutische Hypnose anbietet. Er schlug mir vor, es auszuprobieren, um an mein Unterbewusstsein zu gelangen. Anfangs hielt ich die Möglichkeit für Humbug, aber ich ließ mich darauf ein, denn schlimmer konnte es dadurch nicht werden. Was soll ich sagen? Herr Dr. Jorn hat mir tatsächlich geholfen, meine Schaffenskrise zu überwinden. Wie er es genau geschafft hat, weiß ich bis heute nicht. Es war, als hätte er einen Schalter in mir umgelegt.«

»Das klingt abenteuerlich, aber danke für die Auskunft.«

»Und die zweite Frage?«

Wieder musste Hardy sich einen Augenblick sammeln. »Vorhin bei der Vernehmung erzählten Sie meinen Kollegen, dass Sie Ihren Nutzernamen *Küstenjunge007* schon über ein Jahr nicht mehr benutzt haben.«

»Ja, das sagte ich.«

»Wenn Sie ihn nicht benutzt haben, um mit den zwei Frauen zu chatten, die wir später tot in ihren Wohnungen gefunden haben, wer war es dann?«

»Jetzt haben Sie Ihre Frage sinnlos vergeudet, Herr Finkel, denn das haben mich Ihre Kollegen bereits gefragt.«

»Und Sie haben keinen Namen genannt.«

»Ich …«

Hardys Zeigefinger fuhr in die Luft und er schaute sein Gegenüber fest an. »Denken Sie gut nach, bevor Sie antworten. Jemand muss Sie sehr genau kennen.«

Tatsächlich überlegte Winter länger als zuvor bei der Vernehmung. Schlussendlich schüttelte er bloß den Kopf. »Wie gesagt, ich weiß es nicht.«

»Gut, das reicht mir.« Damit erhob er sich. »Eine letzte Frage noch, bevor ich gehe, Herr von Winter.«

»Moment, Sie sagten, Sie würden mir exakt zwei Fragen stellen.«

»Oh, diese dritte Frage hat absolut nichts mit der Sache zu tun, weshalb man sie verhaftet hat.«

»Das ist echt beeindruckend! Bis eben habe ich Sie nicht für besonders clever gehalten, aber Sie haben es geschafft, mich neugierig zu machen. Also wie lautet die Frage?«

»Haben Sie nun den Wikipedia-Artikel über sich selbst geschrieben?«

»Sie sind ein Blödmann, und ich bezweifle, dass Sie einen Mörder überführen könnten, selbst wenn er direkt vor Ihnen sitzt.«

KAPITEL 54

Nie zuvor hatte Hardy das *Treibgut* besucht – eine Hafenkneipe auf einem Hausboot. Für ihn fühlte es sich ein bisschen so an, als suchte ein Trinker spätabends eine Spelunke auf. Vom Wetter ergraute Holzverkleidung, knarrende Dielenbretter, Duft von Fritteusenfett. Schon rein äußerlich unterschied sich das urige Lokal von den strahlenden Cocktailbars in Wiesbaden. Hier in dieser Region war eben alles viel rauer und bodenständiger.

Kurz blickte Hardy auf seine Armbanduhr. Nach acht. Zu Hause wartete niemand auf ihn. Vor gut drei Stunden hatte der Regen aufgehört. Die Laternen der Kaimauer und die Lichter der festgemachten Schiffe erhellten die sanften Wellenbewegungen auf der Wasseroberfläche der Peene. Ein Fisch tauchte auf und verschwand wieder. Kurz bevor Hardy das Hausboot betrat, schlug die Eingangstür nach außen. Begleitet von einem Shantylied, torkelte ein Seemann heraus. Seine Stiefelabsätze hallten auf den Dielen. Er sang auf Polnisch und wünschte Hardy einen angenehmen Abend.

Als würde er auf einmal dazugehören, betrat er das *Treibgut*. Ein Dunst aus Zigarettenqualm wälzte sich ihm entgegen. Im Inneren roch es noch viel mehr nach Fett und zusätzlich nach billigem Schnaps.

»Nachher wirst du stinken wie eine Imbissbude«, murmelte er vor sich hin, während sein Blick umherschweifte.

Vier massive Eichentische, Fischgräten als Dekoration an den Wänden, ein Rettungsring baumelte von der Decke. Man grüßte ihn mit »moin!«.

Er nickte in die Runde.

Außer ihm befanden sich sieben Personen im Raum. Die Betreiberin, eine an den Armen wild tätowierte ältere Dame mit Dauerwelle, spülte Gläser.

»Ist das dein Date, von dem du mir erzählt hast, Greta?«, krächzte sie.

Anders als Hardy, dem die Frage peinlich war, winkte seine Kollegin in der hintersten Ecke bloß ab.

»Nein, Ulla, das ist mein Steuerberater.«

»Dann willkommen bei Ulla, Schätzchen«, redete die Betreiberin Hardy direkt an. »Was darf's denn sein?«

»Ein Wasser wäre ein guter Einstieg.«

»Aha, ein Aquavit also.«

Alle lachten.

»Netter Versuch«, antwortete Hardy. Unter anderen Umständen hätte er mitgelacht. Aquavit war ein Branntwein, der ursprünglich aus Skandinavien stammte.

Greta winkte ihn zu sich. Hardy nahm ihr gegenüber auf einem harten Stuhl Platz.

»Den Aquavittest hast du schon mal bestanden«, sagte sie. »Schätze, damit bist du aufgenommen.«

»Ich habe nicht vor, öfter hierherzukommen.«

Greta schmunzelte und hob ihre dampfende Tasse. »Das sagen sie alle.«

Während sie Tee trank, wechselte die Musikanlage das Lied.

»Auch keinen Schnaps?«, fragte er.

»Lieber nicht.«

»Keine Lust, nach Hause zu gehen?«

»Ich habe meinem Hannes mitgeteilt, dass es später wird.« Ihre Mimik ließ nicht erkennen, woran sie dachte. »Lass uns über die Arbeit reden.«

Ulla brachte Hardys Wasser, dabei fiel ihm auf, wie viele Piercings die schätzungsweise siebzig Jahre alte Dame trug. Allein an ihren Nasenflügeln baumelten vier Silberringe.

»Nichts zu essen, Schätzchen?«

Hardy schaute zur Tafel über dem Bartresen und las das Tagesgericht.

»Bringen Sie mir bitte den deftigen Kesselgulasch.«

»Sieh an, der Junge mag's also scharf.«

Kichernd schlich Ulla davon.

»Das ist alles eine große Scheiße«, stieß Greta aus und fingerte nach einer Zigarette. Dem randvollen Aschenbecher nach zu urteilen nicht die erste an diesem Abend.

Hardy dachte an Benjamin, Lara und die beiden ermordeten Frauen. »Nein, es ist absolut furchtbar. Was würden die Figuren in deinen Krimis an unserer Stelle machen?«

Sie zuckte mit den Schultern. »Ich denke, die Autorin würde die Handlung so zurechtbiegen, dass sie den Fall lösen.«

»Und gibt es in deinen Büchern immer ein Happy End?«

»Hey, vielleicht solltest du meinen letzten Roman einfach lesen.«

»Wenn das hier überstanden ist, werde ich das tun.«

Mit zweifelnder Miene nahm sie einen Zug und stieß genüsslich den Qualm aus. »Hab gehört, wir haben *Küstenjunge007* verhaftet, ein ansässiger Künstler.«

»Er heißt Edgar von Winter, aber er war es nicht. Ich habe ihm gegenübergesessen und ihm in die Augen gesehen. Er hat mich nicht belogen. Jemand muss also seinen Account missbraucht haben.«

»Und wie soll derjenige an die Zugangsdaten gelangt sein?«

»Ich weiß es nicht, aber die letzten IP-Adressen stammen von öffentlichen Hotspots. Bei allen früheren Chats war Winter immer nur mit seinem eigenen Rechner eingeloggt gewesen.«

»Also wird der Staatsanwalt die Festnahme aufheben.«

»Wie gesagt, Winter ist eine Sackgasse. Aber ich bin sicher, unser Täter hatte Kontakt mit ihm. Winter weiß nur nichts davon.«

Ein übervoller Teller mit Gulasch krachte auf den Tisch.

»Vorsicht heiß, Schätzchen!«, meinte Ulla.

»Und bei dir?«, fragte Hardy Greta. »Du siehst geschafft aus.«

»Ich funktioniere nur noch.« Sie drückte ihre Kippe aus und zündete sich sogleich eine weitere Zigarette an. »Hab versucht, mit dem Ex deiner Freundin zu sprechen, aber ich erreiche ihn nicht.«

Auch Hardy hatte den gesamten Tag nichts von Edward gehört, obwohl er sich doch Sorgen um seinen Sohn machen müsste.

»So wie es scheint, war Gabriele Schmitz bei ihm in Behandlung«, redete Greta weiter. »Vielleicht könntest du Dr. Koch unter Umgehung der Schweigepflicht befragen. Du gehörst ja quasi zur Familie.«

Den letzten Satz fand Hardy alles andere als amüsant. »Hm, Edgar von Winter war ebenfalls Patient in der Praxis, allerdings bei Dr. Jorn.«

»Das ist ja ein Zufall. Hätte ich das eher gewusst, hätte ich ihn damit konfrontiert.«

»Verdammt!« Hardy ließ den Löffel ins Gulasch fallen und trank hastig sein Wasser. »Das Zeug ist ja wirklich scharf.«

»Mach mir jetzt bloß nicht schlapp.«

»Was ist mit Kevin Maurer?«

»Ich habe weder ihn noch seine Freundin angetroffen.«

»Also ist auch er spurlos verschwunden.«

Sie rauchte, wiegte den Kopf hin und her und legte einen Ausdruck von Instagram vor ihm hin. »Nicht unbedingt spurlos.«

Hardy strich das Blatt glatt. »Der Screenshot stammt von Julia Asmanns Timeline. Das hier ist das letzte Foto mit dem Ufersteg. Warum zeigst du es mir erneut?«

»Lies den obersten Kommentar unter dem Bild.«

Nichts bleibt ungesühnt!!!

Als er den Satz und den Namen des Absenders las, staunte er. »Der stammt ja von Kevin Maurer.«

Greta nickte. »Und er hat ihn vor vier Stunden gepostet.«

Kapitel 55

Es war nach zweiundzwanzig Uhr, als Greta die Haustür zur alten Fischerhütte aufschloss. Über Jahre hinweg hatte ihr Lebensgefährte das antike Holz behandelt und die Innenräume modernisiert. Es war ein Ort, an dem sich jeder Gast sofort heimisch fühlte, zumal das Häuschen direkt am See lag.

Als sie sich die Schuhe abstrich, plagte sie das schlechte Gewissen, weil die Unterhaltung mit Hardy im *Treibgut* länger als geplant gedauert hatte. Allerdings interessierte sich zu Hause sowieso niemand für ihre Arbeit. Da hatte sie keinen, der sich ihre Sorgen anhörte und ihr den einen oder anderen Ratschlag gab – selbst wenn man von Polizeiarbeit keine Ahnung hatte. Sie konnte ihre beruflichen Sorgen dem Hund erzählen, aber der wollte auch lieber spielen.

»Hallo, Silver«, begrüßte sie den schwarz-weißen Border Collie, der vom Läufer im Hausflur aufsprang und ihre Hände leckte. »Ja, ich schmecke nach Kneipe.«

Mit diesem Duft setzte sie zumindest einen Gegenpart zu dem Fischgeruch, den ihr Partner alltäglich nach Hause schleppte.

»Im Ofen steht dein Essen«, drang Hannes' raue Stimme aus dem Kaminzimmer.

»Gibt es Fisch?«, fragte sie provokativ.

»Inzwischen dürfte er wieder kalt sein.«

So sah die Begrüßung aus, wenn sie später als erwartet heimkehrte. Keine Umarmung, kein liebes Wort, schon gar keinen Kuss. Immerhin suchte der Hund ihre Gesellschaft. Hannes hatte ihn einst aus dem Tierheim geholt. Die meisten dachten, Hannes hätte den Hund wegen Gretas Nachnamen Silver genannt, aber damals hatten sich beide noch gar nicht gekannt.

Dem Tier fehlte das linke Auge, und damit erinnerte der Border Collie ein bisschen an einen Piratenhund, weshalb er nach der berühmten Romanfigur Long John Silver benannt worden war. Hannes hatte den Vierbeiner sofort ins Herz geschlossen gehabt und seitdem durfte er ihn täglich zum Boot begleiten.

Damals war Silver extrem scheu gewesen. Doch Hannes hatte eine beruhigende Ausstrahlung. Obwohl er von seinem Kutter aus Fisch verkaufte, war er keiner dieser Marktschreier, die sich gegenseitig zu übertönen versuchten, im Gegenteil. Er machte nie viele Worte. Irgendwie schätzten das die Leute an ihm. Und bis zu einem bestimmten Grad imponierte seine Art auch Greta.

Wenn er jedoch unbeteiligt im Sessel sitzen blieb, sobald sie den Raum betrat, fragte sie sich, wo der Mann geblieben war, der ihr Herz einst selbst wie ein stolzer Pirat erobert hatte.

»Willst du mir nicht wenigstens Vorwürfe machen, weil ich so spät nach Hause komme?«, fragte sie, weil ihr diese Reaktion deutlich lieber gewesen wäre als sein Schweigen.

»Wieso?«, fragte er und blätterte seelenruhig in seiner Schiffszeitschrift. Weder erhob er sich aus dem Sessel noch löste er die übereinandergeschlagenen Beine. Er kratzte sich den grauen Seemannsbart und rauchte Tabakspfeife. »Du bist erwachsen, du kannst tun und lassen, was du willst.«

Greta schluckte ihren Ärger hinunter und inhalierte den herben Duft des Qualms. »Ich will mich nicht streiten«, sagte sie nach einer Weile und ging auf ihn zu. Behutsam strich sie ihm mit der Hand durch das lange, volle Haar. »Ich will nur die nächsten Tage überstehen, bis endlich wieder Ruhe einkehrt.«

»Hast du dich mit dem neuen Kollegen getroffen?«

Ihre Hand schnellte weg von ihm. »Aus beruflichen Gründen, ja.«

Sie wollte ihn nicht anlügen, für Rechtfertigungen fehlte ihr jedoch die Energie.

Er schnaubte. »Wie alt war er doch gleich?«

Ihm gegenüber hatte sie Hardys Alter nie erwähnt. Wie so oft hatte er sich nicht wirklich für ihren Kollegen interessiert, als sie von ihm erzählt hatte. Aber sie spürte, dass Hannes Angst hatte, sie zu verlieren. Weil er nicht nur ein Fischkopp, sondern auch ein Sturkopf war, sprach er es jedoch nicht aus. Woher die Angst kam, wusste sie nicht. Vielleicht verunsicherte ihn, dass sie so verschieden waren. Greta wusste, dass sie beide dringend darüber reden mussten. Insgeheim wartete er sicherlich darauf, dass sie den Anfang machte. Dabei konnte sie diese Baustelle gerade überhaupt nicht gebrauchen.

»Wie war dein Tag?«, fragte sie, kannte aber die Antwort schon.

»Wie immer.« Er blätterte weiter durch die Zeitschrift und nahm Zug um Zug aus der Pfeife. Erst als er sah, dass Silver sich lieber an ihre Beine schmiegte, schaute er kurz zur Seite. Es war ein einziger mürrischer Blick.

»Wenn der Fall vorbei ist, machen wir einen Ausflug«, schlug sie vor. »Zwei, drei Tage. Nach Berlin oder meinetwegen in den Harz. Berge sollen sehr romantisch sein.«

Sie wusste, dass er die Küste ungern verließ. Überall außerhalb seiner Heimat war es ihm zu laut. Diesmal führte er jedoch ein anderes Argument an.

»Du hast ja nicht mal mehr Zeit zum Schreiben.«

Sie zischte betroffen. Als ob er sich sonst für ihre Bücher interessierte. Nach der letzten Veröffentlichung hatte er nicht einmal gefragt, wie oft sich der Krimi bereits verkauft hatte. Natürlich hätte sie die wahren Verkaufzahlen geschönt, um von ihm nicht auch noch als erfolgloser Schreiberling belächelt zu werden.

»Gut, ich habe jetzt Zeit.«

In dem Moment klingelte ihr Telefon.

»Ach«, sagte er bloß.

»Mist«, rutschte es ihr heraus.

Die Leitzentrale rief an und das konnte nichts Gutes bedeuten. Während Hannes wieder in seine Zeitschrift abtauchte, eilte sie mit dem Handy am Ohr nach draußen. Silver folgte ihr, weil er immer noch spielen wollte. Doch als Greta den Grund des Anrufs erfuhr, wusste sie, dass sie heute nicht mehr mit ihm spielen könnte.

Kapitel 56

»Warum drückst du denn so auf die Tube?«, fragte Polizeihauptmeister Jens Timmendorf seinen Streifenpartner Benno Wissow. »Ist doch kein Notfall.«

»Die in der Leitstelle meinten, der Anrufer habe ernsthaft besorgt geklungen«, erwiderte der Kommissar, der letzten Herbst frisch von der Fachhochschule gekommen war.

»Am Notruf klingen sie alle ernsthaft besorgt. Aber merk dir eins: Je besorgter, umso verrückter.«

»Bis zum Ortseingang von Balm brauchen wir bei normaler Geschwindigkeit fast vierzig Minuten. Und da wir in dem Funkwagen sitzen, der am nächsten dran ist, müssen wir der Sache wenigstens nachgehen.«

»Der Anrufer hat nicht mal seinen Namen genannt. Außerdem hat er so verwaschen gesprochen, dass unser Kollege keine Ahnung hat, ob es ein Mann oder eine Frau war. Was man von solchen Notrufen zu halten hat, ist dir schon bewusst, oder? Da hat bestimmt bloß jemand mit seiner Schnapsflasche orakelt.«

»Ich habe trotzdem ein komisches Gefühl bei der Sache.«

»In deinem Alter hatte ich das auch ständig.« Timmendorf massierte sich den Bauch und rutschte tiefer in den Sitz, um eine bequemere Position zu finden. »Aber das geht vorbei, je länger du diesen Job machst. Am Ende willst du nur noch heil dein Pensionsalter erreichen.«

Benno schien den Rat nicht ernst zu nehmen, denn er bog mit Blaulicht und quietschenden Reifen von der B110 auf die B111 ab. Bald erreichten sie Balm und den Küstenabschnitt, den die Einsatzzentrale ihnen beschrieben hatte.

»Halt mal an«, bestimmte Timmendorf.

Sofort trat der Kommissar auf die Bremse. »Was ist los?«

»Dort ist die Telefonsäule, von der der Notruf abgesetzt wurde. Ich will mich mal umsehen.«

»Sollten wir nicht lieber erst mal zu der Anlegestelle fahren?«

Statt zu antworten, stieg Timmendorf aus und ging ein paar Meter die Straße entlang. Mit seiner Taschenlampe leuchtete er die Umgebung ab. Im Wind bäumte sich das Dünengras auf. Über den Asphalt fegten Sandkörner, die im Widerschein der Taschenlampe schneeweiß erstrahlten. An einer Bushaltestelle flatterte die Ecke eines Werbeblättchens.

»Siehst du was?«, erschallte es aus dem Streifenwagen.

Timmendorf näherte sich der Telefonsäule bis auf fünf Meter. Keine Schuhabdrücke, keine sonstigen Spuren. Selbst der Hörer war ordnungsgemäß auf die Telefongabel zurückgehängt worden. Außer den zwei Polizisten war niemand hier. In geschätzt hundert Metern Entfernung parkte ein unbeleuchteter Transporter zwischen einer Baumgruppe. Danach kamen die ersten Gehöfte. Dort bellte nicht einmal ein Hund.

Zügig lief Timmendorf zurück und ließ sich in den Beifahrersitz fallen. »Du hast recht, hier ist nichts.«

Auf den letzten zweihundert Metern beschleunigte Benno den Wagen noch einmal, dann parkte er ihn unmittelbar vor dem Strandzugang. Gemeinsam liefen sie über die Holzbohlen zum Ufer und betraten den Bootssteg. An dessen Ende schaukelte ein uralter Kutter auf dem Wasser. Trotz der weißen

Buchstaben konnte man den Schriftzug am Bug vor Rost kaum noch lesen.

»*Küstenzorn*«, nannte Benno den Namen des Boots, der beim Notruf gefallen war.

»Ich wusste gar nicht, dass hier hinten überhaupt Boote anlegen dürfen«, sagte Timmendorf und deutete auf ein Warnschild.

»Das Boot soll einem gewissen Nils Leonhard gehören.«

»Etwa *der* Leonhard? Ich dachte, der vermietet nur Hausboote?«

Benno zuckte mit den Schultern. »Das ist jedenfalls kein Hausboot.«

»Nein, was da schwimmt, ist ein Haufen Schrott. Lass uns umkehren und Meldung machen.«

»Nein, ich denke, wir sollten nachsehen. Der Anrufer meinte, es habe einen Streit gegeben.«

»Der Anrufer hat sich einen Scherz erlaubt, Mensch.« Timmendorf leuchtete in die Fenster. »Hier ist es dunkler und stiller als in Neptuns Reich.«

Benno hörte nicht auf ihn, sondern ging voran. Fluchend folgte Timmendorf ihm. Unter ihren schweren Einsatzschuhen ächzte das morsche Holz.

»Deine Neugier wird dir noch mal zum Verhängnis werden, Kleiner.«

Vor dem Schiffsrumpf blieben sie unschlüssig stehen.

»Keine Planke«, stellte Timmendorf fest.

»Kein Problem«, erwiderte Benno und betrat das Boot mit einem beherzten Sprung. »Kommst du?«

»Nee, ich mache mir doch nicht gleich zu Dienstbeginn die Uniform dreckig.« Demonstrativ schaute er auf seine Uhr und hielt anschließend die Nase in den Wind. »Hier riecht es nämlich stark nach Öl.«

»Kein Wunder, hier stehen überall Altölfässer. Vermutlich sollen die illegal entsorgt werden.«

»Komm mir jetzt bloß nicht mit irgendwelchen Umweltstraftaten. Ich habe keinen Bock auf den Schreibkram.«

»Schon klar«, meinte Benno und lief auf dem Deck herum.

Als er außer Sicht war, folgte Timmendorf ihm.

Kurz darauf stürzte der junge Kollege in das eiskalte Wasser.

Kapitel 57

Nach dem wohltuenden Treffen mit seiner Kollegin, bei dem sie neben zwanglosen Gesprächen die bisherigen Fakten zusammengetragen und einen Schlachtplan für die kommenden Ermittlungen zurechtgelegt hatten, schloss Hardy seine Wohnungstür auf. Er nahm seine Notizen aus der Jackentasche und legte sie achtlos auf einen Hocker voller Werbeblättchen. Aus reiner Gewohnheit wollte er nach Lara rufen, aber er befand sich mutterseelenallein in der Wohnung. Wie sehr wünschte er sich Lara und Benjamin her. Behutsam hätte er die Zimmertür des Jungen geöffnet und ihm im Schlaf sanft über den Kopf gestrichen. Danach hätte er Lara geküsst und sie gefragt, ob er Gläser und eine Flasche Wein auf den Tisch neben die Couch stellen sollte.

Trinken würde er auch allein, einfach um endlich für ein paar Stunden Schlaf zu finden. Und um die Sorge um seine Lieben wenigstens für kurze Zeit zu betäuben.

Er knöpfte sein Hemd auf und ging ins Badezimmer. Als er dort das Licht einschaltete, erwartete ihn eine böse Überraschung. Quer über die Wandfliesen stand etwas mit Blut geschrieben. Hardy brauchte ein paar Wimpernschläge, ehe er die windschiefen Buchstaben entschlüsselt hatte. Verstehen wollte sein Gehirn den Sinn jedoch nicht.

Von deinem Blut!

Allein der Anblick war schockierend. Als Hardy begriff, dass jemand in die Wohnung eingebrochen sein musste, begann er am gesamten Körper zu zittern. Als er den Schauder überwunden hatte, übernahm der Polizist in ihm die Kontrolle. Er schaute sich im Badezimmer nach Spuren und Beschädigungen um.

Von deinem Blut!

Von der Schrift ging sein Blick zurück den Korridor entlang zur Wohnungstür. Bei seiner Heimkehr war sie verschlossen gewesen. Weder hatte er Kratzer am Schließblech gesehen noch hatte der Schlüssel beim Umdrehen gehakt. Jemand musste das Schloss also professionell mit einem Dietrich überwunden haben. Eine andere Erklärung gab es nicht. Jemand, der womöglich unbemerkt auch in die Wohnungen von Julia Asmann und Dr. Gabriele Schmitz gelangt war.

Jemand, der hier am Spiegelschrank ein Foto hinterlassen hatte.

Bedacht auf jeden Schritt, näherte Hardy sich dem Spiegel, bis er sogar die Poren in seinem Gesicht betrachten konnte. Das Foto steckte im Spalt zwischen den Türen. Er ließ es zuerst, wo es war, und betrachtete nur das Motiv.

Es zeigte das Rostocker Krankenhaus, in dem er geboren worden war.

»Was hat das alles zu bedeuten?«

Er veränderte seine Position und beschaute die Rückseite des Fotos. Mittels Klebestreifen hing ein Puzzleteil daran. Ein weiteres Fragment, das zu einem bisher unbekannten Ort führte. Wieder ging sein Blick zu den Wandfliesen.

Von deinem Blut!

Sosehr er sich anstrengte, er bekam die Bedeutung nicht zu fassen. Doch auf einmal ergriff ihn furchtbare Angst um Lara. Während er sein Handy schnappte und Tony Schneiders Nummer wählte, suchte er die anderen Räume ab. Nichts. Die übrigen Zimmer schienen unangetastet. Dem Täter war es nur darum gegangen, seine Botschaften zu platzieren.

»Die gewählte Rufnummer ist zur Zeit nicht erreichbar …«, schallte es in seinem Ohr.

»Das gibt es doch nicht!«, zürnte er und wählte erneut.

Wieder begrüßte ihn die automatische Ansage. Panik stieg in ihm auf. Als Nächstes wollte er den Notruf wählen, damit die Leitstelle sofort einen Funkstreifenwagen zu der geheimen Adresse schickte. Allerdings hätte das zu viel Aufsehen erregt und die gesamte Schutzmaßnahme gefährdet. Andererseits war das Blut in seiner Wohnung nicht einfach nur abartiger Scherz, sondern bedeutete echte Gefahr.

Er raste durch den Flur, schnappte sich seine Jacke und seinen Fahrzeugschlüssel. Als er die Wohnungstür aufriss, stieß er mit Edward zusammen.

»Du?«, fragte Hardy zornig und erschrocken zugleich.

»Wo ist Lara?«, fragte Edward mit ernster Miene.

Im ersten Moment wusste Hardy nicht, was er von dieser Frage halten sollte. Auch war es ihm unbegreiflich, weshalb dieser Mann um diese Uhrzeit vor der Wohnung stand. Noch dazu in legerer dunkler Kleidung wie ein Einbrecher. Anders als sonst trug er sogar eine tief ins Gesicht gezogene schwarze Strickmütze.

»Was willst du von Lara?«

»Soll das ein Witz sein? Sie hat mich angerufen.«

Hardy dachte an ihr Mobiltelefon, das er ihr am Tag abgenommen hatte und das nun zur Datenauswertung im LKA lag. »Das ist unmöglich.«

»Lara hat mich vor dreißig Minuten angerufen. Also was ist unmöglich?«

»Sie kann dich nicht angerufen haben«, sagte Hardy mit fester Stimme. Es sei denn … »Was hat sie gesagt?«

Edward stellte sich auf Zehenspitzen und spähte an Hardys Kopf vorbei in den Korridor, in dem das Licht noch brannte. »Sie hat ganz leise gesprochen und sie hat geschluchzt. Sie hat eindeutig geweint. Weil sie mich angerufen hat, dachte ich, ihr hättet Streit gehabt. Ich …«

»Zeig mir die Nummer!«

Edward begriff sofort, holte sein Smartphone hervor und suchte die Anrufernummer in der Telefonliste. Hardy lief es heißkalt über den Rücken. Wie vermutet, handelte es sich um Julia Asmanns Nummer.

»Du weißt also nicht, wo sie ist, oder?«, fragte Edward.

»Doch, das weiß ich … zumindest theoretisch.«

»Wie gesagt, sie hat ganz leise gesprochen und ich habe anfangs kaum etwas von ihren Worten verstanden.«

»Was hat sie gesagt?«

»Sie sagte: *Neid ist die aufrichtigste Form der Anerkennung.*«

Kapitel 58

Über die B110 schaffte Greta die Strecke bis Neppermin und danach zum Strandabschnitt von Balm in Rekordzeit. Mit dem Balmer See, eine Bucht im Südosten des Achterwassers, verband sie viele schöne Kindheitserinnerungen. An diesem Ufer hatte sie mit Freunden im Schilf gespielt und war mit ihnen auf Naturentdeckungsreise gegangen.

Heute kam sie wegen eines unerfreulichen Ereignisses hierher. Der Puzzlemörder hatte wieder zugeschlagen. Anders als zuvor handelte es sich bei dem Opfer diesmal um einen Mann.

»Was sagt der Notarzt?«, fragte Greta, als sie mit Jens Timmendorf über den Anlegesteg zum Kutter eilte.

»Was er gesagt hat?«, antwortete der Polizeihauptmeister. »Der hat nur einen kurzen Blick in die Kajüte geworfen und sich dann angeekelt abgewandt.«

»Ist es so schlimm?«

»Schlimmer als beim letzten Mal, würde ich sagen.« Sein Vergleich zielte auf den Anblick der toten Julia Asmann ab. »Für mein Empfinden hat der Täter sich diesmal richtig an seinem Opfer ausgetobt.«

Daraufhin blieb Greta stehen. Zum einen war sie nicht unbedingt scharf darauf, die grausam zugerichtete Leiche zu

Gesicht zu bekommen, und zum anderen leuchtete sie die Holzbretter des Stegs nach Spuren ab.

»Ist was?«, fragte Timmendorf, als sie sich plötzlich hinkniete.

»Du sagtest, du hättest einen Verdächtigen verfolgt.«

»Ja, nachdem Benno über Bord gegangen ist, bin ich natürlich sofort zur Reling und habe mit der Taschenlampe nach ihm gesucht. Er hat im Wasser gestrampelt wie ein Ertrinkender. Und um Hilfe gerufen. Ich antwortete ihm sofort, dass ich ihm helfen werde, und habe ihm den Rettungsring hingeworfen. Dann habe ich schnelle Schritte gehört. Jemand ist vom Boot weggerannt. Da habe ich natürlich sofort meine Waffe gezogen und bin hinterher.«

Greta schwenkte den Strahl der Taschenlampe auf Timmendorfs Schuhe und betrachtete sie. »Hat der Flüchtende geblutet?«

»Woher soll ich das wissen? Ich habe ja nur eine Silhouette gesehen. Der hatte einfach zu viel Vorsprung. Ich … Wie kommst du darauf, dass er geblutet haben könnte?«

»Weil hier lauter Blutspuren sind.«

Als Greta mehrere Stellen erhellte, erkannte auch der Polizeihauptmeister die winzigen Flecken. »Ja, die müssen von dem Kerl stammen.«

»Kümmere dich darum, dass der Bereich abgesperrt wird und die Kriminaltechniker die Spuren sichern.«

»Geht klar.«

»Und falls Benno nicht lebensbedrohlich verletzt ist, soll er zu mir kommen. Ich will von ihm wissen, was er gesehen hat.«

»Schätze, er ist noch nicht voll zurechnungsfähig. Er konnte zwar schwimmen, doch er ist stark unterkühlt und die Sanis wärmen ihn gerade im Rettungswagen auf. Aber ich prüfe das natürlich.«

Ein paar Wimpernschläge lang schaute Greta Timmendorf noch hinterher. Um sich Mut zu machen, zündete sie sich eine

Zigarette an, umfasste ihre Taschenlampe fester und betrat die *Küstenzorn*.

Der Kutter schaukelte. Seekrank würde sie vermutlich nicht werden, aber ihr Magen spielte ihr trotzdem übel mit, wenn sie an die bevorstehende Leichenschau dachte. Bisher stand die Identität des Mannes zwar noch nicht fest, aber den Eigentümer des Schiffs, Nils Leonhard, den Greta vor zwei Tagen auf dem Vernehmungsstuhl vor sich sitzen hatte, schloss Timmendorf aus. Von diversen Werbeanzeigen in Zeitschriften kannte der Hauptmeister den Unternehmer. Derzeit war eine Streifenbesatzung auf dem Weg zu dessen Wohnung, um herauszufinden, an wen Leonhard den Kutter vermietet hatte.

So ganz allein auf dem Boot wirkte die Umgebung gespenstisch. Und es wurde nicht besser, als sie die Treppenstufen ins Unterdeck hinabblickte, wo eine trübe Lampe hin und her pendelte und den dunklen, fleckigen Boden erhellte. Einen Boden, auf dem lauter Haarsträhnen lagen.

»In einem Krimi läuft die Ermittlerin emotionslos ins Verderben, aber in der Realität ist es einfach nur ein Scheißgefühl.«

Sie schnippte ihren Zigarettenstummel über Bord und stieg die Stufen hinab. Am Ende der Treppe erwartete sie ein einzelner Stuhl, auf dem man einen großen, schweren Mann hingerichtet hatte. Blutige Fesseln hingen um seine Handgelenke, hatten sich tief ins Fleisch gefressen. Die Unterschenkel waren an die Stuhlbeine gebunden. Sein Kopf war nach vorn auf die Brust abgeknickt. Mehrere Hautstellen waren verbrannt. Als hätte ihn jemand mit einer Kerze oder einem Feuerzeug gefoltert. Sogar jetzt stank es noch nach verbrannter Haut.

Angewidert beugte Greta sich leicht nach vorn und leuchtete in das tote Gesicht. Der Mund des Mannes war voller Bauschaum. Es erinnerte an einen bizarren stummen Schrei. Sofort musste Greta an das Bild von Giotto di Bondone denken.

Der Neid tritt als gelbe Schlange aus dem Mund und verzehrt den Menschen. Vermutlich würde die Kripo im Schaum ein weiteres Puzzleteil finden.

Wie bei den Frauen fehlte ihm das rechte Auge und man hatte ihm ebenfalls den Kopf geschoren. Aber das hatte dem Täter vermutlich nicht gereicht, stellte Greta fest, als sie sich hinter den Toten stellte. Auf dem kahl geschorenen Hinterkopf hatte jemand mit einer scharfen Klinge etwas tief in die Haut geritzt: *38231.*

Noch während Greta über die Bedeutung der Ziffern nachdachte, betrat jemand das Deck.

»Wir haben Revierverstärkung bekommen«, hörte sie Timmendorf von oben reden. »Die sperren den gesamten Uferstrand.«

»Was ist mit Benno?«, rief sie nach draußen.

Sekunden später gesellte sich der Polizeihauptmeister zu ihr. »Den lässt der Notarzt vorerst nicht zurück aufs Boot. Hast du dich inzwischen umgesehen?«

Greta nickte. Augenscheinlich hatte der Mann auf dem Schiff gewohnt. In der kleinen Kajüte standen ein Campingkochgeschirr, mehrere Bierdosen, ein Seemannsrucksack voller Bekleidung und Rasierzeug herum.

»Sieht so aus, als hätte er bis zu seinem Tod jede Menge Spaß gehabt«, sagte Timmendorf und stellte sich vor einen Fernseher, neben dem sich etliche Pornofilme stapelten. An einem DVD-Player blinkte noch ein rotes Lämpchen.

Greta hatte nur einen flüchtigen Blick auf die DVD-Hüllen mit lauter nackten Frauen geworfen. Sie wollte zuerst herausfinden, wer der Tote war.

»Haben wir irgendwo einen Ausweis oder sonstige Dokumente gefunden?«

Timmendorf kam nicht mehr dazu, ihr zu antworten, denn plötzlich erwachte der Mann auf dem Stuhl zum Leben.

Kapitel 59

»Hat der Anruf mit Benjamin zu tun?«

Nur mit Verzögerung drang die Frage in Hardys Verstand ein. Dabei hatte Edward sie bereits zum zweiten Mal gestellt.

»Nein, ich glaube nicht«, sagte Hardy, aber er wusste es besser. Alles, was hier geschah, hatte auf irgendeine Weise mit der Entführung des Jungen zu tun.

Das war vermutlich auch Edward klar, denn er ließ nicht locker. »Hast du mit der Sache zu tun? Sind die beiden deinetwegen in Gefahr?«

»Willst du mir drohen?«

Edward wich zurück. Im Hausflur ging das Licht aus. Bis er den Schalter fand, stand er im Halbdunkel wie eine zwielichtige Gestalt.

»Ich will nur sichergehen, dass sie bei dir nicht in Gefahr sind.«

»Pass bloß auf, was du sagst! Du hast den Jungen verloren. Den Jungen, den du damals geschlagen hast.«

»Das ist nicht …« Er biss sich auf die Lippen, stritt es jedoch nicht ab. »In unserer Beziehung gab es ein paar Probleme, okay. Aber ich bin kein Typ, der Frauen oder Kinder verprügelt. Als Lara damals zu mir in die Sitzungen kam, also vor unserer

Beziehung, hatte ich ihre seelischen Probleme unterschätzt. Ihr strenges Elternhaus und der anschließende Drogenkonsum hatten tiefgreifendere Einflüsse auf sie, als ich anfangs wahrhaben wollte.«

»Das hat sie mir alles schon erzählt.«

»Als wir zusammengezogen sind, wusste ich selbst als Psychologe zeitweilig nicht, wie ich damit umgehen sollte. Natürlich hat mir da auch meine berufliche Distanz gefehlt. Deshalb gab es oft Streit zwischen uns, und der hat schließlich zur Trennung geführt. Ja, ich gebe zu, dass ich sie einmal grob gestoßen habe, aber ich habe stets alles dafür getan, um unsere Beziehung zu retten. Ich habe sie doch geliebt.«

Hardy bekam eine Ahnung, was das bedeutete, und es missfiel ihm. Edward hatte Lara längst noch nicht aufgegeben.

»Halt dich von Lara fern, verstanden?«

»Ich mache mir Sorgen, du Idiot.«

»Genau wie ich.« Jeder weitere Wortwechsel würde wertvolle Zeit vergeuden. Hastig nahm Hardy sein Smartphone zur Hand und wählte.

»Wen rufst du an?«, wollte Edward wissen, aber Hardy antwortete ihm nicht.

Erst als am anderen Ende ein Kollege aus der Leitstelle abhob, redete er wieder.

»Hier ist Hardy Finkel vom Fachkommissariat 1! Ich brauche dringend eine neue Standortfeststellung von Asmanns Handy. Ja, es müsste kürzlich aktiv gewesen sein. Nein, ich weiß nicht, ob das die Führungsgruppe schon weiß. Ist mir auch egal. Ich brauche das Ergebnis umgehend, denn davon hängen Menschenleben ab!«

Der Kollege schien nicht begeistert, und außerdem wirkte er unsicher, ob er Hardys Ersuchen einfach so nachkommen durfte. Als der Kollege erneut nachfragte, ob das nicht jemand anders machen konnte, legte Hardy wutentbrannt auf.

»Und?«, kam es zu allem Überfluss von Edward.

»Was und?«, blaffte Hardy zurück.

»Machen sie es?«

Die passende Antwort lag ihm auf der Zunge, aber weil Edward vermutlich doch echte Vatergefühle für Benjamin hegte, verkniff er sie sich. »Ich denke schon.«

»Und wen rufst du jetzt an?«

»Was soll denn die dämliche Fragestunde?« Wieder führte Hardy das Telefon zum Ohr. »Was suchst du überhaupt noch hier?«

»Die gewählte Rufnummer ist zur Zeit nicht erreichbar …«, hörte er dieselbe Bandansage bei der Anwahl von Schneiders Nummer wie zuvor.

Langsam machte er sich nicht nur um Lara Sorgen, sondern auch um seinen BKA-Kollegen.

»Und nun?«

Hardy überlegte, ob er erneut die Leitzentrale anrufen sollte, aber vermutlich würde er bei demselben phlegmatischen Kollegen landen. »Und nun habe ich vergessen, einen Streifenwagen zu der Wohnung zu schicken.«

»Was denn für eine Wohnung, Hardy?«

»Mach dir darüber keine Gedanken.« Er löschte das Licht hinter sich, trat zu Edward ins Treppenhaus und zog die Tür ins Schloss. »Du musst jetzt nach Hause gehen. Ich fahre zu Lara, dann rufe ich dich an, einverstanden?«

»Du klingst beunruhigend.«

Das war wenig verwunderlich nach dem, was er Minuten zuvor in seinem Bad entdeckt hatte.

Von deinem Blut!

Er hatte nicht einmal eine Waffe dabei, dafür ein wirklich ungutes Gefühl in der Magengegend.

»Worauf wartest du noch?«, fragte er und stieß Edward zum Treppengeländer. »Hast du nicht gehört, was ich dir gesagt habe?«

»Kann ich nicht mitkommen?«

»Wieso? Wir sind doch keine Freunde.«

Edward kratzte sich unter der Mütze. »Du hast recht. Kannst du mir verraten, was es mit dem Satz von Lara auf sich hat? Ich meine, ist das irgendein Spiel?«

Der Neid ist die aufrichtigste Form der Anerkennung.

Hardy überlegte, ob er es ihm sagen sollte, und tat es schließlich. »Es ist ein Zitat von Wilhelm Busch.«

»Ja, schon klar, aber was soll das bedeuten?«

Eigentlich war Hardy klar gewesen, dass er danach fragen würde. Edward war Psychologe, also wollte er den Dingen auf den Grund gehen.

»Es bedeutet, dass jemand bereit ist, anderen etwas wegzunehmen.«

Kapitel 60

Ohrenbetäubende Schreie. Erschrocken riss Greta sich von den eingeritzten Zahlen auf dem Hinterkopf des Toten los. Entschuldigend hob Timmendorf beide Hände samt einer Fernbedienung hoch und regelte am TV-Gerät hastig die Lautstärke auf ein verträgliches Maß.

»Tut mir leid«, stammelte er, weil er ohne Vorwarnung die Wiedergabetaste am DVD-Player gedrückt hatte.

Seine Entschuldigung war Greta im Moment völlig egal, denn der Bildschirm war zum Leben erwacht. Zuerst waren da nur dunkle, verpixelte Sequenzen und eine Zeitanzeige zu sehen und eben die Männerschreie zu hören. Nach wenigen Sekunden erschien der Mann auf dem Stuhl, wie er vergeblich an seinen Fesseln zerrte. Das Bild wackelte geringfügig. Ein Unbekannter musste die Szene mit einem handelsüblichen Camcorder aufgenommen haben. Ganz langsam zoomte die Kamera auf das Gesicht, bis es den Fernsehschirm vollflächig ausfüllte.

»Scheiße«, rutschte es Greta heraus. Gleichzeitig leuchtete sie dem Toten ins Gesicht, weil sie es mit dem auf dem Bildschirm vergleichen wollte.

Bei flüchtiger Betrachtung hätte jeder eine Übereinstimmung verneint, denn der Bauschaum entstellte die Gesichtszüge in erheblichem Maße. Außerdem trug der Mann im Video noch seine Haare.

Doch jetzt erkannte sie ihn.

»Das ist Hardys ...« Sie konnte das Wort »Vater« nicht aussprechen.

»Wer?«, fragte Timmendorf.

»Er heißt James Finkel, ein ehemaliger Olympiasieger.«

»Hardys Vater? Soll das ...?« Er sprach nicht weiter, weil aus dem Fernsehlautsprecher die Stimme des Toten drang.

»Sie hat es verschwiegen!«, kreischte im Video James Finkel. *»Diese verdammte Hure hat es mir verschwiegen! Ich hätte sie ersäufen sollen ...«*

Er schrie auf, verzerrte schmerzvoll das Gesicht. Aus den zusammengekniffenen Augenlidern drangen Tränen hervor. Greta konnte nicht erkennen, wie oder womit der Unbekannte ihn quälte, dafür war der Kamerafokus zu nah, aber vermutlich stammten die Verbrennungen und Hämatome an den Oberarmen daher.

»Binde mich los, du elende Missgeburt!«, forderte James kämpferisch, als die Folter kurzzeitig aussetzte.

Ein Summen setzte ein. James riss die Augen weit auf, stierte panisch auf etwas außerhalb der Kamera.

»Verdammt, was ist das?«, fragte James.

Keine Antwort. Aber auch so identifizierte Greta das Gerät am Geräusch als elektrischen Rasierapparat.

»Was hast du vor?« James' Frage war überflüssig.

Greta und Timmendorf schauten gebannt auf den Fernseher. Kurz darauf fielen die ersten Haarsträhnen. Vereinzelt blieben Haare an James' Nase und im Bart hängen.

»Sie hat es verschwiegen«, murmelte James wieder, während er wie ein Lamm geschoren wurde. Er fing an zu weinen. *»Beatrice, du Schlampe, du hast es mir verschwiegen ...«*

Als Greta den Namen hörte, ahnte sie sofort, wer gemeint war. Hardys Mutter hieß Beatrice. Dieses Wissen hielt sie jedoch vor dem Hauptmeister geheim. Schon in den letzten Minuten hatte sie sich Gedanken gemacht, wie sie all das Hardy erklären sollte. Auch wenn das Vater-Sohn-Verhältnis niemals das beste gewesen war, so wusste sie nicht, wie er auf die Todesnachricht reagieren würde.

Irgendwann fing das Opfer im Video wieder heftig an zu schreien, was Greta auf eine perverse Weise ablenkte. Sie musste zusehen, wie der Unbekannte zu der »Tätowierung« am Hinterkopf ansetzte. Sosehr James drohte, schimpfte, flehte und weinte, sein Peiniger vollführte sein grausames Werk. Das ging so weit, dass Greta mit ansehen musste, wie James gewaltsam ein Kärtchen in den Mund gesteckt und hinterher ein Metallröhrchen tief in den Rachen geschoben wurde. Nur einen Augenblick später quoll gelber Schaum aus Mund und Nasenlöchern.

Den Rest des Todeskampfes wollte Greta nicht mehr mit ansehen. Die Bilder würde sie ohnehin nie mehr aus ihrem Gedächtnis löschen können. Zum Glück war das Video beendet.

»Kam das von einer DVD?«, fragte sie, nachdem sie sich gefangen hatte.

»Schätze schon.« Mit behandschuhten Fingern drückte Timmendorf am Player auf die Auswurftaste. Es ertönte ein mechanisches Geräusch und das DVD-Fach fuhr aus dem Gerät. Er schüttelte den Kopf und kniete sich hin. »Keine Disk. Ich glaube, daneben steckt eine SD-Karte im entsprechenden Slot.« Nach weiteren Handgriffen zeigte er ihr den Datenspeicher. James Finkels Mörder hatte das Foltervideo aufgenommen und die SD-Karte für die Polizei im DVD-Spieler hinterlassen.

»Hast du gesehen, man hat ihm etwas in den Mund gesteckt.« Timmendorf meinte das Kärtchen.

»Gesehen ja, aber nicht erkannt. Möchtest du es aus seinem Mund holen?«

»Nee, ich möchte diesen Abend nur noch vergessen.«

»Kannst du das Video noch mal starten?«

»Willst du es dir etwa erneut ansehen?«

»Nur den Anfang. Ich muss etwas überprüfen.«

Wenig erfreut schob Timmendorf die SD-Karte zurück in das Abspielgerät. Nach wenigen Handgriffen setzte die dunkle, unscharfe Sequenz mit den Schreien ein.

»Stopp«, sagte Greta und deutete am Bildschirm auf die Uhrzeit. »Das war mehr als zwei Stunden, bevor der Notruf einging.«

»Ja, du hast recht. Demzufolge war der Mann da schon längst tot. Wir hatten niemals die Chance, ihn zu retten.«

Greta erwiderte nichts, sondern versuchte zu begreifen, was James Finkels letzte Worte zu bedeuten hatten. Und vor allem wollte sie wissen, was Hardy mit der Sache zu tun hatte.

In ihrer Tasche vibrierte plötzlich das Handy. Sie hatte es leise gestellt.

»Frau Silber?«, meldete sich eine aufgeregte Frauenstimme.

»Wer ist da?«, fragte Greta, weil sie die Anruferin nicht erkannte.

»Hier ist Elisabeth Weigand, die Freundin von Kevin Maurer. Sie wissen schon.«

Das überraschte Greta nun sehr – vor allem in dieser Situation. »Ja, ich hatte Ihnen meine Karte gegeben. Warum rufen Sie so spät an?«

»Es geht um … Er …«

»Beruhigen Sie sich bitte, ich verstehe Sie sonst kaum.«

»Kevin. Es betrifft ihn …« Sie war hörbar den Tränen nahe. »Er kam nach Hause, ich wollte mich für die Arbeit fertig machen. Wir haben uns gestritten. Und dann … Ich weiß nicht, was ich tun soll.«

»Okay, wann ist Herr Maurer nach Hause gekommen?«

»Vor zwanzig Minuten.« Sie schluchzte. »Jetzt ist er im Bad und wäscht sich das Blut ab …«

Kapitel 61

Vergeblich betätigte Hardy den Klingelknopf zur Wohnung Baldauf. Auch beim zehnten Mal blieb die Wechselsprechanlage stumm. Der Türöffner gab ebenfalls keinen Laut von sich. Von Sorge und einem unguten Gefühl getrieben, krachte Hardy die Faust gegen die Briefkastenanlage und trat ein Stück auf die Straße, um in den oberen Fensterreihen vielleicht eine Bewegung oder ein Licht wahrzunehmen. Aber in der Etage, in der die Polizei Lara untergebracht hatte, war es hinter allen Fenstern dunkel.

Erneut wählte er Schneiders Nummer. Wiederholt sprang nur die automatische Bandansage an.

»Das hier sollte der sicherste und geheimste Ort für sie sein«, sagte er leise vor sich hin, weil er es nicht wahrhaben wollte, dass Lara etwas zugestoßen sein könnte.

Doch inzwischen ließ sich der Verdacht nicht mehr entkräften. Bereits als Edward ihm von ihrem Anruf erzählt und ihm die Anrufernummer gezeigt hatte, war Hardy davon ausgegangen, dass an dieser Adresse etwas vorgefallen sein musste.

»Wo zum Teufel bleibt denn die Revierunterstützung?«, redete er erneut laut. Eine Ewigkeit hatte er auch auf das Ergebnis der Handyortung warten müssen. Natürlich war Asmanns

Handy inzwischen erneut deaktiviert. Und das Bewegungsbild durch die bisherigen Einwahldaten half ihm auch nicht weiter.

Unabhängig davon konnte Hardy einfach nicht verstehen, warum das alles so lange dauerte. Vom BKA war er ein anderes Tempo gewohnt.

Nachdenklich blieb er mitten auf dem Asphalt stehen. Erst als eine Autohupe ertönte und Scheinwerfer auf ihn zielten, ging er zurück auf den Gehsteig. Hinter ihm raste das Fahrzeug vorbei. Pfützenwasser spritzte. Vom angeforderten Streifenwagen weit und breit nichts zu sehen.

Entschlossen rüttelte Hardy an der Hauseingangstür. Zwar handelte es sich um eine solide Holztür, allerdings wirkte das Schloss alles andere als stabil. Etliche Hebelspuren zeugten von früheren Einbruchsversuchen. Kurzerhand nahm Hardy zwei Schritte Anlauf, dann wuchtete er seine Schuhsohle gegen die Tür. Gleich beim ersten Versuch flogen die Einzelteile der Verriegelung davon und das Türblatt krachte nach innen.

Vermutlich würden die Anwohner der umliegenden Häuser gleich Alarm schlagen. Hoffentlich wählte jemand den Notruf. Dann schickte die Leitstelle vielleicht umgehend einen Streifenwagen.

Mit diesem Wunschdenken eilte Hardy die Treppe hinauf. Im Hausflur hallten seine Schuhabsätze wie höhnische Echos. Jeder Schritt schrie: Zu spät!

Erst als er direkt vor der Wohnung stand, wurde es um ihn herum regelrecht totenstill. Er hörte auf zu atmen. Beim Anblick der aufgebrochenen und nur halb angelehnten Tür setzte sogar sein Herz für ein paar Schläge aus.

»Lara!«, kam es erstickt aus seiner Kehle.

Die Schulter voran, stürzte er in die Wohnung. Die Deckenlampe im Treppenhaus leuchtete ihm nur unzureichend. Den Lichtschalter im Flur bekam er nicht mehr zu fassen, denn er stolperte über ein Hindernis hinter der Türschwelle.

»Scheiße!«, fluchte er, als er sich besann.

Claudia Schirmer. So hieß die Kollegin aus dem anderen Fachkommissariat, die nun neben ihm lag und ihn aus toten Augen anstarrte. Anscheinend hatte der Täter sie beim Eindringen als Erste erwischt. An ihrem Hals klaffte eine tiefe Wunde. An den Wänden befanden sich etliche Blutspuren vom Todeskampf. Selbst der Boden unter dem Leichnam war voller Blut.

»Lara!«, rief Hardy in seiner Verzweiflung. »Tony!«

Keine Antwort. Widerwillig, aber notwendigerweise tastete er den Körper nach der Waffe der Kollegin ab. Als er nichts fand, kroch er von der Toten weg, sprang auf und durchsuchte die übrigen Räume.

»Lara!«, rief er erneut, aber niemand antwortete ihm.

Bis auf ihre Reisetasche mit den persönlichen Dingen fehlte von ihr jede Spur. Zum Verbleib von Tony Schneider gab es ebenfalls keine Hinweise. Auch seine Einsatztasche, seine Schuhe und sein Jackett befanden sich noch an ihren Plätzen in dem Zimmer, das er sich für ein paar Tage eingerichtet hatte.

Für den unwahrscheinlichen Fall, dass irgendwo in der Wohnung ein Klingelton ertönte, wählte Hardy die Nummer des BKA-Kollegen.

Nichts.

Nach Benjamin war nun auch Lara verschwunden. Weil ihn die Ohnmacht lähmte, ließ er einige Sekunden verstreichen, in denen er einfach nur in Laras verlassenem Zimmer stand, ihre Bluse vom Bett aufnahm, seine Nase in den Stoff tauchte und ihren Duft lange einatmete. Erst als er im Widerschein der Fenster flackerndes Blaulicht bemerkte, löste er sich aus seiner Erstarrung. Zusammen mit den Streifenkollegen musste er die übrigen Wohnungen in dem leer stehenden Mehrfamilienhaus kontrollieren.

Er eilte aus dem Zimmer und durch den Korridor, stieg über den reglosen Körper der Kollegin hinweg und betete, dass er keine weiteren Leichen finden würde.

Kapitel 62

Mit dem Handy am Ohr eilte Greta von Bord und über den Steg zum Ufer zurück. Unterwegs sprachen Streifenbeamte sie an, aber sie hatte keine Zeit, den Kollegen zu erklären, was sie tun sollten. Elisabeth Weigands Anruf verwirrte Greta, andererseits passte Kevin Maurers Verhalten zu den Geschehnissen der letzten Tage. Wiederholt hatte Greta versucht, ihn zu offen gebliebenen Fragen zu vernehmen. Er hatte sich mehr oder weniger vor der Polizei versteckt, hatte Krankheit vorgeschoben. Nun war er offenbar zu Hause aufgetaucht und hatte seine Freundin in Angst und Schrecken versetzt. Und vor mehr als zwei Stunden war Hardys Vater umgebracht worden.

»Okay, Frau Weigand, ich kann Ihnen nur bedingt folgen«, redete Greta ins Handy.

»Ich muss gleich Schluss machen, Kevin ist jeden Moment im Bad fertig.« Noch immer überschlug sich ihre Stimme beim Reden. »Bitte, kommen Sie so schnell wie möglich hierher!«

»Ich sehe zu, dass ich eine Streifenbesatzung zu Ihnen schicken kann.«

»Nein, Sie müssen unbedingt persönlich herkommen! Ich vertraue nur Ihnen.«

Irgendwie schmeichelte das Greta, aber sie konnte unmöglich einfach so vom Tatort aufbrechen. Vielleicht ließe sich Weigand dazu überreden, mit Hardy zu sprechen.

»Das verstehe ich«, beruhigte sie ihre Gesprächspartnerin. »Ich werde zusehen, was ich tun kann.«

»Tun Sie das, bitte! Ich verstehe Kevin einfach nicht mehr. Seit das mit Julia passiert ist, verhält er sich komisch. Er spricht kaum noch mit mir und jetzt das viele Blut … O Gott! Er darf nicht mitkriegen, dass ich Sie angerufen habe. Ich muss Schluss machen …«

»Warten Sie eine Sekunde! Was hat Herr Maurer denn gesagt, als er heimgekehrt ist?«

»Er sprach von einem Kutter und von der Polizei.« Sie jammerte und schluchzte. Hoffentlich erlitt sie keinen Nervenzusammenbruch.

»Sie machen das gut, Frau Weigand.«

»Ich … ich wollte auf Arbeit, weil eine Kollegin ausgefallen ist, aber plötzlich stürzte Kevin zur Wohnungstür herein und seine Schuhe haben rote Tapsen auf dem Laminat hinterlassen. Ich wollte wissen, was los sei, aber er hat mich nur angebrüllt und mich zur Seite gestoßen.«

Gedanklich versuchte Greta, sich ein mögliches Szenario zu erstellen, aber für ein komplexes Gebilde fehlten ihr einfach zu viele Informationen.

»Okay, ich habe verstanden«, sagte Greta. »Sie bleiben jetzt zu Hause und …«

»Aber ich muss zur Arbeit!«

»Sie bleiben zu Hause«, reagierte Greta im ruhigen Ton. »Provozieren Sie Ihren Freund nicht, sprechen Sie ihn einfach nicht an. Lassen Sie ihn von selbst reden. Haben Sie das verstanden?«

»Ja, ja … Eine Sache noch. Er hat von einem Puzzleteil gesprochen. Hat das was mit dem Puzzlemörder zu tun, von dem in den Nachrichten berichtet wird?«

Greta horchte auf. Ein Puzzleteil! Weigand hätte das Wort nicht erwähnt, wenn es vorher nicht gefallen wäre. Also schien etwas an Maurers merkwürdigem Benehmen mit der Sache zu tun zu haben.

Krampfhaft überlegte sie, was sie antworten sollte, um Weigand nicht zusätzlich zu beunruhigen. Bestimmt hatte sie die Berichterstattung der letzten Tage verfolgt und alle möglichen Spekulationen aufgeschnappt. Allerdings handelte es sich bei den Puzzleteilen um einen Fakt, der selbst Greta nicht kaltließ.

»Wie gesagt, Frau Weigand, verhalten Sie sich ruhig und lenken Sie sich ab. Alles Weitere kläre ich mit Ihrem Freund. Warten Sie auf mich, okay?«

»Ja, danke! Ich werde alles so tun. Ich werde …«

Plötzlich kreischte Weigand so laut, dass Greta kurzzeitig das Handy vom Ohr nehmen musste.

Danach hörte sie Tumult und Streit.

»Frau Weigand?«, rief Greta in das Telefon, doch niemand antwortete. »Frau Weigand, hören Sie mich?«

Die Leitung war tot.

Kapitel 63

»Ja, ich bin in einer Minute da«, sagte Hardy ins Handy, während er mit der anderen Hand am Lenkrad kurbelte.

Um diese Zeit herrschte auf Anklams Straßen kaum noch Verkehr, aber in seinem erregten Gemütszustand konnte er bei der geringsten Unaufmerksamkeit einen Unfall bauen. Mit zwei Revierkollegen hatte er alle Stockwerke des Hauses durchsucht, in dem Lara am Vormittag untergebracht worden war. Sie hatten weder eine Spur von ihr noch von Tony gefunden. Dafür rief Greta an und bat ihn um einen Gefallen.

»Du musst Kevin Maurer unbedingt finden, wenn er nicht mehr zu Hause sein sollte«, wiederholte sie in seinem Ohr. »Und sei vorsichtig, okay?«

»Ich passe schon auf mich auf.«

»Nein, das ist kein Witz, Hardy! Ich weiß nicht, wozu der Typ fähig ist. Weigands Handy ist aus. Seit ihrem Telefonat erreiche ich sie nicht mehr. Das war vor fünfundzwanzig Minuten.«

Hardy hatte die Uhrzeit nicht vergessen. Gretas Anruf hatte ihn bereits im Umkreis von Greifswald erreicht und aktuell befand er sich nur noch ein paar Straßenecken von Maurers Adresse entfernt. Als Greta ihm von Kevin Maurer und der Erwähnung eines Puzzleteils erzählt hatte, war er sofort losgerast.

»Es tut mir furchtbar leid, Hardy«, sagte Greta auf einmal.

»Was denn, weil du mich wie einen Laufburschen herumschickst?«, wurde Hardy skeptisch, denn er verstand nicht, was sie ihm damit sagen wollte.

»Ich …« Greta ließ eine Pause. »Wir reden, sobald ich bei dir bin.«

»Was ist los? Du klingst beunruhigt.«

»Kümmere dich um Maurer, der ist momentan unsere größte Sorge.«

Sie beendete das Gespräch und fast im selben Moment hielt Hardy den Wagen vor Maurers Wohnung. Bis auf einen Hund, der an eine Hauswand pinkelte, war weit und breit niemand zu sehen.

Hardy stieg aus. Irgendwo ertönte die Sirene eines Krankenwagens. In der Etage von Maurers und Weigands Wohnung brannte Licht. Schatten von Personen waren jedoch nicht zu sehen.

Mehr als zuvor vermisste er seine Dienstwaffe. Greta hatte sich besorgt über Maurer geäußert. Der Bundespolizist stemmte mehrmals die Woche Gewichte. Hardy dagegen hatte mit Ende dreißig unter anderem wegen einsetzender Kniegelenkschmerzen aufgehört, beim BKA am wöchentlichen Selbstverteidigungstraining teilzunehmen. Hoffentlich rächte sich seine Nachlässigkeit jetzt nicht, falls es zur körperlichen Konfrontation kam.

Da die Eingangstür verschlossen war, klingelte er wahllos bei einem anderen Mieter. Kurz darauf gab er sich als Polizeibeamter zu erkennen und man ließ ihn ein. Im Treppenhaus läutete er dann an der richtigen Wohnung, nachdem er am Türblatt gelauscht, jedoch keinen einzigen Laut vernommen hatte.

Elisabeth Weigand öffnete ihm in einer eng anliegenden schwarzen Samthose und einem Oberteil mit hauchzarten Trägern, das ihre schmalen Schultern unbedeckt ließ. Im Hintergrund lief dezente Popmusik von irgendeinem schnulzigen Latino. Noch bevor er sich als Polizist vorstellen konnte, redete sie.

»Sie haben ihn um eine Minute verpasst.«

»Ist er zu Fuß weg?«

»Er hat sich frische Klamotten angezogen und den Autoschlüssel geschnappt.«

»Was für einen Wagen fährt er?«

»Einen VW-Transporter. Farbe schwarz. Brauchen Sie das Kennzeichen?«

Hastig notierte er es sich und griff nach seinem Handy, um die Daten für eine Fahndung an die Zentrale durchzugeben. Ihm fielen das frische Rouge und die Wimperntusche in ihrem Gesicht auf. Greta hatte erzählt, Weigand habe am Telefon ununterbrochen geschluchzt. Davon war nichts mehr zu erkennen.

»Wie ich sehe, haben Sie sich die Tränen weggeschminkt.«

»Warum sollte ich auch heulen? Weil er mir mein iPhone kaputt gemacht hat?«

»Deshalb waren Sie für meine Kollegin also nicht mehr erreichbar.« Hardy schaute an ihr vorbei, ob er in der Wohnung Anzeichen einer handfesten Auseinandersetzung feststellen konnte.

»Wollen Sie nicht reinkommen?«

»Sonst wird man als Polizist nicht so freundlich hereingebeten.«

Sie ließ ihn eintreten und er schaute sich flüchtig um.

»Er hat mich nicht geschlagen, falls Sie das wissen wollen«, redete Weigand von sich aus weiter. »Nur grob angefasst. Er meinte, ich solle mich aus seinen Angelegenheiten raushalten.

In unserer Beziehung würde es schon lange nicht mehr stimmen, hat er gemeint. Das hat mich verletzt, aber nur seelisch. Körperlich bin ich okay, und nur das zählt in meinem Job.«

Während sie das erzählte, packte sie ihre Handtasche und nahm eine Winterjacke über ihren Arm. Offensichtlich hatte sie tatsächlich vor, trotz des Vorfalls zu ihrer Arbeitsstelle zu fahren. Dem Klub, in dem sie spärlich bekleidet tanzte.

»Seine Äußerungen müssen Sie sehr gekränkt haben.«

»Ach, ich glaube, das ist nur so eine Phase von ihm.«

»Ach ja?« Hardy konnte ihr Verhalten schwer einordnen. Andererseits wunderte er sich gerade über sich selbst, wie ruhig er auftrat, obwohl seine beiden liebsten Menschen verschwunden waren. »Gegenüber meiner Kollegin sprachen Sie von blutiger Kleidung.«

»Die hat er in einem Plastikbeutel mitgenommen.« Sie deutete über ihre Schulter. »Im Bad hat er flüchtig sauber gemacht. Sie können gern nachsehen. Ich meine, deshalb sind Sie doch hier, oder? Er hat sich geduscht, und als er mitbekommen hat, dass ich mit einer Polizistin telefoniere, ist er völlig ausgetickt.« Sie öffnete ein Nachtschränkchen, in dem ein iPhone mit zersprungenem Display lag. »Das können Sie auch mitnehmen, falls Sie es für Ihre Spurensucher benötigen, oder wie die heißen.«

Sie meinte wohl die Spurensicherung. Er unterließ es, sie darauf hinzuweisen, dass dieser Begriff falsch war.

»Sie sind sehr aufmerksam. Leider interessiere ich mich nur für das Handy Ihres Freundes.«

»Das hat er bei sich.«

»Hoffen wir, dass es aktiv ist, damit wir ihn schneller finden.«

Gerade als Hardy das Autokennzeichen und die Handynummer von Maurer durchgeben wollte, klingelte es an der Wohnungstür.

»Kevin hat seinen Schlüssel doch eigentlich mitgenommen«, wunderte sich Weigand und lief an Hardy vorbei.

Er folgte ihr und lauschte, wie sie über die Wechselsprechanlage mit jemandem redete. »Ja, Herr Finkel ist hier. Okay, ich sage es ihm.«

Erwartungsvoll schaute er sie an.

»Einer Ihrer Kollegen wartet unten auf Sie«, sagte sie. »Er meinte, er habe Kevin festgenommen.«

Kapitel 64

»Du?«, wunderte Hardy sich, als er aus dem Haus trat und von Polizeihauptmeister Timmendorf begrüßt wurde. Weitaus mehr staunte er jedoch, als er Kevin Maurer auf der Rückbank des Streifenwagens sitzen sah, den Kopf gesenkt wie ein reuiger Schwerverbrecher.

»Er ist mir mit seinem Transporter an einer Kreuzung direkt vor den Funkwagen gefahren«, erklärte Timmendorf. »Deine Kollegin hat mich als Verstärkung hergeschickt und instruiert. Sie meinte, der Mann könnte inzwischen mit seinem Fahrzeug flüchtig sein. Tja, darauf habe ich natürlich bei der Anfahrt geachtet.«

Beeindruckt von Timmendorfs Auftreten, fehlten Hardy für einige Augenblicke die Worte. So viel Engagement hatte er dem älteren Polizisten mit der etwas schlampig sitzenden Uniform gar nicht zugetraut.

»Und du hast ihn ganz allein festgenommen?«, sagte er schließlich, denn er konnte nirgendwo einen Streifenpartner ausmachen.

»Ich habe das Blaulicht gesetzt und nach einer kurzen Verfolgung hat er am Straßenrand brav angehalten.« Er deutete auf Maurer. »Was hätte ich auch tun sollen? Mein Kollege Benno musste mit Unterkühlung ins Krankenhaus.«

»Benno ist wohl der, den man ins Wasser gestoßen hat?«

Timmendorf ignorierte die Frage. »Jedenfalls ist der hier kooperativ. Hat sich von mir sogar widerstandslos die Handfessel anlegen lassen.«

»Wo steht Maurers Transporter?«

»Zwei Straßen weiter.«

»Und hast du dich im Wagen umgesehen?«

»Du meinst, wegen der blutigen Kleidungsstücke?« Timmendorf grinste gezwungen. »Liegt alles noch drin. Habe nichts angefasst, sondern die Karre ordnungsgemäß verriegelt.«

»Wir sollten unbedingt eine Streifenbesatzung hinschicken, die das Fahrzeug bis zum Eintreffen der Kriminaltechniker sichern.«

»Dann werde ich mich darum kümmern. Willst du ihn jetzt übernehmen?«

Hardy schaute nach oben zum Haus, wo er Weigand hinter der Fensterscheibe spionieren sah. Am besten wäre, Maurer erst mal zur Dienststelle zu bringen. Andererseits vergeudete er dadurch nur noch mehr wertvolle Zeit.

Kurzerhand umrundete er den Funkwagen, öffnete die Hintertür und setzte sich neben Maurer. So laut es ging, knallte er die Tür zu.

»Wo ist der Junge?«, fragte Hardy direkt heraus.

Maurer blinzelte verwirrt. »Welcher Junge?«

»Wo ist Lara Kollmer?«

»Wer?«

»Wo hast du die beiden hingebracht?«

»Scheiße, ich weiß nicht, von wem Sie da reden! Ich kenne ja nicht mal Ihren Namen. Aber wenn Sie mir was anhängen wollen, verlange ich meinen Anwalt. Ich bin selbst Bulle, also verarschen Sie mich nicht.«

Während er die Warnung ausstieß, musterte er Hardy abfällig. Im schlecht beleuchteten Wageninneren entdeckte Hardy an seiner Kinnspitze eine Verunreinigung, die wie ein Streifen getrocknetes Blut aussah. Offenbar hatte er beim Duschen nicht alle Spuren beseitigen können. Diese kleine Nachlässigkeit reichte jedoch vollkommen aus, um Hardys Angstgefühl um Lara und Benjamin noch zu steigern.

»Was hast du heute Nacht getan, du Lügner?«, spie er aus, um seinem Gegenüber zu verdeutlichen, dass er nicht vorhatte, Nettigkeiten zu verteilen.

»Ich habe gar nichts getan!«, schrie Maurer zurück, was Timmendorf wohl veranlasste, seinerseits einzusteigen und als Schiedsrichter auf dem Fahrersitz Platz zu nehmen.

»Kann ich helfen?«, fragte der Hauptmeister auch prompt.

»Scheiße, ich habe Ihnen vorhin erklärt, dass ich nichts Unrechtes getan habe«, sprach Maurer ihn an, weil er wohl hoffte, Timmendorf würde ihm zur Seite stehen.

»Mein Kollege ist nicht dumm«, sagte der stattdessen. »Also erzählen Sie ihm einfach alles, was heute Nacht passiert ist. Das waren Sie doch auf dem Boot, nicht wahr? Und Sie waren es auch, den ich ein Stück über den Steg und durch die Dünen verfolgt habe, richtig?«

Für eine Weile herrschte Schweigen im Fahrzeug. Angesichts von Timmendorfs gelungenem Einwurf wollte Hardy vorerst nichts ergänzen. Irgendwann schüttelte Maurer heftig den Kopf und fluchte.

»Ja, verdammt. Ich bin es gewesen!«

Kapitel 65

»Geht es konkreter?«, drängte Hardy, weil Maurer nicht weiterredete.

»Mann, nerven Sie mich nicht immer mit Ihren dämlichen Fragen! Ich rede ja von allein.«

Blitzschnell packte Hardy Maurer am Jackenkragen. »Pass mal auf, Kollege! Ich stelle so viele dämliche Fragen, bis ich weiß, dass es meiner Freundin und ihrem Jungen gut geht. Klar so weit?«

»Ich habe nichts mit dem Verschwinden des Jungen zu tun.«

»Ach, aber plötzlich weißt du, von wem ich rede.«

»Läuft doch ständig in den Nachrichten. Denken Sie, ich hätte nichts von Benjamin und vom Puzzlemörder gehört? Greifen Sie mal in meine Innentasche, da finden Sie was.«

Hardy und Timmendorf schauten sich fragend an.

»Na los, machen Sie schon!«, animierte Maurer Hardy. »Da ist nichts, woran Sie sich verletzen können.«

Mit leichtem Unbehagen durchsuchte Hardy die Jacke und fand einen Zettel, auf dem ein weiteres Puzzleteil aufgedruckt war. Es zeigte einen Hügel oder eine Anhöhe, niedergetrampeltes Gras und deutlich einen Weißdorn. Greta hatte also recht gehabt mit ihrer Vermutung, was die Baumart anging. Es war eindeutig ein blühender Weißdorn.

»Wo hast du das her?«

»Das ist alles echt kompliziert.«

»Wo hast du das her?«, wurde Hardy deutlicher.

»Von dem toten Mistkerl!«

»Sie meinen den Toten auf dem Kutter?«, fragte Timmendorf dazwischen.

»Ja, es war mit einer Nadel an der Brust des Mannes befestigt.«

»Schön langsam«, sagte Hardy. »Du willst uns damit sagen, der Mann war schon tot, als du das Boot betreten hast?«

»Ja, klar, oder denken Sie etwa, ich hätte den Kerl umgebracht?«

Hardy wiegte den Kopf hin und her. »Was hattest du denn auf dem Schiff zu suchen?«

Maurer rieb sich mit den gefesselten Händen die Nase und schniefte mehrfach. Timmendorf reichte ihm ein Taschentuch.

»In den letzten Tagen war ich äußerst fleißig und habe eigene Nachforschungen zum Tod von Julia angestellt. Als Bundespolizist komme ich hier und da an vertrauliche Informationen ran, zumal ich echt viele Bekannte bei der Landespolizei habe.«

Im Stillen seufzte Hardy, denn undichte Stellen bei Behörden kotzten ihn maßlos an. Nicht erst seit seiner Zeit bei der internen Ermittlungsgruppe wusste er, welche weit reichenden Konsequenzen derartige Verstöße gegen das Datengeheimnis für die Sicherheit hatten.

»Verstehe, deshalb hast du bei deinen Ermittlungen sogar das Polizeisiegel an der Wohnungstür von Julia gebrochen«, kürzte Hardy es ab.

»Nein, so war es nicht. Ich war tatsächlich an der Adresse, aber das Siegel war schon durchgeschnitten, als ich dort ankam.

Da wusste ich sofort, dass etwas nicht stimmte. Ursprünglich wollte ich die Tür mit Gewalt öffnen und mich in der Wohnung umsehen – dafür hatte ich mir extra einen robusten Schraubendreher eingesteckt –, aber als ich dann direkt vor der fremden Wohnung stand, war mir die Sache zu heikel. Ich bin noch nie über einen Gartenzaun gestiegen, um Kirschen zu klauen, geschweige denn irgendwo eingebrochen.«

Timmendorf zischte skeptisch.

Auch Hardy wusste nicht, was er von Maurers Story halten sollte. »Und was wolltest du dort?«

»Irgendwann kam ich nicht mehr weiter, also wollte ich Staub aufwirbeln und somit Julias Mörder aus der Reserve locken …«

»… und deshalb hast du eine Provokation auf ihrer Instagram-Seite hinterlassen«, erinnerte Hardy sich an Maurers Spruch unter dem letzten Foto.

Nichts bleibt ungesühnt!!!

Verlegen nickte Maurer. »Und dann kam tatsächlich eine Nachricht.«

»Von wem?«

»Spielt das eine Rolle? Ist doch eh ein Fakename.«

»Von wem?«, beharrte Hardy.

»Er nennt sich *Küstenjunge007*.«

Sofort zog Hardy die Verbindung zu dem Unbekannten, der mit Julia Asmann über eine Online-Singlebörse Kontakt aufgenommen hatte.

»Und was stand in der Nachricht?«

»Der Absender gab mir einen Tipp, dass der Typ, der auf dem Boot lebt, etwas mit Julia Asmanns Tod zu tun habe. Ich bin natürlich sofort dorthin, um ihn zur Rede zu stellen.«

»Und da rufst du nicht die echten Bullen?«

»Anfangs habe ich sogar darüber nachgedacht, aber im Internet hat ein lokaler Reporter ganz schön heftig über eure

Kripo hergezogen, da wollte ich mich lieber auf meine eigenen Fähigkeiten verlassen. Ich meine, sehen wir es doch mal realistisch: Was haben denn eure Leute bisher rausbekommen?«

»Ach, ein mit heißer Nadel gestrickter Artikel der Klatschpresse ist ja so viel besser. Du bist mir echt eine Pfeife.«

»Ich bin es Julia einfach schuldig, kapiert?«

»Julia würde sich für dich schämen. Denn du riskierst da ganz schön viel für eine tote Freundin, findest du nicht?«

»Lief da was zwischen Ihnen und Frau Asmann?«, hakte Timmendorf ein, bevor er antworten konnte.

»Nein«, wehrte Maurer ab und nahm zusätzlich die Hände schützend vor die Brust. »Wir haben uns nur gut verstanden.«

»Freundchen, lüg uns nicht an«, fuhr Hardy auf. »Wir haben gesehen, wie du vergangenen Samstag zwanzig Minuten nach Julia Asmann das *Sonar* betreten hast. Am Eingang des Klubs hat eine Kamera euch beide eingefangen. Wen sie allerdings nicht gefilmt hat, war deine Lebensgefährtin. Also erzähl uns nicht, dass ihr euch dort zufällig getroffen habt.«

Jetzt vergrub Maurer das Gesicht zwischen den Händen. »Fuck, was soll ich denn dazu noch sagen?«

»Wie wäre es mit der Wahrheit?«

»Ja, ich war total verschossen in Julia, aber sie wollte keine Beziehung eingehen. Wir hatten einmal Sex, aber das hat sie hinterher bereut. Wegen Elisabeth und so. Das ist alles eine große Scheiße. Jetzt will ich nur noch Julias Mörder finden und mit der Sache abschließen. Reicht Ihnen das?«

Hardy überlegte. Möglicherweise hatte Maurer Julia umgebracht, weil sie seine Avancen ausgeschlagen hatte. Möglicherweise war Maurer aber einfach nur ein Trottel.

»Du erhältst also eine Nachricht von einem Unbekannten und steigst auf ein fremdes Boot«, machte Hardy mit der Befragung weiter. »Ohne zu wissen, was dich dort erwartet.«

»Ich hatte keine Angst, wenn Sie das denken«, rechtfertigte Maurer sich, und Hardy begriff, dass er wirklich neben einem Trottel saß. »Natürlich hatte ich mit allem gerechnet, nur nicht mit dem gefesselten toten Mann auf dem Stuhl. O mein Gott, diese Bilder bekomme ich nie wieder aus meinem Kopf.«

»Kennen Sie den Toten?«

Maurer schüttelte den Kopf. »Den habe ich noch nie zuvor gesehen.«

Es klang ehrlich. Schon die ganze Zeit hatte Hardy auf Maurers Mimik und jede kleinste Geste geachtet. Nach und nach war er zu dem Schluss gekommen, dass vor ihm weder ein notorischer Lügner saß noch jemand, der Menschen ein Auge entfernte und ihnen Bauschaum in den Rachen sprühte. Sicher war Hardy sich mit dieser Einschätzung aber keineswegs.

Er zeigte Maurer den Papierschnipsel. »Jetzt interessiert mich nur noch eine Sache: Warum hast du das Puzzleteil mitgenommen?«

»Was weiß ich? Ich habe nicht darüber nachgedacht. Ich bin in Panik geraten, als ich vor der übel zugerichteten Leiche stand. Und dann tauchten auch noch Ihre Leute auf.« Er nickte zu Timmendorf.

Das nahm Hardy zum Anlass, um sich ebenfalls an den Hauptmeister zu wenden. »Kennen wir inzwischen die Identität des Toten?«

Der Angesprochene schaute komisch, drehte den Kopf zur Beifahrerseite und streckte den Arm aus: »Das erklärt dir besser deine Kollegin.«

Verwirrt schaute Hardy in Richtung des Fingerzeigs, und erst da bemerkte er Greta, die an den Streifenwagen trat.

Kapitel 66

So wie Greta Hardy ansah, schien etwas nicht zu stimmen. Sie war um den Streifenwagen herumgegangen und hatte die Tür auf seiner Seite geöffnet. Dann hatte sie bloß gesagt: »Ich muss mit dir reden.«

»Also, was ist los?«, fragte Hardy, während sie sich von den beiden anderen entfernten. »Kollege Timmendorf hat da eine merkwürdige Andeutung bezüglich des Toten gemacht. Hat es damit zu tun?«

Plötzlich blieb Greta stehen, zündete sich eine Zigarette an und stierte die beleuchtete und menschenleere Straße entlang. »Wie würdest du das Verhältnis zu deinem Vater einschätzen?«

»Was soll denn das jetzt?« Er kratzte sich am Hinterkopf und schaute zum Funkwagen, aus dem Timmendorf und Maurer herübersahen. »Ich meine, was hat die Frage mit dem dort zu tun?«

»Ich muss wissen, wie du über deinen Vater denkst.«

Für die geforderte Auskunft musste er tief Luft holen. So als würde er sie tief aus seiner Seele ziehen. »James Finkel ist ein selbstsüchtiger, brutaler und zorniger Mensch. Und manchmal widert es mich an, dass ich seinen Namen trage. Bist du nun zufrieden? Wenn ja, würde ich jetzt gern wissen, warum du das wissen wolltest.«

Greta rauchte hastig und nickte bloß. Weil sie nicht antwortete und ihn ihre Andeutung nervte, wollte er beinahe laut werden. Doch da schoss es ihm wie ein spitzer, giftiger Pfeil ins Gehirn. Ihm fiel die mit Blut geschriebene Botschaft in seinem Badezimmer ein.

Von deinem Blut!

»Scheiße!«, brüllte er. »Der Mann auf dem Boot … das ist mein …«

»Ich wünschte, ich könnte dir die Wahrheit ersparen. Leider ist das nicht möglich. Dein Vater ist tot.«

Bei dem letzten Wort glaubte Hardy schon wieder wie Alice in ein Wunderland abzutauchen – in eine schreckliche Vision, in der sein Vater als Untoter auf einem Geisterschiff auftauchte, um ihn als ewigen Sklaven an Bord zu holen. Doch bei dem aufkommenden Schwindelgefühl handelte es sich lediglich um einen Schwächeanfall, den er mit einem Griff an die Straßenlaterne abfing. Obwohl ihm wahrlich keine einzige gute Eigenschaft seines Vaters einfiel und dieser ihn jahrelang verleugnet hatte, fühlte sich sein Tod trotzdem wie ein Verlust an.

»Hat man ihn …?«

»Schlimmer.« Sie nahm einen letzten tiefen Zug von der Zigarette und schnippte den Stummel in eine Pfütze. »Man hat ihn gefesselt, mit einem Stock oder einer Stahlrute unzählige Male geschlagen und ihm die Haut an einigen Stellen mit einer Flamme versengt, ihm die Haare abrasiert, eine Zahl auf dem Hinterkopf eingeritzt, seinen Mund mit Schaum gefüllt, ihm das rechte Auge genommen und ihn verbluten lassen …«

Er hielt ihr das Papier mit dem neusten Puzzleteil vor. »… und das hier an seinem Körper hinterlassen.«

Sie betrachtete es weniger verwundert, als er angenommen hatte. Danach zündete sie sich eine neue Zigarette an, fluchte über ihren Job und deutete zum Funkwagen. »Hat er was erzählt?«

»Hat er, aber er war es garantiert nicht.«

»Was macht dich so sicher?«

»Kevin Maurer ist nicht kaltblütig genug, um einem Menschen das Auge herauszuschneiden. Außerdem fällt mir kein einziger Grund ein, warum er neidisch auf meinen Vater sein sollte.«

»Vielleicht ist er auf jemand anders neidisch. Auf den allerersten Freund von Julia Asmann zum Beispiel …«

Da sie fraglos auf ihn anspielte, dachte Hardy darüber nach und ließ den Kopf sinken. »Nein, das ist keine ausreichende Motivation, um zwei Menschen zu entführen.«

Weil Greta wohl wusste, welche Todesängste er um Lara und Benjamin ausstand, legte sie ihm mitfühlend die Hand an die Wange. In dieser Situation empfand er die Berührung mehr als tröstlich.

»Kannst du durch das weitere Puzzleteil endlich etwas mit dem Ort auf dem Foto anfangen?«

Er verneinte. »Du hast eben eine Zahl erwähnt.«

»Auf dem Hinterkopf deines Vaters.«

Er mochte sich nicht vorstellen, wie es aussah. »Welche Zahl?«

»38231.«

»Was soll das bedeuten?«

»Um ehrlich zu sein, hatte ich gehofft, du könntest es mir sagen.«

»Das ist alles ein riesengroßes Rätsel«, stieß er voller Wut aus. »Im Prinzip wissen wir nichts. Wir haben jede Menge Hinweise, aber wir verstehen sie einfach nicht. Die Sache mit den abrasierten Haaren und das fehlende Auge! Die Puzzleteile, die seltsame Zahl, die du mir eben genannt hast, und dann das hier …« Er hielt ihr das Foto hin, das er in seinem Badezimmer am Spiegelschrank gefunden hatte.

Greta erkannte das Gebäude. »Es ist das Krankenhaus in Rostock.«

»Da bin ich geboren. Kannst du mir das alles erklären?«

Betrübt schüttelte Greta den Kopf, dann schaute sie ihn wieder ernst an. »Es gibt ein Video, das deinen Vater vor seinem Tod zeigt. Die Details will ich dir ersparen, aber darin erwähnte er den Namen deiner Mutter. Mehr noch, er hat sie beschimpft.«

»Tut mir leid«, sagte Hardy, dem allmählich die Beine wegzuknicken drohten. Gegen die Erschöpfung und die Wucht der grausamen Nachricht konnte er nicht länger ankämpfen. Er merkte, wie ihm eine einzelne Träne über die Wange lief. »Ich verkrafte das momentan nicht. Ich muss erst in meinem Gehirn Ordnung schaffen und über alles nachdenken. Bis dahin hoffe ich, dass du keine weiteren schrecklichen Einzelheiten hast.«

»Nein, vorerst gibt es da nichts.«

Aber still für sich ahnte jeder von ihnen, dass das nicht stimmte.

Kapitel 67

Axl Rose riss Greta aus ihren Träumen. Während der Sänger ihr ins Ohr kreischte, ruderte sie orientierungslos in ihrer Bettdecke herum.

Sympathy for the Devil.

Ihr Handy klingelte auf dem Nachtschränkchen. Sie griff danach und schaute gleichzeitig zur anderen Betthälfte. Der Platz neben ihr war leer. Wie immer war Hannes vor den Hühnern aufgestanden, um Fisch für den Verkauf vorzubereiten. Vermutlich hatte er sie im Schlaf auf die Stirn geküsst und hatte heute allein gefrühstückt. Im Laken hing noch sein Duft, aus der Küche roch es nach Kaffee.

Sympathy for the Devil.

»Nur nicht drängeln«, redete sie mit ihrem Handy, aus dem Axl Rose ohne Unterlass plärrte.

Verschwommen nahm sie die Zahlen der Digitaluhr wahr. Nach acht Uhr. Somit hatte sie kaum vier Stunden geschlafen. Ohne auf die Anrufernummer zu achten, nahm sie das Gespräch an.

»Ich hoffe, Sie liegen nicht mehr im Bett«, kam es sofort.

»Dr. Sattler, sind Sie das?«

»Aha, ich hatte mir schon gedacht, dass Sie noch die Federn hüten. Ausschlafen würde ich auch gern mal wieder, aber leider stopft mir die Kripo in letzter Zeit die Kühlkammer mit äußerst unappetitlichen Leichen voll.«

Langsam kam sie zur Besinnung. Sie quälte sich aus dem Bett und schnappte sich die Zigarettenpackung neben der Nachttischlampe. Während sie dem Rechtsmediziner zuhörte, suchte sie ihr Feuerzeug.

»Sagen Sie bloß, Sie haben schon mit der Leiche von letzter Nacht angefangen.«

»Normalerweise geht das bei mir hübsch der Reihe nach, denn wie Sie wissen, behandle ich jede Leiche gleich gut oder gleich schlecht. Eine Bevorzugung gibt es bei mir nicht. Aber in diesem Fall möchte ich nicht der Dumme sein, dessen Name demnächst in der Klatschpresse auftaucht, weil es an Ermittlungsergebnissen mangelt. Außerdem handelt es sich bei dem Toten um den Vater Ihres Kollegen.«

»Scheiße.«

»Was?«

Der Tag fing ja gut an. Erst weckte sie der Rechtsmediziner und nun fand sie ihr Feuerzeug nicht. »Reden Sie weiter.«

»Teilen Sie Herrn Finkel mein aufrichtiges Beileid mit.«

»Das ist wirklich pietätvoll von Ihnen, aber ich glaube nicht, dass er das hören will. Er und sein Vater haben sich nicht besonders gut verstanden.«

»Richten Sie es ihm trotzdem aus. Und sagen Sie ihm, dass ich meinen Vater zeitlebens gehasst und am Ende an seinem Grab Rotz und Wasser geheult habe.«

Beim Hineinschlüpfen in ihre Schuhe fand Greta endlich ihr Feuerzeug unter dem Bett. Erleichtert schob sie sich eine Zigarette in den Mundwinkel. »Also weshalb rufen Sie an?«

»Wegen James Finkel natürlich.«

»Das dachte ich mir.«

»Wir haben den Bauschaum aus der Mundhöhle gekratzt und sind dabei fündig geworden.«

Am soeben gezündeten Feuerzeug erstarb die Flamme. »Und was haben Sie gefunden?«

Als Dr. Sattler es ihr sagte, fiel ihr auch noch die Zigarette aus dem Mund.

Kapitel 68

Nach der verstörenden Todesnachricht war für Hardy an richtigen Schlaf nicht mehr zu denken gewesen. Ziellos war er in der Gegend herumgefahren in der Hoffnung, er könnte dem Albtraum entfliehen, indem er einfach nur Gas gab. Als er begriffen hatte, dass es für ihn kein Entkommen aus dieser Geschichte gab, egal, wie weit er fuhr, hatte er seinen Wagen in Anklam auf einen Supermarktparkplatz gelenkt und war eingenickt. Irgendwann in den Morgenstunden hatten ihn die Rückfahrwarner eines Lieferwagens geweckt, und schlagartig waren die düsteren Gedanken zurückgekehrt. Wie ging es Lara? Was war mit Benjamin geschehen? Welche Rolle spielte Hardy selbst? Warum hatte sein Vater kurz vor seinem Tod Hardys Mutter Vorwürfe gemacht und sie beschimpft?

Sie hat es mir verschwiegen.

Stundenlang hatte er sich über diesen Satz den Kopf zerbrochen. Zusätzlich hatte er alle sieben Puzzleteile zusammengefügt und krampfhaft überlegt, welche Stelle das Foto zeigte. Ihm wollte einfach kein Ort einfallen, der dem abgebildeten glich. Beinahe hätte er seine Mutter mitten in der Nacht angerufen, aber auf ein Gespräch mit ihr hatte er nicht die geringste

Lust verspürt. Dafür war er auf eine andere Idee gekommen. Direkt am Morgen hatte er etliche Telefonate geführt, und dadurch hatte sich seine Theorie bestätigt.

Inzwischen war es kurz nach neun Uhr. Er saß in seinem BMW und stierte verbissen auf den Hauseingang vor sich. Schon jetzt merkte er, wie die Wirkung der drei Tassen schwarzen Kaffees von der Tankstelle nachließ. Aber das hier musste er durchziehen. Beim Betrachten des Fotos mit dem Krankenhaus wusste er, dass er sich auf der richtigen Fährte befand.

Wiederholt schwang die Eingangstür nach innen. Diesmal zwängte sich eine weißhaarige Frau mit Rollstuhl durch die Öffnung. Mit zwei kräftigen Drehungen an den Rädern schob sie sich zur Briefkastenanlage. Hardy musste sich beeilen.

Er riss die Fahrertür auf, sprang vom Sitz, verriegelte den Wagen und eilte über die Straße.

»Guten Morgen, Frau Schmitz«, begrüßte er Margot Schmitz.

Sie fischte die Zeitung aus dem Briefkasten und legte sie auf ihren Schoß. »Kennen wir uns?«, fragte sie unüberhörbar distanziert.

Vielleicht lag es an seinen tief hängenden Augenringen, seiner beschmutzten Jeans oder seinem Körpergeruch. Seit gestern hatte er sich weder gewaschen noch umgezogen. Beim Befühlen seines Kinns merkte er, wie die ehemals kratzenden Bartstoppeln mit der Länge wieder weich wurden.

»Meine Kollegin hat sich kürzlich mit Ihnen unterhalten. Im Treppenhaus Ihrer verstorbenen Tochter.«

»Sind Sie von der Polizei?«

»Mordkommission.« Er zeigte ihr seinen Dienstausweis, für den sie sich jedoch nicht im Geringsten interessierte.

»Ach«, sagte sie stattdessen, warf einen abfälligen Blick auf Hardy und wendete den Rollstuhl. »Gibt es bei der

Mordkommission irgendwelche Neuigkeiten, von denen ich wissen sollte?«

Hardy umrundete sie und stellte sich mitten vor die Haustür. »Aktuell suchen wir nach einer Verbindung zwischen allen Opfern.«

»Allen Opfern?« Sie verengte die Augenlider, was ihr das Auftreten einer Widerstandskämpferin gab. »Wie viele Leute hat das Schwein denn noch abgeschlachtet?«

Hardy deutete auf ihre Zeitung. »Ich bin sicher, Sie sind bestens über die Morde informiert und kennen die offizielle Zahl.«

»Pah, machen Sie einfach Ihre Arbeit und lassen Sie mich in Ruhe.« Sie versuchte, Hardy wegzuschieben, aber er blieb unverrückbar stehen.

»Unterhalten Sie sich nicht gern mit der Polizei? Meine Kollegin erzählte mir bereits, dass ein Gespräch mit Ihnen … schwierig sei.«

»Nehmen Sie es einer alten Frau nicht übel, aber nach der Wende habe ich das Vertrauen in die Sicherheitsbehörden verloren. Eigentlich in das gesamte System. Am Ende war das irgendeiner von diesen Asylschmarotzern, der meine Gabriele vergewaltigt und umgebracht hat.«

Eine Vergewaltigung hatte die Leichenschau zwar eindeutig ausgeschlossen, aber er wollte die trauernde Mutter in ihrer Einbildung nicht korrigieren. Was man ihrer Tochter angetan hatte, war auch so schon schlimm genug.

»Erkennen Sie das Gebäude?«, stellte er die überflüssige Frage, während er ihr das Foto zeigte.

»Was soll das?«

»Sie haben früher dort gearbeitet.«

»Das weiß ich selbst. Ich will wissen, warum Sie mir das Foto unter die Nase halten.«

»Weil der Mörder es an einem Tatort hinterlassen hat.«

»Ein Bild vom Krankenhaus Rostock? Das ist ja lächerlich! Na schön, an welchem Tatort genau haben Sie es denn gefunden?«

Das würde er ihr schon aus ermittlungstaktischen Gründen nicht verraten. »Zu Ihrer Zeit hieß es noch Bezirkskrankenhaus.«

»Ich wüsste nicht, was mein früherer Arbeitgeber mit Ihren Ermittlungen zu tun hat. Allerdings befürchte ich eher, dass Sie sich da in irgendwas verrennen.«

»Ich kann es Ihnen natürlich nicht übelnehmen, dass Sie mich nicht erkennen. Und auf meinen Ausweis haben Sie nicht geschaut, denn sonst wüssten Sie meinen Namen.«

Jetzt reckte sie das Kinn neugierig nach oben. »Also gut, wie heißen Sie denn?«

»Hardy Finkel.«

Keine Reaktion von ihr. Sie sah ihn einfach an, als wartete sie auf eine zusätzliche Erklärung. »War es das schon?«

»Ich bin der Sohn von James und Beatrice Finkel. Hilft Ihnen das? Nein? Ich bin eines der Kinder, die Sie zur Welt gebracht haben.«

Zuerst schaute sie skeptisch, dann verwirrt und zuletzt lächelte sie. »Jetzt bin ich wirklich beeindruckt. Aus Ihnen ist ein strammer Kerl geworden.« Gespielt streichelte sie seinen Arm. »Das macht mich unendlich glücklich. Trotzdem würde ich es bevorzugen, wenn mich die Babys von damals nicht zu Hause aufsuchen. Guten Tag!«

Sie rollte vorwärts und stieß mit den Fußrasten gegen seine Schienbeine. Trotzdem trat er nicht zur Seite, sondern packte die Armlehnen des Rollstuhls und beugte sich zu ihr.

»Sagen Sie, erinnern Sie sich an meine Mutter?«

»Also, das ist Jahrzehnte her! Ich muss doch sehr bi…«

Hinter Hardy ging die Haustür auf. Er richtete sich auf und blickte einem jungen Erwachsenen mit Sporttasche über der Schulter entgegen.

»Ist alles in Ordnung, Frau Dr. Schmitz?«, erkundigte sich der Mann höflich bei ihr und musterte Hardy dafür wie einen ungebetenen Haustürvertreter.

»Na logisch, bei mir ist immer alles in Ordnung«, fauchte sie und drehte hastig an ihren Rädern, um zurück ins Haus zu gelangen.

Kapitel 69

Nach dem Anruf aus der Rechtsmedizin duschte Greta im Eiltempo, schnappte sich frische Unterwäsche, Jeans, Pullover und Jacke und lief mit nassen Haaren zu ihrem Golf. Beim Anlassen drang nur ein Stottern aus dem Motorraum.

»Kommt schon, ihr Gäule, lasst jetzt wenigstens ihr mich nicht im Stich«, redete sie mit den Pferden unter der Haube.

Wenn die Außentemperaturen nicht bald kletterten, musste sie sich vermutlich noch um eine neue Autobatterie kümmern. Als der Motor endlich ansprang, wählte sie auf ihrem Handy sofort die Büronummer ihres Kommissariatsleiters. Gleichzeitig fingerte sie nach der nächsten Zigarette. Mangels eines Frühstücks blieb ihr nur dieser Genuss. Falls der Stress nicht bald aufhörte, würde der Schlafmangel bei gleichzeitigem Nikotinkonsum auf leeren Magen zu Geschwüren führen. Davor warnte Jona sie direkt, als die Telefonverbindung stand, da er sie statt einer Begrüßung erst mal tief inhalieren hörte.

Greta ignorierte seinen Ratschlag, denn ihr Chef rauchte zwar nicht, aber dafür konnte er keinem Schokoladenstück widerstehen. Diese Sucht war zwar süßer, aber nicht unbedingt gesünder.

»Dr. Sattler hat mich angerufen.«

»Und?«, fragte Jona. »Noch mehr schlechte Nachrichten?«

»Das wird sich zeigen …«

Sie wiederholte alles, was der Rechtsmediziner ihr vor knapp fünfzig Minuten erzählt hatte.

Jona hörte so aufmerksam zu, dass er sogar vergaß zu schmatzen. Am Ende war er genauso beunruhigt vom Fund in James Finkels Mundhöhle wie Greta.

»Du willst doch nicht etwa allein dorthin?«, fragte er, nachdem sie geendet hatte.

»Doch«, antwortete sie und lenkte ihren Wagen auf den Lilienthalring. »Ich bin schon fast da und melde mich, sobald ich mehr weiß.«

»Greta, warte!«

Doch sie legte einfach auf. Zum zweiten Mal suchte sie die Praxis von Edward Koch und Lupin Jorn auf. Zum zweiten Mal führte eine Visitenkarte sie hierher. Diesmal öffnete ihr die Sekretärin. Die Frau wirkte genervt, erst recht, als Greta sich als Kriminalbeamtin zu erkennen gab.

»Tut mir leid, weder Herr Dr. Koch noch Herr Dr. Jorn sind heute zu sprechen«, gab sie in gereiztem Ton Auskunft.

»Aber sie haben doch heute Sprechstunde«, argumentierte Greta und verwies auf das Schild mit den Öffnungszeiten.

»Mag sein, aber ohne Termin geht bei uns grundsätzlich nichts.«

Greta drängelte sich an der protestierenden Sekretärin vorbei in ihr Büro und deutete auf die geschlossenen Türen zu den Nebenräumen. »Sind sie dort drin?«

»Was fällt Ihnen ein?«

»Hören Sie, Frau …« Greta winkte ab und sah sich auf dem Schreibtisch um, ob sie etwas entdeckte, das ihr bei ihren Ermittlungen weiterhalf – eine Patientenakte oder wenigstens eine Notiz. Doch bei einem flüchtigen Blick konnte sie nichts entdecken. »Ich stecke mitten in einer Mordermittlung, und ich mag es nicht, wenn wichtige Zeugen plötzlich nicht mehr erreichbar sind. Zeugen wie Ihre beiden Arbeitgeber.«

»Trotzdem kann ich da nichts für Sie tun«, blieb die Frau hartnäckig. »Als Polizistin sollten Sie darüber informiert sein, dass Herr Dr. Koch aufgrund der schlimmen Sache mit seinem Sohn verhindert ist. Das werden Sie dem Mann ja wohl zugestehen.«

»Und Herr Dr. Jorn?«

»Der hat sich aufgrund einer schweren Erkältung heute früh krankgemeldet.«

»Ach, so plötzlich? Ist er in der Ostsee baden gegangen?«, konnte Greta sich nicht verkneifen. »Wäre ein bisschen früh für die Saison, oder?«

»Die Ursache kenne ich natürlich nicht, ich weiß nur, dass er am Telefon kaum bei Stimme war. Aber eigentlich muss ich Ihnen darüber keine Auskunft geben.« Sie deutete auf zwei Stapel Briefe und Schriftstücke. »Sie sehen ja, wie beschäftigt ich bin. Deshalb würde ich jetzt gern weiterarbeiten.«

Die Sekretärin wollte zu ihrem Arbeitsplatz gehen, aber Greta schnitt ihr den Weg ab. »Gestern war ich hier, weil ein Mordopfer früher Patientin bei Herrn Koch war. Wir fanden eine Visitenkarte Ihrer Praxis im Briefkasten des Opfers.«

»Ich …«

»Heute Morgen hat die Rechtsmedizin Greifswald eine identische Visitenkarte aus dem Rachen einer weiteren Leiche geholt. Der Tote heißt James Finkel. Sagt Ihnen der Name etwas?«

»Nein.«

Greta nickte, denn mit dieser Antwort hatte sie gerechnet. »Trotzdem liegt der Verdacht nahe, dass James Finkel ebenfalls bei Herrn Dr. Koch in Behandlung war.«

Die Frau schluckte. »Selbst wenn, dürfte ich Ihnen ohne Zustimmung meiner Chefs keine Auskunft geben.«

»Dann rufen Sie Herrn Edward Koch doch einfach an. Ich bin sicher, er hebt ab, wenn er die Nummer der Praxis sieht. Dann befragen wir ihn gemeinsam.«

»Das werde ich garantiert nicht tun. Ich habe strikte …«

Greta nahm ihr Mobiltelefon zur Hand und tat so, als würde sie ihre Telefonliste durchsuchen. »Gut, mit solchem Widerstand habe ich gerechnet und vorsorglich den Staatsanwalt informiert. In spätestens einer Minute marschiert hier eine Hundertschaft durch die Räume.«

»Das dürfen Sie gar nicht.«

»Wetten?« Sie führte das Handy zum Ohr und tat so, als würde sie mit jemandem sprechen. »Okay, Einsatzgruppe Finkel, bringt die großen Kartons rein. Und vergesst den Durchsuchungsbeschluss vom Amtsgericht nicht …«

»Halt!«, unterbrach die Sekretärin. »Wenn Sie nur diese eine Information wollen, gebe ich sie Ihnen.«

»Stopp«, sprach Greta ins Handy und ließ den Arm erleichtert sinken, denn sie war sich selbst nicht sicher gewesen, ob ihre Finte funktionieren würde. »Gibt es von Herrn James Finkel eine Patientenakte?«

»Ja, die gibt es, aber …«

»Aber?«, animierte Greta sie zum Weiterreden.

»Aber die Therapiesitzungen fanden nicht bei Dr. Koch, sondern allesamt bei Dr. Jorn statt.«

Kapitel 70

Vor Kälte rieb sich Hardy vor dem ehemaligen DDR-Neubaublock die Hände und beobachtete eine Gruppe Migrantenkinder beim Toben auf dem nahen Spielplatz. Seine Mutter wohnte hier auf knapp fünfundvierzig Quadratmetern, Tür an Tür mit einem asiatischen Imbissbetreiber. Statt öfter einmal die Wohnung zu verlassen, schimpfte sie lieber über ihren ausländischen Nachbarn. Dabei ging der einer geregelten Beschäftigung nach und zahlte durch sein Geschäft brav in die Staatskasse ein. Sie dagegen zog sich ihre Straßenschuhe höchstens an, um Dosenravioli und rabattiertes Obst vom benachbarten Supermarkt zu holen. Bei diesen Temperaturen betrat sie dagegen nicht einmal den Balkon.

Hardy zögerte die Begegnung hinaus. Am liebsten wäre er nicht hergekommen, aber nach dem wenig informativen Gespräch mit der alten Ärztin ließ sich der Besuch bei seiner Mutter nicht mehr vermeiden. Vorhin hatte er ihre Nummer auf seinem Handy gesehen. Er hatte nicht zurückgerufen. Wenn er schon mit ihr reden musste, konnte er die Nachricht vom Tod ihres Ex-Ehemanns auch direkt überbringen. Bei dem Gedanken daran tat ihm seine Mutter sogar ein bisschen leid. Er wusste, dass sie niemals solche zerrütteten Familienverhältnisse gewollt hatte. Niemand hätte sich das gewünscht. Die Tragödie hatte einfach irgendwann ihren Anfang genommen, als Hardy noch ein kleiner Junge gewesen war.

Damals hatte sein eigener Vater ihn beinahe umgebracht, und nun hatte ein anderer James Finkel ermordet.

Angesichts dieser Absurdität ging er kopfschüttelnd auf den Hauseingang zu. Den abartigen Humor des Schicksals konnte er nicht verstehen, deshalb versuchte er, die Gedanken daran zu verdrängen. Er wollte nur noch schlafen und dabei Lara und Benjamin in den Armen halten.

Stattdessen klingelte er bei seiner Mutter, die ihn selten in den Arm genommen und schon gar nicht vor Vater geschützt hatte.

»Schön, dass du den Weg hergefunden hast«, kam es von ihr, als sie ihm die Wohnungstür aufhielt.

»Du weißt ja, was bei uns gerade los ist«, erwiderte er, denn er wusste, dass bei ihr permanent der Fernseher lief und sie die Nachrichten verfolgte.

Hinter ihm krachte die Tür zu.

»Ist er tot?«

Er drehte sich zu ihr um. Im Korridor brannte kein Licht. Alt und klapprig stand sie vor ihm. Vergilbte Fotos an den Wänden rahmten sie ein. Es stank nach muffiger Kleidung und Wäschestärke. Ihr Gesicht wirkte maskenhaft und düster, ihre Augen wie zwei dunkle Edelsteine, aus denen der Glanz erloschen war. Erst da fielen ihm ihre gebügelte weiße Bluse und der lange schwarze Rock auf. Sie hatte sich hübsch gemacht. Sogar ihre Haare, die gewöhnlich strohig herunterhingen, hatte sie zu einem Zopf gebunden.

»Dir kann es wohl nicht schnell genug mit der Beerdigung gehen?«

»Es war nur eine Frage der Zeit, bis man ihn tot auffindet.«

»Warum?«

»Warum er sterben musste?« Sie zuckte mit den Schultern. »Weil sich dein Vater im Laufe der Zeit viele Feinde gemacht hat. Ich schwöre, wenn ich den Mut gehabt hätte, ich hätte ihn eigenhändig umgebracht.« Dazu lächelte sie streng.

Hardy hatte sie die letzten Jahre selten lächeln gesehen. Manchmal, wenn sie von ihm als Kind geredet hatte, dann hatten sich ihre grauen, eingefallenen Wangen leicht rosa gefärbt, als blühe das Leben darin ein wenig auf.

»Vater ist keinen schönen Tod gestorben«, sagte Hardy.

Sie ging an ihm vorbei. »Möchtest du deinen Lieblingstee?«

Sanddorn. Wenigstens diese angenehme Gewohnheit vergaß sie nicht, auch wenn sie zum unpassenden Zeitpunkt kam.

»Ich bin wegen etwas anderem hier.« Er zog das Foto vom Krankenhaus Rostock hervor.

»Ich würde ihn dir liebend gern kochen«, überging sie seine Bemerkung. »Auch wenn die Schweinepriester die Teepreise erhöht haben.«

Für einen Wimpernschlag fragte Hardy sich, ob seine Mutter und er noch einmal von ganz vorn anfangen könnten – jetzt, wo es den Vater nicht mehr gab.

»Hast du gehört, was ich eben gesagt habe?«, schob er diese Vorstellung beiseite.

»Ja, ich habe dich gehört, aber ich will es nicht wissen.« Sie schlich durch den Flur und verschwand in der Küche, als wollte sie vor ihm flüchten.

Sie stellte das Radio an. Danach beugte sie sich über den Spülentisch und klapperte mit dem Geschirr, als wollte sie jedes seiner Worte durch Lautstärke unterdrücken.

Hardy folgte ihr, und während sie an der Spüle stand, schob er ihr das Foto unter die Nase. »Was fällt dir dazu ein?«

»Nichts.«

»Und bei dem Namen Margot Schmitz?«

Besteck rutschte ihr aus den Fingern, schepperte zu Boden. Sie bückte sich nicht danach, sondern unterbrach ihre Arbeit gänzlich. »Dieser Name ist mir völlig fremd.«

Ihre Reaktion verriet das Gegenteil.

»Sie war früher Ärztin in diesem Krankenhaus.« Er wedelte mit dem Foto. »Sie hat mich zur Welt gebracht. Das solltest du wissen, denn du warst bei der Entbindung dabei.«

»Kann sein, ich kann mich nicht erinnern. Außerdem hasse ich Ärzte, das weißt du. Entweder verschreiben sie zu viel oder zu wenig Medizin. Da fällt mir ein, ich muss meine Blutdrucktabletten nehmen.«

»Später.« Er zeigte ihr ein weiteres Foto. Eines, das er aus mehreren Einzelteilen zusammengeklebt hatte. »Sieh es dir genau an. Es fehlt zwar eine Ecke, aber vielleicht erkennst du den Ort.«

Sie fuchtelte mit ihren Armen. »Nein!«

»Warum schreist du mich an, Mutter?«

»Weil du mich mit belanglosen Fragen quälst. Dabei muss ich erst James' Tod verarbeiten. Er ist von uns gegangen.«

»Oh, eben schien dir das sehr willkommen.«

»Du verstehst nichts.«

Wieder bedrängte er sie mit dem Foto. »Wo ist das?«

Jetzt zitterte sie so heftig, dass er befürchtete, ihre Tabletteneinnahme käme zu spät. Doch er setzte sie weiter unter Druck.

»Ich frage dich zum letzten Mal: Was ist das für ein Ort?«

»Verflucht!«, fauchte sie. »Es ist der Ort, an dem sich das Grab deines Bruders befindet!«

Kapitel 71

Den Krämpfen in den Beinen nach zu urteilen, war Greta am Vormittag in halb Mecklenburg-Vorpommern unterwegs gewesen. Sie hatte weniger wichtige Zeugen befragt, die wirklich wichtigen Zeugen jedoch nicht erreicht und herumtelefoniert, bis der Handyakku zusammengebrochen war.

Bei ihrer Rückkehr zur Kriminalpolizeiinspektion wollte sie sich am liebsten in ihr Büro einschließen und die Füße hochlegen. Leider besetzte ihren Stuhl bereits Jona. Sichtlich unzufrieden blätterte ihr Chef in den Unterlagen auf ihrem Schreibtisch.

»Ich habe gesehen, wie du auf den Hof gefahren bist«, sagte er, womit sich erklärte, warum er in ihrem Zimmer saß und nicht wie üblich in seinem.

»Das beweist nur, dass du Zeit hast, um aus dem Fenster zu sehen.«

»Na, wenigstens einer aus meiner Truppe hat noch Humor.«

»Das war nicht spaßig gemeint, sondern mein voller Ernst.«

Konsterniert runzelte er die Stirn. Er kaufte ihr den Spruch tatsächlich ab.

»Komm schon, Jona, das Leben ist Irrsinn genug, da braucht es nicht auch noch Trübsal. Warum bist du hier?«

Er hob eine Akte an und ließ sie zurück auf die Tischplatte fallen. »Linda hat die eben aus dem Archiv geholt und mir gegeben. Sie musste sogar ihren Schwangerschaftsbauch einziehen, weil das Ding in der hintersten Ecke vor sich hin staubte.«

Greta brauchte nicht einmal das Aktenzeichen oder den Namen des darin genannten Beschuldigten zu lesen. Sie selbst hatte am Vormittag danach verlangt. »Aber du bist doch nicht hier, um mir persönlich den uralten Fall von Edward Koch zu bringen. Oder brauchst du für die Übergabe eine Unterschrift?«

»Nein, aber so kann ich gleich das Rauchverbot in diesem Zimmer überprüfen.«

Während er provokativ in der Luft schnüffelte, zündete Greta sich eine Zigarette an und öffnete zusätzlich das Fenster neben ihm, weil sie wusste, wie schnell er sich erkältete. »Bei einer Kippe und frischer Luft kann ich besser denken.«

Statt die Konfrontation mit seiner geachteten Mitarbeiterin zu suchen, winkte er ab. »Außerdem wollte ich von dir wissen, ob wir unseren neuen Kollegen noch unter Kontrolle haben. Nicht nur mir kommt es so vor, als wäre Hardy komplett durch den Wind.«

»Für mein Empfinden hält er sogar richtig gut durch, wenn man bedenkt, dass er gerade den Boxkampf seines Lebens austrägt. Ich finde es schrecklich, wie dieser unmenschliche Gegner ihn fertigmacht.«

»Für so was haben nur leider die Sesselfurzer im Staatsministerium keine Antennen.« Jona hob die Stimme, um deutlicher zu werden. »Laut Buschfunk findet gerade ein reger Schriftverkehr zwischen dem SMI und dem BKA statt. Und weil unsere Polizeidirektion dabei ziemlich mies wegkommt, wollen sie Hardy aus dem Verkehr ziehen.«

»Was ist denn das für eine erbärmliche Tour? Lasst doch den armen Mann einfach in Ruhe.«

»Tja, das sagst du dem Falschen. In der Sache habe ich genauso wenig zu sagen wie der Kollege am Einlass. Im Grunde kennen wir Hardy auch noch gar nicht lange genug, um ihn richtig einschätzen zu können. Was ist, wenn er den ganzen Mist wirklich selbst zu verantworten hat? Kennst du seine Vergangenheit?«

»Jona, so redest du doch sonst nicht über deine Leute.«

»Entschuldige«, grummelte er. »Wenn er wenigstens an sein Handy gehen würde, aber es ist schon den ganzen Tag entweder besetzt oder ausgeschaltet.«

Das erinnerte Greta daran, ihr eigenes Gerät aufzuladen. Auch sie hatte Hardy in den letzten Stunden nicht erreicht, und jetzt, da Jona sich beunruhigt äußerte, machte auch sie sich Sorgen. Sie steckte ihr Mobiltelefon ans Ladekabel, drückte die halb aufgerauchte Zigarette in einem auf dem Schrank versteckten Aschenbecher aus und schnappte sich die Akte von Edward Koch.

»Wie dem auch sei, ich werde mit Hardy reden, ich glaube er vertraut mir.«

»Das will ich hoffen.« Jona quälte sich aus ihrem Bürostuhl, der deutlich kleiner war als derjenige, den er sonst besetzte. Wohl vor Schmerzen massierte er beim Aufstehen seinen Hintern. »Wenn ich einen Wunsch frei hätte, dann den, dass du in diesem ganzen Stapel Papier schleunigst etwas findest, das uns weiterhilft.« Er tippte auf die Akte, die sie festhielt. »Bringt uns die weiter?«

»Vielleicht.«

Er verdrehte die Augen und winkte ab. »Bei Poseidons Schwiegermutter, wie ich das Wort hasse.«

»Ach, Jona … Bisher gab es keinen Grund nachzusehen, aber weißt du zufällig, ob es über Lupin Jorn irgendwelche Einträge in unserem System gibt?«

»Lupin Jorn? Ist das nicht der andere Psychologe?« Er blickte sie skeptisch an und ging rückwärts zur Tür. »Davon ist mir nichts bekannt, aber wenn du willst, wird sich Linda sofort dahinterklemmen.«

»Ja, ich glaube, das würde mir helfen.«

Danach blieb sie allein mit der Akte von Benjamins Vater zurück. Trotz der Müdigkeit verlor sie keine Zeit und schlug sie auf. Eher lustlos blätterte sie die Seiten durch, bis sie einen kopierten Brief fand. Kein Adressat, kein Absender. Nur die blanke Botschaft. Maschinenschrift, fünfundzwanzig Zeilen.

Und zwei Sätze, die Greta einen Schauer über den Rücken jagten: *Es ist mein Sohn! Den lasse ich mir nicht wegnehmen!*

Am Ende des Briefs angekommen, las sie sich die einzelnen Berichte in der Akte durch. Die Staatsanwaltschaft war zu dem Entschluss gekommen, dass Edward Koch den Brief unter den Scheibenwischer von Lara Kollmer geklemmt hatte, um ihr zu drohen.

Auch wenn Edward Koch das in seiner Beschuldigtenvernehmung abgestritten hatte.

Kapitel 72

Hardy schien es, als würde das Schiff, an dessen Bug er stand, direkt in die Dämmerung und damit in seinen eigenen Untergang fahren. Eisig strich der Wind über die kahle Stelle auf seinem Kopf und ließ das zusammengeklebte Foto in seiner Hand tanzen. Er hielt es fest, als wäre es eine Schatzkarte. Dabei wusste er längst, dass er keinen Schatz finden würde. Allenfalls eine weitere traurige Wahrheit – oder eine teuflische Botschaft.

Ein Kollege der Wasserschutzpolizei trat neben ihn und deutete auf die Insel Böhmke, auf die sie zusteuerten. »Am Ufer muss der Steuermann mächtig aufpassen. Selbst mit dem kleinen Boot ist das Anlegen dort eine echte Herausforderung. Offiziell gibt es gar keinen Zugang.«

»Deshalb sind wir ja auch inoffiziell hier«, gab Hardy zurück und reckte sein Kinn stur in den Wind.

Auch wenn er viele Jahre in Wiesbaden gelebt hatte, kannte er sich auf Usedom gut aus. Die Inseln Böhmke und Balmer Werder im Balmer See standen unter Naturschutz und waren deshalb unbewohnt. Trotz des stärker werdenden Abendlichts und der Entfernung konnte er zahlreich den Weißdorn am Ufer erkennen. Es waren die gleichen Bäume wie auf dem Foto. Greta hatte die Pflanze beizeiten bestimmt, aber auf Usedom war sie eben weit verbreitet und damit nicht nur einem einzigen Ort zuzuordnen. Doch nach dem Gespräch mit seiner Mutter kannte er die Stelle, die das Bild zeigte.

»Du sagtest, wir würden dort ein Grab finden«, fing der Uniformierte an. »Ich hoffe doch, es ist kein echtes.«

»Wieso?«, fragte Hardy. »Weil du dich davor fürchtest?«

»Nein, weil es verboten ist, die Insel zu betreten. Du kannst dir sicher vorstellen, wie wenig Lust wir auf den Schreibkram haben.«

Schreibkram! Am liebsten hätte Hardy den Kollegen angeschrien und ihm mitgeteilt, dass Schreibkram ihr kleinstes Problem sein würde, wenn sie wirklich fündig wurden. Um ihm dennoch einen dezenten Hinweis zu geben, formulierte er es anders.

»Ich hoffe, ihr habt Schaufeln, Spaten, Spitzhacken oder besser gleich einen Erdbohrer eingepackt.«

»Einen Erdbohrer?«

»Ja, ich befürchte nämlich, dass der Boden bei den Temperaturen knochenhart ist.«

Die Details hatte Hardy mit dem Diensthabenden in Wolgast abgesprochen. Ihm hatte er auch erklärt, warum er unbedingt auf die Insel musste. Der Vorgesetzte bei der Wasserschutzpolizei hatte keine großen Fragen gestellt, sondern sofort das Polizeiboot klarmachen lassen. Knapp fünfzig Minuten nach diesem Gespräch legten sie an. Unruhig sah Hardy zu, wie der Rumpf sich dem Ufer Zentimeter für Zentimeter näherte. Eine Schar Sturmmöwen flatterte auf und kreiste über ihren Köpfen, als wäre sie das Empfangskomitee. Der Schiffsmotor tuckerte. Der Steuermann ließ ein Achtungssignal ertönen. Drei Kollegen machten Taue und Planke fest. Erst als die Motorgeräusche erstarben und das Boot sanft auf der Stelle schaukelte, betrat Hardy das Land. Nicht zum ersten Mal setzte er einen Fuß auf die Insel. Früher hatte sein Vater ständig von ihm verlangt hierherzuschwimmen. Widerwillig hatte Hardy gehorcht – bis zu dem Tag, an dem sein Vater ihn minutenlang unter Wasser gedrückt hatte, weil Hardy einfach nicht mehr weiterschwimmen konnte.

»Finden wir diese Stelle«, beschwor er die fünf Kollegen in den roten Jacken und hielt dabei das Fotomotiv für alle sichtbar in die Luft.

Mit Werkzeug bewaffnet kämpften sie sich durch die Wildnis aus störrischem Gestrüpp und hohem Gras. Wohin man sah, gab es nur Flora und Fauna. Ein unberührtes Stück Erde, in dem unzählige Vögel, Echsen und andere Kriechtiere ihre Heimat hatten. Aber der Anschein trog. Das Foto bewies es. Jemand hatte das Paradies längst betreten.

Nach heftigem Streit war Hardys Mutter schließlich damit herausgerückt. Sie hatte ihm erzählt, dass sein tot geborener Bruder damals auf dem Zentralfriedhof in Stralsund begraben worden war. Nach Erlöschen des Grabnutzungsrechts hatte Hardys Vater eine neue Stelle für seinen zweiten Sohn gefunden.

Genau hier auf dieser Insel.

»Da ist es!«, rief einer der Polizisten.

Hardy hatte es ebenfalls erkannt. Das Holzkreuz auf dem Hügel war nicht zu übersehen, auch wenn es sich nur um ein kleines Kreuz handelte. Eine Wacholderdrossel saß darauf. Als sich die Menschen näherten, flog der Vogel davon und presste ein Zwitschern aus seiner Kehle. Die typischen flötenartigen Töne anderer Drosseln fehlten. Es klang rau und warnend.

Dschrätt, dschrätt, dschrätt!

Sosehr es Hardy widerstrebte, er musste die Grabstelle von Nahem betrachten. In einer Reihe mit den Kollegen ging er darauf zu. Sich davor hinzuknien, wagte er allerdings nicht. Ununterbrochen stierte er auf das Kreuz, auf dem nicht einmal ein Name stand. Wozu auch? Es war ein einsamer Ort, und derjenige, der das Grab besucht hatte, kannte den Namen seines hier bestatteten Sohnes: Bastian.

Bastian Finkel.

»Die Erde wurde kürzlich aufgewühlt«, verkündete der Kollege, der auf dem Boot neben Hardy gestanden hatte. Bei der Aussage zerbröselte er einzelne Klumpen zwischen den Fingern. »Vor zwei oder drei Tagen. Höchstens.«

Schlagartig fühlte Hardy unendlichen Schmerz in seinem Herzen. Sein Mund wurde trocken, seine Kehle eng. »Das darf nicht sein!«, krächzte er. »Das darf einfach nicht sein!«

»Was ist denn los?«, fragte ein anderer beunruhigt. »Stimmt etwas nicht?«

Wortlos riss Hardy ihm den Spaten aus der Hand und krachte das Metallblatt in die Mitte des Grabes. Schaufel für Schaufel arbeitete er sich in die Erde. Wie ein Wildling stemmte er seine Muskeln gegen die Natur. Erst später bemerkte er, dass er ganz allein grub. Die anderen wagten es offenbar nicht, das Grab zu schänden.

»Na los doch!«, schrie er. »Helft mir!«

»Scheiße, was ist das?«, fluchte jemand.

Eine Taschenlampe leuchtete auf.

»O Gott, nein!«, kreischte ein anderer.

Aus dem Augenwinkel bemerkte Hardy, wie alle fünf Kollegen einen Satz nach hinten machten. Der Taschenlampenstrahl erhellte den Bereich um seine Füße. Nur eine Sekunde darauf registrierte auch er den grausamen Fund. Zwischen Erde und Steinen erschienen die schmutzigen Finger einer Kinderhand an der Oberfläche.

Kapitel 73

Hardy wollte weg. Er wollte nur noch runter von der Insel. Er wollte diesen Ort und den Anblick des toten Jungen einfach vergessen. Bis zum Schiff kam er, dann brach er zusammen. Wenn er sich noch weiter von der Grabstelle entfernen wollte, musste er zwangsläufig schwimmen. Doch dafür reichten seine Kräfte schlichtweg nicht mehr. Zusammengesunken auf dem Schiffsdeck, weinte er stattdessen bitterlich wie ein Kind. Die Kälte des Metallbodens nahm er nicht mehr wahr. Er vergaß alles um sich herum, nur die Erinnerungen an die Stunden, in denen er mit Benjamin herumgealbert, gespielt und Hand in Hand mit ihm spazieren gegangen war, flimmerten wie ein uralter Film vor seinem geistigen Auge vorbei. Irgendwann kam der Filmriss.

Das Klingeln seines Handys hörte sich vollkommen surreal an.

»Warum in Gottes Namen gibt es an diesem widerlichen Ort Empfang?«, brüllte er in den Abendhimmel, an dem tiefschwarze Wolken zogen.

Tiefschwarz sah es auch in seiner Seele aus. Einem Reflex folgend, wollte er sein Mobiltelefon über die Reling werfen, aber dann erkannte er Gretas Nummer. Vielleicht hatte sie endlich eine positive Nachricht. Vielleicht sagte sie ihm, dass man Lara gefunden hatte und sie lebte. Das würde nichts besser machen, aber wenigstens nicht schlimmer.

Schluchzend meldete er sich.

»Ich …«, begann sie und bemerkte dann wohl Hardys Verfassung. »Scheiße, wenn Männer weinen, ist es wirklich schlimm.«

»Ich habe ihn gefunden …«

»Ich verstehe dich kaum, Hardy. Kannst du deinen Standort wechseln?«

Die Verbindung war wirklich schlecht. Dennoch konnte er sich nicht vom Fleck bewegen. Er wollte sich übergeben und danach am liebsten selbst sterben. Über Bord gehen und auf den Ostseegrund sinken.

»Ich habe ihn gefunden …«, stammelte er wieder.

»Du musst lauter sprechen, sonst …«

Lauter sprechen. Dazu fehlte ihm die Stimme. »Lara.«

»Sagtest du Lara? Hast du sie gefunden?«

»Nein, Benjamin.«

»Benjamin? Du weißt, wo Benjamin ist?«

»Er ist tot.«

Greta verschlug es die Sprache, da wusste er, dass sie ihn verstanden hatte.

»Er liegt in einem Grab auf der Insel Böhmke«, fuhr er fort.

»O mein Gott! Ich weiß gar nicht … Oh, Hardy, das tut mir so unendlich leid.« Auch ihr fehlten die Worte. »Ich verstehe das nicht. Wieso Böhmke?«

»Hier hatte mein Vater ein symbolisches Grab für meinen Bruder errichtet. Und jetzt hat jemand Benjamin umgebracht und dort begraben.« Tränen rannen ihm übers Gesicht. Mit der freien Hand versuchte er, sie zurückzuhalten. »Hilf mir, Greta!«

»Hardy, ich versuche es. Wer ist bei dir?«

»Kollegen von der Wasserschutzpolizei. Sie kümmern sich um alles Weitere. Scheiße, wie das klingt.«

»Okay, Polizisten sind bei dir, das ist gut. Ich kümmere mich bald um dich, vorher muss ich Edward Koch finden. Wir haben ein aussagekräftiges Bewegungsbild von Julia Asmanns Handy. Es war mehrfach in der Nähe seiner Wohnung und der Praxis eingeloggt. Erinnerst du dich, was vor zwei Tagen gegen einundzwanzig Uhr war?«

Trotz seiner Verzweiflung dachte er scharf nach. »Um die Uhrzeit muss Edward bei mir gewesen sein und hat mir eine Nachricht von Laras Handy gezeigt.«

»Exakt, du hast mir davon erzählt. Jetzt ist Koch nicht mehr auffindbar. Wir stehen vor seiner Wohnung und niemand öffnet.«

»Wir?« Er schniefte und wischte sich mit dem Jackenärmel die triefende Nase. »Was habt ihr vor?«

»Wenn er sich nicht bei dir gemeldet und eine gute Erklärung hat, stürmen wir gleich seine Wohnung.«

Kapitel 74

Mehr als zwanzig Einsatzkräfte waren rund um das Anwesen des Psychologen positioniert. Sie warteten nur noch auf das Zeichen von Greta.

»Also schön«, sagte sie. »Verlieren wir keine Zeit.«

»Sie geben den Zugriff frei?«, vergewisserte sich der Zugführer der Sondereinheit.

Noch halb benommen vom eben geführten Telefonat mit Hardy, nickte sie. »Hoffen wir, dass der Tag nicht noch miserabler endet.«

»Meine Leute machen das schon.« Entschlossen nahm er das Funkgerät auf, ließ sich Einsatzbereitschaft quittieren und gab dann das Kommando zum Zugriff.

Bange Minuten wartete Greta mit zwei Kriminalbeamten und dem Zugführer im Führungsfahrzeug, einem geräumigen Transporter voller Technik. Über den Funk hörten sie die Gruppen der Sondereinheit.

»Blau hat Rückseite gesichert. Rücken vor.«

»Bei Rot alles gesichert.«

»Gelb in Position. Keine Bewegung auf dem Gelände.«

»Blau hat Hintertür erreicht. Setzen Ramme ein.«

»Rot verstanden. Auf euer Zeichen nehmen wir die Fenster der Westseite.«

Aus taktischen Gründen hatte sich der Zugführer dagegen entschieden, einen Schlüsseldienst anzufordern. Seine Alternative sah eine Art Zwei-Seiten-Angriff vor. Richtig wohl war Greta nicht bei dem Gedanken, dass sie hier Türen und Fenster beschädigten, aber der ganze Aufwand wurde nur betrieben, weil sie einen kaltblütigen Killer suchten. Entsprechend grimmig schaute der Zugführer. Er wollte seine Leute keinem unnötigen Risiko aussetzen.

»Hier Blau an alle, sind am Objekt!«, plärrte es aus dem Funkgerät. Danach kam das Kennwort für die Erstürmung. *»Orkan!«*

Weitere Sekunden verstrichen.

»Eingang gesichert! Person negativ.«

»Untergeschoss gesichert! Person negativ.«

»Treppe … gesichert! Gehen hoch.«

»Hier Gelb, außen alles sicher. Keine Personenbewegung.«

»Obergeschoss gesichert!«

Wenige Minuten danach war es vorbei. Der Zugführer legte sein Headset zur Seite und schüttelte verbissen den Kopf.

»Die Zielperson ist nicht da. Sie können jetzt reingehen.«

Sofort riss Greta die Transportertür auf und eilte auf das weiße Strandhaus im Villenstil zu. Für ihren Geschmack war es zu winzig, selbst für ein kinderloses Pärchen. Dafür war die Lage unbezahlbar. Kochs Haus lag eingerahmt von Koniferen und immergrünen Büschen an einem künstlich angelegten Sandstrand an der Peene. Es passte vorzüglich in die wohlhabende Gegend, direkt neben dem Seesportklub.

Greta kannte die Grundstücke nur aus Zeitungsberichten, als vor Jahren ein Großinvestor auf heftigen Widerstand gestoßen war, nachdem er das Areal erworben und seine Pläne für die teuren Einfamilienhäuser veröffentlicht hatte. Jetzt war sie hier, um Edward Koch zu finden und seine dunklen Geheimnisse zu ergründen.

»Ist echt eine hübsche Bude«, meinte ein junger Kollege mit geschulterter Maschinenpistole beim Verlassen des Hauses.

»Hier würde ich auch gern wohnen«, ergänzte ein anderer, der folgte.

Neugierig betrat Greta den verhältnismäßig weitläufigen Korridor. Dieser begrüßte sie mit weißen Bodenbrettern, kristallartigen Deckenleuchten und einer Treppe mit edlen Stufen und einem hauchzarten Geländer, die nach oben führte.

»Die Küche sollten Sie mal sehen, Kollegin«, sagte ein dritter Kollege, der offenbar ihren vor Staunen offen stehenden Mund bemerkte. »Der hat doch tatsächlich eine vergoldete Granitplatte als Arbeitsfläche.«

Greta wusste nicht, ob sie diese wirklich sehen wollte. Am Ende würde sie noch neidisch werden. »Da wir nicht zum Kochen hier sind, interessieren mich nur die Dinge, die wirklich seltsam sind.«

»Interessieren Sie sich für groteske Gemälde?«, kam es von einem Kollegen aus der Oberetage. »Dann schauen Sie sich die hier mal an.«

Mit großen Schritten stieg sie die Treppe hinauf. Schon auf den letzten Stufen erkannte sie die Kunstwerke. »Das darf doch nicht wahr sein! Die stammen alle von Pieter Bruegel!«

»Wow, Sie kennen sich echt gut aus in Kunst.«

»Nur wenn man an einem Fall arbeitet, in dem ausgerechnet dieser Maler eine Rolle spielt.«

Sie hatte sich intensiv mit den Werken des flämischen Künstlers beschäftigt. Entsprechend fiel es ihr leicht, die hier hängenden Drucke Pieter Bruegel zuzuordnen.

»Die *sieben Laster*«, sagte sie laut, als sie die entsprechende Bildserie erkannte. Darunter befand sich auch das Werk mit dem Namen *Invidia*.

Der Neid.

Beim ersten Gespräch mit Lupin Jorn in dessen Praxis hatte sie die konträre Serie der sieben Tugenden gesehen. Damals war sie erstaunt gewesen, hatte sich aber nichts dabei gedacht.

»Gibt es noch mehr davon?«

»Ich glaube, dort im Arbeitszimmer«, sagte der Kollege und deutete auf eine halb offen stehende Tür.

Nach Betreten des Raumes brauchte Greta weniger als eine Sekunde, um ein riesiges Gemälde von Pieter Bruegel zu identifizieren. Es hieß *Der Triumph des Todes.* Es zeigte brennende Schiffe, sterbende Menschen und eine Armee marschierender Skelette.

Aber die dargestellte Szene von Leid und Tod war es nicht, die Greta beunruhigte, sondern die mit Stecknadeln daran befestigten Porträts. Greta umrundete den Schreibtisch und trat zur Wand, an dem das Gemälde hing. Auf den passbildgroßen Fotos erkannte sie die Gesichter von Julia Asmann, Dr. Gabriele Schmitz, James Finkel, Benjamin und Lara Kollmer …

Kapitel 75

Um 22.14 Uhr blinkten im Leitsystem der Notrufzentrale drei rote Felder. Zwei verschwanden nach wenigen Sekunden. Blieb noch der letzte Notruf. Die Uhr sprang auf 22.15 Uhr. Der Beamte richtete sich das Headset und tippte auf das Display.

»Notruf der Polizei Neubrandenburg«, meldete er sich vorschriftsmäßig.

»Hier ist Koch«, kam eine kratzige Stimme aus dem Kopfhörer. »Edward Koch.«

Der Anrufer klang nicht wie ein Verrückter, also öffnete der Beamte einen neuen Einsatz und tippte gemächlich den Namen ein. Dabei wiederholte er ihn gedehnt. »Edward Koch.«

»Sie haben vielleicht schon von mir gehört.«

»Nein, ich denke nicht.«

»Mein Sohn wird vermisst. Er heißt Benjamin …«

Jetzt machte der Beamte große Augen, die der Anrufer natürlich nicht sehen konnte. »Moment, Sie sind Benjamins Vater?«

»Wie gesagt, ich bin Edward Koch und Benjamin Kollmer ist mein Sohn.«

Geistesgegenwärtig gab der Beamte per Fingerschnippen seinen Kollegen in der Zentrale ein Zeichen. Sofort reagierte sein Nachbar und klinkte sich als Zuhörer in das Gespräch ein.

»Herr Koch, wir suchen Sie ebenfalls. Geht es Ihnen gut?«

»Ist besser, Sie lassen mich reden, okay?« Er sprach leise, dafür langsam. »Ich wollte nur sichergehen, dass Sie wissen, mit wem Sie telefonieren.«

»Wissen Sie, wo Ihr Junge ist?«

»Ich gehe davon aus, dass das Gespräch aufgezeichnet wird.«

»Sicher, aber wozu …?«

»Wie gesagt, hören Sie einfach zu, sonst wird es sehr schlimm werden. Sehr, sehr schlimm.« Er betonte jede Silbe auf besonders eindringliche Weise. »Haben Sie mich verstanden?«

Unter den Achseln des Beamten bildete sich Schweiß. »Ich denke schon.«

»Ich bin Psychologe. Wenn Sie nur denken, dass Sie mir zuhören, werden Sie die Hälfte vergessen. Also haben Sie mich verstanden?«

Weil der Beamte alles richtig machen wollte, konnte er sich eine Gegenfrage nicht verkneifen. »Wo sind Sie, Herr Koch?«

Abrupt setzte ein mechanisches Kreischen ein. Von einem Winkelschleifer womöglich. Dann herrschte plötzlich Stille.

»Herr Koch! Was ist da eben passiert?«

»Machen Sie Ihren Job verdammt noch mal!«, brüllte Koch. »Was habe ich Sie eben gefragt?«

»Ja, ich höre Ihnen aufmerksam zu.«

»Gut.« Er ließ eine Pause, atmete schwer in den Hörer.

»Ich höre Ihnen zu«, betonte der Beamte, um den anderen zum Weitersprechen zu animieren.

»Ich habe eine Botschaft für Kriminalhauptkommissar Hardy Finkel.«

»Hardy Finkel, der arbeitet nicht in der Notrufzentrale.«

Es folgte ein Schniefen. »Es ist nicht klug, wenn Sie versuchen, mich hinzuhalten.«

»Okay, verstanden. Reden Sie weiter.«

»Werden Sie Herrn Finkel die Nachricht wortwörtlich übermitteln?«

»Wenn Ihnen daran liegt, werde ich das tun.«

»Das ist sehr freundlich von Ihnen.«

»Wie lautet Ihre Nachricht?«

»Nein, Sie missverstehen. Die Nachricht ist keineswegs von mir, sondern von seiner Freundin Lara.«

»Lara Kollmer, meinen Sie.«

»Hören Sie mir einfach zu. Sie würde es Ihnen gern selbst sagen, aber sie ist momentan … verhindert.«

»Also wissen Sie, wo sich Frau Kollmer aufhält?«, versuchte der Beamte die Anweisungen seiner Kollegen umzusetzen, indem er das Gespräch in die Länge zog. Hoffentlich fanden sie schleunigst heraus, von wo aus Koch telefonierte. »Kann ich mit ihr reden?«

Danach passierte eine Weile nichts mehr. Aber die Verbindung stand. Der Beamte wurde unruhig, suchte nach den richtigen Worten.

»Entschuldigung, ich versprach, dass ich Ihnen zuhören werde«, sagte er, weil Koch nicht mehr redete.

»Dann ist das die Nachricht«, setzte Kochs Stimme wieder ein. »Der Neid kam in die Welt, als sich Kain über Abel erhob. Auf einem Acker nahe der Feldstraße erschlug der ältere Bruder den jüngeren.«

Kapitel 76

Wie ferngesteuert fuhr Hardy durch Anklam. Nach dem Fund des toten Benjamin hatte er nur noch von der Insel wegkommen wollen. Die Kollegen der Wasserschutzpolizei hatten vollstes Verständnis für seine Verzweiflung gezeigt und ein zusätzliches Polizeiboot angefordert, das ihn zurück zu seinem Wagen in Wolgast gebracht hatte. Während der gesamten Bootsfahrt hatte er kein einziges Wort geredet. Nicht einmal bedankt hatte er sich, obwohl es das Mindeste gewesen wäre. Vielleicht würde er es später einmal nachholen, wenn ein paar Wochen ins Land gegangen waren. Vorausgesetzt, er würde sich jemals von diesem Schock erholen.

Er parkte seinen Wagen auf dem Gellendiner Weg vor dem unbewohnten Mehrfamilienhaus. In der letzten Stunde hatte er sich Gedanken gemacht, was er jetzt noch tun konnte. Untätig herumzusitzen kam für ihn nicht infrage. Das hätte er sich selbst niemals verzeihen können. Greta hatte ihm ihre Hilfe angeboten, aber bisher hatte sie sich nicht gemeldet. Jeden Augenblick würde sein Handyakku zusammenbrechen. Vielleicht sollte er die restliche Energie für einen Anruf im Kommissariat nutzen. Dagegen sprach, dass er mit den anderen Kollegen zur Stunde nicht zusammenarbeiten wollte. So gesehen war er ganz auf sich gestellt. Jetzt, wo Lara nicht bei ihm war, merkte er erst, wie sehr ihm Freunde fehlten. Natürlich gab es da die Bekannten von Lara, aber jemanden, der für ihn wie ein Bruder oder eine Schwester war, gab es eben nicht.

Deshalb stand er nun allein vor dem Haus, in dem man Lara erfolglos versteckt hatte. Inzwischen hatten die Kriminaltechniker die einzelnen Räume auf Spuren und Hinweise untersucht, aber vielleicht entdeckte Hardy noch irgendeine Kleinigkeit, die ihm weiterhalf. Mit dieser Hoffnung stieg er aus dem Fahrzeug und eilte zur Haustür. Das Schloss war noch vom letzten Mal defekt, wodurch er problemlos ins Treppenhaus gelangte. An der einstigen Geheimwohnung prangte das Polizeisiegel. Ohne Zögern wuchtete er die Tür auf. Das Siegel zerriss und das Türblatt zersplitterte auf Höhe des Schließriegels.

Mit klopfendem Herzen und der Einbildung, Lara würde in ihrem Zimmer auf ihn warten, schaltete er das Flurlicht ein. Im gesamten Gebäude ging es geisterhaft still zu. Niemand hatte sich die Mühe gemacht, im Flur das Blut der toten Kollegin Schirmer zu beseitigen. An verschiedenen Stellen konnte er erkennen, wo die Kriminaltechniker Blutproben abgekratzt hatten. Neben einigen Blutmustern hafteten Markierungen, die fotografisch gesichert worden waren und anhand derer Experten am Computer versuchten, das Tatgeschehen zu rekonstruieren. Auf Computertechnik oder neuste forensische Erkenntnisse musste Hardy aktuell verzichten. Ihm blieb allein, sich auf sein Gespür zu verlassen. Allerdings war dieses getrübt durch das Entsetzen, das tief und tiefer in ihm wurzelte. Schon die ganze Zeit kam er sich vor, als würde er mit einem Helm umherlaufen, der sein Denken, Fühlen, Hören, Sehen und Riechen beeinträchtigte.

Nacheinander schaute er in jeden Raum. Überall standen die wenigen Schränke und Schubfächer offen. Die Kollegen hatten alles ausgeräumt. Bis auf die Matratzen hatten sie sogar das Bettzeug aus den Zimmern mitgenommen. Tonys Kleidung und sein Einsatzkoffer, der beim letzten Mal neben dem Bett gestanden hatte, waren ebenfalls verschwunden. Zurückgeblieben waren nur die Stille und ein muffiger Geruch. Beinahe war Hardy versucht, ein Fenster zu öffnen, aber dann machte er mit seinem Rundgang weiter und gelangte zu dem Zimmer, in dem er Lara verabschiedet hatte. Wenn er die Augen schloss und sich konzentrierte, konnte er sich ihre Silhouette und den Duft ihrer Haut und ihres Haares vorstellen.

»Lara, wo bist du?«, wisperte er.

Keine Antwort.

Als er die Augen öffnete, war der Raum so leer wie die Zimmer von Tony und der ermordeten Kollegin. Alle persönlichen Sachen lagen bei der Kriminalpolizei. Zurückgeblieben waren Spurensicherungspulver und jede Menge Aufkleber.

»Irgendwas muss doch noch hier sein«, redete er mit sich selbst.

Er schaute in jeden Winkel, beugte sich über den Boden, ob er auf der feinen Staubschicht irgendetwas fand. Bis auf eine Spinne, die über seine Finger lief und in der Schrankritze verschwand, gab es nichts zu entdecken.

Enttäuscht und wütend richtete er sich auf, putzte sich Hände und Hosenbeine und wollte ins Badezimmer gehen. Plötzlich fiel ihm doch etwas auf. Er ging einen Schritt zurück in den Korridor und sog dort die Luft ein.

»Merkwürdig ...«

Er stellte sich in die Mitte von Laras Zimmer und schnüffelte übertrieben. Dann eilte er in das Zimmer von Tony und roch auch dort die Umgebungsluft. Hier war der Duft ein völlig anderer, was eigentlich nicht sein konnte, denn alle Zimmertüren hatten bei seiner Ankunft offen gestanden. Am ehesten ließ sich der Geruch mit dem eines verfaulenden Steaks beschreiben.

Zuerst schob Hardy den Eindruck auf seine getrübte Wahrnehmung, aber schlagartig war sein kriminalistischer Instinkt vollends geweckt. Getrieben schaute er sich um, aber hier gab es keine Verstecke. Selbst der Abfalleimer zwischen Schrank und Tür war leer. Seine Kollegen hatten bereits alle Räume und Möbel akribisch kontrolliert.

»Haben sie das?«, kamen ihm Zweifel, als sein Blick am Bett hängen blieb.

Erneut kniete er sich hin und schaute darunter nach. Auch hier fand er nichts. Daraufhin fuhr er mit den Fingern in die Ritzen zwischen Bettgestell und Matratze. Ebenfalls nichts. Schließlich packte er die Matratze mit beiden Händen und wollte sie hochkant stellen.

»Verdammt!«, fluchte er, weil es ihm nicht beim ersten Mal gelang.

Sie war zu schwer. Schwerer als eine gewöhnliche Matratze.

Plötzlich regte sich in Hardy ein schrecklicher Verdacht. Mit aller Kraft schaffte er es, die Matratze aufzustellen. Der üble Geruch nahm schlagartig zu. Auf der Unterseite sah er sofort den Einschnitt. Beim Hinknien vorhin war er nicht zu sehen gewesen, da eine Schutzdecke auf dem Lattenrost lag. Jetzt fuhren seine Fingerspitzen vorsichtig in den Schlitz und zogen den Stoff beiseite. In der Matratze befand sich eine Folie.

»Ach du Scheiße!«, stieß er aus, als er erkannte, was in der Folie eingewickelt war.

Er wich zurück. Die Matratze krachte in ihre liegende Position zurück. Der Lattenrost ächzte. In seinem Rücken betrat eine Person den Raum und zielte mit einer Pistole auf Hardys Hinterkopf.

Kapitel 77

Trotz des Angebots des Hausherrn, auf der gemütlich wirkenden weißen Ledercouch Platz zu nehmen, blieb Greta stehen.

»Kann Ihnen meine Frau wenigstens einen Tee oder ein anderes Getränk anbieten?«, fragte Lupin Jorn und nickte in Richtung seiner Ehefrau, die damit beschäftigt war, aufgeschlagene Zeitschriften, Gläser und Jorns Berg an benutzten Taschentüchern wegzuräumen. Nach dem unverhofften Auftauchen der Kriminalpolizei in der Wohnstube versuchte sie eilig, durch das Ordnen von herumliegenden Fachbüchern, das Aufschütteln von Kissen und das Entfernen eines Tellers mit Obstresten ein bisschen Ordnung zu schaffen.

»Machen Sie sich bitte keine Umstände«, beruhigte Greta die Hausfrau. »Wenn Sie mir etwas anbieten wollen, dann allenfalls eine Zigarette. Die würde ich nicht ablehnen.«

Während die Frau konsterniert aufblickte, reagierte ihr Mann besonnen, wie man das von einem Psychologen erwartet. »Tut mir leid, wir sind Nichtraucher.«

»Das dachte ich mir«, antwortete Greta nur geringfügig enttäuscht. »Können wir uns unter vier Augen unterhalten?«

Die Frage war an Jorns Ehefrau gerichtet, die bereitwillig nickte, sich jedoch vor dem Verlassen des Zimmers aufopferungsvoll darum kümmerte, dass ihr erkälteter Gatte die Wolldecke bis über den Hals zog.

»Ich sehe in zehn Minuten noch mal nach dir, mein Schatz«, sagte sie und verabschiedete sich von ihm mit einem Kuss auf die Stirn.

Erst als die Tür hinter ihr mit einem leisen Klicken ins Schloss fiel, begann Greta.

»Um Ihre Praxis steht es momentan nicht gut. Erst fällt Ihr Partner aus und jetzt Sie.«

»Morgen bin ich wieder auf den Beinen.«

»Soso, und heute waren Sie nur auf Rädern?«

»Wie bitte?«

Sie deutete mit dem Daumen über ihre Schulter. »Ihr Wagen vor der Garage, der Mercedes, das ist doch Ihr Fahrzeug, oder?«

»Ja, wieso?«

»Weil die Motorhaube noch ganz warm ist. Und bei den Temperaturen schätze ich, dass er seit höchstens zehn Minuten in der Einfahrt steht.«

»Dafür gibt es eine einfache Erklärung, meine Frau hat mir Medikamente aus der Bereitschaftsapotheke geholt.« Er hob eine Packung Schmerzmittel und ein Fläschchen Nasentropfen hoch. Anschließend hustete er kräftig. »Bestimmt hat sie in ihrem Portemonnaie noch den Beleg. Nur verstehe ich nicht, was Sie daran stört. Ich dachte, Sie seien wegen Edward hier.«

»Das ist richtig.« Sie schaute auf ihre Uhr, denn sie durfte keine Zeit mit Small Talk vertrödeln. »Wissen Sie, wo er sich aktuell befindet?«

Er schüttelte den Kopf. »Wie gesagt, ich lag den ganzen Tag auf der Couch, habe ferngesehen, bis zum Erbrechen heißen Tee in mich gekippt und vor allem stundenlang geschlafen. Mein Handy habe ich extra ausgeschaltet, um zur Ruhe zu kommen.«

Seine Augen sahen glasig aus, seine Nase war feuerrot, seine Stimme kratzig. Eine solche überzeugende Show konnte niemand vortäuschen. Trotzdem traute Greta dem Psychologen nicht ganz. Vielleicht hing die Distanz mit ihrer Vergangenheit zusammen. Wobei ihr der damalige Therapeut sehr geholfen hatte.

»Herr Jorn, ich brauche Ihre Hilfe. Sie sind ein guter Freund von Edward Koch. Wir haben in seinem Haus mehrere Kunstwerke von Pieter Bruegel entdeckt.«

»Sie spielen damit auf die Bilder in der Praxis an?«, fiel er ihr ins Wort.

»So könnte man es sagen. Ein Bild aus der Serie der *Sieben Todsünden* wird von dem Mörder als Symbol benutzt. Es handelt sich um die Darstellung des Neids. Wir fanden die gesamte Serie und einige andere Bruegel-Drucke in Herrn Kochs Haus, zusammen mit Fotos aller bisherigen Opfer.«

»Soll das heißen, Sie verdächtigen ihn?«

Greta wusste nicht, ob sie nicken sollte. »Wenn Sie wissen, wo wir Herrn Koch finden, sagen Sie es mir jetzt.«

»Ja, Edward faszinieren die unheilschwangeren Grafiken und Gemälde des Malers, aber deshalb ist er doch kein Mörder.«

»Herr Jorn, halten Sie mich nicht hin. Ich brauche eine Antwort von Ihnen.«

Wohl vor Aufregung begann er wieder heftig zu husten. Er bellte so laut, dass seine Frau ihren Kopf ins Zimmer steckte und sich nach ihm erkundigte.

»Es ist alles gut, Liebes!« Die Tür ging zu und Jorn wandte sich wieder Greta zu. »Ich kann Ihnen wirklich nicht helfen.«

Irgendwie hatte Greta mit dieser Antwort gerechnet. Ob sie stimmte, wusste sie freilich nicht. »Dann habe ich noch eine andere Frage: Kannten Sie James Finkel?«

Er schwieg. Vermutlich überlegte er, ob er lügen oder sich auf seine Schweigepflicht berufen sollte. »Ja, Herr Finkel war mein Patient. Ich habe von seinem Tod in den Nachrichten erfahren. Er war ein ehemaliger Olympiasieger. Solche Namen kann man vor der Öffentlichkeit nicht geheimhalten.«

»Wenn Sie die Sache verfolgt haben, werden Sie zu der Erkenntnis gekommen sein, dass der Täter eine tief sitzende Aversion gegen James Finkel hegte. Neid könnte eine Motivation gewesen sein. Hat Herr Finkel dahin gehend etwas bei den Sitzungen erwähnt?«

Jorn beugte sich nach vorn, schaute in seine Tasse und stellte sie enttäuscht zurück, als er bemerkte, dass sie leer war. Dabei schaute er so deprimiert, als hätte er in eine finstere Seele geblickt. »James Finkel war ein zerrissener Mensch. Er konnte nie mit Rückschlägen umgehen. Er hat Frauen gehasst und sich gewünscht, sein Sohn Hardy wäre anstelle des jüngeren Bruders bei der Geburt gestorben, so viel möchte ich Ihnen mitteilen, aber er hat mir gegenüber nie geäußert, dass ihm jemand nach dem Leben trachtet. Nein, er war kein Typ, der sich von jemandem einschüchtern lässt.«

»Hat er Namen von Leuten genannt, die er gehasst hat?«

Wieder zögerte Jorn. Doch Greta konnte in seiner Mimik ablesen, dass er reden wollte. Vermutlich kam ihr seine Krankheit zugute, weil er dadurch insgesamt in seiner Abwehr geschwächt war. Vielleicht wollte er sie einfach nur schnell loswerden, auch wenn er sich ihr gegenüber höflich verhielt.

»Ja, natürlich hat er offen und negativ über die Menschen geredet, die ihm nach seinem Empfinden übel mitgespielt haben. Allen voran seine geschiedene Ehefrau Beatrice. Bei unseren Gesprächen fungierte sie stets als sein Ventil. Er hat lang und oft über sie geredet, viele schlimme und gehässige Dinge, aber er hat gleichfalls zugegeben, dass er sie nicht hätte schlagen dürfen.«

»Und über wen hat er noch geredet?«

»Da war noch diese Ärztin.«

»Eine Ärztin?«

»Bitte verstehen Sie, wenn ich Ihnen den Namen nicht nennen werde, aber Sie sind Kommissarin, Sie werden ihn sicher herausfinden. Jedenfalls hat er auch sie gehasst, weil sie seinen Sohn Bastian bei der Geburt nicht retten konnte. Man kann sagen, neben seiner Ehefrau hat er die Ärztin für den Tod des Babys verantwortlich gemacht.«

Jetzt hielt es Greta nicht mehr. »Hieß die Ärztin zufällig Dr. Margot Schmitz?«

Jorn runzelte bloß die Stirn und ließ sich zurück in die Couch fallen, als wäre plötzlich alle Kraft zum Reden aus ihm gewichen. Dann nickte er.

Kapitel 78

»Umdrehen!«, ertönte es hinter Hardy scharf.

Erschrocken schwang er herum. Er blickte direkt in die Mündung eines Pistolenlaufs. Für einen Wimpernschlag dachte er bereits, es wäre alles aus, aber dann erkannte er den Uniformträger.

»Mach jetzt bloß keinen Fehler!«

»Hardy Finkel?«, fragte Polizeihauptmeister Timmendorf ungläubig und ließ augenblicklich den Arm sinken. »Ich hätte fast abgedrückt, verflucht! Was machst du hier?«

Bevor Hardy sich erklären konnte, stürzte ein zweiter Streifenbeamter mit gezogener Pistole in den Raum. Ein blutjunger Kommissar, dessen Namen Hardy schon gehört, jedoch wieder vergessen hatte.

»Was zum Teufel ist denn hier los?«, japste der Kollege. »Ich habe laute Stimmen gehört.«

»Nimm die Knarre runter, Benno«, ermahnte Timmendorf seinen Streifenpartner. »Du kannst Entwarnung an unsere Leute geben.«

»Entwarnung?«, fragte Hardy.

»Ja, die Anwohner haben eine zwielichtige Gestalt ins Haus stürmen sehen. Und da momentan die ganze Stadt sensibilisiert ist, hat sofort jemand den Notruf gewählt.«

»Wir waren zwei Straßen weiter auf Streife, als der Funkspruch kam«, führte Benno aus, aber Timmendorf schnitt ihn mit einer Handbewegung ab.

»Was riecht denn hier so verdammt streng?« Er schaute zur Seite. »Hast du noch Brackwasser in den Schuhen?«

»Nee, hab mir nagelneue von der Bekleidungsstelle geben lassen.«

Als beide ihn fragend anschauten, schüttelte Hardy nur den Kopf. Dann trat er beiseite, um die Sicht auf die Matratze freizugeben.

»Das werdet ihr mir jetzt garantiert nicht glauben«, begann er und kämpfte gleichzeitig mit der Fassung, »aber in dem Ding liegt ein Mensch.«

Benno lachte auf, aber sogleich schlief ihm das Gesicht ein. »Du meinst das ernst, oder?«

Hardy nickte. »Es ist Tony Schneider.«

»Der Kollege vom BKA?«, vergewisserte sich Timmendorf, machte einen Schritt nach vorn und leuchtete mit seiner Taschenlampe den Stoff ab. Von dort konnte er trotzdem nichts erkennen, deshalb ging er noch näher ran.

»Er war ein guter Freund von mir«, sagte Hardy, während er Timmendorf beobachtete, wie der die Matratze anhob, den Stoff in der Mitte auseinanderspannte und wie zuvor Hardy zurückschreckte.

»Scheiße, du hast verdammt noch mal recht.«

Betrübt sah Hardy zu Boden. »Ich wünschte, ich hätte mich geirrt.«

»Aber das ist doch völlig absurd«, sagte Benno. »Warum haben unsere Leute den übersehen?«

»Weil jemand den Körper in lauter Mülltüten eingewickelt und zusätzlich die Matratze gedreht hat«, erklärte Timmendorf. »Da siehst du mal, dass die Kripo nicht unfehlbar ist, auch wenn sie den Streifendienst immer belächeln. Sie haben die

Matratze bei der Tatortarbeit schlicht und einfach nicht ausreichend überprüft. Ist doch so, oder, Hardy?«

»Sieht ganz danach aus.«

»Mann, auf diese Idee muss man erst mal kommen. Das ist absolut widerwärtig. Aber es erklärt endlich, wie jemand zwei Menschen gleichzeitig entführen konnte. Nämlich gar nicht. Dieses Schwein hat unsere beiden Kollegen umgebracht und hat dann …«

Wohl aus Mitgefühl für Hardys Situation sprach er nicht weiter. Hardy selbst übernahm das für ihn.

»Er hat lediglich Lara entführt.« Seine Hand schnellte auf seinen Mund. Nur mit eisernem Willen hielt er die Tränen zurück. Dafür brach seine Stimme. »Wo bist du jetzt, Lara?«

»Wir müssen die Leitstelle verständigen«, sagte Benno, als wäre das Hardy oder seinem Streifenpartner nicht längst klar.

Plötzlich schauten beide zu Hardy, weil dessen Mobiltelefon klingelte.

»Die Leitstelle ruft bereits an«, stellte er fest und nahm das Gespräch an. Er konnte dem Kollegen nur kurz zuhören, dann musste er sich vergewissern. »Lara lebt?« Der Kollege am anderen Ende bestätigte es ihm erneut. »Aber ich dachte, ihr habt eine Nachricht von ihr erhalten … Nicht direkt von ihr, sondern von Edward? Was hat Edward mit ihr zu tun?« Er war verwirrt, sein Gesprächspartner schien nicht weniger konfus. »Wie lautet die Nachricht?«

Während der Beamte sich einen Moment Geduld erbat, stellte Hardy sein Telefon auf Lautsprecher, damit die beiden Streifenbeamten mithören konnten. Zuerst ertönte nur Tastaturgeklapper, dann spielte die Nachricht vom Band ab.

»Der Neid kam in die Welt, als sich Kain über Abel erhob. Auf einem Acker nahe der Feldstraße erschlug der ältere Bruder den jüngeren.«

»Das ist eindeutig Edwards Stimme«, stellte Hardy fest.

»Kain und Abel?«, fragte Timmendorf. »Was soll denn das bedeuten?«

Auch Hardy verstand den Sinn der beiden Sätze nicht. »Laras Eltern waren streng gläubig …« Aber Hardy hatte einst einen Bruder gehabt. Einen toten Bruder …

Plötzlich durchfuhr ihn ein Geistesblitz. »Das könnte es sein!«

»Was denn?«, fragte Timmendorf.

»Edward hat mir einen Hinweis gegeben.«

»Edward? Ich dachte, die Nachricht wäre von Lara. Jetzt verstehe ich gar nichts mehr.«

Hardy verstand es auch nicht richtig, aber er glaubte, dass er sich bei seiner Deutung der Botschaft nicht irrte. »Wir müssen los!«

»Wohin denn?«

»Ich brauche Blaulicht, deshalb müsst ihr mich fahren.«

»Nee, einer muss hierbleiben«, wandte Timmendorf ein und zeigte auf die Matratze mit der verfaulenden Leiche. »Wegen dem da.«

»Dann bleibst du hier und klärst alles Weitere. Dein Partner kann mich fahren.«

»Jederzeit«, kam es von Benno, er klapperte bereitwillig mit dem Zündschlüssel.

»Nichts da!«, widersprach der Hauptmeister und schnappte sich den Schlüssel. »Ich fahre dich, wo auch immer du hinwillst. Ich möchte sehen, wohin diese Horrorgeschichte führt. Und falls es eine Prämie gibt, will ich auch meinen Anteil.«

Hardy schüttelte den Kopf. »In dieser Geschichte gibt es weder Prämien noch ein Happy End.«

Kapitel 79

»Machen Sie endlich auf, Frau Schmitz!«, rief Greta und hämmerte mit den Fäusten gegen die Tür der Erdgeschosswohnung. »Ich kann das Quietschen Ihres Rollstuhls sogar hier draußen im Treppenhaus hören.«

»Es heißt, Frau *Doktor* Schmitz, bitte schön!«, kam es bissig durch das Türblatt zurück.

»Ach, kommen Sie, was nützen Ihnen Förmlichkeiten, wenn ich Ihnen die Tür eintrete?«

»Dann bezahlen Sie den Schaden.«

»Irrtum, ich mache Ihnen die Hölle wegen Beihilfe zu einem Verbrechen heiß. Und glauben Sie mir, ich behandle Menschen mit Behinderung stets mit Respekt, aber bei Ihnen würde ich eine Ausnahme machen.«

Im Schloss wurde ein Schlüssel herumgedreht. Nur eine Sekunde später flog die Tür auf, und Schmitz rollte mit gesenkter Stirn auf Greta zu, ähnlich einem Nashorn auf Rädern.

»Was erlauben Sie sich?«, fing sie an. »Ihr Anstand gegenüber älteren Personen und Akademikern ist ja wohl unter aller Sau.«

»Mittlerweile zähle ich auch zu den Alten, und außerdem habe ich ebenfalls studiert, oder glauben Sie, meinen Dienstgrad habe ich mir beim Wettsaufen ergaunert? Also halten Sie mir keine Vorträge, sondern lassen Sie mich eintreten.«

»Was denn, Sie wollen auch noch in meine Wohnung?« Schmitz setzte zu einer Scheibenwischerbewegung an, hielt dann aber im rechten Moment inne und zeigte nur ihr Handgelenk, als befände sich daran eine Armbanduhr. »Wissen Sie eigentlich, wie spät es ist?«

»Für den achtjährigen Benjamin Kollmer ist es tatsächlich zu spät. Wir haben vor knapp drei Stunden seine Leiche gefunden.«

Greta hatte mit einer zynischen Äußerung gerechnet, aber Schmitz hielt sich diesmal zurück.

»Das tut mir aufrichtig leid für die Eltern.« Es klang beinahe ehrlich. »Der arme Junge!«

»Wegen des Jungen bin ich hier.« Greta setzte ihren Fuß über die Schwelle, aber die alte Dame rollte noch die letzten Zentimeter nach vorn, um den gesamten Türrahmen zu versperren.

»Das gibt Ihnen noch lange nicht das Recht, meine Wohnung zu betreten. Oder haben Sie einen Durchsuchungsbeschluss?«

Langsam wurde Greta nicht nur ungeduldig, sondern zornig. »Nein, danke, als meine Großmutter vor Jahren gestorben ist, haben wir beim Ausräumen der Wohnung jede Menge Dinge gefunden, von denen ich wünschte, ich hätte sie niemals gesehen. Schlüpfrige Liebesbriefe von unbekannten Verehrern zum Beispiel und jede Menge Andenken an die Waffen-SS. Diese Erfahrung reicht für den Rest meines Lebens. Ein zweites Mal kann ich gut darauf verzichten, zumal Sie mir den Eindruck machen, als würden sie gedanklich immer noch am letzten Unrechtsregime festhalten. Bestimmt bunkern Sie in Ihren Schränken ein paar nette Andenken an die ehemalige DDR.«

Schmitz zischte. »Sie sind eine unausstehliche Person.«

»Danke, das Kompliment gebe ich gern zurück.«

»Wenn Sie keine Polizistin wären, würde ich ein paar Freunde zusammentrommeln, die Ihnen Manieren beibringen.«

»Wem wollen Sie denn etwas vormachen? Sie haben doch gar keine Freunde. Ihre Tochter war Ihr letzter Halt. Und nun ist sie tot, weil *Sie* etwas verheimlichen.« Gretas Zeigefinger zielte auf Schmitz' Nasenspitze.

Als handelte es sich um eine lästige Fliege, schlug Schmitz nach Gretas Hand. »Verschwinden Sie!«

»Erst, wenn ich die Wahrheit erfahre, und zwar aus Ihrem Mund.«

»Was denn für eine Wahrheit?«, schrie Schmitz zurück.

»Sie wollen also vor aller Ohren darüber reden …« Greta schaute sich um und lauschte, ob die anderen Mietparteien bereits das Treppenhaus belagerten, weil ganz unten zwei Furien aufeinandern losgingen. »Wir haben lange überlegt, welche Rolle Ihre Tochter Gabriele bei der Mordserie spielt, aber mir ist klar geworden, dass es nie eine Verbindung zwischen ihr und den anderen Opfern oder dem Täter gab. Die einzige Verbindung sind Sie, Frau Dr. Schmitz.« Diesmal betonte sie den Titel extra. »Sie haben nämlich eine Verbindung zu James Finkel.«

Schmitz zuckte zurück, als sie den Namen hörte, erwiderte aber nichts.

»Sie sollten James Finkels zweiten Sohn zur Welt bringen, aber es ist Ihnen misslungen, nicht wahr? Das Kind ist bei der Geburt gestorben.«

»Verflucht, ich wusste, dass dieser Tag irgendwann kommen würde«, erwiderte Schmitz kleinlaut. »Dass es ausgerechnet eine zänkische Polizistin sein musste, die bei mir auftaucht, daran hätte ich nie im Leben gedacht. Los doch, kommen Sie rein!«

Krachend fiel die Tür hinter Greta zu. Die beiden Frauen standen sich wie bei einem ungleichen Duell gegenüber. Die eine stand aufrecht und ballte die Fäuste, die andere saß im Rollstuhl und malträtierte ihre Fingernägel.

»Reden Sie endlich«, forderte Greta die Ärztin auf, weil sie nur undeutliche Worte vor sich hin murmelte.

»James Finkel war ein grausamer Ehemann und Vater.«

»Das ist keine Neuigkeit, also besser erzählen Sie mir etwas, das ich noch nicht weiß. Haben Sie bei der Geburt gepfuscht?«

»Also, das …!« Vor Empörung blieb Schmitz beinahe die Luft weg. »Ich habe mehreren Tausend Müttern bei der Geburt ihrer Kinder geholfen, kein einziges Mal habe ich einen chirurgischen Fehler begangen. Ich habe mehr Auszeichnungen und Belobigungen bekommen, als Sie jemals vertragen könnten.«

»Ja, in der DDR hätte ich auch einen anderen Rang und könnte mit Zeugen wie Ihnen ganz anders reden.«

Der Seitenhieb war angekommen, aber mehr als ein Naserümpfen gab Schmitz nicht von sich. »Sie haben wirklich keine Ahnung, meine Liebe. Bitte sehen Sie es einer alten Dame nach, aber für eine studierte Kriminalbeamtin sind Sie recht einfältig.«

»Ach, Sie meinen, ich stelle die falschen Fragen … Gut, dann erklären Sie mir, warum das Kind nicht lebend zur Welt kam.«

»Herrje, verstehen Sie nicht, was ich versuche, Ihnen durch die Blume zu sagen?«

»Ich …« Greta hielt inne, denn bis eben hatte sie es tatsächlich nicht gewusst. Plötzlich rutschte ihr das Herz in die Hose. »Wollen Sie andeuten, dass Finkels zweiter Sohn gar nicht gestorben ist?«

Kapitel 80

Selbst in Gretas eigenen Ohren hörte sich ihre Frage nicht nur absurd, sondern ganz und gar saudämlich an. Dennoch hoffte sie auf eine Antwort.

Nach einer halben Unendlichkeit nickte Margot Schmitz. »Wir haben James Finkel in der Klinik einen fremden toten Säugling präsentiert, weil wir sein eigenes Kind schützen wollten. Es war Beatrices Wunsch gewesen, die Sache zu vertuschen. Sie war eine sehr gute Freundin von mir. Während ihrer Schwangerschaft hat sie mich angefleht, einen Weg zu finden, das Kind vor seinem wahnsinnigen Vater zu schützen.« Schmitz lächelte hämisch, zuckte ohne ein Anzeichen der Reue mit den Schultern. »Tja, dank meiner Stellung im Klinikum hatte ich tatsächlich eine Möglichkeit gefunden. James hat den toten Jungen nur ein einziges Mal vom Gang aus durch die Fensterscheibe gesehen. Ich hatte ihm angeboten, mit mir gemeinsam ganz nah an den Brutkasten zu treten, aber er hat die Station regelrecht zusammengekreischt und ist dann wie ein Irrer davongerannt, um sich zu besaufen – so wie er es in der Zeit danach fast jeden Abend getan hat.«

Greta wurde schwummrig bei dem, was sie da hörte. In was für einer Familie der Erstgeborene aufgewachsen war, konnte sie nur erahnen. Vielleicht würde Hardy sich ihr irgendwann anvertrauen und darüber reden. »Die Mutter wollte ihren eigenen Sohn nach der Geburt zur Adoption freigeben?«

»Nicht direkt eine Adoption, aber ihr Kind kam in gute Hände.«

Greta merkte, wie ihr das Blut absackte, der schmale Flur drehte sich um sie. Es sah aus, als würde der Rollstuhl auf sie zufahren, aber in Wirklichkeit hatte Schmitz sich keinen Millimeter vom Fleck bewegt.

»Aber warum konnte man dem Vater seine Kinder nicht offiziell wegnehmen?«, fragte Greta. »Ich meine, warum die Geheimniskrämerei?«

»Weil James Finkel ein Held war! Glauben Sie, in der DDR hätte man einen Olympiasieger angeklagt?«

»Vielleicht bin ich naiv, aber es wäre auf einen Versuch angekommen. Sie haben nicht nur den Vater des Sohnes beraubt, sondern gleichzeitig das Kind der Mutter.«

Schmitz winkte herablassend ab. »Ach, reden Sie nicht so gescheit daher! Beatrice war zwar meine Freundin, aber sie hatte gar nicht die Kraft, ein zweites Kind aufzuziehen. Sie war ihrem Mann lange Zeit hörig. Sie wäre niemals zur Polizei gegangen, sondern hat ihn sogar noch gedeckt. Sie hat sich verprügeln und erniedrigen lassen, weil sie schwach war. Fragen Sie ruhig ihren Sohn Hardy, wie er seine Kindheit erlebt hat.«

»Hardy hat mir einiges erzählt«, log sie.

»Fein, dann wissen Sie ja bereits alles und können endlich an ihr Telefon gehen. Axl Rose nervt nämlich – genau wie Sie!«

Erst jetzt bemerkte Greta die Melodie in ihrer Jackentasche. Statt nach dem Handy zu greifen, ließ sie es klingeln und machte mit der Befragung weiter.

Der Song von Guns n' Roses erstarb fast gleichzeitig mit ihrer Frage. »Wo finde ich Finkels Sohn?«

»Was macht Sie so sicher, dass er nicht längst tot ist?«

»Hören Sie auf mit Ihren Spielchen! Ihre Tochter musste vermutlich Ihretwegen sterben, haben Sie gar kein Gewissen?«

»Vielleicht habe ich diese Schuld auf mich geladen, denn inzwischen dürften Sie verstanden haben, dass ich in dem alten System Dinge getan habe, für die man mich nach ethischen Maßstäben anklagen könnte. Wenn es so wäre, hätte ich die Trauer über den Verlust von Gabriele verdient.«

Greta nickte verbissen. »Ja, vielleicht haben Sie das verdient, aber Ihre Tochter diesen abscheulichen Tod garantiert nicht.«

Daraufhin wedelte die Ärztin zustimmend mit ihrem Zeigefinger. »Das scheint dringend zu sein.«

Sie meinte den Anruf, denn Gretas Klingelton hatte wieder eingesetzt. Diesmal hatte auch Greta ihn mitbekommen.

Um endlich Ruhe zu haben, ging sie ran. Es war Jona.

»Wir haben Edward Kochs Wagen gefunden. Er steht unweit von Neppermin an einem Küstenabschnitt.«

»Was will er denn dort?«

»Woher soll ich das wissen?«, entgegnete ihr Kommissariatsleiter hörbar angefressen. »Ich weiß nur, dass wir Schneiders auseinandergebautes Mobiltelefon im Handschuhfach des Audi gefunden haben.«

»Von Tony Schneider, dem BKA-Mann?«

»Ja, dem toten BKA-Mann.«

»Ich verstehe nicht …« Sie sah Schmitz an, die bedauernd den Kopf schüttelte. »Okay, ich komme hin.«

Damit beendete sie das Gespräch und steckte ihr Handy weg.

»Das Morden geht weiter, nicht wahr?«, fragte die Ärztin. Diesmal sah sie traurig und abgekämpft aus, als hätte ihr eigener Sarkasmus sie vollkommen ausgelaugt. »Tut mir leid, wenn ich etwas unhöflich war … Gabrieles Tod schmerzt unendlich. Jetzt weiß ich, wie es sich anfühlt, wenn man sein Kind verliert.«

»Und was können Sie mir zu dem verlorenen Kind von Beatrice und James erzählen? Was wissen Sie über Bastian?«

»Bastian? Oh, natürlich, der jüngere Bruder … Ich fürchte, jetzt muss ich Ihnen doch noch einen Stuhl anbieten …«

Kapitel 81

Wenn die alte Villa auf der Lindenstraße nicht unter Denkmalschutz gestanden hätte, wäre sie vermutlich längst der Abrissbirne zum Opfer gefallen. Dem Eigentümer, einem Investor aus Hamburg, war das Gebäude weitestgehend egal. Von den sechs Wohnungen waren seit Jahren nur mehr zwei vermietet: eine im Untergeschoss und eine in der dritten Etage.

»Wer wohnt denn hier?«, flüsterte Timmendorf.

Gemeinsam mit Hardy war er aus dem Funkstreifenwagen gestiegen und betrachtete die von Salz und Algen zerfressene Fassade.

»Eine steinalte Witwe mit ihrem Dackel und einem Kanarienvogel«, antwortete Hardy mit Verzögerung.

»Echt jetzt?«

»Kann natürlich sein, dass die Dame inzwischen verstorben ist. Beim letzten Mal war sie vierundneunzig.«

»Und was wollen wir bei der Frau?«

Hardy schüttelte den Kopf und ging zum Hauseingang. Dort deutete er wortlos auf eines der Klingelschilder.

»Versicherungsbüro«, las der Hauptmeister vor. »Glaube nicht, dass die heute noch arbeiten.«

Hardy stemmte sich gegen die Hauseingangstür. Verschlossen. Er ging ein paar Schritte vom Eingang weg und schaute sich getrieben um.

»Hey, willst du mir nicht endlich sagen, was wir hier wollen?«, drängte Timmendorf.

Hardy zeigte in eine Richtung. »Dort um die Ecke liegt die Feldstraße.«

Sein unfreiwilliger Partner überlegte einen Moment und kam dann von selbst drauf. »Ach, verstehe, du interpretierst da was in den Notruf hinein: … *nahe der Feldstraße erschlug der ältere Bruder den jüngeren.*«

»Gut aufgepasst.«

Unvermittelt lachte Timmendorf auf. »Habe ich irgendwas nicht mitgekriegt? Ich meine, wer von uns ist denn hier Kain und Abel?«

Ohne dass er es wollte, musste Hardy ununterbrochen daran denken, dass er selbst einen toten Bruder hatte. Einen Bruder, in dessen Grab er Benjamin gefunden hatte. »Das werden wir vermutlich bald erfahren.«

Damit ließ er Timmendorf stehen und kletterte über den verrosteten Eisenzaun, der direkt ans Haus grenzte.

»Warte!«, rief der Hauptmeister ihm nach, aber Hardy eilte bereits über wacklige Steinplatten zum Hinterhof.

Ohne das Mondlicht wäre es hier stockfinster gewesen. So jedoch konnte er sich einigermaßen orientieren. Er fand die Hintertür offen stehend. Bisher hatte er das Gebäude immer durch die Haupteingangstür betreten, diesmal tauchte er auf der Rückseite in den düsteren Hausflur ein. Er betätigte den Schalter für die Treppenbeleuchtung. Nichts. Keine einzige Glühbirne reagierte. Womöglich funktionierte die Elektrik schon geraume Zeit nicht mehr. Tagsüber hatte er sie nie benötigt.

»Mensch, Hardy, du bist mir echt unheimlich«, hörte er Timmendorf hinter sich sagen, der gleichzeitig mit einer Taschenlampe für Licht sorgte. »Was wollen wir denn hier?«

Eine Weile lauschte er noch, dann gab er Antwort. »Ich muss das Büro meiner Freundin überprüfen.«

»Was denn? Das da oben ist ihr Büro?«

»Wenn sie nicht unterwegs ist, arbeitet sie hier für ihre Versicherungsagentur.«

Mit dieser Auskunft gab er Timmendorf ein Zeichen, dass er ihm folgen sollte. Gemeinsam nahmen sie die Treppe ins dritte Obergeschoss. Dort angekommen, stellten sie fest, dass die Zugangstür zum Büro nur angelehnt war.

Und dahinter brannte Licht.

»Soll ich vorgehen?«, flüsterte Timmendorf, der offenbar Hardys Zögern bemerkte. »Oder soll ich Verstärkung rufen?«

Hardy schaute ihn an und sah, wie sich die Hand des Hauptmeisters zum Pistolenholster bewegte. »Ich mache das schon.«

Damit zog er langsam die Tür auf. Im selben Moment ertönte von weit unten ein metallisches Geräusch. Sofort leuchtete Timmendorf nach unten, aber dort war nichts zu erkennen.

»Und jetzt?«, fragte er.

Hardy überlegte. Womöglich war das die alte Witwe im Erdgeschoss gewesen. Oder sie verfolgten hier oben die völlig falsche Spur, denn in dem Büro befand sich niemand. Er sah nur den Schreibtisch, den darauf befindlichen Computermonitor, etliche Aktenordner, das gerahmte Bild von Lara und ihm und eine Vase, in der die Blumen ihre Köpfe hängen ließen. Es war alles so, wie er es in Erinnerung hatte, wenn er Lara von der Arbeit abgeholt hatte.

»Du wartest hier und beobachtest das Treppenhaus«, entschied er schließlich. »Wenn einer von uns beiden etwas bemerkt, ruft derjenige.«

»Einverstanden, ich halte dir den Rücken frei. Sicherheitshalber verständige ich gleich die Leitstelle. Ein paar Kollegen können echt nicht schaden.«

»Gute Idee«, sagte Hardy, dessen eigenes Mobiltelefon längst keinen Akku mehr hatte. »Ich werde mich kurz drin umsehen. Die Büroräume gehörten früher zu einer Wohnung.«

Damit betrat er den Korridor. Die Wohnungstür ließ er offen. Er spähte noch einmal kurz zu seinem Begleiter, dessen Gesicht vom Smartphonedisplay erleuchtet wurde, dann ging er zum Schreibtisch und schaute sich um. Überall lagen handschriftliche Notizen von Lara oder irgendwelche Schreiben mit dem Logo der Versicherung. Er schob zwei Finger zwischen die Lamellen des Rollos am Fenster und schaute hinunter auf die Straße. Einmal hatte er die Toilette im Nebenraum benutzt, aber in den anderen Zimmern war er nie zuvor gewesen. Er wollte sich bereits von Laras Arbeitsplatz abwenden, als er das erloschene Display auf der Telefonanlage bemerkte. Probehalber hob er den Hörer ab. Kein Signal. Offenbar hatte jemand die Leitung gekappt.

Weil die Feststellung sein ungutes Gefühl verstärkte, beeilte er sich mit der Kontrolle der beiden übrigen Nebenräume. Er öffnete die erste Tür. Dahinter befand sich eine kleine Küchenzeile, die Lara jedoch nicht zu benutzen schien. Weder standen Teller noch Tassen oder Spülmittel herum. Es gab zwar eine Kaffeemaschine, aber deren Netzstecker war um das Gerät gewickelt. Außerdem lag eine sichtbare Staubschicht auf dem schwarzen Deckel.

Er machte die Tür wieder zu und probierte es bei der nächsten in Erwartung eines weiteren Zimmers. Doch dahinter befand sich ein Durchgang, der in die Nachbarwohnung führte.

Kapitel 82

Verunsichert öffnete Hardy die schwere Brandschutztür am Ende des Durchgangs. Und als er in den dahinter liegenden Raum aus lauter schwarzen Wänden blickte, wollte er am liebsten zurücktreten. Stattdessen widersetzten sich ihm seine Beine und er machte wie ferngesteuert vier Schritte hinein.

»Edward!«, stieß er den Namen des Mannes aus, der sich in dem diffus beleuchteten Zimmer befand.

Edward antwortete nicht. Er stand an der Stirnwand und regte sich nicht. Hardy brauchte einige Sekunden, um die Situation zu erfassen. Zu sehr war seine Konzentration von dem sonderbaren Raum abgelenkt, der so gar nicht in das alte Gebäude passte, sondern an eine moderne Folterkammer voller Ketten, Winden und Haken erinnerte. Und an einem dieser Haken hing Edward, denn erst jetzt bemerkte Hardy, dass dessen Füße ein paar Zentimeter über dem Boden baumelten.

»Jens!«, rief Hardy nach hinten. »Ich meine, Kollege Timmendorf! Ich brauche dich dringend hier. Wo steckst du denn?«

Keine Erwiderung. Stattdessen begann Edward sich zu regen. Er zappelte ein bisschen und versuchte brummend, trotz des Knebels in seinem Mund zu sprechen. Hardy hatte Mühe, die Situation zu begreifen. Noch immer wartete er auf den Streifenbeamten. Unterdessen zerrte Edward an seinen Fesseln. Angestrahlt vom roten Licht des Raumes, wirkte sein Gesicht regelrecht apokalyptisch. Als würde jeden Moment ein böser Geist aus ihm fahren, so gespenstisch weit riss er seine Augen auf.

»Timmendorf, verdammt!«, versuchte Hardy es erneut, gleichzeitig ging er auf Edward zu, um den Psychologen endlich zu befreien.

Kaum hatte er ihn erreicht und Hand an die Schnalle zum Öffnen des Knebels gelegt, hörte er Schritte hinter sich.

Timmendorf hatte den Durchgang und dieses Zimmer gefunden. Doch was er sagte, ließ Hardy innehalten.

»Es tut mir leid, Hardy.«

Timmendorfs Stimme klang düster und gebrochen. Sofort ließ Hardy vom Knebel in Edwards Mund ab. Er schwang herum und sah, wie Timmendorf auf ihn zutaumelte. In seiner Hand hielt er noch das Mobiltelefon, mit dem er Verstärkung hatte rufen sollen.

»Sie kam …«

Das Handy fiel ihm aus der Hand, dann sackte er auf die Knie. An seinem Hals lief Blut hinunter, färbte sein Uniformhemd dunkel. Eine Sekunde später krachte er mit dem Gesicht zu Boden.

Aus seinem Hals ragte ein Messergriff.

»Sie kam aus dem Nichts«, vollendete den Satz die zweite Person, die hinter Timmendorf aufgetaucht war und, im Türrahmen stehend, die Waffe des Polizeihauptmeisters auf Hardy richtete.

Doch die Mündung, die direkt auf ihn zielte, erschreckte ihn nicht, sondern die Frau, die die Pistole hielt.

»Lara?«

Als er den Namen ausgesprochen hatte und die neue Situation begriff, veränderten sich um ihn herum Zeit und Raum. Abermals flüchtete sein Geist aus dieser abscheulichen Realität und suchte wie Alice Zuflucht in einem Wunderland.

Kapitel 83

Der Zimmerboden unter Hardy verschwand. Gleichzeitig bildete sich eine Pfütze, die zu einer Wasserlache anschwoll, deren Wellen bis an die Wände stießen. Aus dem Wasser tauchte Lara als übermächtiges schwarzes Wesen auf. Mit Hunderten Tentakeln wuchs sie empor und griff nach ihm. Die Berührungen fühlten sich wie Lederbänder an. Hardy wollte wegrennen, aber die Tentakel schlangen sich um seine Arme, Beine und den Hals. Als er schon glaubte, sie wollte ihn zerquetschen, ließ ihr Griff nach. Stattdessen donnerte ihre Stimme in seinen Ohren und holte ihn zurück in die Wirklichkeit.

»Hast du wieder einen deiner Tagträume?«, fragte sie. »Leider muss ich dich enttäuschen, das hier ist kein Traum, das hier ist dein Ende.«

»Lara«, wiederholte er ihren Namen wie benommen. Tausend Fragen gingen ihm durch den Kopf, und vor jeder einzelnen fürchtete er sich.

»Oh, innerhalb dieser Räumlichkeiten darfst du mich ruhig Miss Donna nennen. Lara ist nur die Maske, die ich tragen musste, um dich und alle anderen zu täuschen.«

Miss Donna. Der Name verwirrte ihn umso mehr. Nie zuvor hatte Lara diesen benutzt. »Was ist das hier?«, fiel ihm nichts Besseres ein, weil er völlig unter Schock stand.

»Das hier?« Ihr Blick durchstreifte den Raum. »Das hier ist das Zimmer, in dem mich Männer wie dieser Möchtegernkünstler Winter und dein Vater gefickt haben und ihre sadistischen Neigungen ausleben konnten.«

»Mein Vater?«

»Verzeihung … es muss natürlich heißen, unser Vater.«

Hardy merkte, wie es ihn durchschüttelte. Wenn er bisher nur schockiert gewesen war, so verlor er jetzt vollends den Boden unter den Füßen. Er hörte die Worte, aber er begriff erst mit Verzögerung, was sie da sagte. »Das … das …«

»… kann nicht sein, willst du sagen?« Sie lachte gekünstelt. »Als ich mit Anfang zwanzig nach einem Suizidversuch im Drogenrausch und reichlich Blutverlust zufällig ein Gespräch zwischen der Ärztin und meinen verlogenen Adoptiveltern belauscht und später alte Familienfotos durchgesehen habe, ich darauf jedoch nirgendwo einen Schwangerschaftsbauch entdecken konnte und es außerdem keinerlei Dokumente von Voruntersuchungen oder mit irgendeinem Hinweis auf meine baldige Geburt gab, konnte ich es auch nicht glauben. Ich meine, wer rechnet schon damit, dass er unmittelbar nach der Geburt zur Adoption freigegeben wurde? Zumal meine Eltern streng gläubige Christen waren – sogar regelrecht fanatisch, wenn es um Kirchenangelegenheiten ging –, sie hätten mich niemals anlügen können, weil sie dann in der Hölle gelandet wären. Du stimmst mir doch hoffentlich zu, oder? Wir beide müssen schließlich zusammenhalten. Immerhin sind wir nicht nur ein Paar, sondern auch Geschwister.«

»Ich hatte nie eine Schwester«, protestierte er, denn was sie da erzählte, widerte ihn an. Nur mit Mühe konnte er das Ekelgefühl dämpfen, wenn er daran dachte, mit seiner eigenen

Schwester intim geworden zu sein. Er konnte sich einfach nicht vorstellen, dass sie in unvorstellbar perfider Absicht mit ihm eine Beziehung eingegangen war.

»Oh, natürlich hat man dich auch belogen. Unsere gemeinsame Mutter hat dir und ihrem Ehemann eine Lüge vom verstorbenen Sohn aufgetischt. Aber ich sage dir, das Baby, das als 38231. Kind im Bezirkskrankenhaus Rostock das Licht der Welt erblickte, war ich. Allerdings war es ein Mädchen.«

Von deinem Blut!

Dieser blutige Spruch hatte in der gemeinsamen Wohnung gestanden. Unter Garantie stammte das Blut von seinem Vater. Jetzt ergab der Satz auf perverse Weise umso mehr Sinn. Und die Bedeutung der Zahl 38231, die man seinem toten Vater auf den abrasierten Hinterkopf eingeritzt hatte, erklärte sich nun ebenfalls.

»Ich glaube dir nicht.« Mit aller Kraft klammerte er sich an seine bisherige Wahrheit, die ihm besser gefiel.

»Wieso? Weil du mich liebst? Weil wir sogar Sex miteinander hatten?«

»Was bist du nur für ein Unmensch?«

»Ach komm, behaupte bloß nicht, es hätte dir nicht gefallen. Mein Rollenspiel musste doch in jeder Hinsicht überzeugend sein. Zugegeben, anfangs fand ich die Vorstellung, dich zu berühren oder sogar zu küssen, widerwärtig, aber für meine Rache an dir war ich bereit, dieses Opfer zu bringen. Immerhin durftest du in der Familie aufwachsen, aus der man mich verstoßen hatte. Ich bin drogensüchtig geworden, hatte jahrelang mit psychischen Problemen zu kämpfen und war ständig dem Gefühl ausgesetzt, in dieser Welt keinen Platz zu haben. All das, weil mir meine richtigen Eltern gefehlt haben.«

»Du weißt nicht, wie schrecklich mein … unser Vater war.«

»Und du hast keine Vorstellung, wie grauenhaft Zieheltern sein können. Oder hat man dich stundenlang Bibeltexte abschreiben und auswendig lernen lassen? Hat man dich nackt in eine eisige Bodenkammer gesperrt? Hat man dich mit einer Haselnussrute gezüchtigt, sobald du deinen eigenen Kopf durchsetzen wolltest? Hat man dir die Haare geschoren, wenn du dich hübsch gemacht hast, weil du mit deinen coolen Freundinnen mithalten wolltest?«

Deshalb also fehlten den Leichen die Haare, begriff Hardy, doch das Thema vermied er, sondern lenkte davon ab. »Vater hätte mich fast umgebracht.«

»Bla, bla. Das hast du mir alles schon zig mal erzählt, aber vielleicht wäre ich sein Lieblingskind geworden, wenn ich mir beim Schwimmen mehr Mühe gegeben hätte als du.«

»Er hat Frauen verachtet.«

»Und trotzdem brauchte er sie.« Sie deutete auf die Haken, an denen Edward noch immer gefesselt hing. »Dort hat er mich angebunden und mich geschlagen. Das hat ihn erregt. Danach war er ganz lieb zu mir, hat sogar manchmal geweint. Dann habe ich ihn gestreichelt und seinen Sorgen und Wünschen gelauscht. In diesen Momenten waren wir uns so nah, wie Vater und Tochter es in einer intakten Familie nur sein können.«

Am liebsten hätte Hardy sich übergeben, doch plötzlich sah er, dass Timmendorf sich noch bewegte. Die Notlage des Kollegen half ihm, sich zu beherrschen. Er stürzte nach vorn und kniete sich zu ihm, um die Blutung am Hals mit seinen Handflächen zu stoppen.

»Geh weg von ihm!«, fauchte sie.

»Er braucht einen Arzt. Er hat dir doch nichts getan.«

»Er wollte deine Kollegen alarmieren und außerdem stand er mir im Weg. Genau wie jetzt.« Sie fuchtelte mit der Pistole. »Lass ihn sterben. Die letzten Minuten deines eigenen Lebens sollst du dich ganz auf mich konzentrieren. Ich möchte dir schildern, wie ich eine neue Lebensaufgabe gefunden habe, als ich von deiner Existenz erfahren habe. Es war purer Neid, der mir Kraft gegeben hat. Davon möchte ich dir gern erzählen.«

Wollte er noch mehr grauenhafte Wahrheiten erfahren? Krampfhaft versuchte er, das bisher Gehörte zu einem Gesamtbild zusammenzufügen. Sie hatte ihn hinters Licht geführt, ein abscheuliches Puzzlespiel mit ihm gespielt und Menschen ermordet. Sogar ihren eigenen Sohn …

Bei dem Gedanken an Benjamin kamen ihm beinahe die Tränen. Er konnte nicht begreifen, dass er mit einer Psychopathin unter einem Dach gelebt hatte. Wahrscheinlich hatte es die Lara, die er in einer Bar bei einer ihrer angeblichen Dienstreisen kennengelernt hatte, nie gegeben. Die anwesende Person mit dem strengen Zopf und dem eiskalten Blick war eine Fremde, die zu diesem Sado-Maso-Raum passte, aber nicht in sein Leben. Sie war noch immer attraktiv, hatte jedoch sämtliche Lieblichkeit verloren. Inzwischen ahnte er, dass sie gar nicht für eine Versicherung arbeitete, denn das Klingelschild und das Büro waren nur Fassade. Eine täuschend echte Illusion, auf die jeder hereingefallen wäre.

Unter ihm röchelte Timmendorf, was ihn erneut ablenkte.

»Ich werde ihm jetzt helfen«, beharrte er.

Sofort richtete sie die Pistole neu aus. »Das wäre unklug, denn du kannst ihn nicht mehr retten.«

»Darauf lasse ich es ankommen.«

Er griff nach Timmendorfs Handy.

Lara drückte ab.

Kapitel 84

Das Projektil schlug nur Zentimeter neben dem Mobiltelefon und Hardys Finger in den Boden ein. Splitter vom Belag und vom darunter befindlichen Estrich stoben in die Luft. Winzige Partikel flogen ihm in die Augen. Erschrocken zog er die Hand zurück. Ein zweites Mal versuchte er nicht, nach dem Smartphone zu greifen.

»Die nächste Patrone verfehlt ihr Ziel nicht.«

»Jeder weitere Schuss wird dich verraten.«

Ihre Mundwinkel hoben sich und ihre Zähne blitzten auf. »Schau dir die Wände genauer an, sie sind absolut schalldicht verkleidet. Du glaubst gar nicht, wie viele Menschen sich hier drin schon meinen modernen Folterinstrumenten hingegeben und lauthals geschrien haben. Dieses Gewerbe ist ein Paradies für Menschen wie mich, die keinen Schmerz mehr kennen. Außerdem bringt es mehr Geld ein als der öde Job bei der Versicherung, für die ich tatsächlich bis vor einigen Jahren gearbeitet habe. Während ich hier als Miss Donna die bizarren Wünsche meiner Kunden erfüllt habe, hast auch du von diesem Geld gelebt.«

Statt etwas zu erwidern, redete er mit Timmendorf, dessen Augenlider flackerten. »Halt durch, Junge!«

Sie lachte auf. »Einfach erbärmlich. Hätte ich gewusst, wie leicht ich an dich herankomme und dich in der Folge wie eine Marionette lenken kann, hätte ich mir für meinen Plan deutlich weniger Mühe geben müssen. Aber ich wollte dich auch nicht einfach so umbringen, sondern dir ganz nahe sein, um zu erfahren, wie mein Bruder lebt. Wie du riechst, wie du denkst, wie du schläfst, wie du dich schlägst, wenn du gegen einen unsichtbaren Gegner kämpfst. Einen Gegner, der nachts zusammen mit dir unter eine Decke kriecht. Unser Vater hat bis zuletzt Widerstand geleistet und mich beschimpft, aber du … Du tätschelst den Kopf eines Sterbenden.«

»Weil ich nicht bin wie mein Vater oder du. Du hast deinen eigenen Sohn umgebracht, ich lasse niemanden sterben.«

»Ihr Männer seid so berechenbar. Kein Wunder, dass ich so leicht an die Passwörter dieses lüsternen Malers rankam. Mit seinen Zugangsdaten konnte ich über das Online-Datingportal mit meinen beiden späteren Opfern chatten und so ihr Vertrauen gewinnen. Die Frauen waren ja so dumm! Und der kleine Benjamin war unterdessen das perfekte Alibi für mich. Ursprünglich wollte ich das Kind abtreiben lassen, denn ich wusste, dass ich niemals genügend Liebe für den Jungen aufbringen würde, aber dann dachte ich mir, dass man bei der Polizei einer Mutter, die den Kopf ihres Kindes an ihre Brust drückt, mehr glauben würde als einem vermeintlich prügelnden Lebenspartner. Meine Vorahnung bestätigte sich später, als ich Edward fälschlich der Körperverletzung und Bedrohung angezeigt habe. Sogar den selbst verfassten Brief unter meinem Scheibenwischer haben mir deine Kollegen abgekauft, als ich mit vollgeheulten Taschentüchern meine Aussage auf dem Revier gemacht habe.«

Hinter ihm gab Edward erstickende Laute von sich. Ihn hatte Hardy schon fast vergessen, denn im Stillen überlegte er, ob er einen Angriff wagen sollte. Lange würde der

Polizeihauptmeister nicht mehr durchhalten und auch für Hardy selbst tickte die Uhr.

»Du hast deinen Opfern Bauschaum als Symbol für den Neid in den Rachen und um die Hände gesprüht«, hielt er sie hin. »Aber warum hast du ihnen zusätzlich ein Auge entfernt?«

»Weil ein Augenpaar zusammengehört, genau wie ein Geschwisterpaar zusammengehört.«

»Das klingt logisch.«

»Machst du dich über mich lustig?«

»Glaub mir, nach Humor steht mir wahrlich nicht der Sinn. Ich bin zutiefst erschüttert und versuche nur zu verstehen, warum all die Menschen sterben mussten.«

»Weil sie mehr oder weniger mit deiner Vergangenheit zusammenhingen und einige dir etwas bedeuteten. Von deiner allerersten großen Liebe Julia hast du mir selbst erzählt. Es hat mir richtig Spaß gemacht, sie abzustechen. Es hat sich wie ein Vorgeschmack auf deinen Tod angefühlt.«

Lara war komplett wahnsinnig. Mit keinem Zureden könnte er sie je zur Aufgabe zwingen. Jedes Argument, jede Vernunft würde an ihr abprallen. Er hatte gewusst, dass sie in der Vergangenheit in psychologischer Betreuung gewesen war – dadurch hatten sich Edward und sie schließlich erst kennengelernt –, aber dass ihr Innenleben derart krank war, damit hatte Hardy nicht im Traum gerechnet. Aus psychologischer Sicht war es vermutlich ein Lehrbeispiel, auf welch abscheuliche Weise sie die Menschen um sich herum getäuscht und manipuliert hatte. Sogar der erfahrene BKA-Ermittler Tony war ihr zum Opfer gefallen.

»Und was willst du machen, wenn du mich umgebracht hast?«, fragte er. »Wie geht dein Alltag dann weiter? So wie es klingt, war die Rache an mir dein einziger Lebenssinn.«

»Dann werde ich einige Zeit abwarten und irgendwann unsere Mutter und vielleicht auch meine Adoptiveltern töten.«

»Damit kommst du niemals durch. Die Kripo wird dich finden. Dann ist es vorbei mit der Lügenkonstruktion, die du dir aufgebaut hast.«

»Abwarten, du hast mir schließlich auch jedes einzelne Wort abgekauft. Vermutlich wärst du nie darauf gekommen, wer das Paket vertauscht hat. Selbst eine Mail von deinem BKA-Laptop konnte ich schicken, als ich dich in Wiesbaden auf Arbeit besucht und du mich einen Moment unbeobachtet in deinem Büro hast sitzen lassen. Ich konnte die Mail in aller Ruhe entwerfen und das Sendedatum auf den Vortag deines Dienstantritts in Anklam einstellen. Merkst du langsam, wie überlegen ich dir bin?«

»Du wirst Spuren hinterlassen. Spuren lügen nicht. Man wird dich kriegen.«

Sie hob den Zeigefinger der freien Hand. »Siehst du, das ist der Unterschied zwischen dir und mir, mein Bruderherz. Du unterschätzt mich. Eigentlich müsste ich meinen richtigen Eltern und dir dankbar sein, denn der Neid war meine Triebfeder. Durch sie habe ich eine Aufgabe, ja sogar eine Bestimmung gefunden. Sobald ich dir den Schädel wegpuste, bin ich von allen Lasten befreit und kann ein zufriedenes Leben führen.« Sie machte einen Schritt auf Hardy zu, wohl um ihn nicht zu verfehlen. »Es tut gut, zu wissen, dass man der stärkere Geschwisterteil ist.«

In Erwartung des tödlichen Schusses betrachtete er Timmendorf, während der in seinen Armen starb.

Kapitel 85

Der entscheidende Anruf hatte Greta erreicht, als sie die Wohnung von Dr. Margot Schmitz verlassen und sich gerade in ihren Wagen gesetzt hatte. Polizeikommissar Benno Wissow hatte angerufen. Zuerst hatte sie nicht gewusst, wer er war, zumal er vor Aufregung völlig überhastet gesprochen hatte. Irgendwann hatte sie verstanden, was er ihr sagen wollte. Daraufhin hatte sie sich entschieden, nicht nach Neppermin zu fahren, wo ihr Kommissariatsleiter wartete, sondern an eine Adresse, die irgendwo in den Akten als unbedeutende Notiz stand.

Jetzt stand sie in dem Wohnhaus, das ebenso gut als Schauerkulisse für einen deutschen Kriminalfilm herhalten konnte. Im Treppenhaus brannte kein Licht, die Wände rochen muffig und auf dem Steinfußboden der obersten Etage klebte Blut. Zuerst waren es nur ein paar Tropfen, aber je weiter sie in die Wohnung ging, umso größer wurden die Flecken.

In der rechten Hand hielt sie ihre Pistole, mit der anderen fingerte sie nach ihrem Smartphone. Unterwegs hatte sie mehrfach versucht, Hardy zu erreichen. Doch auf seiner Nummer war er nicht erreichbar gewesen.

Während der Pistolengriff rutschig wurde, ihr das Herz bis zum Hals klopfte, in ihren Adern das Blut wie durch riesige Schläuche pumpte und sie im Stillen diesen Tag verfluchte, tippte sie eine SMS an ihren Kommissariatsleiter. Kaum hatte sie die Nachricht abgeschickt, hörte sie den Schuss.

Kapitel 86

»Um Neid ist keiner zu beneiden«, flüsterte Hardy, der bemerkte, wie sich Laras Zeigefinger Millimeter vom Abzug der Waffe löste.

»Überaus philosophisch«, zischelte sie.

»Ich habe bloß ein anderes Zitat von Wilhelm Busch bemüht.« Er strich Polizeihauptmeister Timmendorf sanft über die Augen, ließ ihn behutsam zu Boden gleiten und stand auf. »Eigentlich bist du nur bedauernswert, denn du hast nichts außer den Neid, der dich von innen zerfrisst.«

»Und du hast dich also entschieden, aufrecht wie ein Mann zu sterben.«

»Nein, ich will nur amtsangemessen auftreten, wenn ich dir die Festnahme ausspreche.«

Zuerst zog sie die Lippen überrascht zusammen, dann lachte sie lauthals auf. »Was hast du da eben gesagt?«

»Du kannst mich erschießen, aber das ändert nichts daran, dass meine Kollegen bereits das Grundstück umstellt haben. Oder hast du ernsthaft geglaubt, ich wäre nur mit einem einzigen Schutzpolizisten als Back-up aufgetaucht?«

»Was für eine selten dämliche Finte.« Sie senkte die Stirn. Gleich würde sie abdrücken. »Aus welchem billigen Krimi hast du denn den Spruch geklaut? Ja, weißt du was? Ich glaube tatsächlich, dass du und der übergewichtige Streifenbulle allein hier aufgetaucht seid, denn du bist einzig und allein einer vagen Ahnung gefolgt. Du würdest keinem etwas sagen, wenn du dir nicht hundertprozentig sicher wärst. Das ist der Vorteil, wenn man mit dir zusammengelebt hat. Ich weiß, dass du ungern deine Geheimnisse teilst.« Sie holte tief Luft und kostete den Moment sichtlich aus. »Leb wohl, Hardy, du warst ein lausiger Liebhaber.«

»Warte!«, rief er und hielt die Hände beschwichtigend vor. »Du hast wirklich an alles gedacht, aber diesmal irrst du dich gewaltig. Deshalb rate ich dir, die Waffe ganz langsam niederzulegen und dich umzudrehen und von meinen Kollegen festnehmen zu lassen.«

»Zu dumm …«, sagte sie, doch sie vernahm das Geräusch in ihrem Rücken offenbar im selben Augenblick, als Hardy an ihr vorbeischaute.

Woher das Geräusch stammte, würde Hardy danach nie sagen können. Eine lockere Stelle im Bodenbelag, ein Türscharnier, ein Luftzug oder einfach nur Gretas Schuhwerk. Er realisierte nur noch, dass Lara für einen Wimpernschlag abgelenkt war. Diesen Sekundenbruchteil nutzte er, um nach vorn zu hechten. Von der anderen Seite stürzte Greta in den Raum. Gleichzeitig feuerte Lara die Waffe in ihrer Hand ab. Einmal, zweimal, dreimal. Bevor er auch nur in ihre Nähe kam, schlugen die Projektile in seinen Oberkörper ein und rissen ihn von den Beinen. In einer Art Zeitlupe nahm er Laras verzerrte Fratze und den Warnschrei auf Gretas Lippen wahr. Seine Partnerin aus dem Kommissariat schoss ihrerseits. Immer und immer wieder blitzte es in ihrer Pistolenmündung. Bis Lara zusammenbrach.

Da fiel Hardy längst. Er fiel erneut aus dieser Realität. Doch diesmal wachte er nicht in einem Wunderland auf, sondern landete in absoluter Finsternis.

Kapitel 87

»Mach mir jetzt bloß nicht schlapp, Sugar«, stöhnte Greta, während sie den deutlich größeren Hardy beim Verlassen der Horrorwohnung stützte. Im Hausflur lehnte sie ihn gegen die Wand und half ihm aus der Jacke. »Sieh nur, wie Jens Timmendorf um sein Leben kämpft. Unten im Rettungswagen ackern Notarzt und Sanitäter, um seinen Kreislauf zu stabilisieren und die Blutung zu stoppen. Wenn ich nicht rechtzeitig eine SMS abgesetzt hätte, wäre jede medizinische Hilfe zu spät gekommen.«

»Ach«, keuchte Hardy. »Dass ich ihm die ganze Zeit die Hand gehalten und mich anschließend als Zielscheibe hergegeben habe, zählt wohl gar nichts?«

»Worüber beschwerst du dich denn? Eigentlich hat Benno dein Leben gerettet.«

Von Schmerzen im Brustbereich gequält, verzog er bei jeder Bewegung das Gesicht. Er knöpfte sein Hemd auf und streifte sich die ballistische Schutzweste ab. Gemeinsam betrachteten sie zuerst die Löcher im Stoff und dann die Stellen an seinem Körper, wo die Projektile ihn getroffen hatten. Schon nach kurzer Zeit hatten sich dort drei fürchterliche Hämatome gebildet.

»Hier.« Er schmiss Greta die ruinierte Weste zu, die vor ihr auf dem Boden landete, während sie sich eine Zigarette anzündete und seine behaarte Brust musterte. »Richte Benno meinen Dank aus und gib sie ihm zurück.«

»Schätze, das Ding werden sich andere unter den Nagel reißen, wenn in Kürze die lückenlose Aufklärung losgeht.« Mit zwei Fingern machte sie Gänsefüßchen in der Luft. »Vorhin hatte ich schon einen Anruf von irgendeinem wichtigen Diensthabenden beim SMI. KPI-Leiterin Liebkorn und Jona sind mit einem ganzen Tross an Kriminaltechnikern und Fachleuten im Anmarsch.«

Hardy hustete, wohl weil ihn wegen des geprellten Brustkorbs das Reden anstrengte. »Wo waren denn die sogenannten Fachleute in den letzten Tagen?«

»Du weißt doch, wie das läuft. Die kriechen erst aus ihren Löchern, wenn der Krieg vorbei ist. Sogar den Polizeipräsidenten holt eine Streifenbesatzung ab. Er will sich einen Überblick vom Geschehen machen, bevor er morgen früh vor die Presse tritt.« Sie hielt ihm ihre Zigarettenschachtel hin, weil sie dachte, es sei ein guter Zeitpunkt für so eine Art Friedenspfeife. »Auch eine?«

Schon der Anblick verstärkte seinen Hustenreiz. »Wenn du mich umbringen willst, gern.«

Greta musste also alleine rauchen. Und das zu allem Überfluss mit zitternden Händen. Weil er sie seltsam anschaute, sah sie sich zu einem Spruch genötigt. »Glaub bloß nicht, dass ich jetzt losheulen werde.«

Er stand selbst kurz davor, in Tränen auszubrechen, doch er hielt sich tapfer. An seiner Stelle wäre sie vermutlich längst wieder auf dem Weg in die Klapsmühle.

»Woher wusstest du, dass wir hier sind?«, fragte er.

Sie stieß Qualm aus und tippte sich gegen den Kopf. »Nicht nur du kannst kryptische Notrufe entschlüsseln. Ich habe mich an Lara Kollmers vermeintliches Versicherungsbüro erinnert, da wir die Adresse im Zuge der Ermittlungen zu den Akten genommen haben. Nahe der Feldstraße …«, zitierte sie nur drei Worte von Edward Koch. »Sie hat ihn gezwungen, den Notruf zu wählen, um dich hierherzulocken. Zuvor hatte sie sein Auto bei Neppermin geparkt und Schneiders Handy im Handschuhfach platziert. Ich bin sicher, wir finden auch Julia Asmanns SIM-Karte irgendwo bei ihren Sachen. Wir werden alles finden.«

Hardy nickte und senkte dann den Kopf.

Ins Treppenhaus kam Bewegung. Aus dem falschen Versicherungsbüro führten Sanitäter den komplett erschöpften, aber ansonsten nur leicht verletzten Edward ins Treppenhaus. Laras Ex schaute Hardy aus ängstlichen Augen an, obwohl der Spuk vorbei war. Er zwinkerte müde, was wohl eine Art Dankesgeste bedeutete. Hardy kniff die Lippen verbissen zusammen und hob eine Hand zum Abschiedsgruß. Dann brachte man Edward hinunter. Zugleich drangen vom Erdgeschoss Stimmen herauf.

»Die Kavallerie rückt an, Sugar.«

»Ich will mit niemandem reden.«

»Klar.« Sie zuckte mit den Schultern und zündete sich eine neue Zigarette an. »Musst du nicht.«

»Danke, Greta, ohne deine Hilfe wäre ich jetzt tot.«

»Stimmt.«

»Du kannst einen wirklich aufbauen.«

»Nimm es mir nicht übel. Gedanklich bin ich schon zu Hause bei einer großen Flasche Rostocker Klarem.« Sie feixte. »Kann ja nicht jeder so viel Glück haben und wenigstens für einige Sekunden in völlig schräge Welten abtauchen wie du.«

»Das ist echt kein Spaß.« Er klang verbittert und verletzt.

Vermutlich fragte er sich, woher sie von seiner Realitätsflucht wusste. Dabei hatte sie ihn nur aufmerksam beobachtet.

»Vielleicht erzählst du mir demnächst von deiner Fähigkeit, Sugar.«

Sie half ihm in die Jacke, kämmte ihm mit ihren Fingern flüchtig die wenigen Haare zurecht und tätschelte aufmunternd seine Wange.

Kapitel 88

Eine Woche später saßen Hardy und Greta in einer Reihe mit Jona im Büro der KPI-Leiterin. Hardys Krankschreibung lief noch, Greta dagegen hatte nicht einen Tag gefehlt, sondern ihren Dienst durchgezogen und Zuarbeit für die Ermittlungsgruppe geleistet. Er selbst hatte die Direktion nur ganze zwei Mal betreten. Man hatte seine Aussage benötigt. Er wusste, dass es damit noch nicht beendet war. Die albtraumhaften Erinnerungen würden ihn ewig verfolgen. Schon jetzt litt er unter Insomnie, konnte trotz völliger Erschöpfung kaum schlafen. Sein Arzt hatte ihm starke Tabletten verschrieben, aber deren Wirkung schwankte wie sein Gemüt. Hoffentlich fand er bald wieder zurück ins Leben. Den Anfang hatte er gemacht, indem er in eine kleine Dachgeschosswohnung in Anklam gezogen war. Nichts Besonderes, aber wenigstens war die Gegend ruhig. Die kommenden Wochen würden noch unruhig genug werden …

»Eigentlich hätten Sie beide einen Orden verdient«, eröffnete KPI-Leiterin Liebkorn die Gesprächsrunde und seufzte dazu. »Aber Sie können sich sicherlich vorstellen, wie furchtbar entsetzt etliche wichtige Staatsdiener in Schwerin sind, dass ein solcher Fall ausgerechnet in Mecklenburg-Vorpommern passieren konnte, und wie wenig Interesse deshalb seitens des

Innenministeriums besteht, auch nur einen Beteiligten als Helden zu titulieren. Am liebsten würde man eine große dicke Decke über das Geschehen werfen. Einige fordern unverhohlen den Rücktritt des Polizeipräsidenten, aber ehe Stein sich von selbst bewegt, hat er Moos angesetzt – so seine eigene Wortwahl.« Sie grinste gequält, aber es war zumindest eine menschliche Regung, die Hardy von der sonst so steifen Frau nicht erwartet hatte. Sogleich wurde sie wieder ernst. »Also rechnen Sie nicht damit, irgendwann für Ihren Einsatz ausgezeichnet zu werden. Die Mordserie ist zwar offiziell beendet, nachdem die Täterin tot ist, aber die vollständige Aufarbeitung wird uns mit Sicherheit noch Monate beschäftigen.« Sie schob achtlos ein bedrucktes Papier beiseite. »Vorhin hat man mir ein Schreiben vorgelegt, in dem die Rede von einem Untersuchungsausschuss ist. Na ja, ich schätze, auch von mir fordert man demnächst eine Stellungnahme. Bis dahin halten wir es einfach weiter so wie immer: Wir machen unseren Job.«

Alle drei sahen Hardy an, was ihn verunsicherte. Da Liebkorn jetzt schwieg, übernahm Greta.

»Das war besonders an dich gerichtet, Hardy.«

»Was soll das werden?«, fragte er, weil er glaubte, sich irgendwie in der Defensive zu befinden.

»Wir erwarten so bald wie möglich deine Rückkehr«, stimmte Jona ein und nickte dabei wie ein Schelm. Direkt so, als hätte es all die schlimmen Ereignisse nie gegeben. »Einen ehemaligen BKA-Mann hat schließlich nicht jede Abteilung vorzuweisen.«

»Du gehörst zum Team«, ergänzte Greta.

»Und ich soll Sie von Jens Timmendorf herzlich grüßen«, legte Liebkorn noch einen nach, als würde dessen Zuspruch Hardys Seelenschmerz vergessen machen. »Er ist auf dem Weg der Besserung und wird keine bleibenden Schäden zurückbehalten. Er hat mitbekommen, wie Sie in seinen schlimmsten Minuten an seiner Seite waren.«

»Wir wissen, was du durchmachst«, redete Greta wieder. Diesmal leiser, fast beschwörend. »Wir alle sind noch schockiert von den Ereignissen, aber wir schauen nach vorn. Und falls du noch einen letzten Anreiz brauchst, um wieder einzusteigen: auch beim Fachkommissariat 1 herrscht chronischer Personalmangel. Du würdest uns also schon helfen, wenn du die niederen Arbeiten übernimmst. Büroklammern ordnen zum Beispiel ...«

Keiner von ihnen lachte, obwohl der Spruch unter anderen Umständen bei allen für Heiterkeit gesorgt hätte. Hardy wusste selbst nicht, ob er lachen oder wütend davonrennen sollte. Natürlich verstand er, dass die drei ihn aufmuntern wollten – und zum Teil tröstete ihn das Mitgefühl –, aber ganz so einfach wollte er es ihnen trotzdem nicht machen. Eine innere Blockade hinderte ihn am Einlenken. »Ich muss immerzu an Benjamin denken.«

»Das verstehen wir«, flüsterte Greta. »Wir wollen dir damit nur sagen, dass du auf uns zählen kannst.«

Peinlich berührt drehte er sich ein Stück zur Seite, suchte sich einen Punkt an der Wand, den er an einer winzigen Beschädigung an der Tapete fand. Gleichzeitig musste er die Tränen unterdrücken. Zum Glück fing er sich und wurde sogar kämpferisch. »Das habt ihr euch ja schön ausgedacht.«

»Hey, Hardy«, beschwichtigte Greta.

»Nein, lass mich das sagen! Ich bin noch nicht so weit, aber ich habe nicht vor aufzugeben, ist das klar?«

Die drei sahen erst ihn, dann sich untereinander an. Als hätten sie sich nur durch Blicke verständigt, nickten sie schließlich einträchtig. Wieder war es Greta, die das Wort ergriff.

»Dann erwarte ich dich, Partner.«

»Gut«, sagte er. »Gut, dass du nicht Sugar gesagt hast.«

»Später.«

Sie grinste und Hardy kniff die Lippen zusammen. Dann verließ er das Zimmer als Erster.

Nachwort und Danksagung

Liebe Leserin, lieber Leser,

vielen Dank, dass Sie sich Zeit genommen haben, um in mein Buch einzutauchen. Falls Sie bereits Stammleser sind, wissen Sie längst, dass bei einem Haller-Thriller am Ende selten alles gut wird. Meine Protagonisten müssen leiden, damit ich Sie unterhalten kann. Falls Sie nach diesem Buch beeindruckt sind, von dem Mut und dem Willen meiner Helden – trotz aller grausamen Ereignisse –, dann hat es sich für mich gelohnt, diese Geschichte zu schreiben.

Ich hoffe, Sie fanden die Handlung spannend und das Thema ansprechend. Ich glaube nicht, dass ich irgendjemanden darüber aufklären muss, wie abträglich Neid ist. Entsprechend sollten Sie die Geschichte nicht als Botschaft verstehen.

Auch diesmal geht mein Dank an all die Menschen, die an diesem Buch auf unterschiedliche Weise mitgearbeitet haben: Alexandra Scherer, Jennifer Bruno, Kerstin Gilbert, Jens Leichsner, meine Arbeitskollegen (die mir ungewollt stets die besten Ideen liefern), die Pressestelle des Polizeipräsidiums Neubrandenburg, meine Lektorin und mein Korrektor und das Team von Amazon Publishing.

Schreiben Sie mir gern per E-Mail (autor(at)eliashaller.com), falls Sie Lob, Kritik oder einfach einen Gruß für mich haben. Auf meiner Internetseite www.eliashaller.com können Sie sich für meinen Newsletter anmelden, um bei neuen Büchern informiert zu werden. Alternativ können Sie mir auch auf Facebook www.facebook.com/HallerKrimis folgen.

Elias Haller, Juni 2019

FSC
www.fsc.org
MIX
Papier aus verantwortungsvollen Quellen
Paper from responsible sources
FSC® C141904

Druck:
Customized Business Services GmbH
im Auftrag der
KNV Zeitfracht GmbH
Ein Unternehmen der Zeitfracht - Gruppe
Ferdinand-Jühlke-Str. 7
99095 Erfurt